1993년 유니세프 친선대사로 에티오피아를 방문했을 때
박동은 사무총장과 배우 안성기씨와 함께

2006년 중국 상해의 루쉰공원에서
김윤식, 이경자 선생과 함께

1986년 남편과 함께
신천동 성당을 나서며

1995년 아천리에서 피천득 선생과 함께

1997년 재개발중인 서울 현저동을 다시 찾아서

박완서
단편소설
전집 5

나의 가장
나종 지니인 것

박완서 소설

문학동네

2판 작가의 말

문학동네에서 등단 후 삼십 년 동안 쓴 단편들을 모아 다섯 권 짜리 전집을 낸 지 칠 년 만에 장정을 바꾸면서 한 권을 더 보태 게 되었다. 추가하게 된 여섯 권째는 역시 칠 년 전에 창비에서 나온 단행본 『너무도 쓸쓸한 당신』을 제목만 바꾼 것이다. 처음 다섯 권을 전집으로 묶기 위해 훑어볼 적엔 내 개인사뿐 아니라, 마치 내가 통과해온 시대와의 불화를 리와인드시켜보는 것 같아 더러 지겹기도 하고 더러는 면구스럽기도 했다. 한때는 글의 힘 이 세상을 바꿀 수도 있을 것처럼 치열하게 산 적도 있었나본데 이제 와 생각하니 겨우 문틈으로 엿본 한정된 세상을 증언했을 뿐이라는 걸 알겠다.

새로 추가하게 된 『그 여자네 집』은 그런 전작들보다 한결 편 안하게 읽힌다. 독자로서의 나의 현재의 나이 탓인지, 혹은 그 작품을 집필할 당시의 작가로서의 연륜 탓인지, 아마 둘 다일 것이다. 편안한 게 반드시 좋은 것만은 아니라는 건 나도 안다. 그러나 지금 내 나이가 치열하게 사는 이보다는 그날그날의 행복감을 놓치지 않도록 여유를 가지고 사는 사람이 더 부럽고, 남들이 미덕으로 치는 일 욕심도 지나치면 오히려 돈 욕심보다 더 딱하게 보이는 노경에 이르렀다는 걸 무슨 수로 숨기겠는가. 내가 쓴 글들은 내가 살아온 시대의 거울인 동시에 나를 비춰볼 수 있는 거울이다. 거울이 있어서 나를 가다듬을 수 있으니 다행스럽고, 글을 쓸 수 있는 한 지루하지 않게 살 수 있다는 게 감사할 뿐이다.

새로 선보이는 여섯 권짜리는 한 권이 더해졌을 뿐 아니라, 장정도 젊은 취향으로 새로워져서 마치 내가 구닥다리 옷을 최신 유행으로 갈아입은 것처럼 으쓱하다. 나에게 이런 기분을 맛보게 해준 문학동네 여러분에게 깊은 감사를 드린다.

2006년 여름, 지루한 장마를 견디며
박완서

작가의 말

　내년이면 등단한 지 삼십 년이 된다. 늦게 시작했기 때문에 이젠 나이도 많이 먹었다. 틈만 나면 은근히 주변 정리를 하는 게 일이다. 정리라고 해도 무얼 가지런히 하는 게 아니라 주로 없애는 일을 한다. 평생 비싼 걸 소유해본 적이 없기 때문인지 아까운 것도 없고 버릴 때 망설임도 없다. 꽉 찬 서랍보다 빈 서랍이 훨씬 더 흐뭇하다. 끄적거려놓은 일기나 비망록 따위도 이미 다 없앴고 그때그때 필요에 의해 남긴 메모도 시효가 지나는 대로 지딱지딱 없애는 걸 원칙으로 하고 살고 있다. 그렇게 말하고 나니 도통이라도 한 것 같지만 이미 활자가 되어 세상에 내놓은 글에 대해서는 그렇게 무심한 편이 못 된다. 세상에 퍼뜨려놓은 활자를 다 없이 할 수 없는 바에야 생전에 한 번쯤은 가지런히 해놓고 싶은 마음은 책임감 같지만 어쩌면 과욕인지도 모르겠다.
　장편은 이미 전집으로 묶였고, 단편도 한 권 분량이 되는 족족 책을 냈으니 늦어도 사오 년 터울로 작품집을 냈는데도 더러 빠진 것도 있고, 절판된 것도 있고, 선집이란 명목으로 중복된 것도 있고 하여 뒤숭숭하던 차에 문학동네에서 전집 제안을 받고는 못 이기는 척 응하고 말았다. 책임감이든 과욕이든 내 마음을 읽어준 출판사가 있었다는 걸 큰 복으로 생각하면서 지난 삼십 년 동안 쓴 단편들을 연대순으로 통독할 수 있는 기회를 가졌다. 그중에는 이런 글을 언제 썼을까, 잘 생각나지 않는 것까지 섞여 있었다. 발표 당시 주목도 못 받았고 내가 생각해도 완성도가 떨어져 아마 잊고 싶었던 글이 아니었나 싶다. 그런 글까지 이번 전집에는 포함시켰다. 한 작가가 걸어온 문학적 궤적을 가감 없이 정직하게 드러내 보여주는 것도 전집 발행의 의의라고 생각해서이다. 수준작이건 타작이건 간에 기를 쓰고 그 시대를 증언한 흔적을 읽는 것도 나로서는 흥미로운 일이었다.

이 어려운 시기에 아무리 생각해도 장사가 될 것 같지 않은 일을 선뜻 맡아준 문학동네에 깊은 감사를 드린다.

1999년 11월
박완서

일러두기

『박완서 단편소설 전집』(전7권)은 1971년 3월, 작가가 처음으로 발표한 단편소설 「세모(歲暮)」부터 2010년 2월까지 발표한 단편소설 작품 전부를 연대순으로 편집하였다. 각권은 수록 작품들의 발표 시기에 따라 다음과 같이 나누었다.

1권 : 1971. 3~1975. 6
2권 : 1975. 9~1978. 9
3권 : 1979. 3~1983. 8
4권 : 1984. 1~1986. 8
5권 : 1987. 1~1994. 4
6권 : 1995. 1~1998. 11
7권 : 2001. 2~2010. 2

차례

나의 가장 나종 지니인 것

2판 작가의 말	4
작가의 말	6
저문 날의 삽화(揷話) 1	11
저문 날의 삽화(揷話) 2	36
저문 날의 삽화(揷話) 3	63
저문 날의 삽화(揷話) 4	93
저문 날의 삽화(揷話) 5	132
복원되지 못한 것들을 위하여	163
가(家)	205
우황청심환	243
여덟 개의 모자로 남은 당신	278
오동(梧桐)의 숨은 소리여	312
티타임의 모녀	343
나의 가장 나종 지니인 것	372
가는 비, 이슬비	403
해설 정호웅 스스로 넓어지고 깊어지는 문학	430
작가 연보	448
단편소설 연보	454

저문 날의 삽화(挿話) 1

 성당 안은 텅 비어 있었다. 헐레벌떡 달려왔기 때문에 정신이 얼떨떨했다. 벽시계를 보니 미사시간까지는 반 시간도 더 남아 있었다. 무엇 때문에 그렇게 서둘렀는지 잘 생각나지 않았다. 처음부터 미사시간에 늦을까봐 조급하게 군 건 아니었다. 시간이 넉넉하다는 걸 알고도 달려올 때의 조바심은 그대로였다.
 일부러 일찍 온 신도들이 앞자리에 무릎 꿇고 열심히 기도하고 있는 모습이 보였다. 고백소에도 불이 켜져 있고 신도들이 줄을 서 차례를 기다리고 있었다. 나는 영세받은 지 얼마 안 돼서 아직 고백성사를 받은 적이 없었다. 예비자 교리를 받을 때 그 속에서 어떻게 해야 된다는 걸 배웠지만 잘 생각나지 않았다. 신부님하고 단둘이 말할 수 있고 어떤 말을 해도 비밀이 새어나갈 걸 염려 안 해도 된다는 것 정도를 알고 있을 뿐이었다. 신부님한테 할 얘기가 있어서 그렇게 서둘렀을지도 모른다는 생각이

들었다. 할 얘기라고 해도 좋고 불평이라고 해도 좋았다. 나는 고백소 앞으로 가서 줄을 섰다. 내 앞엔 세 사람이 있었고 나하고 같은 연배의 중늙은이들이었다. 한참 입심이 좋은 나이들이었다. 마냥 기다려야 될지도 모른다는 예감이 들었다. 기다리는 동안 내 바로 앞의 부인은 줄창 가늘게 떨고 있었다. 그 미세한 전율이 무엇 때문인지 짐작이 안 되는 채로 나는 약간 물러섰다. 옮아붙을 것 같아서 싫었다. 그 부인은 나보다 모가지 하나는 작아서 가르마를 중심으로 동그랗게 머리가 빠져 남자의 대머리처럼 반들반들 윤기나는 맨살을 몇 가닥 안 남은 머리칼이 어설프게 덮고 있는 것이 민망하도록 여실히 보였다. 그 부인이 고백소로 들어가 맨 앞 차례가 될 때까지 줄곧 그 대머리는 늙은 여자의 치부를 훔쳐보는 것처럼 나를 참담하게 했다.

오래 걸리리라고 자신 있게 예상한 것과는 달리 그 부인은 곧 나왔다. 나는 나도 모르게 내 뒷사람들을 돌아다보았다. 세 사람이 더 서 있었고 그들의 무표정에 떠다밀린 것처럼 나는 아무런 준비 없이 고백소 안에 들어서고 말았다. 꼭 공중전화부스만한 넓이의 실내는 침침하고 형언할 수 없이 고즈넉했다. 기대와는 달리 신부님하고 마주 앉게 돼 있지 않았다. 신도는 무릎 꿇게 돼 있었고 신부님은 칸막이 저쪽에 계신 듯했다. 나는 황급히 성호경을 웠지만 그 소리의 떨림이 나의 것 같지 않아 낭패스러웠다. 신부님이 뭐라고 그러셨지만 내 가슴이 두근대는 소리가 하도 명료하게 들려 알아들을 수가 없었다. 고백을 재촉하는 말씀이려니 짐작될 뿐이다. 나는 먼저 처음 보는 고백성사라는 걸 변명하듯 밝히고 나서 주님께서 정말 계신지 하루에도 몇 번씩 의심하고 또 자주 이웃을 미워하고 가족들을 속였다고 고백하고 용서를 빌었다. 나는 그런 소리를 내가 들어도 건성으로 들릴 만큼 빠르고 성의 없이 말했다. 내가 하고 싶은 말은 그게 아니었기 때문이었다. 나는 오늘 아침 내내 신부님한테 따지고 뭔가 환기시킬 게 있는 것처럼 여기고 있었다. 성당으로 달려올 때 같은 조바심이 가슴을 옥죄었다.

요다음부터는 잘못을 그렇게 추상적으로 말하지 말고 하나하나 구체적으로 고백하도록 하라는 신부님의 훈계말씀이 들렸다. '신부님처럼 말인가요?' 이렇게 말대답이 하고 싶어서 나는 입 속이 탔다. 신부님의 강론은 언제나 신자들의 죄에 대해서였다. 어떤 것이 죄가 되고 어떤 것은 죄가 안 된다는 걸 일일이 구체적으로 예를 들어가며 쉽게 타이르셨는데 그런 일에다 죄라는 이름을 붙이는 게 과연 온당할까 의심스러울 만치 사소한 잘못들이었다. 이를테면 주일날 아침부터 급한 볼일이 생겨 미사를 거른 건 죄가 안 되지만, 게으르거나 귀찮아서 아침미사를 낮 미사로 미루고, 낮엔 또 저녁에 가지 하고 미루다가 저녁에 급한 볼일이 생겨 결국 주일 미사를 거르게 되면 그건 죄가 된다는 식이었다. 그런 식의 자상한 지적은 끝도 없었다. 쌀이나 연탄을 살 돈도 없어서 교무금을 안 내는 건 죄가 안 되지만 자식 과외학원에 보낼 돈은 있는데 교무금 낼 돈이 없다면 그건 죄가 된다고 했고, 우리의 가족이나 이웃 중 아직 주님을 모르고 사는 사람을 두고도 전도를 안 하면 죄가 되지만 전도를 했는데도 주님을 모른다고 하면 그건 우리의 죄가 아니라고도 했다. 신부님은 교회라는 공동체의 이익에 위배되는 사소한 잘못이나 무관심도 놓치지 않고 후뚜루 죄라고 지목하셨고, 나는 그 죄목에 승복할 수가 없었다. 그런 것들은 죄라기보다는 잘못이라고 하는 게 합당할 듯했다. 그렇다고 우리가 죄짓지 않고 산다고 생각하는 건 아니었다. 오히려 그 반대였다. 일상적인 잘못에다 일률적인 죄목을 붙여 끝도 없이 지적하는 강론을 들을 때마다 '어찌 우리 죄를 그뿐이라 하십니까?'라고 반박하고 싶어 몸이 달곤 했다. 적어도 신부님쯤 되면 누구 눈에나 보이는 그런 잔다란 실수보다는 우리가 죄인 줄도 모르고 편히 몸담고 있는 크나큰 잘못, 진짜 죄에 대한 환기가 있어야 되지 않을까 바라고 있었다. 신앙의 초심자다운 순진한 바람일 수도 있었으나 벌써부터 냉담을 예비하며 구실을 찾는 심보인지도 몰랐다.

신부님이 주신 보속은 묵주신공을 열 번 바치는 거였다. "나도 성부와 성자와 성신의 이름으로 이 교우의 죄를 사하나이다" 하는 신부님의 마지막 말씀을 듣고 고백소를 나왔다. 긴장에서 풀려난 때문인지 아까보다 훨씬 편해진 듯했다. 그 동안에 미사 시간이 임박한 듯 성당 안은 거의 차 있었고 지금도 계속해서 모여들고 있었다. 나도 순백의 미사보로 머리를 가리고 다소곳이 뒷자리에 앉았다. 속속들이 편안해진 건 아닌 듯 울고 싶게 막막하고 외로웠다. 오늘만은 신부님이 나의 근심과 잘못에 대해 언급하시려니 했는데 또 그냥 지나갔다. 오늘의 내 고통과 잘못을 우리들의 고통과 잘못으로 확대해서 풀이하고픈 내 기대는 서운케 무너졌다. 무턱대고 조바심친 끝에 남은 것은 안타까움뿐이었다.

 밤에 딸 내외가 맡겨놓았던 아이들을 데리러 왔다. 배낭을 멘 채 등산화 끈 풀기 귀찮다고 올라오지도 않고 현관에 섰다가 갔다. 즈이 집보다 심심한지 평소보다 일찍 잠들었던 남매가 졸린 눈을 비비면서도 마다 않고 에미 애비 손목을 잡고 비틀걸음을 걷는 걸 나는 보이지 않을 때까지 배웅했다. 학교가 뭔지……, 학교만 아니었으면 데리러 올 리도 없지만, 그렇게 보내지도 않았을걸 하는 아쉬움을 이렇게 중얼거리면서 현관문을 들어서려는데 신장 위에 새빨간 단풍잎이 여남은 장 흩어져 있었다. 딸 내외가 무심히 떤군 건지 일부러 놓고 간 건지 모르지만 점점이 떨어진 핏자국처럼 처연한 빛깔이었다. 나는 그중에 몇 장을 골라 부챗살처럼 펴들고 안으로 들어왔다. 남편은 안방에다 텔레비전을 켜놓은 채 잠들어 있었다. 오그리고 자는 남편을 깨워 잠자리를 봐주면서 아이들한테 뭘 더 껴입혀 보낼걸, 감기나 들면 어쩌나 걱정이 되었다. 일기 해설자는 내 속을 들여다본 것처럼 일교차가 심하니 감기 조심하라고 말하고 들어갔다. 딸 내외는 둘 다 등산을 좋아하긴 하지만 둘이서만 근교의 산을 즐기는 정도지 전문적인 산악인은 아니니까 올해의 마지막 등산이 될 듯했다. 어제 아이들을 맡기면서 즈이들 입으로도 그와 비슷한 말을 했었다. 단풍을 따라 남단(南端)까지 내려갔다 오려니 부득이 일박을 하게 되었노라고. 아직도 그렇게 고운 단풍이 남아 있는 데는 남단 어디쯤일까. 나는 그걸 미처 묻지 못했고 그애들도 그걸 밝히지 않았다. 딸네는 가까운 아파트 단지에 살기 때문에 걸핏하면 아이들을 맡겼지만 재우기까지 하는 일은 어쩌다가 있었다.

"동냥자루 도루 달랜다더니……"

나는 이렇게 소리내어 중얼대며 집 안을 휘둘러보았다. 아이들이 다녀간 후는 언제나 그렇듯이 무엇 하나 제자리에 제대로 놓여 있는 게 없었다. 남편 들으라고 한 소리인데도 안방에선 아무런 기척도 없었다. 동냥자루 메고 다니는 거렁뱅이한테 애 보기를 시켰더니 처음엔 빌어먹는 것보다는 얼마나 좋으냐고 감지덕지하더니 사흘이 못 돼 동냥자루 도로 달래가지고 떠났다는 옛날얘기가 있다. 나는 그 얘기에 빗대서 애 보기의 신역이 얼마나 고되다는 푸념을 하기를 잘했고 남편은 그 소리를 제일 듣기 싫어했다. "에잇 그것도 말이라고……, 천금 같은 손주 보는 일을 얻다 못 갖다대서 하필 동냥질에다 갖다대남." 가래 끓는 소리로 이렇게 역정을 내기를 나는 우두커니 기다렸다. 남편은 깊이 잠들었나보다. 아이들이 떠나고 난 후의 정적에는 스산함이 스며 있어 나는 추위 타듯이 어깨를 웅숭그렸다. 그리고 제자리를 벗어나 흩어지고 곤두선 잗다란 장식품과 일용 잡화들을 제

자리에 끼워맞추면서 크레용 토막, 꽃핀, 조립하다 만 로켓, 반도 안 짜내고 굳어버린 접착제 튜브 등 아이들이 떨구고 간 것들을 따로 모았다. 그런 하찮은 것들, 십중팔구는 다시 찾지 않을 것들을 일일이 챙길 때마다 나는 달아나는 아이의 덜미를 붙잡았을 때처럼 가슴 가득히 아이의 체온을 느꼈다. 마지막으로 바닥의 모래흙을 쓸어냈다. 아이들은 수없이 들락거렸고 그때마다 접은 바짓단 속으로 하나 가득 모래흙을 담아들였다. 그때그때 현관에서 털고 들어오도록 일렀건만도 모래흙은 구석구석에 공기처럼 스며 있었다. 나는 중늙은이 특유의 결벽성으로 그것들을 꼼꼼하게 쓸고 닦았다. 그래도 부족해 해마다 니스칠을 새로 해서 좋은 거울처럼 잘 비치는 마룻바닥을 손바닥으로 핥듯이 쓸어보았다. 무슨 일이든지 완벽하게 끝낸다는 건 결코 좋은 일이 못 되었다. 문득 맥이 빠지면서 어쩌나, 싶은 느낌에 사로잡혔다. 어떤 일이고 완벽하게 끝냈을 때처럼 그 일의 무의미함이 노골적으로 드러날 적도 없다는 생각을 간간이 하게 된 것은 최근의 일인 듯했다. 그런 생각은 때로는 어렴풋했고 때로는 몸서리가 쳐지게 과장되어 다가오기도 했지만 오십여 년을 몸에 밴 완벽주의가 쉽게 고쳐질 턱은 없었다. 그렇다고 그런 생각이 저절로 사그라질 것 같지도 않았다.

  내 속으로 낳은 딸들도 내 결벽증과 완벽주의를 별로 좋아하지 않았다. 딸들이 기분 내키는 대로 사입은 기성복의 단추나 단은 나 보기엔 늘 미심쩍게 마련이어서 벗으라고 해서 일일이 손을 봐주고 나면 그 꼼꼼한 솜씨에 질린 딸들이 한다는 소리는 으레 "우리 엄마는 백 살은 사시겠네"였다. 저런 버르장머리 없는 말버릇이 있나, 속으로 이렇게 언짢아하면서도 그런 말버릇을 대놓고 야단친 일은 없다. 에미가 백 살까지 살까봐 미리 징그러워하고 있는 딸의 진의를 짚어본 듯 섬뜩한 심사 때문이었으리라.

정말 백 살까지 살면 어떡하나. 맥없이 앉았다 말고 그런 생각이 들자 누구한테 유세하려는 엄살이나 응석이 아니라, 정말 마음으로부터 그게 싫어져서 쳇머리를 흔들었다. 그리고 갈증처럼 다급하게 기도가 하고 싶어졌다. 정확하게 말한다면 기도할 때마다 빠뜨리지 않는 '저를 너무 오래 살게는 마옵시고……' 소리를 하고 싶은 거였다. 오랫동안 방심해 있다가 정신을 차린 것처럼 오늘 낮에 신부님으로부터 보속으로 받은 묵주신공 열 번이 생각났다. 마루는 너무 넓고 반들거렸다. 나는 기도가 즉각 반사될 것 같은 번들거림이 불안해서 허청허청 마루를 건넜다. 큰딸의 공부방이었던 건넌방은 지금은 남편의 서재였다. 말이 좋아 서재지 장서는 빈약했고 전문적이지도 장식적이지도 않았다. 딸의 나이 따라 열심히 들여놓아준 전집들이 세계명작동화로부터 문학 역사 관계 전집류까지 손때보다는 세월의 때에 곱게 찌든 채 간간이 이가 빠지긴 했지만 고스란히 남아 있었고, 딸이 직접 샀음직한 릴케, 니체, 헤세의 책들도 딸의 정신에 영향을 미쳤다기보다는 지적 허영심이나 채우다 말았음이 역력했다. 오래된 리본이나 포장처럼 사용의 흔적 없이 그냥 바래 보였다. 남편의 책이라곤 일본말로 된 삼국지와 어쩌다 사놓은 종합지가 몇 권 있을 뿐이었다. 그래도 남편은 친한 친구가 오면 "우리 서재에서 바둑이나 한판 두세" 하기도 했고, "여보, 서재에서 술 한잔 하게 해줘" 하기도 했다. 그래서 그 방은 남편의 서재였다. 나는 그 방에 남아 있는 딸의 의자에 앉았다. 딸이 시험공부 할 때 피곤을 덜라고 사준 의자는 푹신하고 뱅글뱅글 도는 회전의자였다. 묵주의 기도 열 번은 너무 지루했다. 나는 내가 그 기도를 바침으로써 용서받고자 하는 잘못이 무엇이었던가를 골똘히 생각하느라 자주 기도문을 놓치고 헷갈렸다. 그러다가 나도 모르게 전도서의 첫 구절을 외고 있었다.

"헛되고 헛되다. 세상만사 헛되다. 사람이 하늘 아래서 아무리 수고한들 무슨 보람이 있으랴. 한 세대가 가면 한 세대가 오지만 이 땅은 영원히 그대로이다. 떴다 지는 해는 다시 떴던 곳으로 숨가삐 지고, 남쪽으로 불어갔다 북쪽으로 돌아오는 바람은 돌고돌아 제자리로 돌아온다. 모든 강이 바다로 흘러드는데 바다는 넘치는 일이 없구나. 강물은 떠났던 곳으로 돌아가서 다시 흘러내리는 것을. 세상만사 속절없어 무엇이라 말할 길 없구나. 아무리 보아도 보고 싶은 대로 보는 수가 없고 아무리 들어도 듣고 싶은 대로 듣는 수가 없다. 지금 있는 것은 언젠가 있었던 것이요, 지금 생긴 일은 언젠가 있었던 일이라 하늘 아래 새것이 있을 리 없다." 전도서도 그 이상은 외지 못했다. 지금 있는 것은 언젠가 있었던 것이요. 지금 생긴 일은 언젠가 있었던 일이라 하늘 아래 새것이 있을 리 없다는 대목만 몇 번 되풀이하는 사이에 어젯밤부터의 조바심으로부터 조금씩 풀려나는 듯한 느낌을 맛보았다. 너만 그런 게 아냐, 남들도 다 그렇게 해왔다는 위로처럼 확실하고 참담한 위안은 없다. 꼭 외고 있어야 하는 기도문도 제대로 못 외는 주제에 전도서의 그 대목만은 노력하지 않고 쉽게 욀 수 있었던 것은 학교 시절 암기 과목은 싫어하면서도 읽어 마음에 드는 시만 있으면 곧 욀 수 있었던 소질과 관계가 있는지도 몰랐다. 왜 그 대목이 마음에 들었을까. 세상은 새록새록 새로워지고 있었다. 아직 생존해 계신 친정 어머니는 팔순을 바라보시건만도 세상 변화를 어린애처럼 즐거워하시면서 백 살을 살아도 죽을 때는 억울할 것 같다고 한탄을 하신다. 그런데 내가 직조(織造)해내는 나의 일상은 그렇지가 않았다. 수없이 떴다 풀었다 다시 뜨는 듯한 낡은 실이 몇 가닥씩 어떤 때는 온통 끼어들곤 했다. 그건 매우 기이하고 기분 나쁜 느낌이었다. 곧 그 기이함조차 처음 인식했을 때의 낯설음이 바래고 익숙하고 낡은 실이 되리라. 조금도 새롭지 않은 나날들, 예전에도 수없이 저질렀음직한 잘못과 어리석은 짓, 헛된 욕망의 되풀이는 사는 걸 쉽고 익숙하게도 했지만 때로는 비명을 지르고 싶도록 진부하고 무의미하게도 했다.

"이제 그만 아이들을 재우도록 해요."

텔레비전 화면에 착한 아이가 나와서 이 닦고 세수하고 잠옷 갈아입고 안녕히 주무시라고 인사를 하자마자 남편은 이렇게 나에게 채근했다. 아이들의 눈은 아직 초롱초롱했다. 더군다나 로켓 조립이 거의 완성 직전이었다. 계집애는 오빠 옆에 바싹 붙어 앉아 접착제 튜브를 아껴가며 조금씩 짜주고 있었고, 사내녀석은 가느다란 나무젓가락 끝에 그걸 묻혀서 로켓의 날개를 붙이고 있었다. 계집애는 선망과 찬탄으로, 사내녀석은 몰입과 자신감으로 둘 다 발가니 상기해 있었고 숨결이 할딱이고 있었다. 로켓은 거의 다 돼가고 있었다. 그때가 조립식 장난감의 전성시대였다. 완성되자마자 그것은 방치되고 그리고 잊혀졌다. 아마도 아이들의 꿈에서나마 그게 땅을 박차고 비상하는 일은 일어나지 않으리라. 아이들한테 조립식 장난감 좀 작작 사주어라, 낭비벽 생길까 겁난다고 나는 기회 있을 때마다 딸에게 말해봤지만 딸의 대답은 한결같았다.

"어머니도 참, 조립은 가지고 놀라는 장난감이 아니라 만들면서 놀라는 장난감이에요. 만들고 나면 끝이라니까요."

보고 있자니 그 말이 이해가 되었다. 어린 남매의 몰입과 협동은 볼수록 대견했다. 공장에서 완성된, 전지약이나 태엽으로 구르고 나는 비싼 장난감보다 훨씬 교육적 효과가 높은 장난감이다 싶었다. 고지식한 남편은 아이들에게 텔레비전 속의 착한 아이를 즉시 본받도록 하지 않는 내가 아직도 못마땅한지 눈매가 곱지 않았다. 분합문이 흔들리면서 커튼이 부풀었다. 커튼을 젖

혀보니 분합문이 반뺨쯤 열려 있었다. 밤바람은 찼고 먼 허공에서 휘파람 소리를 내고 있었다. 밤사이에 더 추워지지나 말았으면 좋으련만. 나는 아무리 남쪽이라지만 일기가 변덕스러울 때 등산을 간 딸 내외가 걱정이 돼서 일기예보를 기다렸다. 착한 아이는 들어가고 뉴스시간이었다.

K대학에서 농성하고 있던 대학생들이 연행되고 있었다. 얼굴이 검게 탄 학생의 얼굴이 클로즈업되자 손녀가 무섭다고 말하면서 다가왔다. 그새 로켓은 완성되어 저만치 나동그라져 있었다.

"벼엉신 저까짓 게 뭐가 무서워."

손자는 로켓을 조립할 때의 우월감을 곧장 화면으로 끌고 올 수 있는 좋은 기회다 싶었는지 필요 이상으로 똑똑히 화면을 바라보면서 가슴을 폈다.

"안 돼! 보면 안 돼."

나는 겨드랑이 밑으로 아이들의 머리통을 끌어안아 눈을 가려주면서 다급하게 소리쳤다.

"그러게 내 뭐랬소? 진작 재우라니까."

남편의 험악하게 부릅뜬 눈과 마주쳤다. 남편도 같은 생각을 하고 있다는 걸 알아차리자 어쩔 수 없는 심술과 혐오감이 복받쳤다. 손녀는 어른들의 심상치 않은 기색에 놀라 더욱 떨며 몸을 오그렸지만 손자는 안 무섭다고 반항했다. 손자는 특히 영택이를 따랐다. 영택이가 집을 나간 지 일 년이 넘었는데도 손자는 외가에 올 때마다 삼촌 어디 갔냐고 묻는 걸 잊은 적이 없었다.

한번은 온데간데없어진 손자를 찾아 헤매다가 영택이가 거처하던 지하에서 올라오는 것과 부딪친 적도 있었다. 거긴 뭣 하러 내려갔었느냐는 내 물음에 손자는 이렇게 대답했다.

"할머니 미워. 영택이 삼촌 방은 더럽고 냄새도 나빠. 그러니까 삼촌이 도망가버렸잖아."

아이는 탄환처럼 온몸으로 격앙해서 나를 비난했다. 그애는 벌써 국민학생이었다. 능히 가족간의, 사람과 사람과의 관계 속의 비밀을 감지할 수 있는 나이가 돼 있었다. 그러나 모르는 게 더 많았다. 내가 영택이를 구박한 건 사실이나 어디까지나 마음속으로였지 지하실을 쓰게 할 만큼 드러내놓고 하진 않았다. 그 지하실에는 연탄광과 보일러실과 꽤 큰 방이 하나 있었다. 집장수가 그렇게 지어놓은 걸 샀다뿐 그 방에서 사람이 살 수 있다고 생각하진 않았다. 골목 안의 집들이 같은 집장수 솜씨여서 다 그런 방을 가지고 있었고 월세나 전세를 준 집도 적지 않았고 식구가 쓰는 집도 있었지만 우리집의 지하방은 그렇지 못했다. 처음부터 잘못된 방수는 몇 번씩 새로운 방수제로 덧칠을 해도 마찬가지였다. 벽지고 장판지고 오줌 싼 요처럼 누렇게 습기가 번지면서 들고 일어나 축 처졌다. 영택이가 멀쩡한 제 방 놓아두고 그런 지하방으로 제 짐을 옮긴 건 내가 그애를 구박하고 싶어지고부터였다.

영택이가 우리집에 온 건 여덟 살 때였다. 지금의 외손자만할 때였다. 키도 꼭 그만했었다. 남달리 자식복이 많아 자그마치 육남매를 둔 남편의 친구가 상처를 하더니 다음해엔 그마저 따라 죽은 사건은 남편의 친구들 사이에 적지 않은 충격이 되었다. 그들은 서둘러 사십대의 건강을 면밀히 체크해보기도 했고 보약을 먹거나 건강식에 관심을 갖기도 했다. 안사람들은 죽은 사람이 남긴 자식의 반밖에 안 되는 제 자식을 얼싸안으며 두셋만 낳은 단출한 식구를 자축하기에 여념이 없었다. "세상에, 육남매라니, 모아놓은 재산도 없다는데, 맡아줄 만한 친척도 없다는데." 이러면서 알토란 같은 제 식구와 중년의 건강을 껴안은 마음에는 일말의 동정과 진이 날 듯이 농밀하고 잔혹한 쾌감이 없었다고는 말 못 했다. 외할머니가 그 많은 외손들의 치다꺼리를 맡게 되었다는 뒷소식에 적이 마음이 놓이면서도 그 노인의 욕된 장수가 징그러워 몸서리를 치는 걸 잊지 않았다. 남편이 그 육남매의 유자녀 중 막내인 영택이를 집으로 데려온 것은 그후 얼마 안 돼서였다. 남달리 정이 많은 남편은 생활비라도 좀 보태주려고 들렀다가 외할머니도 오래 사실 것 같진 않더라며 막내를 데리고 왔다. 안 찾을 테니 입양을 하라고 신신당부하더란다. 영택이는 총명하고 순진해서 곧 정이 들었다. 본은 달랐지만 같은 이씨여서 남 보기에 우리 아들로 키우는 데 별로 지장이 없었다. 우리에겐 딸만 둘이 있었다. 한 번도 드러내 보인 적이 없는 아들에 대한 갈망을 먼저 드러내 보인 것은 내 쪽이었다. 저애를 진작만 데려왔어도 감쪽같이 우리 아들로 키우는 건데…… 이런 말을 나도 모르게 입 밖에 낼 만큼 영택이는 탐나는 아이였다. 그애는 공부를 썩 잘했다. 나는 그애 덕에 반장 엄마 노릇도 할 수가 있었고 요릿집에 그 학년의 선생님을 모두 초청해서 일등 턱을 낼 수도 있었다. 그러나 가끔 기억력이 비상한 그 아이의 머릿속에 남아 있을 우리집 자식이 되기 전의 기억에 생각이 미치면 치가 떨리는 적의를 느끼곤 했다. 겉으로 보기에 그 아이에겐 그런 기억의 그늘은 조금도 남아 있지 않았다. 그늘을 남기진 않는 기억, 투명한 기억, 그건 행복일까 불행일까 이런 부질없는 생각에 시달리기도 했다. 딸들은 자라면서 나보다 한결 지혜롭게 영택이를 귀애했다. 남동생이 없다는 걸 아는 친구들에게 "우리 아빠가 낳아 들여온 동생이야. 역시 아들은 있어야겠나봐. 아빠도 아빠지만 엄마도 저렇게 좋아하신단다" 이렇게 말할 수 있을 만큼 능청스럽게 굴었다. 그애들의 남동생에 대한 욕심은 대를 잇고 싶다는 우리의 맹목적인 갈망과는 달리 그들이 평생 지게 될지도 모르는 책임에서 놓여나고 싶은 걸 뜻했으므로 한결 용의주도했다.

영택이가 남편의 친구가 밖에서 낳아 들여온 자식이었다는 소문을 들은 건 그 아이가 고등학교에 입학한 해였다. 그런 소문 때문에 영택이와 우리 식구와의 관계가 달라질 리가 없었는데도 한번 귀에 들어온 그 소문은 목구멍의 가시처럼 내 일상의 흐름을 편안치 못하게 했다. 소문을 소문으로 흘려보내지 못하고 진부를 가려보려고 수소문할수록 뚜렷한 실체를 갖추기 시작했다. 영택이 외할머니는 아직도 생존해 계셔서 남은 오남매 중, 셋이나 시집 장가를 보낸 후였다. "그 노인네한테 육남매는 무리야. 밑으로 세 아이는 남을 주든지 고아원에라도 보내야 할 것 같소. 내가 제일 먼저 솔선수범을 했으니 차차 독지가가 나서겠지." 영택이를 데려오고 나서 남편이 한 말이었다. 그러나 그 노인은 악착같이 오남매를 다 기르면서도 내친 막내를 한 번도 찾은 일이 없었다. 제 앞가림을 할 만큼 자란 형제들도 마찬가지였다. 아무리 영택이를 내칠 때 그렇게 약속이 돼 있다고는 하나, 제 딸의 배를 빌리지 않은 외손자, 배가 다른 형제간이 아니고서는 설명이 안 되는 냉혹함이 아닌가. 그러고 보니 오남매의 자식복에다 하나를 더 보탠 영택이가 그 집안에 얼마나 큰 화근이 되었던가를 생각하면 그 동안 그 아이한테 들인 나의 정까지 중년에 헛디딘 하룻밤 치정처럼 수치스럽게 식어지곤 했다. 내가 아는 육남매의 어머니는 사십대 초반에 이미 얼굴이 노인 반점으로 충충하게 얼룩져 있었다. 간암으로 죽고 나자 어쩐지 간이 나쁜 안색이었다고 쉽사리 해명이 됐던 걸 다시 수정하려 들었다. 넉넉지 못한 살림에 오남매씩이나 낳아 기르느라 뱃가죽이 터져 주글주글 겹겹의 주름으로 늘어지고, 가슴은 늑골의 수를 헤일 만큼 말라붙은 조강지처에게서 채워지지 않는 욕정을 함부로 흩뿌리고 다니다가 또하나의 아이를 만든 짐승 같은 남자 때문에 그 여자가 맛보았을 절망과 증오는 어떠한 것이었을까. 그건 암으로라도 피어나지 않으면 다스릴 길 없는 지독한 원한이었으리라. 그 여자의 죽음도 참혹했지만 그 여자의 복수 또한 참혹했다. 그 집

승 같은 남자는 아내가 죽고 나서 일 년도 더 살지 못했으니까. 나는 그 연쇄적인 죽음 끝에 추처럼 달린 게 영택이라고 생각했고 피가 차갑게 굳는 듯한 두려움을 맛보곤 했다. 내 딸들이 바야흐로 꽃처럼 피어나 혼기를 맞을 무렵이었다. 나는 영택이가 딸들의 장래에 해코지나 하지 않을까 전전긍긍했고 그를 식구로 받아들인 걸 후회했다. 내가 영택이를 밀어낼수록 남편은 그를 측은해하며 보듬어안으려는 게 보이는 듯했다. 영택이가 좋은 대학에 무난히 합격하던 해 여름이었던가. 텔레비전으로 야구 중계를 볼 때마다 눈꼴이 시도록 죽이 잘 맞던 그들이 결승전 때는 경기장에 같이 가자고 약속을 하는 것 같았다. 결승전은 연장전까지 가 밤늦게 끝났다. 우승한 쪽의 코치와 홈런을 친 선수를 헹가래치는 것까지 보고 나서도 한 시간이 넘도록 그들은 돌아오지 않았다. 몇 대 몇으로 어느 쪽이 이길까 내기를 거는 것 같더니 진 쪽에서 한잔 사는 게 아닐까. 친한 부자지간에나 가능한 그런 활기 넘치는 친화의 관계가 나에겐 견디기 어려운 통증을 일으켰다. 나는 그런 통각이 부끄러웠지만 어쩔 수가 없었다. 마치 의심할 여지없는 외도에서 돌아오는 남편을 기다리는 헐벗은 심정으로 나는 자정이 넘도록 대문 소리에 온 신경을 곤두세웠다. 아니나 다를까 그들은 알맞게 취해서 떠들썩하게 돌아왔다. 귀에 익은 야구 선수들 이름을 종횡무진으로 들먹이면서 그들은 어깨동무를 하고 있었다. 취중에도 내 뾰족한 시선이 심상치 않았던지 영택이는 열없게 웃으면서 그의 어깨를 감싼 남편의 팔을 슬그머니 풀었지만 남편은 좀더 취해 있었는지 그만한 눈치도 없었다.

"왜? 당신 우리 부자가 죽이 잘 맞는 게 샘이 나나보군. 우하하하…… 나는 오늘 기분좋았다구. 아들이 좋긴 좋아. 역시 아들은 있어야겠더구만. 통하는 게 있거든."

그런 모욕적인 언사보다 더 충격적이었던 건 그들이 취기보다 훨씬 확실하고 농밀하게 내뿜는 부자다움이었다. 그 그지없이 행복해 보이는 친화감이었다. 얼핏 마(魔)가 끼듯이 순간적으로 날렵하게 영택이가 남편의 진짜 아들일지도 모른다는 생각이 들었다. 남편의 친구가 낳아들인 아들이 아니라, 남편이 밖에서 낳아들인 아들일지도 모른다는 생각은 실상 터무니없었다. 아무리 뛰어난 상상력으로도 이치에 맞게 뜯어맞출 수가 없었다. 그러나 내가 눈에 쌍심지를 돋우고 그들의 부자다움을 지켜보는 동안 그건 피할 수 없는 사실이었다.

영택이는 당신 아들이죠? 그쵸? 그쵸? 그쵸? 이렇게 미친 듯이 날뛰면 남편은 억지 좀 작작 부릴 수 없냐고 가래 끓는 소리로 나무라고 나서 낭패스러운 듯 어깨를 축 늘어뜨렸다. 그럴 때 남편은 죽지를 잃은 날짐승처럼 억울하고 무력해 보였다. 그러나 나는 그렇게라도 해서 영택이를 남편으로부터 조금씩 조금씩 밀어내야만 했다. 그들이 드러내놓고 다정하게 굴 적만이 아니라, 은근히 통하는 것처럼 보일 적에도 나는 어김없이 남편을 들볶았다. 영택이는 당신 아들이죠? 그쵸? 그쵸? 도대체 어느 년

하고 눈이 맞아 갤 낳았죠? 대란 말예요. 점점 사설이 길어지고 수법도 악랄해졌다. 낮에 있었던 사소한 눈짓이나 부드러운 말 한마디도 놓치지 않고 챙겨두었다가 밤에 곤히 잠든 남편의 어깨를 미친 듯이 흔들어 깨워 들볶을 꼬투리로 삼곤 했다. 당신은 제정신이 아냐. 처음부터 변명의 가치조차 없는 억지이기도 했지만 남편은 변명하기를 단념하고 어떡하든지 나를 덧들이지 않으려고만 했다. 나를 덧들이지 않는 방법은 간단했다. 남편과 영택이 사이는 하루하루 서먹서먹해졌다. 아아 거기까지만 영택이를 몰아붙였으면 좋았을 것을.

그 무렵이었다. 영택이가 이층 다락방으로부터 지하실로 내려간 것은. 그전서부터 보일러의 연탄을 가는 일을 그가 자청해서 하고 있었기 때문에 지하실 출입도 그의 전담이었다. 들락거리며 아직 안 가신 개구쟁이 적 호기심으로 그 동굴 같은 지하방에 눈독을 들였을 뿐 아니라 하나 둘 은밀하게 예비를 했으리라. 친구들이 한 때 몰려와 도배를 한다고 법석을 떨고 간 다음날, 영택이는 나하고 누나들을 집들이에 초대했다. 나는 교활하고도 용의주도하게 남편과 영택이 사이만 이간질했을 뿐 나하고는 예전과 다름없이 흔연한 관계를 유지하고 있었다. 친구들도 열 명 가까이나 와 있었다. 어느 틈에 짐도 다 옮겨 지하실은 아늑하고 오붓하게 신혼살림을 시작해도 좋을 만큼 정결하고 오밀조밀하게 꾸며져 있었다. 을씨년스럽거나 구질구질한 구석은 조금도 없었다. 도배만 했다고 당장에 그런 기분이 나는 건 아닐 것이다. 애정과 잔손이 조금씩 조금씩 그곳을 그렇게 변화시키고 길들였음직했다. 나는 영택이와 그의 친구들이 권하는 대로 막걸리도 찔끔찔끔 마셨고 족발도 널름널름 집어먹었다. 새우깡하고 귤도 있었다. 그의 친구들은 잘 웃고 떠들었지만 나는 그들의 농담을 반도 못 알아들었다. 그들은 하나같이 무례했지만 그중에는 부끄럼을 타는 아이도 있었고 귀티 나는 아이도 있었다. 그들은 영택이를 따라 조금도 구김살 없이 나를 어머니라고 불렀다. 하긴 시장의 과일장수나 생선장수도 손님에게 아주머니나 할머니 대신 어머니라고 너스레를 떠는 세상이니까. 그렇게 흔한 어머니 소리건만 범강장달이 같은 일류 대학생들한테 듣는 맛은 또 달랐다. 입에서보다 속에서 훨씬 더 독한 막걸리 탓도 있었겠지만 나는 맥없이 감동해서 남편이 영택이하고 어깨동무하고 야구 구경 갔다 오면서 왜 그렇게 행복해했나까지를 소급해서 이해하려 들었다. 내가 좀 해롱해롱했던지 저희끼리 더 질탕하게 놀고 싶었던지 영택이는 나를 부축해 일으키면서 어머닌 이제 그만 올라가셔야겠어요, 했다. 그래그래, 늙은이가 주책이야 진작 자리를 비켜줄 일이지, 이러면서 일어서서 몇 발짝 떼다 말고 나는 돌아섰다. 몽롱하고 빙글빙글 도는 듯한 취중에도 분명히 짚고 넘어가야 할 게 생각났기 때문이었다. '이건 내 집이야.' 그렇게 말하고 싶었다. 아니 선언하고 싶었다. 내 집을 무단히 점거당한 것 같은 느낌 때문이었다. 취중에도 그런 느낌은 감겨오는 젖은 수건의 감촉처럼 섬뜩하고 불쾌했다. 나는 그 말을 몇 번씩이나 했지만 저희끼리 웃고 떠드는 소리에 묻혀버리고 말았다.

그때의 내 느낌은 옳았다. 그날부터 지하실은 영택이가 아닌 그들 모두의 차지였다. 지하실은 현관문을 통과하지 않고도 드나들 수 있게 돼 있었다. 그들은 한꺼번에 우루루 몰려나갔다가 몰려들어오기도 했고 한 사람 두 사람 모래처럼 조용히 스며들어오기도 했다.

"큰일났어요. 영택이가 못된 친구들과 못된 짓을 꾸미고 있는 것 같아요."

나는 잠자리에서 남편에게 겁먹은 소리로 속삭였다. 그건 이간질도 음해도 아닌 마음으로부터 우러나는 근심이었다. 남편은 대꾸 없이 줄담배를 피웠다. 나는 우리집 지하에서 절대로 해서는 안 되는 악(惡)이 땅 속 깊이 뿌리를 박고 가닥가닥 무성하고 극성스럽게 퍼지는 걸 유리병에서 기르는 둥근 파 뿌리를 보듯이 명료하게 보는 것처럼 느꼈다. 그것만은 결코 원치 않았음에도 불구하고 나는 결정적인 증거까지 잡고 말았다. 텔레비전 화면에서 유심히 봐두었던 불온서적의 대부분을 영택이의 지하방에서 발견한 것이었다. 나는 그 물적 증거를 남편에게도 확인시키는 걸 잊지 않았다. 그건 영택이의 어떤 비행을 고자질하는 것보다도 확실한 이간질이었다. 정부를 비난하는 논조가 강한 신문을 구독하는 것조차 공무원 신분에 어긋난다고 믿을 만큼 고지식하고 융통성 없는 남편의 얼굴에서 핼쑥하게 핏기가 가셨다. 분노와 불안 때문이리라. 그는 이를 악물고 떨고 있었다. 여보, 진정해요. 그러면서도 내심 나는 마침내 영택이를 재기 불능으로 몰아붙였다는 잔혹한 쾌감을 맛보고 있었다. 집 안에서조차 그 이상 가는 방법은 없었다. 그날 남편은 영택이가 들어올 때까지 기다렸다가 그가 보는 앞에서 그 온당치 못한 책에 불을 싸지르며 떨리는 소리로 말했다.

"못된 놈 같으니라구, 이게 고작 너를 길러주고 공부시켜준 은인한테 할 짓이냐. 천하에 배은망덕한 놈, 썩 나가지 못할까. 꼴도 보기 싫다."

영택이는 정말 나갔다. 정말 나가리라고까지는 생각 안 했는지 남편은 가끔 남의 자식 기르고 난 뒤끝의 허망함을 한탄하며 한숨을 짓곤 했다. 영택이는 그렇게 쉽게 뛰쳐나갈 때와는 달리 나중엔 잘못했다고 빌러도 왔고 설이나 추석을 쇠러도 왔다. 전화로 묻는 안부도 예의바르고 다정했다. 그러나 다시 들어올 것 같진 않았고 그건 우리도 원하는 바가 아니었다. 그를 내치고 나서도 행여나 그가 못된 일에 연루되어 우리에게 화를 끼칠까봐 전전긍긍하는 것만도 못할 노릇이었다. 그후 지하실의 벽지는 다시 눅눅하게 처지고 시커멓게 곰팡이가 슬었고, 사람이 한번 살고 간 찌꺼기엔 쥐가 극성맞게 들끓었다. 다만 아이들만이 영택이에 대한 좋은 기억을 가지고 있었다. 같이 살지도 않았건만 외손자들은 외삼촌이라고 부르며 따르던 영택이 없는 외가를 재미없어하고 외삼촌이 돌아와도 살 수 있을 것 같지 않게 망가지고 더럽혀진 지하방을 보고는 다부지게 항의도 할 줄 알았다.

이번 K대학 농성사건엔 꼭 영택이가 끼어 있을 것 같았다. 수적으로도 많았지만 우리가 영택이에게 붙인 죄목과 같은 조목이 이미 붙어 있기 때문에 더 그랬다. 아이들한테 그 꼴을 보일 수는 없었다. 나는 두 아이를 양쪽 겨드랑 밑에 옴짝달싹 못 하게 끼고 있으면서도 안심이 안 돼 연방 입으로 겁을 주었다.

"눈 꼭 감고 있어. 아이들은 저런 나쁜 사람 보는 거 아냐. 세상에, 나쁜 사람들이 많기도 하지. 끔찍한 세상이로구나."

문득 한쪽 겨드랑 밑에서 계집애가 떨고 있는 걸 느꼈다. 계집애는 눈을 꼭 감고도 제 두 손바닥을 펴서 얼굴을 가리고 미세하게 그러나 속 깊이 떨고 있었다. 나는 그렇게 떨고 있는 게 손녀가 아니라 나일 거라는 기이한 느낌에 빠져들었다. 손녀의 작은 심장 소리, 할딱이는 숨소리, 꼭 감은 눈 속의 막막한 어둠, 나쁜 것, 나쁜 사람에 대한 공포는 나에게 얼마나 익숙한가.

내가 손녀만했을 때 우리집은 서대문형무소 근방의 빈촌에 살고 있었다. 어머니는 가난을 두려워하거나 부끄러워하지 않는 꿋꿋한 분이었지만 감옥소 근처에서 자식을 길러야 한다는 걸 퍽 불안해하고 때로는 굴욕스러워하기도 했다. 이놈의 동네만 떠날 수 있으면 죽을 끓여먹어도 다리 뻗고 살 수 있을 것 같다는 소리를 말버릇처럼 되뇌곤 했다. 그때는 재판받으러 가는 미결수한테 용수를 씌워서 무개차에 태우고 다녔다. 용수는 머리 끝부터 목 밑까지 내려오는 뾰족한 짚모자였지만 두 눈 있는 데만은 빠끔하게 뚫어놓았었다. 나쁜 사람이 그 구멍으로 내다본다는 건 어린 마음을 매우 으스스하게 했다. 자다가 가끔 가위를 눌릴 만큼 구멍 속의 시선은 악을 농축한 그 무엇이었다. 어머니는 더했다. 어머니하고 같이 길을 가다가 용수 쓰고 끌려가는 사람을 만나게 되면 어머니는 우선 나를 당신 치마폭으로 폭 싸안으면서 눈 감아라, 꼭꼭 감고 있어야 한다, 나는 어머니가 시키는 대로 눈을 꼭 감고 몸을 잔뜩 오그리고 마음속 깊이 떨었다. 그때 어머니는 나쁜 사람이 한번 눈독을 들이면 곧장 악에 물든다는 미신적인 공포감을 갖고 계셨던 듯하다.

그후 철이 들고 나서 그 미결수들은 나중에 무죄가 판명되어 풀려나는 수도 있고 또 독립투사도 얼마든지 섞여 있을 수 있다는 걸 알게 되었다. 어머니는 왜 그런 말을 안 해주었을까, 어머니가 그걸 조금만 귀띔해주었던들 꼭 감은 눈 속의 어둠이 그리도 완벽하고 막막하지만은 않았으련만. 이렇게 훗날 어머니를 경멸한 주제에 오늘날 손녀에게 해줄 수 있는 것 역시 똑같은 짓밖에 없었다. 손자의 칠흑 같은 어둠에 행여나 반딧불만한 빛이라도 스며들까봐 전전긍긍하고 있었다.

어제 일어난 일은 끔찍했다. 그러나 오늘 신부님의 강론에 그 사건에 대한 언급은 한마디도 없으셨다. 우리 눈에만 큰 사건이었나보다.

나는 끝내 묵주신공을 열 번 채우지 못했다. 서재를 돌아나오려는데 벽에 걸린 십자고상이 눈에 띄었다. 영세받은 날 교우로부터 선물로 받은 거였다. 놋쇠로 된 십자고상은 너무 반짝거렸다. 가까이에서 표정을 살피고 싶어 다가가니 마침 내 입술이 못 박힌 예수의 발에 닿았다. 그 우연한 사실에 감동해서 나도 애절한 마음으로 그의 얼굴을 우러르며 물었다.

"주여, 한 말씀만 하소서. 저희들이 매일매일 말과 행위로 못 박는 죄인 중 의인은 몇몇이나 되리이까?"

영택이를 몰아붙이는 데만 급급해서 한 번도 이해하고자 하지 않았던 데 대한 회한으로 못 박힌 분의 얼굴이 몽롱하고 부드럽게 흐려 보였다.

저문 날의 삽화(揷話) 2

 햇살이 도타워 보이건만 놀이터는 비어 있었다. 집집마다 일제히 베고니아 화분을 창문 밖 화분대로 내놓아 화사한 봄기분을 내고 있었다. 강제성을 띤 것은 아니었지만 관리실의 권고로 일괄 구입한 장방형의 화분은 소복소복 다복솔만큼씩 한 걸 세 포기씩 심은 거여서 공장에서 막 출하한 제품 같았다. 앞으로 한 달 안에 가꾸기에 따라서 말라 죽기도 하고, 썩어 시들기도 하고, 이파리만 웃자라기도 하고, 예쁘게 꽃을 피우기도 할 것을 생각하며 나는 속으로 회심의 미소를 지었다. 작년까지 살던 아파트에선 해마다 피튜니아 화분을 공동구입했는데 늦가을까지 꽃을 보는 건 우리집밖에 없었다. 찬바람 난 후의 피튜니아는 빛깔과 자태가 특히 애잔해서 이웃의 젊은 여자들은 저희들이 잘못해서 죽인 화초가 아닌 줄 아는지 꽃 이름을 물으며 신기해하기도 했다. 화초뿐 아니라 개나 고양이 새 등 집에서 기르는 짐승들도 내 손만 가면 기승스럽게 번성해 어려서부터 손이 걸다는 말을 들어왔다.

나에게는 생명을 건강하게 하는 특별한 힘이 있다는 맹신과 그 힘을 정작 쓰고 싶은 데다는 쓸 수 없는 안타까움이 타는 듯한 느낌으로 가슴에 와 닿았다. 나는 속에서 활활 열불이 날 것 같은 예감에 지레 괴로워하면서 베란다 창문을 열었다. 유리창으로 보기보다는 차가운 날씨였다. 블라우스 소맷부리로 힘센 날짐승처럼 휘몰아친 바람이 소매를 럭비공처럼 부풀렸다. 노인정 너머로 마주 보이는 동회 옥상에 꽂힌 태극기와 새마을기와 시(市) 마크가 들어 있는 청색기도 어찌나 세차게 펄럭이는지 무자비한 채찍질을 연상시켰다.

요양원은 남으로 강을 굽어보는 언덕 위에 있었지만 국도하고 연결되는 찻길로 난 정문은 북향이었다. 따라서 정문에서 바라다본 요양원은 암울한 회색빛 등을 보이고 돌아앉아 있었다. 정문에서 요양원까지는 상당히 길고 꼬불꼬불한 오르막길이어서 그 동안을 줄창 그 밉상의 등만 쳐다보며 기어올라가노라면 가뜩이나 마음고생이 많은 방문객들은 너나없이 불길한 예감에 짓눌리곤 했다. 그렇게 허위단심 당도하면 요양원 내부는 눈이 부시게 밝아서 딴 세상 같았다. 그런 비현실감 때문인지 방문객은 방금까지의 흉흉한 예감을 몸서리를 쳐 떨어내면서 모든 것이 다 잘돼 있을 것 같은 새로운 환상에 부풀곤 했다.

아들은 자유로워 보였고 흰 가운을 입은 동년배의 의사와 서로 어깨를 툭툭 치며 나타나서 환자가 아니라 의사하고 동격으로 보였다. 모든 것이 다 잘돼 있어! 나는 터질 듯한 마음으로 아들을 얼싸안으며 속으로 그렇게 부르짖었다. 잠깐이었지만 아들이 나를 들었다 놓았고 나는 황홀했다.

"좋아졌구나. 정말 좋아졌어. 근데 그분은 누구냐? 처음 보는 선생님이더라."

아들과 같이 나온 의사가 미처 인사할 새도 없이 어디로 가버린 게 아쉬워서 나는 이렇게 물었다.

"아까 그 친구요? 한 달에 한두 번씩 자원봉사 나오는 친구예요."

"얘야, 친구라니, 의사선생님한테."

나는 또 가슴이 내려앉아 목소리가 떨려나왔다. 아들이 부드럽게 웃으면서 말했다.

"고등학교 선배거든요. 친구처럼 흉허물 없이 지내던 사이예요."

"그래? 이런 데서 만나서 언짢았쟈?"

나는 아들을 바로 보지 못하고 손등만 어루만지며 말했다.

그 조그만 사건을 빼면 그날의 면회도 딴 때와 다르지 않았다. 셀프서비스의 식당에서 아들과 함께 점심을 먹었으며, 내 아들의 건강과 식욕과 혈색 좋은 두툼한 볼과 표정은 나를 먹지 않아도 배부르게 해 거의 먹는 시늉만 했으며, 딴 환자들 역시 아들처럼 정상적으로 보여 이곳이 정신을 위한 요양원이라는 걸 믿을 수 없음에 문득문득 절망하곤 했다. 점심을 먹고 나서도 아들과 손을 잡고 이곳저곳을 자유롭게 거닐었으며, 아직도 내 아들과 같은 자유가 허락되지 않은 환자들의 병동으로 통하는 복도를 차단하고 있는 창살문은 먼발치로 바라만 봐도 뭔가 옮아붙을 것만 같아 얼른 외면을 하고 못 본 척하기도 했다.

아들은 또 국민학교에 입학하던 때의 순결한 표정으로 나를 정원으로 끌고 나갔다. 며칠 전에 자목련나무의 맨 윗가지에 달린 꽃몽우리가 아기 주먹만큼 부푼 걸 보았는데 그 동안에 얼마나 더 커졌나 같이 보자고 했다.

"보세요. 그 동안에 어머니 주먹만해졌네요."

아들이 내 손가락을 하나하나 꺾어 주먹을 만들면서 목련나무 꼭대기를 가리켰다. 성기게 뻗은 가장귀마다 뾰족뾰족 꽃봉오리가 부풀고 있어 어떤 봉오리가 긴지 알 수 없었다. 대낮의 하늘이 현기증이 나게 밝았다.

"참, 그렇구나."

나는 건성으로 대답하고 완만한 언덕을 휘감고 흐르는 강줄기를 내려다보았다. 요양원 땅은 그 강까지인지 남향으로는 울타리도 문도 없었고, 그 밖의 경계 표시가 될 만한 아무것도 보이지 않았다. 건물도 북쪽에서 볼 때와는 딴판이었다. 밝고 깨끗한 크림색이 주조를 이루고 넓은 창문마다 붉은 벽돌로 테를 두른 게 요양원이라기보다는 콘도 같은 인상이었다.

잔디와 관상목이 조화롭게 배치된 정원은 차츰 야산으로 변하고 새들이 인기척에 놀라 푸드덕대며 날아가곤 했다. 나는 조금도 춥지 않은데 아들이 어머니 감기 드시겠어요, 하면서 되돌아섰다. 쫓기듯이 빠르게 걷는 아들을 뒤쫓으며 나는 숨찬 소리로 물었다.

"언제쯤이나 여기서 나갈 수 있을 것 같냐?"

"잘 모르겠어요."

"모르다니?"

"관심이 없으니까요."

조리로 물을 떠올릴 때처럼 쭈욱 기운이 빠졌다. 아들은 더는 나를 부축해주지 않았다. 요양원 안으로 들어와서도 아무 말도 붙여볼 수가 없었다. 그래도 나는 단념을 못 하고 의사한테 같은 소리를 하고 말았다.

"너무 조급하게 굴지 마세요."

처음 듣는 대답이 아니었다. 전에도 그전에도 같은 대답을 들었으니, 전에도 그전에도 같은 소리로 졸랐었나보다. 나는 실망과 창피함을 무릅쓰고 이번엔 한마디 더 하고 말았다.

"서른이 내일모렙니다. 사회에 복귀해서 제 몫의 일을 찾게 하고 싶습니다."

"여기도 사회고 윤군은 여기서 제 몫의 일을 찾아내서 훌륭히 해내고 있습니다."

"환자 노릇을 말씀하시는 건가요?"

"아닙니다. 이 안에서 윤군은 결코 환자가 아닌걸요. 환자를 치료하는 데 도움이 되는 일을 하고 있습니다. 윤군이 각본을 쓰고 연출까지 맡은 연극이 아주 좋았었습니다. 윤군도 보람을 느꼈겠지만 환자들이 그렇게 즐거워하는 건 처음 봤습니다."

"그런 일이나 시키시려고 멀쩡한 아이를 이 안에 마냥 붙들어두겠다는 말씀이신가요?"

나는 나도 모르게 언성을 높였지만 곧 고개를 떨구었다. 그렇게 떼를 써서 데리고 나갔다가 다시 데리고 들어온 쓰라린 경험 때문이었다.

돌아올 적에 아들은 마냥 나를 배웅해주려고 했다. 가뜩이나 음산한 뒤쪽 비탈길은 해질녘이라 바람이 세찼다. 솔솔 품속으로 파고들던 바람이 느닷없이 모진 채찍처럼 온몸을 후려칠 적이 있었다. 그럴 때마다 나는 걸음을 멈추고 뒤따라오는 아들한테 어여 돌아가라고 손짓을 했다. 아들은 씩 웃기만 하고 여전히 뒤따라왔다. 아들은 세찬 바람을 즐기고 있는지도 몰랐다. 약간 긴 듯한 머리가 풀풀 날리는 게 보기 좋았다. 나는 뒤돌아보며 요양원의 암울한 뒷모습에 어울리지 않는 아들의 싱그러운 젊음에 에미의 욕심이 헛되게 꿈틀대는 걸 느꼈다. 나는 연방 돌아가라고 헛손질을 하면서 실은 마냥 데리고 갈 수 있을 것 같은 예감에 가슴을 졸이고 있었다.

아들은 정확하게 정문까지 따라 나와서 딱 멈춰 서더니 작별인사를 했다. 아들의 작별인사는 좀 길었다. 안녕히 가시라는 말 말고도 조석 거르지 말란 얘기, 아침산책 거르지 말란 얘기, 아버지 건강에 대한 염려, 누나들 매형들의 안부 등 갑자기 수다스러워지기 일쑤였다. 나는 뭔가 참을 수 없는 심정으로 아들의 말의 중동을 잘랐다.

"얘야, 조금만 더 바래다주지 않겠니? 조오기 버스정류장까지만 말이다."

아들은 고개를 저으며 외면을 했다. 나는 내 얼굴이 필사적인 아부로 얼마나 보기 싫게 일그러져 있는지 알고 있었기 때문에 그의 외면이 차라리 다행스러웠다. 누가 강제로 잡아끌 것도 아닌데 아들은 굳게 닫힌 정문 옆에 달린 작은 출입문의 쇠빗장을 움켜쥐고 잔뜩 겁에 질려 있었다.

아들이 건강하고 자유스러운 건 요양원의 울타리 안에서만이었다. 그가 다 나은 건 아니었다. 한때 아들은 내가 이해할 수 없는 이상에 목숨을 걸고 싶어했고 그때의 젊음은 얼마나 아름답게 빛났던가. 이상 대신 공포가 차지한 아들의 초라한 모습이 내 마음을 무두질했다.

"어여 들어가거라. 감기 들라, 어여."

마침 세찬 바람이 불어 내 목소리가 갈가리 찢기는 걸 뒤로 하고 나는 정거장 쪽으로 종종걸음을 쳤다. 그 동안도 봄바람은 미친 듯이 날쳐 버스에 올라타자 한바탕 얻어맞은 것처럼 뺨은 물론 온몸이 얼얼했다.

유리창을 닫으려다 말고 나는 고개를 내밀고 바로 위층 베란다를 올려다보았다. 아들과 함께 자목련나무 꼭대기를 쳐다볼 때처럼 하늘 빛이 너무 밝아 눈이 아렸다. 위층 화분대는 비어 있었다. 베고니아 화분은 꼭 사야 하는 것도 아닐뿐더러 샀어도 밖으로 안 내놓을 수도 있었다. 그럼에도 불구하고 나는 위층 가연이네 화분대만 비어 있는 걸 예사롭게 보아넘기지 못하고 이런저런 걱정을 하기 시작했다. 경제적 궁핍으로부터 내외간의 불화, 생활에 대한 자포자기의 과시, 정신적 황폐 등등 타고난 팔자인 걱정은 어느 것 하나도 확실한 건 아니었지만 전혀 터무니없는 것도 아니었다.

가연이는 내가 이십 년 가까이나 모교에서 국어교사로 봉직하는 동안 거쳐간 수많은 제자 중에서 그닥 인상에 남는 애는 아니었다. 그녀가 우리 바로 위층에 산다는 걸 알고 나서도 그녀의 여학교 때 모습을 떠올릴 순 없었다.

작년에 이사하고 나서 며칠 안 돼서였다. 초인종 소리에 문을 열기 전에 누구냐고 물었고 문 밖에선 여리디여린 소리로 위층에서 왔다고 대답했다.

"으응, 애기 엄마유?"

내가 문을 열자 여자는 눈이 휘둥그래서 두어 발짝 뒤로 물러서면서 비명을 삼키듯이 말했다.

"어머, 김창희 선생님 아니세요? 여기 사시는 줄 몰랐어요."

"누구더라? 아무튼 반가워요."

흔히 당하는 일이라 나는 여유 있게 말했다.

"29회 민가연이에요."

"그래, 그래, 생각나. 들어와요. 참, 무슨 볼일이더라?"

"예, 저어 저희 집 물건이, 아니 빨래가 선생님 댁 화분대에 걸린 것 같아서요."

"그래? 들어와봐요. 언제 그랬는지 아직도 그냥 있으려나 몰라. 바람받이라서 말야."

"방금 내려다보고 왔으니까 있을 거예요."

마침 여름이어서 가연이는 소매 없는 헐렁한 내리닫이를 입고 있었는데 드러난 팔다리가 유난히 희고 매끄러워 보였다. 그런대로 토실해서 불건강해 보일 정도는 아니었지만 개구쟁이들한테 시달리기엔 역부족해 보여 애처로웠다. 그런 느낌 역시 그만한 딸을 가진 에미다운, 걱정도 팔자였다. 아니나 다를까. 가연이가 베란다 화분걸이에서 주섬주섬 챙겨가지고 나오는 걸 보니 빨래가 아니라 시시한 잡동사니들이었다. 아이들 짓이 분명했다. 양말짝, 양념통, 냄비받침, 머리빗, 구두솔 등을 가연이는 감추듯이 두 팔 안에 얼싸안고 앉지도 않고 가려고 했다.

"찬 것 한잔 하고 가. 마침 나도 혼자 있는데."

"아녜요, 선생님."

"아니긴 뭐가 아냐, 여자 제자 소용없다더니 쌀쌀맞긴…… 그래도 먼저 아는 체를 해줘서 기특하다 했더니 모르는 체하는 년이나 조금도 나을 게 없네그려."

이러면서 손수 콜라 한 병과 컵 두 개를 다탁 위에 갖다놓았건만도 가연이는 엉거주춤 도망갈 낌새만 엿보는 것처럼 불안한 자세로 서 있었다.

"아이들 때문에 그래? 어련히 찾아올까봐서. 여간내기들이 아닌가보던데. 홀앗이가 애들 기르기 힘들다는 거 나도 다 알아. 핵가족들 좋아하다가 맛 좀 봐야지 뭐. 외출할 때는 더러 갖다맡기고 그러렴."

나는 출가한 내 딸들 생각을 해서 이렇게 친숙하게 굴었다.

"선생님, 저 아직 애기 없어요."

가연이는 이 한마디를 남기고 도망치듯 가버렸다. 나는 혼자서 좀 머쓱했다. 왜 그런 실수를 했을까. 그녀가 가연이라는 걸 알기 전에 위층에서 왔다는 소리만 듣고도 단박 애기 엄마 취급을 했으니. 아들이냐 딸이냐 몇살이냐를 물을 것도 없이 연년생쯤 되는 개구쟁이 형제를 두었거니 단정을 해버리고 말았으니 만약 아이를 기다리는 입장이라면 마음이 상했을지도 모른다.

이사 온 첫날이던가 다음날이던가 위층에서 온종일 쿵쾅거렸다. 아이들이 높은 데서 연속적으로 뛰어내리는 소리 같기도 하고 쫓고 쫓기는 숨바꼭질을 하는 소리 같기도 했다. 심할 때는 우리집 천장의 전등갓이 다 출렁댔다. 그럴 때는 어른이 참다 못해 고함을 치는 소리도 들렸다. 저음이지만 멀리 퍼지는 남자의 목소리였다. 개구쟁이들 등쌀에 두 손을 든 얌전한 엄마가 별수없이 남편에게 응원을 청한 모양이었다. 이런 나의 추측은 의심할 여지가 거의 없었다. 그렇다면 층수를 잘못 짚은 모양이었다. 그러고 보니 전에 살던 아파트로 이사했을 때도 그와 비슷한 실수를 한 생각이 났다. 그때는 오밤중에 단단한 나무에 못을 박는 소리에 잠을 설치곤 했다. 안방에 누워 있으면 바로 천장 위에서 들리곤 했다. 하루 이틀이 아니고 매일 밤 같은 소리에 잠을 깨는 것도 못할 노릇이었다. 처음엔 목수가 사나도 싶었지만 목공일이 법에 걸리는 일이 아닌 바에야 밤중에 할 까닭이 없었다.

반상횟날 넌지시 806호 집에 누가 사나 알아보았더니 시어머니를 모신 맞벌이 교사 부부였다. 반상회에 나온 시어머니 된다는 부인은 허구한 날 생으로 벙어리 노릇을 해야 하는 팔자를 한탄했다. 낮엔 둘 다 출근을 하니 그러려니 하거니와 밤에도 고단하단 핑계로 초저녁부터 저희 방으로 들어가면 다음날 아침까지 코빼기도 볼 수 없으니 이 세상에 서러운 것 중에 말 붙일 데 없는 서러움이 제일이더라는 하소연이 먹혀들 만큼 나이 든 이는 나밖에 없었으나, 나 역시 맞장구를 치는 대신 딴생각을 하고 있었다.

그렇다면 그 못 박는 소리는 도대체 어디서 들려오는 걸까. 그날 밤에도 그 소리는 어김없이 들렸고 풀 길 없는 수수께끼는 어둑시근하고 괴기한 망상으로 이어졌다. 스스로의 방향감각을 믿지 못하게 된 소리는 위층에서 베개 밑으로 잦아들었다가 감미롭고 옅은 수면을 누비며 먼먼 미래의 시간까지 길게 여운을 끌었다.

나는 꼼짝도 할 수 없는 가사상태에서 내 관(棺)에 못 박는 소리를 듣고 있었다. 나는 아직 죽지 않았건만 내 피를 받고 뼛골을 빼간 자식들은 하나도 약초를 구하러 떠나지 않고 못 박는 소리에 장단을 맞추어 악머구리 끓듯 곡만 해서 내 죽음을 기정사실로 만들려 하고 있었다. 악몽이었다.

어떤 공예전에 출품할 거라는 괴목 삼층장이 실려나가는 걸 본 건 그후 며칠 안 되어서였다. 못 박는 소리도 그 악몽의 밤을 고비로 들리지 않게 됐다. 공예가네 집은 우리집과 대각선으로 위층에 있었다. 소리에 대한 나의 방향감각에도 문제가 있었겠지만 아파트의 벽은 방음장치 대신 소리의 방향을 종잡을 수 없게 하는 야릇한 트릭을 가지고 있을지도 모른다고까지 의심한 바 있거늘 어쩌자고 그런 실수를 또 하고 말았을까.

가연이가 곧 정식으로 인사를 와야 마땅할 듯하여 기다렸으나 감감무소식이었다. 젊은것들 그저 그러려니 접어두고 마침 딸네 농장에서 보내온 참외가 싱싱하고 달길래 한 소쿠리 담아가지고 내가 먼저 방문을 했다. 아직 아이가 없다니 얼마나 오밀조밀 예쁘게 꾸며놓고 살까 구경하고픈 호기심도 없지 않았다. 벌써 몇 년째 아파트에서 산다곤 하나 구닥다리 세간을 못 버리고 끌고 다니다보니 새록새록 예쁜 걸로만 꾸며놓고 사는 집을 보면 부럽기도 하고 즐거운 눈요기도 되었다. 그러나 가연이네는 썰렁하고 어수선하기가 이삿짐을 풀지 않은 집 같기도 하고 이삿짐을 싸다 만 집 같기도 했다. 액자 하나 거울 하나 번듯하게 걸린 게 없었고, 부엌 세간은 더군다나 극도로 단순하고 검약한 것이어서 도리어 새롭고 낯설었다. 요새도 양은냄비에 밥을 짓고 양은 국대접을 쓰는 집이 있다니. 딸네도 그렇지만 이웃의 젊은 새댁들 사이에서도 그릇 사치는 유행이었다. 나도 그것만은 귀엽게 보여 더러 흉내도 내고 눈여겨봐두고 벼르기만 하는 것도 있었다.

"아, 벌써 참외가 났군요. 몰랐어요."

가연이는 엉뚱하게 활기찬 목소리로 말했으나 표정에는 전혀 생기가 없었다. 일 년 내내 있는 참외였지만 요새 특히 지천이었다. 아파트 정문 앞에도 차량의 통행에 불편을 줄 정도로 과일 노점상들이 한여름의 대목을 보고 있었다. 그런 참외를 처음 보다니. 가연이는 지금도 참외를 보고 있지 않았다. 나는 손수 참외를 부엌 싱크대 위에다 쏟아놓으면서 숟갈이 꽂힌 채인 찌그러진 양은냄비를 곁눈질했다. 넘쳐서 줄줄이 말라붙은 밥물 자국이 안주인의 분노 권태 그런 것들의 더께처럼 완강했다. 그 다음 나는 어쩔 줄을 몰랐다.

"참외 드시고 가셔야지 그냥 가시면 어떡해요. 단 걸로 골라드릴까요. 참외를 잘 골라야 신랑을 잘 고른다는 소리는 괜한 소린가봐요."

가연이의 목소리는 말뜻과는 상관없이 생생하고 절박했다. 어떡하든지 나의 탐색을 교란시켜보려는 안간힘인 듯싶었다.

"참외를 잘 고르냐, 너는?"

"아뇨, 형편없어요."

"그럼 신랑을 괜찮게 만났다는 소리구나."

"아아, 모르겠어요 선생님. 전 복잡한 건 질색이에요."

"그 정도가 그렇게 복잡해가지고는 현대생활에 어떻게 적응을 하누?"

나는 별것도 아닌 일을 상담실까지 가져와 비죽비죽 울기부터 하는 여학생을 우선 안심부터 시켜놓고 봐야 할 때 쓰던 왕년의 대범하고 소탈한 말투로 말했다. 그러나 가연이는 사랑받지 못한 아이가 일찍부터 터득한 것처럼 교활한 경계태세를 늦추지 않았다.

"선생님은 제 남편이 뭐 해먹고 사는 작자일까 그게 궁금하신 거죠? 그걸 못 알아내고 가시면 아마 몸살이 나실 거예요. 다 알아요."

"이런 못된 걸 봤나. 어떻게 그렇게 남의 속에 들어갔다 나온 체를 할 수가 있니? 딴 사람도 아닌 스승에게 무안을 줘도 분수가 있지."

나는 나잇값도 못하고 목소리가 떨렸다. 그러나 가연의 눈빛은 점점 더 심술궂어졌다.

"아무리 겉으로 점잖은 사람도 남에 대한 호기심까지 점잖지 않다는 것쯤 알고 있으니까요. 그뿐인 줄 아세요. 만일 제 남편이 돈을 잘 버는데 살림꼴이 요 모양이라면 저를 나무라시고, 제 남편이 땡전 한푼 못 버는 무능력자면 저를 불쌍해하실 준비까지 속으로 하고 계시다는 것도 알고 있는걸요. 그렇지만 둘 다 아네요."

지글대는 심술궂음 때문인지 가연이는 처음 볼 때와는 딴판으로 기운이 넘쳐 보였다. 과도도 없는지 수퉁맞게 생긴 식칼로 참외 껍질을 두껍고 빠르게 벗겨 두 쪽으로 내더니 한 쪽은 내 앞으로 밀어놓고 한 쪽은 제 입으로 가져갔다. 국물을 뚝뚝 떨구며 왈살스럽게 참외를 먹는 가연이를 망연히 바라보며 나는 메마른 입맛을 다셨다. 가연이 넘겨짚은 대로 이 집 남자는 뭐 해먹고 사는 사람일까 하는 천박한 호기심이 독기 서린 갈등이 되어 입 안을 말리고 있었다. 이런 나를 흘긋 쳐다본 가연이의 입가에 미미한 비웃음이 어렸다. 그렇게밖에 웃을 줄 모르는 것처럼 그 웃음은 그녀에게 잘 어울렸다. 그 순간 왠지 나는 그녀가 그런 비웃음으로 견디고 목격해야 했던 온갖 삶의 신산(辛酸)을 떠올리고 가슴이 뭉클했다.

"둘 다 아니면 뭐란 말이냐?"

나는 가연이에게 나의 호기심을 숨기기를 단념하고 순순히 물었다.

"돈은 못 벌지만 무능력자는 아네요. 월급쟁이들이 경제 발전에 이바지하고 있다고 말하는 식으로 하면 그 사람은 역사의 발전에 이바지하고 있다고 말해도 될 거예요. 보통 남자들이 가족이 굶주리는 걸 못 견디듯이, 그 남자는 열심히 일하고도 사람답게 못 사는 사람이 이 사회에 있다는 걸 못 견디고 들입다 역성을 드는 거예요. 그는 아주 예쁜 꿈을 꾸고 있는데 사람들은 그의 꿈을 그냥 안 놔두려고 그래요. 쫓겨다닐 때도 있고 언제고 흙 묻은 구둣발이 마루고 안방이고 마구 휘젓고 다닐 수 있도록 집을 내줘야 하고, 산골 오막살이에도 있는 그 흔한 전화통도 아예 없이 사는 게 편하고……"

가연이의 비웃음이 한결 명료해졌다. 그러나 눈길은 나를 보고 있지 않았다. 그녀 내부로 향한 양 허공에 멍청히 고정돼 있었다.

"혹시 네 남편도 운동하는 사람 아니냐? 스포츠 말고……"

"왜, 네 남편 '도'라고 하시나요? 운동하는 사람이 그렇게 흔해빠진 것도 아닌데."

"내 아들도 그랬으니까."

"지금 현재는 아닌가요?"

"그래, 다 지난 일이 되고 말았단다."

"평범한 직업인으로 돌아갔나보죠?"

"아니, 그애는 운동을 못 하게 되자 삶도 멎어버렸단다."

"그럼, 죽었단 말인가요?"

가연이가 성급하고 신경질적인 소리를 냈다.

"아니다, 그애는 지금 정신병원에 있다. 한번은 연행되어 몹시 처참하게 망가져갖고 풀려났길래 몸만 그렇게 된 줄 알았더니 정작 못쓰게 된 건 정신이었단다."

"그만 하세요, 그만. 아아, 끔찍한 일이에요."

가연이는 참혹한 환상을 지우려는 듯 도리질을 하면서 날카롭게 부르짖었다. 나 역시 더는 할 말이 없었다.

작년 여름 그렇게 해서 가연이와 그녀의 남편에 대해 알게 된 후부터 내 생활엔 갑자기 생기가 돌게 되었다. 나는 김치만 알맞게 익어도 한 보시기 퍼가지고 쪼르르 위층으로 올라갔고, 어떤 때는 단지 위층에 가는 구실을 만들기 위해 꽤 손이 가는 별식을 만들기도 했다. 맛난 음식이나 몸에 좋다는 영양가 높은 음식을 만들 때일수록 나는 가연이보다는 그녀의 신랑 생각을 더 극진히 하느라 괜히 가슴속이 따뜻해지곤 했다. 그후의 나의 살맛은 거의가 위층과 상관이 있었다. 가연이 신랑과 인사를 나눌 기회도 자연스럽게 생겼는데 약간 무뚝뚝해 보이긴 해도 천진한 인상이었다. 그는 좀 섭섭할 정도로 나에게 의례적인 인사 이상의 관심을 두는 법이 없었지만 나는 신뢰감 가득한 눈길을 그에게 보내곤 했다.

어떤 때는 나의 신뢰감을 그에게 나타내 보이고 싶다는 무작정의 갈망으로 가슴을 졸이며 일부러 그가 들고 날 때를 현관 근처에서 기다리기도 했다. 그가 들고 나는 시간은 불규칙해서 거의 들어맞지 않았다. 그 대신 우연히 만나면 그렇게 반가울 수가 없었고 나의 마음으로부터의 신뢰감을 그가 알아차렸을까를 마치 사춘기 때 던진 최초의 추파의 효험을 헤아려보듯이 잔뜩 촉각을 세운 감수성으로 헤아려보곤 했다.

우리 아파트 엘리베이터는 삼 개월에 한 번씩 짝수에 섰다 홀수에 섰다. 서는 층을 바꾸기로 돼 있는데 우리 층에 서는 동안 나는 그의 신중하여 마치 스며드는 듯한 발짝 소리까지 알아듣게 되었다. 그가 돌아왔구나! 나는 은은한 미소를 띠고 그가 우리 층에서 내려 위층으로 통하는 계단을 느리게 밟는 소리에 귀 기울이곤 했다. 아들이 집에서 들고 날 때처럼 나는 그의 발짝 소리를 기다리고 반가워하고 그가 어느 만큼 피곤한가, 기분이 좋은가 처져 있나까지를 읽어내려고 했다. 그에 대해 날로 고조되는 나의 관심이 나도 모르게 가연이네 생활을 조금씩 간섭하기 시작하고 있었다. 이런 나의 침투에 가연이는 조금도 방어적이지 못했다. 어쩌면 내가 나타나기 전부터 그녀는 이미 생활을 방기하고 있었는지도 몰랐다. 그렇지 않고서야 아무리 넉넉지 못하기로서니 그렇게 황폐를 도처에 처바르고 살 수는 없는 일이었다. 나는 가연이의 그 점이 가장 마뜩하지가 않았다. 마치 아들 수발을 제대로 못 드는 며느리가 곱지 않듯이 가연이가 곱지 않을 때는 으레 그가 안쓰러웠다. 계집 잘못 만나 큰 뜻을 펴 보기에는 애저녁에 글렀지 싶은 탄식을 하기도 했다. 그러나 가연이한테 대놓고 할 수 있는 말은 못 되었다.

그가 한푼도 벌어들이는 게 없이 오륙 년째 소위 운동만 하면서도 밥을 굶지 않았을 뿐 아니라 툭하면 동지를 모아들여 숙식을 제공하고 제 속옷까지 벗어 입히면서 살 수 있었던 건 순전히 가연이네 친정 덕분이었다. 사는 꼴로 봐서 도저히 지닐 수 없는 평수의 아파트에 살고 있는 것 또한 친정 덕이었다. 그렇다고 사위에게 아주 사준 건 아니고. 아주 사줄 만큼 넉넉한 편도 아닌데 맏아들 세간 낼 요량으로 사놓은 걸 거저로 빌려주고 관리비까지 내주니 딸 가진 죄인 노릇을 과분하게 치르고 있는 셈이었다.

"그래도 그이는 조금도 감사할 줄 모른다니까요."

가연이가 이렇게 하소연할 때마다 나는 그의 역성을 들곤 했다.

"그럴 리가 있나. 비굴해지지 않으려고 오기 부리는 것도 모르고, 쯧쯧."

"아녜요, 잠자코만 있어도 저도 그런 줄 알았을 거예요. 그이는 툭하면 우리 친정 욕을 하는걸요. 쩨쩨하다고요. 이만큼이라도 대주는 게 친정으로선 얼마나 큰 출혈이라는 걸 통 모르는 척해요. 아버지가 하시는 전자용품대리점 수입이 그저 그렇거든요. 요샌 사원들한테 강제로 배당되는 전자용품이 워낙 많아 그런 걸 덤핑으로 사기 때문에 대리점 매상은 쭉 내리막이래요. 당신네는 생활비 줄이려고 아들 내외 눈치 봐가며 분가를 미루면서까지 딸네 먹여 살리시는 심정이 오죽하시겠어요?"

"그래도 느이 신랑은 복이 많은 사람이다. 남아도는 돈을 적선하는 셈 치고 선선히 집어주는 것보다 하는 일을 뜻있게 보고 당신들이 잡술 거 입을 걸 아껴 보태주는 돈이니 얼마나 값있는 돈이냐?"

"우리 친정에서 그가 하는 일을 이해한다구요? 아유, 아녜요. 그이를 얼마나 미워한다구요. 처음부터 친정에선 우리 결혼 반대였어요. 여편네 고생시킬 게 뻔한 남자도 미웠겠지만 그런 남자를 좋다고 시집가겠다는 딸은 또 얼마나 증오스러웠겠어요. 그렇게 꼴 보기 싫은 것들한테 생활비를 대주는 관계가 얼마나 힘들다는 걸 짐작이나 하시겠어요? 주는 쪽이나 받는 쪽이나 서로 말예요."

"알 만하다. 보통 사람들한테 느이 신랑이 하는 일을 이해해주기 바라는 건 무리지. 무리구말구. 그렇지만 그분들이 너를 사랑하는 한 주어서 기쁠 테고 너희들도 넙죽넙죽 받아도 상관없어. 신랑한테 너무 감사를 강요하지 마. 알았지?"

"우리 친정에서 생활비를 못 끊는 게 딸을 사랑해선 줄 아세요? 아니라니까요. 화염병 때문이에요."

"화염병 때문이라니?"

"우리 친정에서 운동권에 대해서 알고 있는 상식은 화염병이 다예요. 운동권은 누구나 신분증처럼 화염병을 하나씩 품속에 품고 다니다가 수틀리면 아무 데나 내던지는 줄 안다니까요. 여북해야 우리 생활비 때문에 어머니나 올케가 불평을 하면 아버지가 한마디로 틀어막는 구호가 '별수 있소? 우리 집안이 한꺼번에 불구덩이에 들지 않고 제명에 죽으려니······.' 하고 땅이 꺼지게 휴우 한숨을 쉬는 거래요."

그건 처음 듣는 끔찍한 사실이었음에도 불구하고 놀랍진 않았다. 나 또한 화염병 때문에 그를 좋아하고 있을지도 모른다는 생각이 들었다. 나 역시 내 아들을 그 꼴로 만든 무자비한 힘을 향한 화염병을 가슴 깊이 품고 살고 있고 같은 것을 품고 있다고 믿을 만한 그에게 그렇게 이끌렸던 게 아닐까. 물론 그 사실은 전혀 끔찍하지 않았고 보람 있기조차 했다.

중간에 두어 번 잠깐씩 들락거린 적이 있긴 해도 아들이 요양원 생활을 한 지 만 사 년이 넘었다. 그런 작은 위안도 없이 어찌 그 서리서리 길고, 피를 말리게 가혹한 시간을 견딜 수 있었으랴. 남편과 나는 아들이 그렇게 된 후 한 번도 살을 섞은 일이 없었다. 나이와 함께 쇠잔해진 기력이긴 하나 쾌락이라 이름 붙인 걸 탐한다는 게 아들의 고난 앞에 차마 못 할 부끄러움이라는 것에 우리는 말 않고도 합의했던 것이다. 그래도 남편은 가끔 슬프디슬픈 얼굴로 시든 성기를 어루만진다는 걸 나는 알고 있었다.

"이제 남은 수는 하나밖에 없다. 네가 벌면 되잖니. 아이도 아직 없겠다, 교직과목도 이수했겠다, 내가 알아봐주련? 당장 정식 교사로 발령받긴 힘들어도 시간강사 자리 얻기는 어렵지 않을 게다. 첫술에 배불릴 생각 말고 그렇게 시작하는 게야. 진작 그럴 일이지, 이 맹추야."

나는 큰 수가 난 것처럼 수선을 떨었지만 가연이의 생기 없음은 그대로였다.

"전들 그 동안 왜 그런 생각을 안 해봤겠어요. 실제로 친정을 통해 취직 자리가 생긴 적도 서너 번 됐구요. 그이가 질색이에요. 제가 돈 버는 꼴도 보기 싫지만, 자기나 자기 동지들 시중은 누가 드냐는 거예요. 실상 그것도 수월찮거든요."

"아무리, 그 정도 불편을 못 참아서 마냥 처갓집 신세를 지겠대? 그 사람 배짱 한번 두둑하네."

나는 어이가 없어 언성을 높였다.

"그 사람은 본디 그런 사람이니까 선생님 말끝마다 역성들지 마세요."

"얘 좀 봐. 내가 언제 역성을 들었다고 그러냐? 그래도 네가 참아야지 어떡하니. 그만한 배짱이라도 있으니까 운동을 할 수 있지, 지금이 웬만한 사람이 운동할 수 있는 세상이 아니잖냐?"

"운동이라는 게 꼭 있어야 할까요?"

"있어야 하구말구. 수많은 사람이 품고 있는 화염병이 운동으로 바뀌어야 해. 그래서 제 곬을 찾지 않으면 미친 불이 돼. 미친 불을 두려워하는 건 비단 너의 친정 식구뿐이 아니란다."

"역시 역성이시군요. 그이 배짱이 어느 정도냐 하면요. 판검사나 의사가 당연하게 받는 처가 덕을 왜 운동권 인사는 감지덕지 비굴하게 받느냐는 거예요. 더 큰 일을 하니까 그들보다 더 떳떳하게 받아야 한다는 거죠."

"글쎄다. 그런 배짱까지 역성을 들어야 할지 모르겠구나. 그 사람 혹시 여자를 통틀어 넘보는 사람 아니냐?"

"넘본다는 말이 딱 들어맞는 건 아니지만 그이는 여자 다루는 방법에 대해 확고한 일가견을 가지고 있어요. 사실은 그게 그 사람의 처가 멸시나 생활고보다 훨씬 더 힘들어요."

"어떤 일가견인데?"

"저도 느낌으로 받아들인 거라 조목조목 설명할 수는 없어요. 강력하게 지배할수록 좋다는 식의 사고방식일 거예요. 그가 저항하는 부패한 권력의 지배논리를 그대로 여자에게 적용하고 쾌재를 부를 정도니까요."

가연이하고 처음 알게 된 것도 나중에 알고 보니 그가 집어던진 물건 때문이었듯이 그는 자주 밖에서 생긴 울화를 집 안의 얼마 안 되는 물건을 부수고 던지는 걸로 푼다고 했다. 가연이네 집안 꼴이 썰렁한 것은 그런 때문도 있었다. 그래도 그저 가연이 더러만 참으라고 해온 나였건만 이번에만은 아무 말도 할 수가 없었다. 나는 내 신뢰감을 보낼 대상을 잃고 싶지가 않았다.

그러나 거짓관계는 언젠가 파탄이 나게 마련이었다. 먼저 친정과의 관계가 끝장나려 하고 있었다. 더는 미움과 두려움 때문에 사위에게 돈을 빼앗기지 않아도 되게끔 가연이 아버지 사업이 망해버린 것이었다. 부도를 냈기 때문에 아버지 명의로 된 아파트도 불원간 내쫓기게 되리라고 했다. 약간 핼쑥해지긴 했어도 비교적 차분하고 담담하게 가연이가 그 얘기를 나에게 해준 게 바로 엊그저께였다. 화분대가 비어 있는 것도 예사롭게 보아 넘기지 못하고 마음이 아픈 것은 걱정도 팔자인 성미 때문만은 아니었다. 그 얘기를 하고 나서 가연이는 심란하게 웃으면서 이렇게 덧붙였었다.

"글쎄 우리 그이가 처갓집 망했단 소리 듣고 첫마디가 뭐랜 줄 아세요? 새장가들게 생겼군, 이러지 뭐예요. 자기의 생활대책이니까 당당한데요. 원망할 것도 없구요. 그 사람 농담도 잘하죠?"

"듣자듣자 하니 그 사람 참 개새끼로구나."

나는 버럭 역정을 냈다.

"농담이래두요."

이번엔 어째 가연이가 그 사람 역성을 들려고 했다.

그날은 그러고 말았지만 그 동안 어떻게 지내고 있는지 좀이 쑤셔서 견딜 수가 없었다. 그 사람이 아직 안 나갔을 것 같은 시간이니 그냥 가기는 염탐 온 걸로 오해를 받을 듯해 꺼려지고 가지고 갈 만한 것도 마땅치가 않아 서성거리고 있는데 전화벨이 울렸다. 기업체의 부설고등학교 책임자로 가 있는 친구로부터의 전화였는데 가정과 선생을 한 사람 구해달라는 부탁이었다.

이럴 수가. 가연이가 가정과 출신이고 자격증도 가지고 있었다. 나는 들뜨려는 목소리를 어금니 사이에 억누르고 어떤 대우를 해줄 것인지 조목조목 따져보았다. 공사립의 중고등학교보다 오히려 나은 대우를 보장해주겠다고 했다. 그만하면 만족할 만했다. 뜻밖의 행운이었다. 궁하면 통한다더니, 사람이 죽으란 법은 없다더니, 나는 별안간 굴러들어온 가연이의 행운을 이렇게 대견해하면서 경중경중 으스대며 위층으로 올라갔다. 가연이 혼자 있었다. 눈가가 질척했다.

"울고 있었구나? 바보같이……"

"네, 자꾸만 눈물이 나오는 걸 어떡해요."

"울지 말아. 내가 기쁜 소식을 가져왔다."

내 얘기를 다 듣고 가연이는 고맙다고 말했지만 내가 기대한 것처럼 기뻐하진 않았다.

"그이가 승낙할지 모르겠어요. 저한테는 더 바랄 수 없는 자리이긴 하지만……"

"제가 승낙 안 하고 배겨? 나라도 승낙을 받아낼 테니 걱정 말아."

"그이 보기보다는 심약한 사람이에요."

"심약하면 승낙받기 더 쉽겠구나."

"아녜요, 이것 보세요."

가연이가 스커트 자락을 걷어올리면서 꿇어앉았다. 유난히 흰 넓적다리 두 개가 어여쁘게 둥근 무릎을 앞으로 가지런히 붙어 있는데, 그 흰 살결 위로 매화꽃잎이 한꺼번에 낙화가 진 것처럼 점점이 선연하게 부풀어 있었다.

"그이가 담뱃불로 지졌어요. 가끔 잘 그래요. 이번엔 특히 심했지만…… 저더러 날치지 말라는 표시래요. 제 내조가 필요하니 제발 날치지 말고 곁으로 있으라면서 글쎄 꺼이꺼이 울지 뭐예요."

"개새끼, 눈물도 흔해."

나는 가연이 눈치 볼 것 없이 이렇게 씹어뱉고는 가연이 눈물까지 꼴도 보기 싫어서 그 집을 뛰쳐나왔다. 그러나 가연이 넓적다리의 화상은 쉬 지워지지 않고 내 살점에 점점이 와 박히는 듯했다. 가연이가 불쌍해서 내 살점이 아팠다. 처음 느껴보는 느낌이었다. 그 새로운 느낌이야말로 우정인지도 몰랐다. 여태껏 나는 그녀를 사랑하기보다는 길들이고자 했고 결과적으로 그녀 남편의 편이었지 그녀 편은 아니었다. 그녀 말짝으로 그 남자의 역성을 들 때도 물론 그러했지만 역성을 안 들 때도 그러했다. 시어머니가 본질적으로 아들 편이듯이.

가연이에게 우정을 느끼자 가연이는 물론 그 남편과, 그들의 관계가 비로소 바로 보이기 시작했다. 직시해야 할 시간은 불가피하게 왔고 직시해야 할 것은 고통스럽더라도 직시하는 게 수였다. 나는 가정선생을 부탁한 친구에게 먼저 전화를 걸어 내일 당사자를 데리고 가겠노라고 말하고 나서 다시 위층으로 올라갔다.

"아까 말한 취직 자리 내일 가기로 했으니, 그렇게 알아라. 이력서랑 몇 가지 갖춰야 할 서류도 준비하고."

"그이 허락도 받기 전에 그러시면 어떡해요? 야단날 거예요."

"우선 네 의식이 자립하고 나서 자립 의사를 밝혀봐. 그럼 다 잘될 거야. 자립할 수 있는 자유인을 누가 함부로 때려."

"그이는 저의 내조가 필요하댔는데…… 울면서 그랬는데."

"제가 무슨 큰일을 한다고 내조씩이나 필요하누?"

나는 구태여 경멸을 감추지 않고 속 시원히 말했다.

"어머, 선생님. 그이 하는 일을 그렇게 두둔하시더니 그까짓 취직 자리 하나 때문에 어쩌면 그렇게 쉽게 전향을 하세요?"

"전향을 하긴. 그 사람이 가짜라는 걸 알았기 때문이지. 생각해봐, 소위 민중을 위한다는 친구가 여성처럼 오랜 세월 교묘하게 억압받고 수탈당한 큰 집단이 민중으로 안 보인다면 그를 어떻게 믿냐? 저는 남자의 기득권을 안 내놓으려 들면서 권력자의 기득권은 내놓으라고 외치는 것도 가짜답고, 도대체 제 계집을 종처럼 다루면서 일말의 연민도 없는 자가 민중을 사랑한다는 소리를 어떻게 믿냐. 내조도 좋지만 가짜를 내조한다는 건 너무 자존심 상하잖냐?"

"선생님, 너무해요. 그를 가짜로 몰지 마세요. 고약한 쪽으로 몰리기만 하고 이날 이때까지 살아온 사람이에요."

"그래, 그가 가짜인가 아닌가는 네가 정하렴. 바로 보고. 바로 보기 위해선 자립을 해. 그를 먹여 살리기 위해서가 아니라 네가 그를 대등한 입장에서 바로 보기 위해 자립을 하란 말야. 그후에 그가 진짜인가 가짜인가는 알아봐도 늦지는 않아. 그렇지만 자립은 더 늦으면 안 된다."

나는 내 우정이 가연이에게 통하길 바라며 간곡하게 말했다.

저문 날의 삽화(揷話) 3

 나에게는 도자기를 하는 딸이 하나 있다. 요새 흔한 취미나 여가선용으로 하는 게 아니라 어엿한 명문 대학 도예과를 졸업하고 꾸준히 작업을 하고 있으니, 이왕이면 우아하고 듣기 좋게 도예가인 체해도 누가 뭐랄 사람이 없으련만 그 아이는 곧잘 '사기장이'라고 자칭하고 있다. 하긴 개인전은 물론 그 흔한 공모전이나 그룹전에도 한번 출품해본 적이 없으니까 도예가라기엔 자격이 좀 모자랄지도 모르겠다.
 그 방면에 욕심이 나는 건 그애보다는 나여서 국전이나 이름난 공모전의 광고가 날 때마다 은근히 충동질을 해보지만 그 아이는 사기장이가 넘볼 일이 아니라고 막무가내였다. 겸손을 떠는 것 같지도 않게 완강한 걸 보면 그 아이 나름으로 도예가와 사기장이 사이에 서로 넘볼 수 없는 금을 긋고 있는 듯했다. 나는 내 딸이 도예가연하면서 한가락 하는 여자로 지냈으면 하는 허욕을 단념 못 하는 푼수로는 도자기에 대해 아는 것도 없고 학교를 졸업시킨 것밖엔 작업실 하나 마련해준 게 없었다. 물레는 하나 사주었지만 전기가마네 가스가마네 하는 비싼 물건은 엄두도 못 냈고 딸이 그런 욕심을 내비친 적도 없었다. 작업실은 넓은 단독주택에서 사는 친구네 지하실을 뜻이 맞는 동창 몇이서 빌려 쓰고 있었다. 뜻이 맞는다는 게 사기장이 이상의 욕심은 없는 동호인끼리라는 뜻은 아닌 듯싶은 게 그중에선 국전에 입선하거나 공모전에 특선을 해서 축하를 받는 친구도 해마다 한두 명씩은 생겨났다. 내 딸이 그런 친구 얘기를 하면서 부러움이나 시샘 같은 걸 억지로 숨기지 않고 자연스럽게 드러내는 걸 볼 때마다 나는 속이 좀 상했다. 쟤게 욕심이 없어서가 아니라 재능의 한계를 일찌감치 깨달았기 때문이려니 짐작이 가기 때문이었다. 딸애는 공부를 중간쯤 하는 평범한 아이였다. 예능 방면에도 마찬가지였다. 그러나 최소한도 E대학은 보내고 싶은 내 욕심 때문에 고3 때 미술 지망으로 바꾸었고, 그해의 추세가 데생의 기초가 약한 지망생들이 도예과로 몰리는 경향을 덩달아서 탄 게 합격의 과녁을 맞추게 된 데 불과했다. 그야말로 운수가 좋아서 딴 간판이기 때문에 거기 자족하지 못하고 졸업하고 나서도 시난고난 전공의 일손을 놓지 못하는 그애가 대견하다기보다는 딱해 보일 수밖에 없었다. 그러다가도 문득문득 허욕을 부리게 되니 정작 딱한 건 내 쪽일지도 모르겠다. 그렇지만 도예가연할 가망도 없다면 도자기 하는 게 곁에서 보기에도 할 짓이 못 되었다. 성형에 들어가기 전에 흙을 밟고 온 날은 작업복도 말이 아니었지만 기운도 탈진해서 막노동판에서 모군을 서고 돌아온 것과 진배없었다. 흙을 밟는 게 어느 만큼 힘이 들고 또 어떤 모습인지 본 적도 없고 그애 역시 자세한 얘기는 안 했지만 상상하기는 어렵지 않았다. 한옥 기와지붕을 고치려면 진흙이 많이 든다. 푸실푸실한 진흙을 부려놓으면 '데모도'라고 불리는 막일꾼이 물을 적당히 붓고 개놓은 진흙 위에 가마니를 덮고 정강이를 걷어붙이고는 맨발로 올라서서 들입다 밟아서 흙을 차지게 만들었다. 고루 차지게 밟은 진흙을 애녀석 머리통만하게 뭉쳐 지붕 위로 올리면 노련한 기와장이는 만져만 보고도 제대로 밟았나 덜 밟았나를 알아맞히고 덜 밟았으면 불호령이 떨어지곤 했다. 도자기 만드는 흙도 그런 과정을 거쳐야 하는 모양이었다. 원 세상에, 내 딸이 그 희고 매끈하고 가냘픈 종아리를 걷어붙이고 그 짓을 하다니. 예전에 사기장이가 왜 바닥 천민의 생업이었나를 알 것 같았다. 복중에도 외씨 같은 버선발이 치맛자락 밑에서 보일락 말락 아장걸음을 걷는 게 부녀자가 마땅히 갖추어야 할 미덕이던 시절에 딸년이건 여편네건 닥치는 대로 종아리를 걷어올리고 맨발로 흙을 밟아야 밥을 먹을 수 있는 게 오죽한 천민이었을까는 뻔했다.

"대학까지 나와 예술을 한다는 애들이 꼭 흙 밟는 일까지 해야겠니? 기와장이만 돼도 그런 일은 데모도한테 시키던데 너희들도 그런 허드렛일은 사람을 사서 시키면 안 되겠냐?"

언젠가 이렇게 권해본 적도 있다. 사람을 살 것도 없이 밟는 구실을 해주는 기계도 있고, 기계적으로 밟는 과정을 거쳐 당장 성형할 수 있게 돼 있는 흙도 판다고 했다.

"그런데도 그런 고생을 했어? 미련한 것. 많이 비싸냐? 많이 비싸도 그렇지, 아낄 게 따로 있지, 명색이 예술을 한답시고 그만한 밑천도 안 들까?"

막도자기가 얼마나 싸다는 것쯤은 알고 있는지라 나는 허덕이며 희떱게 굴었다. 그때 딸애는 아득한 시선으로 나를 흘긋 한 번 쳐다보고는 짧게 대답했다.

"흙 밟는 맛에 도자기를 하는걸요. 아니면 벌써 그만뒀을 거예요."

나는 그애가 첫애가 아니기 때문에 자식들이 부모의 소망과 꿈을 배반하고 세상살이의 독자적인 방법과 생각을 갖기 시작하는 갖가지 수법에 대해 알고 있었지만 그때처럼 무안하고도 괘씸해보기도 처음이었다.

그러나 작업실에서 줄창 미장이 데모도처럼 흙만 밟는 것은 아닌 모양으로 마침내 구워낸 도자기를 집으로 들여올 적이 몇 달에 한 번씩은 있었다. 많이는 백 점이 넘을 적도 있었고 아무리 적어도 오륙십 점은 되었다. 실패율이 거의 없는 가스가마를 빌려서 굽는다지만 초벌구이 재벌구이를 거치는 동안 금가고, 내려앉고, 비뚤어지는 게 생겨나게 마련이어서 반타작이나 될까 말까라고 했다. 금이 가거나 모양이 망가져서 못 쓰게 되는 것 말고 마음에 안 들어서 그 자리에서 깨뜨려버리는 것도 적지 않다는 것도 무슨 말끝엔가 얼핏 들은 것 같았다. 그렇다면 집에까지 가지고 들어온 물건들은 제 딴엔 그래도 잘 빠졌다 싶은 것들일 텐데도 딸이 그때처럼 심란하고 허전해 보일 적도 없었다. 그러건 말건 나는 그애가 순수 빚은 올망졸망한 그릇들이 포장에서 풀려나 제 모습을 드러내는 걸 지켜볼 때가 제일 즐겁고 대견했다.

어머, 이 빛깔 참 잘 빠졌다 얘, 이 선은 기가 막히구나, 어쩌고 내 기분에 들떠서 찬사를 해봐도 그애는 더욱 침울해질 뿐이었다. 그애가 가까스로 참고 있는 건 무엇일까? 재능에 대한 절망일까? 어미의 지칠 줄 모르는 헛된 욕망에 대한 혐오감일까? 이런 달가워도 안 하는 찬사가 끝나면 나는 그것들의 용도에 대해 묻기도 하고 궁금해하기도 하는데, 내 딸이 칭찬보다도 싫어하는 게 바로 그런 질문이었다. 파는 도자기처럼 한눈에 찻잔이면 찻잔, 대접이면 대접이라고 알아볼 수 있는 게 별로 없었다. 물컵으로 쓰기엔 너무 두루뭉술하고 손잡이도 마땅치 않길래 꽃을 꽂아보면 그럴듯해 보이는 것도 있었지만 딸이 그걸 꽃병으로 만들었는지는 알아낼 방법이 없었다. 대접으로 쓰려고 부엌 찬장에 얹어두었다가 막상 국을 뜨려고 하니 가상이가 몇 군데 패어 있는 게 볼썽사나워 슬쩍 치웠다가 나중에서야 그게 재떨이였을지도 모른다고 깨닫게 될 적도 있었다. 그러나 그 정도라도 만든 이의 의도를 알아맞힐 수 있는 건 몇 개 안 됐다. 나는 딸애가 그릇들에게 부여한 운명대로 그것들을 쓰고 싶었고 또 그렇게 하는 게 창조행위에 대한 최소한의 예절이라고 여기고 있었기 때문에 도무지 용도를 종잡을 수 없는 그릇에 대해선 그게 뭔가를 묻지 않을 수가 없었다. 그럴 때 딸은 대답 대신 모욕당하고 억지로 웃는 것처럼 참담하게 일그러진 웃음을 웃거나 "어머니 좋을 대로 생각하시면 되잖아요. 아무 생각 없이 그냥 만들었단 말예요." 그렇게 싸울 듯이 대들고 나서 어깨를 탈골이 된 것처럼 축 처뜨리기도 했다. 그렇담 저까짓 것들이 순수한 예술품이란 말인가? 예술이라면 질색인 주제에…… 나는 느닷없이 딸이 아니꼬워져서 속으로 이렇게 뇌까리곤 했다. 아무 생각도 안 했다는 게 예술가들이 흔히 말하는 무사(無私)의 경지 같은 걸 말하려는 것 같아서였다.

 이것을 뭣에 쓸 거냐는 물음이 질색인 대신에 그것들을 뭘로 쓰든지 딸애는 전혀 상관하지 않았다. 재떨이를 몰라보고 국대접으로 쓴다고 해도 그애는 끝내 모른 체했으리라. 그 그릇들의 용도에 대해선 당초의 괴팍스러움도 교만함도 없어서 그저 무엇으로든지 소용이 닿는 것만 감지덕지하는 듯했다. 그것들을 보고 갖고 싶어하는 사람이 있으면 집어주는 것도 내 마음대로였다. 누가 가져갔대도 딸은 상관하지 않았다. 나는 우선 내 눈에 드는 걸 몇 점 골라내고 나서 시집간 큰딸이나 세간 난 큰며느리를 불러서 쓸 만한 걸 골라가도록 했다. 친구를 일부러 부르는 적은 없었지만 우연히 놀러 왔다가 보고 탐을 내도 곧잘 인심을 쓰곤 했다. 그러나 "잘 간수해, 너. 누가 아니, 내 딸이 유명해질지. 그럼 그거 가보(家寶) 된다" 하는 말로 내 숨은 허영의 자락을 드러내 보이는 걸 잊지 않았다.

 이렇게 저렇게 제자리를 찾아가고 나서도 으레 몇 점은 처지게 마련이었다. 나는 그것들을 문갑이나 장식장 위에다 늘어놓게 되는데 딸은 그때 또 한번 괴팍을 떨었다. 그것들을 일일이 수거해다가 산산이 박살을 내버리고 마는 것이었다. 아무짝에도 쓸모가 없어서 장식품이 되고 만 것들에 대한 딸의 응징은 신들린 것처럼 무아지경이어서 나는 엉뚱스럽게도 흙을 밟거나 성형을 할 때의 딸도 저러하지 않았을까 유추해보곤 했다. 그러나 이건 뭐냐, 조건 뭣에 쓸 거냐고 그 그릇들의 용도를 묻는 걸 제일 싫어하던 딸이 막상 실용가치에서 제외된 그릇들에 대해 그다지도 지독한 혐오감을 나타내는 심사가 무엇인지 내가 이해하기엔 좀 어려웠다. 대강 깨뜨려버리면 누가 주워모아 접착이라도 할 줄 아는지 딸은 부수고 또 부수어 산산조각을 내고도 부수기를 멈추지 않았다. 제 딴엔 흙으로 돌아가게 할 작정인 듯했으나 예리한 사금파리만 한 무더기 만들어놓고 탈진을 해서 손을 놓곤 했다. 딸이 손을 다칠세라 나는 그것들을 도맡아 치우면서 속으로 어려워, 어려워, 소리를 수도 없이 삼키곤 했다. 그 딸도 시집을 가더니 도자기 일을 흐지부지 쉬고 있다. 여가도 없겠지만 그 괴팍을 받아줄 사람이 없어서일 거라고 나는 문득문득 고소해하기도 하고 서운해하기도 했다.

 아이들이 마루에서 어찌나 극성맞게 뛰는지 안방 구들장이 다

들썩하는 것 같았다. 이어 비명인지 환성인지 분간할 수 없는 날카로운 아이들 소리와 한껏 볼륨을 높여놓은 어린이 프로의 시그널 뮤직이 섞여서 들렸다. 아침방송의 어린이 시간이 시작되고 있다면 이른 시간이 아니기 때문인지, 그런 시끄러운 소리들이 삼십 분만 더 자고 싶은 나른하고 감미로운 졸음에 조금도 방해가 되지 않았다. 내가 좀더 즐기고 싶은 건 늦잠이 아니라 늙은이들만 사는 집에 손자들이 와서 잔 날 아침의 활기 넘치는 소요인지도 몰랐다. 나는 비몽사몽간에도 얼굴 하나 가득 인자한 미소를 띠고 다음에 일어날 일을 기다렸다. 문틈으로 할미의 동정을 엿보던 아이가 더 기다리지 못하고 할미의 잠을 깨우러 들이닥칠 차례였다. 계집애라면 손가락으로 할미 뺨을 찔러보거나 귓전에서 뭐라고 속삭이겠지만 사내녀석이라면 다짜고짜 몸으로 덮쳐 할미 갈비뼈를 결리게 할지도 모른다. 나는 스멀대는 장난기를 이기지 못하고 실눈을 떴다. 벌써 해가 높다란 듯 커튼을 통해 희석된 빛이건만도 방 안은 눈이 부시게 환했다. 어제던가 그제던가, 텔레비전으로 활짝 핀 진해의 벚꽃을 본 것은. 나는 아이들 떠드는 소리에도 잔물결처럼 일렁이는 방 안의 밝음에 간지럼 타듯 몸을 꼬며 생각했다. 아니나 다를까, 밖에서 방문이 한 뼘쯤 소리없이 열렸다. 발목이 나오게 껑충한 청바지 가랑이가 먼저 들어오면서 문은 좀더 열렸다. 시끄러움이 멎은 대신 아이의 억제된 가쁜 숨소리가 들리는 듯했다. 나는 참지 못하고 아이의 빨간 점퍼를 건너뛰어 얼굴을 찾았다. 버짐으로 얼룩진 입

언저리, 콧구멍이 빤히 보이는 납대대한 코, 아둔한 것도 같고 교활한 것도 같은 눈, 불밤송이처럼 곤두선 갈색 머리의 까만 얼굴이 둘, 이층으로 겹쳐져서 안방을 엿보다가 나와 눈이 마주치자 후닥닥 도망을 쳐버렸다. 부엌 쪽에서 밥 뜸 드는 구수한 냄새와 아이고 이 웬수야, 하는 만수네의 지친 듯한 나무람 소리가 끼쳐왔다. 아이들은 내 손자가 아니라 만수네의 손자였다. 나는 나른하고 달착지근한 비몽사몽간에서 깨어나 머리를 끌어올려 뒤통수에다 핀으로 꽂으면서 일어나 앉았다. 옆자리는 비어 있었다. 나는 남편의 베갯잇에 어지럽게 달라붙은 유난히 새까만 머리칼을 일일이 뜯어내면서 우울하게 한숨을 쉬었다. 재떨이엔 담배꽁초가 다섯 개나 구십 도로 꺾인 채 거품 같은 가래침과 범벅이 돼 있는 걸 보면 새벽부터 잠을 설친 모양이다. 남편의 퇴직 후 우리는 둘 다 수면시간이 자연스럽게 늦게 자고 늦게 일어나는 걸로 바뀌어 있었다. 삼십여 년간 강박관념이 돼온 출근 시간에서 놓여난 해방감 때문이었는지 섭섭함 때문이었는지 우리는 자정까지 텔레비전을 보았고 그러고 나면 출출해서 달고 말랑말랑한 생과자나 찹쌀떡 같은 걸로 주전부리까지 하고 입가심으로 차 한 잔 마시고 나면 거지반 한시가 돼서야 자리에 들었기 때문이다. 국민학교 들어가기 전부터 줄창 지켜왔을 일찍 자고 일찍 일어나던 버릇이 바뀐 것을 남편은 이제야 어른이 된 것 같다고 말하곤 했다. 만수네가 손자를 데리고 들이닥친 후 남편은 그들과 더불어 늦게까지 텔레비전 앞에 턱 처들고 앉았기가 뭣

했던지 혼자서 일찍 잠자리에 들었으니 일찍 일어날 만도 하건만 저 극성스러운 애녀석들 때문만 같아서 부아부터 났다. 나는 주섬주섬 옷을 꿰면서 거실로 나왔다. 그만그만한 연년생 형제들은 텔레비전을 켜놓은 채 부엌에서 파를 다듬고 있는 저희 할머니 치맛자락에 엉켜붙어 칭얼대고 있었다.

"놔두고 아이나 봐. 손님 노릇 좀 하면 어때서 꼭 조석을 떠멜려고 그래."

"나 한시반시 가만히 못 있는 거 알잖여?"

"그래도 그렇지 한 사날 놀고먹는다고 삭신에 녹슬까봐서?"

나는 이렇게 핀잔을 주면서도 사날이란 말에 알아들을 만큼 못을 박는 걸 잊지 않았다. 세 식구가 느닷없이 들이닥친 지 오늘이 사흘째였다. 오던 날부터 빨래며 집 안 청소며 조석을 마치 줄창 해오던 일처럼 스스럼없이 해내고 있지만 그건 제가 좋아서 하는 거고 나도 할 만큼은 했다. 오던 날은 저녁 먹고 치운 후여서 라면을 끓여먹도록 했지만, 다음날은 불고기를 세 식구가 약비나게 먹도록 했으며 비록 막과자일망정 아이들의 주전부리 거리도 한 보따리를 사다가 안겼고, 둘째날은 근처 상가에 아이들을 데리고 나가 기장이랑 품이 넉넉한 걸로 옷도 한 벌씩 사 입혔고 그만그만한 자식들을 기르는 딸네 아들네로 전화를 걸어 안 입는 아이들 옷을 모아들인 게 이불꾸러미만했다. 그만큼 해주었으면 오늘쯤 떠나는 게 예절이었다. 오늘도 눌어붙어 있다면 해줄 게 없었다. 갈 때 노자를 얼마나 주어 보내면 후하단 소릴 들을까 생각해놓은 액수를 만약 내일이나 모레까지 눌어붙어 있으면 반을 깎아야지 하는 심통이 날 만큼 오늘은 떠났으면 하는 마음이 간절했다.

"영감님은?"

거실에도 화장실에도 남편이 안 보이자 나는 만수네에게 물었다. 만수네는 흐릿한 표정으로 마당 쪽을 가리켰다. 말수가 적은 건 여전했다. 하긴 수다스러웠으면 더 견디기 어려웠을 것이다. 그녀 말짝으로 더러는 잊어버렸건만도 생각나는 것만 얼추 긁어모아도 책으로 엮으면 열두 권 분량은 될 거라는 게 그녀의 기구한 팔자였으니까.

남편은 파자마 바람으로 마당 구석에 쭈그리고 앉아 있었다. 앞집 사이의 담이 금가 있는 게 볼 때마다 마음에 걸렸다. 해토 무렵이나 장마 때는 더했다. 손가락이 들어갈 만한 큰 금이 Y자가 삐딱하게 쓰러지는 형상으로 한가운데 나 있는데도 담은 앞집 쪽으로도 우리집 쪽으로도 기울지 않고 수직을 유지하고 있었다. 설마 내 집 쪽으로 무너지랴 싶은 마음 때문에 양쪽 집이 다 못 본 체하고 있었다. 양쪽 집이 다 지어진 후 몇 번 주인이 갈린 집장수 집이어서 당초의 그 담을 쌓은 게 뉘 집인지 만약에 안전사고가 발생했을 때 뉘 집에서 책임을 져야 하는지 분명하지가 않았다. 가장 좋은 방법은 양가가 공동으로 새로운 담장을 쌓는 비용을 부담해서 사고를 미연에 방지하는 거였으나 못 본 체하고 있었다. 먼저 말을 꺼낸 쪽에서 덤터기를 쓸 것 같아서였다. 우리와는 달리 고만고만한 아이들이 있는 앞집에선 더 신경이 쓰일 법한데 먼저 말을 안 꺼내는 걸 나는 지독한 집이라고 여기고 있었으니 나야말로 그 집이 조금만 만만해도 덤터기를 씌우려 들었을지도 모른다.

"좀 물러앉으시잖구……"

표시를 해놓진 않았지만 담장이 우리집 쪽으로 무너질 때 어디까지가 위험하리라고 마음속으로 가상의 줄을 쳐놓고 있었기 때문에 그 안에 있는 남편이 못마땅해서 나는 좀 얼뜬 소리를 냈다. 그리고 허둥지둥 슬리퍼를 꿰면서 그를 끌어낼 듯이 다가갔다. 남편은 골똘히 들여다보고 있던 것에서 눈길을 돌리면서 입을 벌려 웃었다. 틀니를 아직 끼지 않은 분홍빛 잇몸 때문인지 문득 남편이 천치처럼 보이면서 나는 내던지듯이 담장에 대한 경계심을 풀었다. 담장 밑에선 예서 제서 칸나의 새싹들이 붓끝처럼 뾰족뾰족 흙을 쳐들고 있었다.

"토끼풀이나 좀 뽑아주시잖구요."

양회로 처바른 장독대를 빼면 열 평이나 될까 말까 한 마당에서 담장 밑을 따라 기역자로 꺾어 대문 있는 데까지 띠를 두르듯 흙을 돋워 꽃밭을 만들고, 그 나머지에 잔디라고 깐 게 작년부터 극성맞은 토끼풀한테 잠식을 당하더니만 올해는 아예 토끼풀 천지였다. 잔디는 돋아날 낌새도 안 보이는데 토끼풀의 어린 잎들은 잘잘 기름이 흐르게 푸른 빛깔이 어우러져 그들의 영토를 매일매일 눈에 띄게 넓혀가고 있었다.

"잔디면 어떻구, 토끼풀이면 어떻소. 푸른빛이나 보면 됐지."

잇몸이 드러나게 웃을 때와는 달리 남편의 기분은 그다지 좋지 않아 보였다. 퉁명스럽게 말했다. 파자마 바람에 틀니도 아직 안 낀 주제에 머리는 기름 발라 곱게 빗어넘기고 있었다. 정수리가 대머리 지고부터 그걸 가리기 위해 남편은 왼쪽 귀 위에 가르마를 탔다. 그러나 옆머리도 정수리를 넉넉하게 덮을 만큼 숱이 많은 건 아니어서 기름 발라 가까스로 덮은 정수리의 새까만 광택에 나는 담즙처럼 쓰디쓴 혐오감을 느꼈다. 기름 바르지 않은 검은 머리가 무성하던 그의 젊은 날을 떠올리려 했으나 잘 되지 않았다. 나의 젊은 날도 그의 기억 속에 그렇게 함몰돼버렸다면 우리의 산 자취는 무엇이란 말인가. 남편의 그 특이한 머리 빗기는 시간이 오래 걸렸고 내 경대를 쓰지 않고 꼭 화장실 거울을 이용했다. 걸어잠근 화장실 안에서 염색한 옆머리를 한 올 한 올 아껴가며 공들여서 정수리에다 기름으로 늘어붙이는 모습을 상상하는 것은 대머리를 보는 것보다 몇 배 고통스럽다는 걸 남편은 아마 모를 것이다. 서로 그런 것도 감지하지 못한다면 근 사십 년을 해로했다는 게 과연 무슨 뜻이 있단 말인가. 남들이 말하는 소위 복 많은 부부다운 사십 년 동안의 세월이 너무 하찮은 시각의 거스름에도 쉽사리 그 무의미함을 드러낸다는 건 어처구니없는 일이었다. 나는 허우적대듯이 말했다.

 "아침이 다 됐나봅디다. 들어갑시다."

 안에서 아이가 기를 쓰고 우는 소리가 들렸다. 큰아이인지 작은아이인지 나는 아직도 그 녀석들의 목소리를 구별하지 못했

저문 날의 삽화(挿話) 3

다. 남편이 이맛살을 찡그리면서 말했다.

"부엌에 좀 가보지 그래요. 두 아이 건사하기도 힘들 텐데 조석까지 시켜먹으면 쓰겠소."

"지 좋아서 하는 걸 어쩌란 말예요. 그것도 오늘 내일이에요. 더 있으래도 있을 사람들이 아니니 너무 그러지 말아요."

나는 의식적으로 남편의 말을 곡해하려 들었다.

"내가 뭘 어쨌다고 그러나. 그래도 내 집에 온 손님 아니오. 행여나 저들이 우리한테 업신여김을 당했다고 생각할까봐서 그러는 거요. 그건 도무지 당신답지 않은 짓이기도 하구."

남편이 애원하듯이 말했다. 나는 남편의 소심한 눈길을 피하며 흥, 하고 얼핏 코웃음을 쳤다. 내가 나답지 않다는 남편의 말에 나는 자신도 이해할 수 없는 짓궂은 쾌감을 느끼고 있었다. 부처님 가운데 토막, 법 없이도 살 사람, 이 험난한 세상에 그래도 처자식 안 굶긴 게 신기한 사람 등이 그가 살아오면서 얻어들은 세평이었다. 그는 누구에게나 자신을 낮추었다. 자기 집에 남아도는 선물꾸러미를 실어보내온 아우네 운전사에게도, 손자가 보고 싶어 비교적 자주 들르는 딸네 아파트 수위에게도 남편은 구십 도로 허리를 굽혀 인사를 했고 나잇값도 못하고 최고의 공대말을 썼다. 성경에선 도처에서 마음이 교만하면 낮아지게 되고 겸손하면 높임을 받는다고 설하고 있지만 세상 인심이란 그런 게 아니어서 그들은 금세 안면을 바꾸어 남편을 우습게 보기 십상이었다. 정년으로 퇴직할 때까지 한 번도 직장을 옮긴 적이 없는 그의 은행에서의 진급은 남보다 빠른 것도 더딜 것도 없었다. 큰 실수 없이 오로지 착실하기만 한 은행원의 거의가 다 그렇듯이 그도 부장급에서 퇴직을 했고 나도 거기까지가 남편의 한계라고 생각했기 때문에 유감이 없었다. 일찍부터 남편에게 그 정도밖에 기대를 안 할 수 있었던 것도 실력을 못 믿어서가 아니라 상대를 가리지 않고 자기를 낮추는 버릇 때문이었다. 직장까지 남편을 찾아간 적은 없었지만 그가 어떤 모습으로 아랫사람을 거느릴까 상상하는 것만으로도 등골에 닭살이 돋곤 했다. 그의 노릇으로는 부장도 과분했다. 내가 이렇듯 사뭇 냉철한 관찰자 노릇을 해왔음에도 불구하고 그는 내가 그의 사는 방법에 완벽하게 순종해왔다고 여기고 있는 말투였다.

"그 정도는 내가 알아서 할 수 있으니 걱정 말아요. 왜 점점 더 좁쌀영감이 돼가시우?"

나는 한 번도 과욕이 깃들어본 적이 없는 남편의 얼굴을 난감한 듯이 바라보며 짜증스럽게 말했다. 그가 웅크리고 앉았던 자리에서 뭉그적대며 일어섰다. 무릎에서 녹슨 소리가 날 것처럼 굼뜨고 어설픈 몸놀림이었다. 철썩, 하고 네 절로 접은 조간신문이 땅으로 떨어졌다.

"아이들이 안경을 밟아서 그만 못 쓰게 만들어놓고 말았다우."

그는 아침마다 한 시간이나 넘어 걸려서 통독하는 신문을 그렇게 끼고만 있었던 까닭을 이렇게 변명했다.

"그 비싼 안경을…… 이를 어쩌나. 테예요, 알이에요, 못 쓰게 된 게?"

"둘 다요. 테는 가운데가 뚝 부러졌으니 고칠 생각 말아요."

"손모가질 잠시도 가만히 안 두더니 기어코 큰일을 저질렀군 저질렀어. 세상에 그게 얼마짜리 안경인 줄이나 알고 저 여편넨 저렇게 태평한가 원. 비싼 물건이 아니라도 그렇지. 아무리 에미 애비 없이 자랐기로서니 애녀석들이 대가리가 저만큼 컸으면 남의 물건 어려운 걸 알아야 사람이 되련만."

나는 안에 남아 있는 세 사람의 객식구한테 참았던 넋두리를 마구 내뱉으면서 안으로 냅다 뛰어들어갈 기센데, 남편이 치맛자락을 잡아끌어 그 자리에 앉히며 자기도 허리를 굽혔다. 나는 그가 왜 그러나보다는 그의 힘이 세다는 걸 더 이상하게 생각했다. 그는 손을 갈퀴처럼 만들어가지고 땅에서 시퍼렇게 돋아나는 걸 부득부득 쥐어뜯으며 말했다.

"토끼풀을 뽑아줘야겠소. 이놈의 토끼풀 극성에 잔디가 어디 남아나겠나."

내가 아까 한 말인데도 생뚱스럽게 들렸다. 나는 그 생뚱스러움에 맥이 빠져 그 자리에 스르르 무릎을 꺾고 그가 하는 대로 토끼풀을 쥐어뜯기 시작했다. 그가 흘긋 내 눈치를 보고 나서 흐물흐물 웃었다. 나는 화난 듯이 그를 외면했지만 연분홍색 잇몸은 말랑하게 흐느적대는 감촉으로 나의 속살에 늘어붙는 듯하여 진저리를 쳤다.

"그 안경테 과히 비싼 거 아니니 너무 아까워하지 말구려."

아까와는 달리 틀니를 빼놓았다는 걸 의식 안 할 수가 없는 김새고 노회한 음성이었다.

"무슨 소리예요. 그건 큰애가 본바닥에서 사온 이탈리아젠데."

나는 그에게 사납게 눈을 흘겼다. 그건 회사일로 처음부터 유럽 몇 나라를 다녀온 큰아들이 아버지한테 선물한 거였다. 큰아들은 그게 아주 비싼 거라고 했다. 큰며느리는 한술 더 떠서 그게 워낙 비싼 거여서 어머니 선물은 생략할 수밖에 없었다지 뭡니까 했다. 나는 내 선물값까지 보탰으니 기십만원짜리는 되려니 했다.

"아주 싸구려란 소리는 아니구 국산 중급품 값이면 살 만한 겁디다."

"그럼 그애가 가짜를 사왔단 말예요, 설마?"

"누가 가짜랬소. 이탈리아제는 맞는데 대중적인 거지 다시는 못 만져볼 고급품은 아니더라구요."

남편이 몹시 민망한 듯 말끝을 흐렸다.

"그러니까 당신은 아들이 못 미더워서 그걸 들고 다니면서 값을 물어봤다 이 소리 아녜요? 어쩜……"

나는 덮어놓고 분해서 입술을 떨었다. 아들한테 선물받은 물건을 들고 다니며 진짜인가 가짜인가 값은 얼마인가를 물어보는 남편의 노추(老醜)와, 경멸과 연민으로 그 물건의 가치를 가르쳐주었을 젊고 반들반들한 점원을 함께 떠올린다는 건 고통스러운 노릇이었다. 나는 그 고통 때문에 아들 내외에 대한 괘씸한 마음조차 챙길 겨를이 없었다.

"설마 내가 일부러 그 값을 알아보러 다녔겠소. 안경점에 알을 끼우러 갔다가 진열장 속에 같은 게 많길래 정가표를 보았을 뿐이오."

"못된 것들!"

"난 조금도 섭섭하지 않습디다. 좀 좋소. 그애가 과용하지 않았으니 좋고, 내가 개 발에 편자 격으로 분수에 넘치는 걸 쓰고 다니지 않게 됐으니 좋고, 남의 아이들이 부러뜨려도 덜 아까우니 좋고, 그러니 제발 아이들이나 할머니한테 싫은 소리 말아요."

나는 입을 다물고 토끼풀을 거칠게 쥐어뜯었다. 잘 퍼지는 깐으로는 줄기가 연해 잔디의 단단하게 얽히고 설킨 줄기 사이로 퍼진 뿌리까지는 제거되지 않고 중턱만 잘랐다. 그 연한 게 잔디를 이기는 까닭도 잔디의 땅 속 줄기가 되레 토끼풀 뿌리를 보호해주기 때문이 아닐까 싶었다. 나는 그 일을 죽자꾸나 거칠게만 했기 때문에 금방 손아귀에 눅진한 녹즙이 묻어나고 손톱에 새까맣게 흙이 끼였다.

저것들 때문이라니까. 마당으로 나오고 싶긴 한데 두 늙은이의 성난 얼굴에 질려서 분합문을 빠끔히 열고 서로 먼저 나가려고 몸을 비틀며 밀치고 있는 아이들을 흘긋 쳐다보면서 이렇게 뇌까렸다. 적당히 미화돼 있던 우리 가족관계는 물론 남편의 소심하고 무력한 노후까지가 그 있는 대로의 모습을 드러낸 게 나는 너무도 굴욕스러워 그들의 탓이라도 하지 않고는 견딜 수가 없었다. 남편은 못 알아들었는지 탓하지 않고 잔디는 다치지 않고 토끼풀만 뿌리째 제거하려고 더디고 조심스럽게 일을 하고 있었다. 나는 도전적으로 남편을 건드렸다.

"저것들을 불러들인 건 당신이란 말예요."

"무슨 말을 그렇게 하오?"

"난 당신처럼 마음에도 없는 듣기 좋은 말은 못 하니까요."

"누가 마음에도 없는 말을 했다는 거요?"

"그럼 저것들한테 서울 구경 오라고 신신당부한 게 진심이었수?"

"진심이잖으면?"

"근데 저것들이 들이닥쳤을 때 왜 그렇게 놀라고 뜨악해하셨수?"

"정말 오리라고는 미처 생각을 못 했었나보오."

남편이 낭패한 목소리로 남의 말 하듯 말했다.

"거봐요, 그게 바로 그 소리라니까요. 혼자 실컷 착한 척하더니 꼴좋구랴."

나는 의기양양하려고 했지만 남편에게 필요 이상의 강한 혐오감을 드러낸 데 지나지 않았다. 남편 역시 안간힘 쓰듯 낭패스러움을 떨치더니 여태껏 본 적이 없는 격렬한 표정을 지었다.

"제발 저것들이란 소리 좀 안 할 수 없소?"

만수네의 처녓적 이름은 분녀였고 그녀의 어미가 우리 친정집 안잠자기였을 때 태어났으니까 그녀와 나와의 주종관계는 태어나기 전부터 비롯됐다고도 할 수 있었다. 나보다 한 살을 더 먹었는데도 꼬박꼬박 분녀라고 하대해도 엄한 어른들이 야단을 치거나 고쳐주지 않은 것도 어린 나에게 은연중 상전의식을 심어 준 결과가 됐는지도 모른다. 분녀네는 과수댁으로 우리집 안잠자기로 들어온 지 십여 년 만에 분녀를 낳았고, 아들을 하나 얻어가질 욕심으로 애걸애걸해서 남의 서방과 동침을 했다는 것 이상은 밝히질 않았기 때문에 아무도 분녀 애비를 모른다고 했다. 아들이 아니어서인지 나는 한 번도 분녀네가 분녀에게 세상의 여느 어미처럼 구는 걸 본 적이 없었다. 이 웬수야, 아니면 육시를 할 년, 베라먹을 년으로 딸의 이름을 대신했다. 분녀가 기를 펴고 산 건 아마 분녀네가 죽고 나서였을 것이다. 그 동안 번 돈을 찾아서 구멍가게를 내고 모녀가 독립한 지 일 년 만에 분녀네가 죽자 사고무친한 분녀는 저희 어미 뒤를 이어 우리집으로 식모살이를 들어왔다. 과수가 애를 낳아 길러도 내치질 못하고 데리고 있을 때만 해도 우리집은 가세와 인심이 함께 넉넉했었지만, 분녀가 고아가 됐을 때는 식모를 둘 형편이 못 되었다. 또 진일, 마른일 막히는 게 없던 어미와는 달리 먹성만 세고 일이 거칠어 일제 말기의 식량난이 극심할 때 마냥 데리고 있기는 좀 곤란한 군식구였다. 그러나 대를 물려 몸을 의탁하려는 걸 함부로 내칠 수는 없다는 상전다운 체모를 지키느라 궁리 끝에 시집을 보내기로 했다. 내가 여학교 삼학년이었으니 분녀가 열일곱 살 때였다. 시골 외가에서 중신을 서서 스무 살 먹은 농사짓는 총각한테로 시집을 보냈다. 그만하면 괜찮은 자리라고들 했다. 곧 해방이 되었고 일 년에 한두 번씩 친정 나들이 삼아 다니러 오는 분녀는 그런대로 얼굴이 피고 색시 꼴이 박혀갔다. 올 적마다 이불 호청을 있는 대로 뜯어서 양잿물에 삶아 빨아 푸새 다듬이질까지 번들번들하게 해놓는 동안 연방 서방 걱정이 떠나지 않는 걸 보면 금슬이 괜찮은 모양이었다. 그때 나는 생전 시집 안 갈 것처럼 새침하게 굴 때라 어린 색시가 서방 흉을 보는 것처럼 말을 꺼내놓고 은근슬쩍 자랑을 하는 게 어찌나 징그럽던지 너하고 말 안 할 거라고 야멸치게 쏘아주곤 했었다. 시집간 지 삼 년 만이던가 배가 안암산만해가지고 한 번 다녀가더니만 아들을 낳았다는 소식이 왔다. 어머니는 미역이네 쌀이네 한 보따리를 해서 내려보내면서 친정 어머니라 해도 이보다 더 잘하지 못할 거라고 한바탕 공치사를 했다. 어머니의 그런 공치사는 아무리 해도 지나치지 않는 게, 시집은 보냈으되 아들을 낳아야 비로소 시집 식구가 된 걸로 마음을 놓을 수 있다는 당신 생각에 따라 큰 짐을 벗은 것처럼 시원하고 대견해서 당시의 우리집 형편으론 과하게 후하게 구셨다. 나 보기에도 그런 어머니가 세전(世傳)의 노비를 속량해주는 것만큼이나 도량 있어 보였다. 그때 분녀가 낳은 아들이 만수였다.

만수네가 우리 앞에 또 나타난 건 만수가 네 살 때였다. 휴전이 된 직후였고 나는 그제서야 혼처가 나서 광목마전이랑 혼수 바느질이랑 일손이 달릴 때였지만 모자의 꼴은 영락없이 거지여서 그 동안에 소식을 끊고 지낸 걸 나무랄 마음도, 일손으로 반길 마음도 나지 않았다. 만수 애비가 난리통에 파편을 맞고 죽었다고 했다. 농촌과 도시가 다 같이 피폐할 때였지만 농촌에선 배를 곯지 않으면 부자라고 칠 때라 식모살이라도 해서 밥이라도 실컷 먹는 게 소원이라고 했다. 애가 딸리지 않은 말만큼씩한 처녀도 시집보내준다는 명목으로 월급도 없이 얼마든지 부릴 수 있을 때였다. 한창 말썽 부릴 애가 딸린 식모를 데려갈 집이 나설 리 만무했다. 거리로 내쫓자니 모자의 꼴이 너무 가긍하고 또 세전의 상전의식도 있고 해서 공치사해가며 하루 이틀 거두기 시작한 게 만수가 국민학교를 졸업할 때까지였으니 십 년은 됐을 것이다. 그 동안 만수네는 친정집 살림뿐 아니라 시집간 딸들의 해산바라지는 물론 세간 난 아들네 생일잔치, 돌잔치, 손님 초대 등에 부지런히 불려다녔다. 나 역시 애기 낳을 때는 으레 만수네가 오려니 했지만 계모임이나 집들이 등 손님 칠 일만 생기면 친정에 전화를 걸어 "엄마 만수네 좀……" 하고 코맹맹이 소리를 내곤 했다. 만수네는 그날이 그날같이 진국스럽고 황소처럼 힘은 장사에 입이 무거워서 각각 사는 우리 오남매가 다 같이 의지하고 보배로워했다. 만수 또한 학교 공부는 꼬라비 근처에서 맴돌았지만 기운이 세고 심성이 착한 걸 눈여겨본 친정 부모님은 만수네를 따로 낼 결심을 하고 그 동안 부려먹기만 한 우리 오남매에게 톡톡히 그 대가를 요구하셨다. 야박하게 품삯이라고 생각할 거 없다. 십시일반으로 사람 하나 살리는 셈 치고 추렴을 좀 내야겠다. 이러시면서 우리들에게 요구한 액수는 그동안 만수네를 얼마나 부려먹었나보다는 각자의 사는 형편에 따라 공평히 차등을 둔 거였고 또 친정에서 솔선해 내놓은 액수가 친정의 사는 형편으로는 과한 거였으므로 우리는 아무 말 못 하고 순종했다. 어머니의 도량이 다시 한번 돋보였던 것은 말할 것도 없다. 우리는 그렇게 해서 만수네를 만수의 친가붙이가 남아 있는 충청도 충주 근방 매화나무재라는 예쁜 이름의 고개 밑에다 땅뙈기와 집칸을 마련해서 내보냈다. 같이 자라서 제일 만만하게 많이 부려먹던 나도 그후 곧 만수네를 잊어버렸다. 만수네 대신 파출부를 불러 손님을 치르니 그렇게 좋을 수가 없어 추렴 낸 돈이 아까워질 때나 떼어낸 혹 생각하듯 얄량하게 생각날 따름이었다. 또 큰일 때 친정에 모일 때도 만수네가 있었으면 이러저러했을 거라느니 이러저러하지 않았을 거라느니 아쉬운 대목에서 겨우 생각들을 하곤 했다. 어찌 팔자를 그리 못 타고났을까 동정들을 할 때마다 만수네가 평소 가장 부러워하던 여자 팔자가 뭐였던가에 화제가 미치게 되고 그럴 때 언니나 올케들은 허리를 잡고 웃어젖히곤 했다. 왜냐하면 말수 적은 만수네가 가장 자주 입에 올리며 부러워한 건 결코 유별난 부부 금슬이나 떵떵거리며 사는 재복이 아니었다. 제 딴엔 그런 게 다 과람해 감히 바라지 못하겠으면 하다못해 리어카채를 앞에서 끌고 뒤에서 밀면서 연명하는 계집 서방을 부러워해도 좋으련만 그만큼도 욕심을 부릴 줄 몰랐다. 만수네가 제일 부러워하는 건 남편이 국군으로 전사한 미망인이었다. 얼매나 좋을까, 나라에서 다달이 월급이 나온다니. 그 다음으로 만수네가 부러워하는 게 남편이 의용군으로 끌려가서 생사를 모르고 사는 생과부였다. 얼매나 좋을까, 기다릴 사람이 있으니. 만수네의 그 절절하고 피맺힌 '얼매나'를 흉내내면서 킬킬대는 언니 올케를 덩달아 웃지 못하는 게 고작 나에게만 있는 만수네에 대한 우정의 그루터기가 아니었을까. '얼매나 좋을까'는 뉘 집에서나 두루 풍기고 다닌 소리였지만 나에게만 해준 소리도 있었다. 파편이 지붕을 뚫었을 때는 굉음과 바람과 먼지로 천지와 정신이 같이 아득했다가 정신을 차리고 보니 피가 흥건히 괸 가운데서 서방이 "난 괜찮여, 임자 다친 데 없어?" 하면서 환히 웃고 있더라고 했다. 입술이 하얗게 바래서 웃음이 그리 환해 보였던지 아무튼 너무 환한 웃음에 왈칵 무서운 생각이 나서 뒤로 물러나면서 보니 터진 배로 창자가 꾸역꾸역 나오고 있더라고 했다. 그녀의 외마디소리에 서방도 제 배에서 꿰져나오는 창자를 제 손으로 주물러보더니 억, 하고 정신을 잃고 영 못 깨어나고 말았다고 했다. 그 피할 길 없는 절체절명의 목도(目睹)가 만들어낸 그녀의 척박한 상상력을 누가 감히 웃을 수 있으랴.

만수네를 또 만난 건 작년 가을이었다. 만수네를 만났다고 언니들이나 올케한테 전화질을 했지만 처음엔 다들 만수네가 누구더라 하고 못 알아들을 만큼 우리 사이에서 잊혀진 후였다. 작년 가을 우리 부부는 단양팔경을 돌아 수안보에서 일박하고 오는 관광단을 따라간 적이 있었다. 알고 보니 거의 친한 가족끼리로 구성된 관광단에 우리만 전지전청으로 끼어든 꼴이어서 아는 이가 한 가족밖에 없었다. 단양팔경을 돌 때는 그런대로 괜찮았지만 다음날 목욕하고 화투치고 음담패설하는 자리에서 우리 부부는 애써 노력을 했건만도 자꾸만 겉돌았다. 우리가 즐겁지 않은 건 참을 수가 있었지만, 그들이 우리 때문에 즐겁지 않다는 건 여간 민망한 노릇이 아니었다. 우리 부부는 서로 눈짓을 주고받고 그 자리를 빠져나왔다. 버스는 오후 늦게나 출발하도록 돼 있었다. 가까이 관광지가 있나 여관 종업원에게 물었더니 무슨 절터로 가는 버스가 한 시간에 한 번씩 있다고 했다. 남편은 절터에는 관심이 없는 듯 그냥 걷자고 했다. 걸어서 절터에 도착해도 그만, 가다 말아도 그만이란 생각으로 목표는 우선 절터로 잡고 걷기 시작했다. 그렇게 산책을 나온 관광객도 더러 있는 듯 후미진 시골길인데도 더덕이랑 버섯, 산나물 말린 것 등을 벌여놓고 파는 장사꾼들이 있었다. 만수네도 그런 것들을 팔고 있었다. 그녀는 눈물이 그렁해서 어쩔 줄을 몰랐고 그 동안의 안부를 묻는 나에게 생각나는 것만 끌어모아도 소설책 열두 권은 될 거라고 했다. 워낙 말주변이 없어서 그 동안 지낸 일을 다 엮어낼 엄두가 안 났던 모양이다. 집이 거기서 가까운 듯했지만 가보자고는 안 했다. 남편이 더덕을 좋아한다며 남아 있는 걸 다 살 뜻을 비치자 돈을 안 받겠다고 단호하게 말하더니 조금만 기다리라고 우리를 그 자리에 세워놓고 휑하니 어디로 가버렸다. 이윽고 그녀는 일꾼의 주먹처럼 울퉁불퉁 험악하게 큰 더덕 한 뿌리와 산나물 말린 걸 한 보따리 가져왔다. 집에 다녀왔다고 했다. 그 큰 더덕은 십 년 넘어 자란 거여서 소주에 담가 몇 달 두면 소주에 산(山) 정기가 다 우러나 산삼처럼 기운을 돋운다고 했다. 말로뿐 아니라 그 더덕을 받드는 태도가 심마니가 산삼을 받드는 태도가 저러려니 싶을 만큼 어마어마한 것이어서 도대체 얼마를 받으려는 걸까 지레 겁이 날 지경이었다. 그러나 그녀는 한사코 돈을 받지 않았다. 남편이 나서서 간청을 하다시피 해서 겨우 국밥집에서 점심 요기를 시킬 수 있었을 뿐이었다. 그 동안 어렵게 얻어들은 그간의 사정은 만수가 공장에 다니다 뭘 잘못했는지 지금 감옥살이를 하고 있고 늦게 장가든 그의 처는 아들을 둘 데리고 옥바라지하기가 지겨웠는지 도망을 가버렸다고 했다. 만수네 혼자서 아들 옥바라지하랴 손자 둘 기르랴 고생이 말이 아닌 모양이었다. 옆에서 대강의 사정을 듣고 난 남편은 또 한번 돈을 주고 싶어 애걸을 했지만 만수네는 터무니없이 당당한 얼굴로 어디서 받아온 물건도 아니고, 힘만 좀 들여 거저로 캔 물건을 딴 사람도 아닌 친정붙이에게 돈 받고 팔 만큼 돈독이 오르진 않았노라고 했다. 우리를 만수네가 친정붙이 취급하는 데는 나도 가슴이 찐했지만 마음이 여린 남편은 감격까지 한 모양이었다. 손자들 데리고 서울에 한번 다녀가라고 신신당부를 하는 것이었다. 내가 지금 남편에게 비아냥거리는 것은 그 일을 두고 하는 말이었다. 약이 된다는 십 년 묵은 더덕 말고도 그때 우리가 거저로 얻은 산나물 말린 것은 여관으로 돌아와 일행에게 골고루 나누어줄 수 있을 만큼 푸짐한 것이었다. 나중에도 심심찮게 인사를 받을 만큼 그 나물들은 연하고 맛 좋은 것이기도 했다. 아무리 고지식한 남편이지만 정말 만수네가 손자를 데리고 놀러 올 줄은 몰랐던 듯 서울에 오자마자 만수네한테 돈을 좀 부쳐주자고 졸라 나는 그대로 했고, 그것으로 우리와 만수네 사이는 더 이상 주고받을 게 없는 개운한 사이가 되었다고 여기고 있었는데 엊그저께 느닷없이 손자들을 데리고 들이닥친 거였다.

"들어갑시다. 느이들 배고프쟈?"

남편이 아이들을 양손에 하나씩 잡으며 말했다. 할머니가 진지 잡수시래요, 하면서 아이들이 매달린 건 내가 아니라 남편 쪽이었다. 나는 속으로 흥, 꼴좋구랴, 소리를 또 한번 되풀이하면서 남편 뒤를 따랐다. 구수한 된장국 냄새가 나고 식탁 위엔 아침상이 정갈하게 차려져 있었다. 내가 부엌 수도에서 대강 손을 씻는 동안 아이들은 또 저희 할머니 치맛자락을 양쪽에서 쥐어짜며 뭐라고 칭얼댔다.

"만수네, 불쌍하다고 저애들을 너무 오냐오냐 하는 거 아뉴. 야단칠 때는 딱 부러지게 야단을 쳐요. 에미 애비가 같이 사는 집에서도 할머니가 있으면 아이들 버릇 버려놓는다고 말이 많은 세상이라우. 쟤들도 생전 만수네가 기를 것도 아니고 언제고 에미 애비가 돌아와봐요, 그 동안 길러준 공은 생각도 안 하고 버르장머리 버려놨다고 탓이나 실컷 듣게 생겼구먼."

나는 내친김에 이탈리아제 안경테 얘기까지 하려고 아이들을 한 번 곱지 않게 노려보고 숨을 크게 들이마시는데 만수네가 불쑥 뚱딴지같은 소리를 했다.

"약속을 안 지킨다고 날 이렇게 주리를 트는 걸 워째. 제풀에 지칠 테니까 내비둬."

"약속은 무슨 약속?"

아이들이 기다렸다는 듯이 고개를 쳐들며 입을 참새 새끼처럼 함빡 벌렸다. '어린이대공원' 소리는 만수네의 넓적한 손바닥에 틀어막혀 미처 끝을 맺지 못했다. 못 알아들은 체 주책이야, 한마디 해주고 나서 식탁에 앉았다. 식탁 의자가 도합 넷밖에 없는 걸 핑계로 만수네는 아이들과 함께 따로 먹으려 했고, 그럴 때마다 남편은 한 아이를 무릎에 앉히면서까지 한 상에서 먹자고 법석을 떨더니만 오늘따라 묵묵히 숟갈질만 했다. 이런 남편의 태도가 나도 편치 않았으니 만수네라고 눈치가 없었을 리 없었다. 아침상을 치우자마자 보따리를 챙겨가지고 나왔다. 나도 남편도 그들을 붙드는 시늉도 안 했다. 그런 인사치레로 다시 한번 속을 들여다보이기도 싫었고 무엇보다 몹시 피곤했다. 나는 큰아이 호주머니에다 준비한 노잣돈 봉투를 찔러주면서 할머니 승낙받아 너 하고 싶은 걸 하라고 말했다. 대공원에 가고 싶으면 다시 한번 졸라보렴, 하는 꼬드김도 내포되어 있었다. 이탈리아제 안경테 애기를 할 기회를 놓치긴 했지만 그 말 할 새 없이 떠난 건 얼마나 잘된 일인지 몰랐다. 내가 모아준 커다란 옷보따리를 이고 양쪽에서 치맛자락을 쥐어짜는 아이들에게 지척지척 이끌려가는 만수네가 골목 어귀를 돌자 나는 날아갈 듯 가벼운 걸음으로 집으로 뛰어들어왔다. 만수네가 쓰던 현관에서 빤히 보이는 작은방은 열린 채였다. 나이 먹더니 뒤끝도 흐려졌는지 만수네가 떠난 자리는 깔끔하지가 않았다. 나는 빗자루를 들고 들어가 방바닥에 흩어진 종이쪽지를 쓸어모았다. 갈기갈기 찢어버린 건 내 필적이 아닌가. 나는 그것들을 펴서 맞춰보다 말고 예리한 사금파리에 찔린 듯이 놀라서 그것을 떨구었다. 그것을 떨구었건만도 찔림은 여전했다. 지금 내가 함부로 찔리고 있는 건 손바닥이 아니어서 피할 수가 없었다. 실용에서 제외된 장식용 도자기를 산산이 부수면서 수치스러워하던 딸의 모습이 떠올랐다.

  그 편지는 수안보 근처에서 만수네를 만나고 와서 돈을 부칠 때 동봉한 편지였다. 남편 성화에 못 이겨 돈을 부치러 가긴 했지만 막상 소액환만 달랑 부치려니 너무 박절한 듯하여 우체국 창구에서 수첩을 뜯어서 쓴 편지였다. 얻어온 나물에 비해 부치는 금액은 많이 넉넉하였으므로 나만큼 너그럽고 인정 많은 사람도 흔치 않을 거라는 자기 황홀이 즉흥적으로 장황한 미사여구를 늘어놓게 했다. 그녀의 고생에 대한 간절한 위로와 함께 언제고 힘이 돼줄 테니 어려운 일이 생기면 의논해주기 바란다는 부탁까지 하고 나니 나는 걷잡을 수 없이 마음이 좋아졌다. 그래서 봄에 아이들을 데리고 상경하면 푹 쉬면서 회포도 풀 수 있고 아이들을 데리고 도시락 싸가지고 어린이대공원에 놀러도 가면 얼마나 좋겠느냐, 아무리 바빠도 그 불쌍한 아이들을 위해 그런 기회를 꼭 만들도록 하기 바란다, 기다리고 있겠다, 하는 데까지 편지 사연이 발전하고 말았다. 그리고는 곧 잊어버렸던 편지 사연이 지금 예리한 사금파리가 되어 내 마음에 사정없이 꽂히고 있었다.

   방 안을 어지럽힌 건 내 편지가 다였다. 그 밖엔 머리카락 하나 떨군 게 없이 깔끔하게 정돈돼 있었다.

저문 날의 삽화(揷話) 4

작년 추석 무렵이었다.

남편이 한 주먹이나 되는 환약을 입 속에 털어넣고 보리차를 주전자째 들이켜는 걸 보고, 나는 상비약이 들어 있는 서랍을 열려다 멈칫했다. 움직일 때마다 무디지만 기분 나쁠 정도로 아픈 무릎에다 파스라도 붙여볼 참이었는데 금세 안 하고 싶어졌다. 그는 파스 냄새를 싫어했다. 나 또한 그가 한 움큼이나 되는 환약을 한꺼번에 삼키려고 목을 길게 빼고 끼룩대는 모습을 보는 게 괴로웠다. 나는 약을 붙이는 대신 옷 위로 무릎을 꾹꾹 주물렀다. 그럴싸해서 그런지 무릎이 부어 있는 것 같았다. 걸음만 좀 걸으면 그 모양이었다. 어제 기운 좋은 동네 여편네들을 따라 경동시장까지 김장 고추를 사러 간 게 잘못이었다. 고추장거리까지 합쳐봐야 열 근도 못 살 걸 무슨 큰 이득을 보려고 도매시장까지 간 건 아니었다. 슈퍼에서 반듯하게 포장되어 정가표 매긴 것만 사먹고 살다보면 가끔 향수처럼 재래식 시장의 원색적인 악다구니나 싱싱한 에누리는 물론 질펀하게 푸성귀나 생선이 썩어가는 냄새까지가 그리워질 때가 있다. 경동 시장에서 백 근짜리라나 이백 근짜리를 포대째 사서 이웃끼리 나누기로 했는데 우리도 한몫 끼지 않겠느냐고 물어왔을 때 열 근만 달래도 될 것을 굳이 따라 나선 것도 누굴 못 믿어서가 아니라 그런 증이 울컥 도져서였다. 그래서 고추 흥정은 동행들에게 맡기고 그 넓은 경동시장을 한 바퀴 골고루 기웃대고 다니다가 마침내 만병에 신효하다는 약초까지 바가지를 쓰고 난 후유증이 무릎통이었다. 벌써 몇 년째 툭하면 도지는 관절염이어서 며칠 푹 쉬면 가라앉는다는 걸 알고 있었지만 제 발로 걸어다니는 낙까지 제한을 받아야 한다는 게 서글퍼서 짜증밖에 나는 게 없었다. 실상 며칠 푹 쉴 수 있는 형편도 못 됐다. 추석이 댓새밖에 안 남았으니 몇 군데 해마다 인사 치르던 데 인사도 치르고 차례도 지내려면 내 일부터라도 꿈적거려야 될 판이었다. 더군다나 그 다리를 하고 성묘까지 가야 할 생각을 하니 울컥 남편에게 야속한 생각이 들었다. 볼품없는 둔덕이지만 서울 근교에 선산을 가지고 있다는 건 나쁠 게 없었다. 팔대조의 묘소를 정점으로 산세의 흐름을 따라 밑으로 내려쓴 산소는 비석과 상석을 다 갖춘 것도 얼마 안 됐다. 비석만 있는 것도 있고 상석만 있는 것도 있고 둘 다 없는 것도 있었지만 후손들이 사초를 게을리하지 않아 잡풀 없이 잘 자란 떼엔 윤기가 흐르고 봉분이 거하진 않았지만 의젓했다. 팔

대조까지 거슬러올라가봤댔자 높은 벼슬이나 학덕으로 지금까지 이름을 남긴 분은 비록 안 계셨지만 조촐하고 점잖은 가문의 선영일 거라는 짐작이 가게 하는 독특한 분위기를 지니고 있었다. 선조 중 역사에 이름을 남긴 인물이 없는 것처럼 현재 사회의 현역들인 남편 항렬이나 그 밑의 항렬 중에도 아쉴 때 소위 빽 될 만한 인재가 거의 없었다. 그저 서로 신세나 안 끼칠 정도로 아등바등 사는 월급쟁이나 소상인들이 대부분인 별볼일 없는 집안이었다. 이른바 명가(名家)는 아니지만 분수껏 사는 것도 근본 있는 가문 아니면 못 할 짓이다 싶은 편안한 긍지를 느끼게 하는 선산이었다. 그러나 교통은 공원묘지들에 비해 훨씬 불편했다. 행주산성까지 도로가 포장된 후 연장 운행되기 시작한 시내버스가 산 밑 마을 앞을 지나고 있어 예전보다 많이 편리해졌다고는 하나 택시가 들어가기를 꺼리는 비포장도로와 언덕길이 오 리는 넉넉했다. 내 부실한 다리가 느끼는 거리감은 십 리도 넘어 며칠 전부터 절로 엄살을 부리게 되고, 다녀오면 영락없이 몸살이 나곤 했었다. 말로 곰살궂게 굴 줄은 몰랐으나 속으로는 잔정이 많은 남편이 이런 나를 위해 택시회사 하는 친구에게 부탁해서 추석날 택시를 대절해서 성묘 간 지가 몇 년 되었다. 한결 편해졌을 뿐 아니라 성묘 가는 일이 기다려지기까지 했었는데 금년부터는 택시 대절을 안 하겠다고 우기고 있었다. 대절 요금이 부담스러울 만큼 그의 주머니 사정이 나빠져서 그러는 거라면 이해할 만하고 또 내가 부담해도 되는 일인데 그게 아니었다. 그는 옹졸하게도 택시회사 김사장한테 속았다고 여기고 있고 그 불쾌감 때문에 택시 대절을 다시는 안 할 기세였다. 김사장이 우리한테 한껏 생색을 내며 보내준 택시의 대절 요금은 시간당 팔천원이었다. 추석날은 시간당 만원이 보통이지만 자기가 보내주는 거니까 평일 요금만 내라는 걸 우리는 곧이곧대로 믿고 기사에겐 만원씩 쳐서 지불을 했었다. 세 시간 이상은 안 쓰려고 속으로는 안달을 해가면서도 겉으로는 쩨쩨하게 보이지 않으려고 희떱게 굴었다. 평일날 오천원이면 얼마든지 택시를 대절할 수 있다는 걸 남편이 안 건 최근의 일이었다. 늦더위가 기승스럽던 날 친구들 몇 명이서 근교의 계곡으로 발이나 씻으러 가자고 택시를 잡아탔는데 그중 한 친구가 올 때의 교통편을 생각해서 대절을 하자고 기사와 흥정을 하는데 기사는 시간당 오천원을 부르고 친구는 사천오백원만 하자고 깎다가 삼십 분 미만으로 초과되는 분은 기사가 손해 보기로 하고 오천원으로 낙착을 보더란다. 고지식한 남편이 두고두고 괘씸해할 만했다.

"정말 당신 김사장한테 전화 안 하실 거예요?"

나는 무릎통을 과장하기 위해 우거지상을 하고 물었다.

"안 한다면 안 해요. 모르고는 속았어도 알고도 속을까."

"당신은 그럼 추석날도 시간당 오천원에 택시를 대절할 수 있다고 생각해요? 아니죠? 팔천원 내지 만원은 줘야 할 거예요. 친구간에 오천원짜리를 팔천원 내라는 것보다 만원짜리를 팔천원 내라는 게 얼마나 하기 좋고 듣기 좋은 소리유. 그쪽에선 밑천 안 들이고 생색내고, 우린 본전치기하고도 이득 본 것 같고…… 좀 좋아요. 그게 장사꾼의 화술이라는 거예요. 그걸 새겨듣지 못한 건 우리가 너무 순진해서지 김사장 탓할 게 뭐 있어요."

"이득 본 줄 알고 이천원씩 더 얹어준 건 어떡허구……"

"이천원씩 다섯 시간이라면 만원이에요. 가난한 집 며느리도 배탈이 난다는 팔월 한가위에 만원쯤 낭비한 걸 뭘 그렇게 오래 속에 담아두고 그래요."

"만원이 거액이었으면 훨씬 덜 불쾌했을 거요. 친구놈 보기에 내가 기껏 만원 정도 사기당하기 알맞은 그릇으로밖에 안 보였다는 게 화딱지날 뿐이오."

"홧김에 자가용을 한 대 사면 되겠구려. 아무튼 나는 버스 타고 가서 또 십 리 길 걷진 못하겠으니 그런 줄 아세요. 성묘를 못 가면 못 갔지."

"예약 안 한다고 택시 못 잡을까."

"우리 동네 평일에도 택시 잡기 힘든 거 알잖아요. 운 좋게 잡았다고 해도 거기까지 가자고 해봐요. 왕복요금 받고도 온갖 세도를 다 부릴걸요."

나는 온몸으로 운전기사한테 주눅든 시늉을 해 보이며 말했다.

"글쎄, 걱정을 말라니까. 콜택시라도 대절을 해서 당신 걸리지도 않고 주눅도 안 들게 해주면 될 게 아냐."

"그래요, 콜택시를 대절해보면 아마 김사장 고마운 줄도 알게 될 테죠."

"이 사람이 누굴 약올리기로 작정을 했나."

"다리가 부실하니까 어디 갈 일이 생기면 우선 탈것 걱정부터 되는 게 당연하잖아요. 여보, 공연한 고집 부리지 말고……"

나는 가뜩이나 분주한 때 탈것 문제만이라도 걱정을 안 하고 있고 싶어서 다시 한번 무릎통을 팔았다. 그러나 그는 은근한 비웃음을 띠고 딴전을 피웠다.

"왜 어제 사온 만병통치약이나 달여 먹어보시지 그래? 사흘 안에 씻은 듯이 거뜬해질 텐데 무슨 걱정이람."

어제 내가 경동시장에서 사온 약초를 두고 하는 소리였다. 한약재 생약재 건강차 종류의 도매상이 몰려 있는 거리 끄트머리에 좌판을 벌여놓은 노인한테서 산 거였다. 노인은 연못에서 방금 은도끼 금도끼를 들고 솟아오른 것처럼 상투를 틀고 수염까지 기르고 있었다. 노인은 강인하고도 과묵해 보였고 실제로도 말로 외치는 대신 한자에다 굵은 먹글씨로 그 약초가 잘 듣는 병명을 잔뜩 나열해놓고 있었다. 냉, 대하, 월경통 다음에 신경통, 요통, 관절염까지 눈으로 더듬어가면서 나는 슬그머니 그 좌판 앞에 쪼그리고 앉았다. 그리고 툭하면 도지는 무릎을 호소하면서 그 약초로 고칠 수 있냐를 물었다. 물으나 마나 한 물음인 줄 뻔히 알면서도 나는 잠깐 입에 침이 마르게 간절해져 있었다. 나는 엉뚱하게도 그 시끄럽고 번다한 시장 한복판에서 위로받고 싶었던 것이다. 병원에서 못 받아본 위로와 장담이 듣고 싶었던 것이다. 노인은 내가 기대한 것만큼 속 시원한 장담을 해주었다. 물 한 주전자에 그 약초를 한 움큼씩만 넣고 뭉근한 불에 달여서 차 마시듯 마시면 사흘 안에 씻은 듯이 나을 거라고 했다. 약값은 생각보다 비쌌다. 내가 비싼 양해하니까 밭에서 비료 써서 기른 게 아니라 깊은 산중에 자생하는 거라서 알아보는 눈과 다리품이 그만큼 든 거니까 약효를 보려거든 돈 아까워 말라고 했다.

"그러니까 할아버지가 손수 캐러 다니셨단 말이죠?"

"그럼 누굴 시켰간디? 나 그런 짓 안 해라우. 병이 낫으고 싶으믄 이 늙은일 믿이시소잉."

나는 일흔도 넘어 뵈는 노인이 깊은 산의 벼랑과 골짜기를 헤매 다닐 수 있다는 게 믿어지지 않아 물은 건데 노인은 손수 캤다는 게 약효를 보증할 수 있다고 여기는 듯했다. 나는 그 약초의 오만 가지 효험 중 하나도 믿을 마음이 아니면서도 한 근을 샀다. 뿌리째 잘 마른 약초는 한 근이 어른 베개만했다. 그때 웅크리고 앉았다 일어설 때부터 이미 무릎통은 시작되고 있었다. 나는 노인의 군살 없이 깡마르고 뼈마디가 실한 꼬장꼬장한 체격을 훑어보면서 그가 온종일 험준한 산줄기를 탄다는 게 약효보다 훨씬 믿을 만하다고 생각했다. 내 무릎통은 남편이나 의사의 동정을 사지 못해도 쌌다. 다리는 처녓적의 별명대로 새다리인데 허리와 배와 엉덩이는 군살이 함부로 붙어 뒤룩뒤룩했다. 하중이 과해지니 새다리가 못 견디어하는 건 당연했다. 노인이 내 등뒤에서 쨍하는 쇳소리로 약 먹는 동안은 절대로 괴기나 비린 거 먹지 말라고 악을 썼다.

나는 그 약초의 약효를 믿고 있지 않았지만 속았단 생각은 조금도 없었다. 남편이 비아냥거리는 건 더군다나 참을 수 없었다.

"당신이 장복하는 그 환약은 어떻구요. 흰머리가 검어지고 빠진 이가 돋아난다고 했다면서요. 돌팔이도 그쯤 되면 금메달감이라니까."

우리도 한때 젊었었다는 걸 증거할 만한 흔적은 아무 데도 남아 있지 않았다. 그렇다고 우리 몸을 바람처럼 스치고 지나간 젊음을 다시 불러올 수 있다고 꼬드기는 건 사기꾼이나 요술쟁이지 의사는 아니었다. 나처럼 아픈 데가 있는 것도 아닌데 먹는 소위 보약에 대해 익숙해져 있을 터인데도 오래 참았던 불신감을 터뜨린 듯 속이 후련했다.

"그건 그 사람이 한 소리가 아니라 동의보감에 그렇게 나 있더라는 얘기요. 그 사람이 왜 돌팔이야. 어엿한 한의과대학 졸업생인데. 그 사람 중간에서 방향전환하기 참 잘했지. 사십이 다 돼서 그때까지 걸어온 길을 버리고 샛길을 개척하기란 아무나 할 수 있는 일이 아니거든. 그때만 해도 처자식 거느린 가장으로서 할 짓이 아니다 싶게 무모해 보이더니만 지금은 그 사람이 부러워. 하고 싶은 일을 하면서 먹고살 만큼 돈을 벌 수 있다는 건 꿈 같은 이야기였는데 그 사람은 마침내 해냈잖아. 게다가 정년도 없으니……"

남편이 한의사가 된 친구가 처방한 환약을 장복하는 건 회춘의 효능을 믿어서가 아니라 친구에 대한 선망 때문인지도 모른 단 생각이 들었다. 그 생각에 속이 쓰렸다. 어쩌다 접어든 길을 다만 처음 접어든 길이라는 이유 하나로 끝까지 완주하고 난 후 꼭 속임수에 당한 것처럼 갑작스럽게 엄습한 허망감에다 저렇게 허둥지둥 환약을 털어넣고 있는 것이다. 나는 그가 피할 수 없이 도달한 비소(卑小)에서 눈을 돌려야 했으므로 그와의 부질없는 말씨름이 안 하고 싶어졌다. 그후에도 그는 그 부피 많은 환약을 끼니처럼 하루 세 번 거르지 않았고 나는 그 약초를 달여먹지 않았다. 추석날까지 무릎통이 가라앉을 새가 없이 바쁘기도 했지만 다시는 대절 택시 문제를 입에 올리지 않았다.

 좀 시간이 걸리긴 했지만 추석날 택시 잡는 게 불가능한 일은 아니었다. 그러나 한 군데 진득하니 붙어 있지 못하고 이리 뛰고 저리 뛰면서 보낸 시간은 한 시간은 더 되어, 선산이 있는 화전리에 도착한 건 한시 다 돼서였다. 딴 때 같으면 버스길에서 화전리까지 가는 비포장도로를 터덜터덜 걷는 종질(從姪)들을 만나 차를 세워 태워주는 재미도 수월찮았는데 마을 앞까지 이를 동안 한 사람도 못 만난 걸 보면 우리가 제일 꼬마리일 게 확실했다.

 "당신 배 놔라 감 놔라 못 하시게 돼서 섭섭하시겠수."

 남편은 외아들이고 우리 또한 외아들밖에 못 두었지만 시아버님은 삼형제 중의 막내여서 남편에겐 종형제가 다섯 명이나 되었다. 그러나 생존해 있는 건 남편뿐이라 지금 한창 활동기에 있는 그 아래 항렬들한테는 남편이 유일한 어른이었다. 친족의 범위가 점점 좁아지는 세상이어서 종숙(從叔)이 변변히 어른 행세할 만한 기회도 없었지만 그래도 추석이나 한식에 선산에서 만나면 잔소리깨나 해댔다. 저희 부모 산소에다 먼저 절을 하려는 당질들을 야단을 쳐서 맨 꼭대기에 계신 팔대조부터 내리 참배하도록 했고 남자하고 똑같이 재배만 하려는 종질부(從姪婦)를 굳이 사배(四拜)를 시키기도 했다. 신식과 약식을 숭상하는 종질부들인지라 제수도 격식에서 너무 벗어나거나 지나치게 간소화하기도 했는데 그럴 때도 종숙의 곱지 않은 눈총과 따끔한 한마디를 못 면했다.

"우리가 좀 늦었기로서니 저희끼리만 지내기야 했겠소."

"왜 못 그래요. 얼씨구 허구 휘딱 해치웠겠죠."

"저런 말버릇이 있나. 해치우다니 뭘 말이오?"

나는 남편의 엄숙주의에 어깨를 움찔했지만 조금도 겁나거나 미안하지 않았다. 내가 이럴 때야 젊은 종질부들이야 말해 뭘 하랴 싶어 그가 조금 안돼 보이는 게 고작이었다.

"그렇게 잔소리가 하고 싶으면 서둘러야죠. 산소까지 타고 올라갑시다."

이렇게 넌지시 귀띔해보았지만 그는 들은 척도 안 하고 산지기네가 사는 마을에서 차를 세웠다. 영구차가 올라갈 수 있도록 묘소 앞까지 닦아놓은 길이 있건만 그는 택시를 대절했을 때도 꼭 산지기네 마당에서 기다리게 했었다. 그 정도도 불경으로 여기는 그에게 마음으로부터 동조하는 것도 아니면서 나는 삼십여 년간 길들여진 조신하고 공구스러운 얼굴로 그의 조상이 팔대째 누워 있는 산자락을 밟았다. 무릎이 깊고 무디게 쑤셨다. 그 기분 나쁜 동통이 여직껏 무의식적으로 순종해왔던 것에 대한 단순하고도 격렬한 반발을 불러일으켰다. 생전에 소매 한번 스친 일은커녕 동시대의 공기를 더불어 호흡한 일조차 없는 완벽한 미지의 사람들을 내가 공경할 의무가 있음은 그들이 남편을 있게끔 했기 때문이거늘 나를 있게끔 한 내 조상에 대해선 어째서 남편이 공경의 의무를 지려 들지 않는가. 나는 당장 그걸 따져 그 두 관계를 서로 비기게 하고 싶은 열망으로 헐떡이며 앞서가는 남편을 불렀다. 그러나 그 다음에 내 입에서 튀어나온 건 전혀 엉뚱한 탄성이었다. 저만치 송림 사이로 붉게 타오르는 단풍을 보았기 때문이다. 거기 단풍나무가 있었다는 것도 처음 알았거니와 아직은 나무들이 물들기 전이었다. 철 이른 단풍치곤 그 빛깔이 너무도 선연했다.

"여보, 벌써 단풍이 들었네요. 어쩜 곱기도 해라."

남편은 나보다 먼저 그걸 발견한 듯 어디냐고 묻지도 않고 곱지 않은 눈으로 나를 노려보고 나서 퉁명스럽게 말했다.

"그것도 눈이라고. 저게 단풍이야? 차야, 차. 누가 자가용을 저기다 세워놓은 거야. 한 대도 아니고 아마 서너 대는 되나본데."

그러고 보니 며칠째 궂은 날씨로 발이 빠지게 진 길에 깊이 파인 차바퀴 자국을 골라 디디며 올라가고 있는 중이었다.

"참 그렇군요. 누가 남의 산속에다 차를 대놓았을까요?"

"누군 누구겠어. 걸핏하면 자가용 몰고 야외놀이 다니는 족속들이겠지."

"그래도 그렇죠. 우리 산에 물이 있나 절이 있나, 뭐 볼 게 있다고."

"왜 볼 게 없어? 행주벌하고 한강줄기가 빤히 내려다뵈는데. 자가용족들이 휴일마다 휘젓고 다니지 않는 데가 없다 했더니만 남의 선산에다 다 판을 벌이네그려. 내 이것들을 그냥……"

남편은 마치 선영을 도굴당하는 현장을 잡은 종손처럼 비장한 사명감에 넘쳐 주먹을 휘두르며 돌진해갔다. 아닌게 아니라 자가용은 한 대가 아니라 넉 대였다. 건조하기 전의 맏물 고추처럼 순전한 빨간 빛깔의 르망과 짙은 회색의 스텔라, 군청색의 프레스토 그리고 흰색 맵시가 길에서 비켜나 송림 사이에 머리를 처박고 정차해 있었다. 그러나 판을 벌이고 있는 건 종질들과 종질부, 그리고 그만그만한 종손들이었다. 휘둘러보아도 딴 행락객들의 모습은 보이지 않았다.

관영, 관수, 관민, 관모, 관희, 관구, 관호…… 관(寬)자 돌림의 종질들과 그 식솔들이 일어서기도 하고 엉거주춤 일어서는 시늉만 하기도 하면서 우리를 맞았다.

"아저씨, 늦으셨어요."

"관수 형은 아저씨 댁하고 한 동네 아냐? 자가용을 샀으면 오늘 같은 날 아저씨 댁에 들러서 모시고 올 것이지. 노인네가 저 고생도 안 하시고 좀 기특해하셨겠어. 아저씨, 고생하셨어요. 제가 자가용 사면 아저씨 이런 고생 안 시킬게요."

관호가 넌지시 제 사촌형을 핀잔주면서 너스레를 떨었다. 관수는 미처 생각을 못 했다는 듯이 뒤통수를 긁었지만 영악해 뵈는 관수댁이 가만히 있지 않았다.

"서방님 차 사면 어디 얼마나 잘하나 두고 봅시다. 그렇게 말을 앞세우는 게 아녜요. 막상 자기 차를 굴리게 되면 없을 때 생각했던 것처럼 그렇게 인심이 써지는 게 아니라구요."

우리는 더 듣기가 민망해 얼른 그 자리를 피해 묘역을 윗대서부터 참배하고 맨 나중에 부모님 산소 앞에 가지고 온 간소한 제수를 진설했다. 집에서 아침에 추석 차례를 지냈으면 산소에 따로 음식을 가지고 오지 않는 게 가풍이었으나 워낙 먼 길이라 요기라도 할 겸, 다들 음식을 싸가지고 다니는 시체 풍습도 따를 겸해서 짐이 되지 않을 만큼 가져온 거라 변변치가 않았다. 종질들이 자리를 봐놓은 데로 올라오니까 관호댁이 얼른 보온병에서 종이컵에다 커피를 두 잔 따라다가 공손하게 우리에게 권했다. 야외용 돗자리를 여러 개 이어 펴서 만든 넓은 자리엔 김밥, 통닭, 불고기, 튀김, 샐러드 등 마음먹고 차린 듯한 음식이 풍성했다. 관자 돌림의 형제간 사촌간 중에 해외에 나가 있는 몇몇을 빼고는 남김없이 다 모인 것도 처음 있는 일이었다. 아마 저희끼리 미리 연통을 해서 성묘를 겸한 야외놀이의 자리를 마련한 모양이었다. 안 하던 짓을 하게 된 건 저희들 사이에 별안간 마이카족이 반수 이상이 된 것과 무관하지 않을 듯했다. 돗자리로 오르려다 말고 나는 엉덩이만 겨우 걸치면서 돌아앉았다. 치맛자락과 버선등이 말이 아니었다. 고무신도리가 넘게 묻은 진흙은 말라 꾸둑꾸둑했지만 치맛자락에서 버선등으로 옮아붙은 진흙 자국은 주홍 물감을 몽당붓으로 거칠게 문지른 것 같았다. 남편이 택시 대절을 안 하기로 했을 때 나도 한복을 입지 않기로 했어야 했다. 시체 풍습에 따라 한복을 입을 일은 어쩌다나 있었고, 그나마 입어도 그만 안 입어도 그만이었지만 성묘 때만은 꼭 한복을 입어야 하는 줄만 알았다. 제사 때 주과포가 기본인 것처럼 그것만은 감히 변경시킬 수 없는 기본적 예절로 못 박아놓은 게 남편이었다. 나는 내 속에서 일어난 조그만 반란을 남편이 눈치챌 수 있도록 터무니없이 단호한 얼굴로 그를 찾았다. 대각선으로 반대편에 앉은 그의 구두와 바짓부리도 엉망이었다. 그도 그게 신경 쓰이는지 엉덩이만 걸치고 앉아서 으레 하던 짓을 안 했다. 법도를 가르치려면 차를 산소 앞까지 끌고 온 것부터 시작을 하는 게 순서인데 그는 말을 참는다기보다는 뱉고 싶은 걸 참고 있는 얼굴로 입을 잔뜩 다물고 있었다. 나는 그가 못 참을까 봐 조마조마했다. 이 이상 더 초라해지고 싶지 않았다. 종질부들이 은박지 접시에다 먹을 것을 골고루 담아다가 권했다. 내 접시에도 돗자리 위의 질펀한 먹을 것 속에도 송편이나 생률 햇대추 등 추석 차례상에 으레 올라야 하는 걸로 돼 있는 것들은 보이지 않았다. 그들은 우리에게 음식 대접을 하는 것 외엔 전혀 신경을 쓰지 않고 하던 얘기를 계속했다. 주로 차 얘기였다. 남자들은 남자들대로 여자들은 여자들대로.

형님도 면허 따셨다면서요. 그래, 따고 싶어 딴 거 아냐. 저이가 벌써 싫증이 나는지 글쎄 날더러 출퇴근을 시켜달라는 거야. 아이들 때문에도 그렇구 나도 그렇구 집에서 차 쓸 일이 더 많은 건 사실 아냐? 형님은 복도 많지 뭐유. 멀지 않아 차 두 대 굴리시겠네. 웬걸, 그럴 형편까지는 아직아직 멀었어. 그렇지만 내가 시내 연수 끝나면 차는 오토매틱으로 바꿔주겠다나봐. 차 사신 지 얼마 됐다고 벌써 바꾸세요? 아무래도 여자가 운전하려면 오토매틱이 낫다나봐. 그래요? 오토매틱이 더 위험할 수도 있다던데. 우린 언제나 고물차라도 한 대 사나?

느이 회사에서도 차량 유지비 나오지? 네에, 차만 샀다 하면 무조건 이십만원씩 나와요. 신입도? 아아뇨. 계장급 이상만요. 그렇겠지, 안 사면 손해겠네. 그러니까 누가 손해 보나요. 우리 회사도 그 정도는 나오는데, 단 A사 차를 사야지 딴 데 거 사면 한푼도 안 준단다. 그런 법이 어딨어? 왜 없냐? 우리 회사가 A그룹 계열 아니냐? 다랍게 노네. 아무리 다라워도 우리 회사만큼 다라울까. 글쎄, 처음부터 세금 보험은 내몰라라 기름값만 겨우 십만원씩 나오더니만 그것도 아까운지 지난달부터는 통근거리에 따라 기름값에 차등을 두기로 했다나. 그러니까 집이 먼 사람 가까운 사람에 따라 많이도 주고 적게도 준다는 소리냐? 그렇다니까. 대강 나누는 것도 아니고 정확하게 통근하는 거리를 산출해서 그 이상도 이 이하도 아니게 기름값을 주는 거야. 그렇게 했더니 한 달에 경비를 얼마나 줄일 수 있다고 하더라? 벼룩의 간을 내먹지. 보나 마나 어떤 아첨꾼 이사의 아이디어였겠지. 그래도 신기한 건 처음엔 다들 더러워서도 차 안 굴리겠다고 아우성이더니 그후 차가 줄기는커녕 착실하게 늘어만 갑디다. 줄기는 어떻게 주냐? 예전 같은 석유파동이 난다고 해도 아마 차는 안 줄 게다. 일단 제 차 맛을 보면 마누라 없인 살아도 차 없인 못 살게 되니까. 뭐라구요? 당신 시방 뭐라구 그랬어요. 아냐, 왜 이래, 내가 뭐랬게? 차는 곧 자유라고 그랬을 뿐이야. 자유 그 자체라고.

누가 형뻘이고 누가 아우뻘인지 분간이 안 되는 한창 나이의 조카들이 술도 없이 꼬약꼬약 밥과 고기와 야채만 먹으면서 주고받는 수작을 무심히 흘려듣다 말고 나중 말에 나는 퍼뜩 정신이 들었다. 차가 자유라고 한 건 관민이였던가? 맞아 관민이였을 거야. 아직도 관민이댁이 관민이한테 눈을 보오얗게 흘기고 있었다. 느닷없이 튀어나온 자유란 말이 빈속에 마신 맥주의 첫잔처럼 속에 짜릿하고 상쾌하게 꽂혔다. 나의 자유에 대한 관념은 맨 존엄하고 비통하고 난해한 것들뿐이었다. 당장 떠오르는 말만 해도, 진리가 그대를 자유케 하리니, 자유 그것 아니면 죽음을 달라, 자유에서는 왜 피의 냄새가 나는가 등등. 하여 자유에 대한 불가해한 안타까움이 거의 체질화돼 있었다. 그런데 차가 자유라? 자유가 그런 손쉬운 지름길을 거느리고 있다는 건 미처 몰랐었다. 자유의 여신상으로 상징되는 나라에 유학까지

갔다 온 관민이다운 발상에 나는 너무 감탄을 하고 있었다.

남편이 거의 손대지 않은 은박지 접시를 밀어놓으면서 일어섰다. 나도 입 안의 김밥덩이를 급히 삼키고 나서 주섬주섬 거추장스러운 치맛자락을 수습하면서 일어섰다.

"왜, 벌써 가시게요?"

종질들이 더러는 따라 일어서면서 이렇게 물었지만 만류할 기세는 아니었다.

"가실 땐 제가 모셔다드려야 하는 건데. 아저씨 조금만 더 노시다 가세요. 제 차로 모실게요."

관수가 올 적에 미처 생각이 못 미친 실수를 만회하려는 듯 혼자서 열심이었다. 그러나 우리 때문에 먼저 자리를 뜰 기세는 아니었다.

"아니다. 내려가는 길에 산지기 영감하고 잠시 얘기나 하다 갈란다. 정 그럴 생각이면 그 동안에 내려오럼."

"아이 아저씨도, 그럼 마음이 안 놓여서 저만 재미없어지라구요."

관수의 말투에 얼렁뚱땅 어리광이 섞였다.

"마음놓고 놀거라. 나도 기다리지 않을 테니."

남편이 나에게 손을 내밀었다. 별로 안 하던 짓이었지만 우리는 유치원 짝꿍처럼 손에 손을 잡았다. 막 돌아서려는데 관영이가 사무적으로 말했다.

"산지기한테는 제가 봉투 줬으니 아저씨는 모르는 척하세요.

이 사람 저 사람 줘 버릇 안 하는 게 좋을 것 같아요."

"알았다."

관영이는 종손이었다.

"참, 관우한테서는 편지 자주 옵니까? 돈도 많이 부쳐오구요? 언제 아주 귀국한대요? 이번에 귀국하면 장가들이셔야죠."

관영이는 우리가 대답할 새 없이 몇 가지의 질문을 연달아 퍼부었다. 궁금해서 물었다기보다는 우리가 하도 고적해 보여서 우리에게도 아들이 있다는 걸 거기 있는 모두에게 상기시키고자 했는지도 모른다. 보호받고 있다는 느낌이 잠깐 환각처럼 왔다. 외아들 관우는 이때쯤 중동 지사에 나가 있었다. 남편은 대답 대신 고개만 끄덕였다.

산지기네는 명절날답지 않게 고즈넉했다. 그러나 쓸쓸하진 않았다. 산지기 내외가 마루 끝에 노모를 모시고 앉아서 도란도란 얘기를 하고 있었다. 노파가 먼저 우리를 보고 웃었다. 나는 노파를 볼 때마다 세월이 정지돼 있는 것처럼 느끼곤 했다. 내가 한식과 추석 성묘를 거르지 않게 된 지가 한 이십 년쯤 되는데 노파는 이십 년 전에도 오금이 붙어 잘 걷지 못해 양 무릎을 세우고 앉아 있었고 무릎이 어깨보다 높았었다. 불그러진 무릎뼈보다 작고 동그란 두상에 짧게 커트한 흰머리칼이 작은 입김에도 살짝 나부낄 듯이 부드럽게 곤두선 게 꼭 민들레 씨앗 같았다. 이십 년 전에 이미 노파는 더 늙을 수 없이 늙어버려 그후 쭈욱 세월로부터 자유롭게 살 수 있었던 것이다. 노파는 자신의 나이뿐 아니라 자신의 속에서 낳은 자식과 자식의 자식들의 수효도 잊어버린 지 오래라고 했다. 칠남매를 낳아 다 길렀다니 손자 증손자까지 합치면 한 송이의 민들레가 퍼뜨린 씨앗보다 훨씬 많은 수효가 될지도 모르겠다. 집 안으로 한 자는 넘게 들이비춘 가을 햇살이 검게 찌든 마룻장을 뚜렷한 명암으로 양분하고 마루 끝에 앉기도 하고 걸터앉기도 한 세 사람이 도란거리는 대로 미묘하게 일렁이고 있었다. 세 사람은 볕을 쬐고 있는 게 아니라 충만한 빛 속에 몸을 담그고 있는 것처럼 보였다.

"무슨 얘기를 그렇게 재미있게 하고 계십니까?"

"어머니는 옛날얘기 하시는 걸 좋아하신답니다."

산지기가 웃으니까 검게 탄 얼굴에 주름이 파문처럼 퍼졌다.

"옛날얘기를 많이 알고 계시겠지요?"

나는 문득 노파가 알고 있는 무궁무진한 옛날얘기를 기록해놓고 싶단 생각을 했다. 어느 날 바람도 없는데 문득 민들레 씨앗이 자취도 없이 그 송이를 떠나듯 정지된 듯한 시간이 미동만 해도 노파의 목숨 또한 자취도 없이 무산될 것만 같았기 때문이다.

"웬걸요, 벌써 몇 년째 하나밖에 모르신답니다."

산지기댁이 부엌으로 들어가면서 말했다. 남편이 얼른 봉투를 꺼내 산지기 잠방이 주머니에 쑤셔넣으면서 서둘러댔다.

"아주머니, 아무것도 차리지 마세요. 가볼 데가 있어서 먼저 내려왔으니까요."

남편은 거짓말을 시키고 있었다. 여기서 지체하다가 종질들과 다시 만나게 될까봐 그러는 거였다.

"차리긴요. 시골 송편 맛이나 보시라구."

산지기 처는 함지박에 덮어놓은 베보자기를 들치고 두루뭉술하게 빚은 송편을 주섬주섬 목판에다 담으며 말했다. 조카들과 만나고 싶지 않은 건 나도 마찬가지였지만 해마다 먹어본 산지기네의 진짜배기 송편 맛 또한 잊히지 않았으므로 싸달라고 말했다. 산지기 처가 마루로 올라가 함박꽃이 만발한 자개무늬 찬장 서랍을 들쑤셔 비닐봉지를 찾는 동안 나는 산지기에게 말을 시켰다.

"명절날 어째 자제분들이 한 분도 안 보이네요."

남의 자식은 다 저절로 자라는 것 같다더니 산지기네 아이들도 유난히 쑥쑥 자랐다. 정지된 시간 곁의 질주하는 시간이었다. 고만고만한 붙임성 있는 아녀석들은 울섶처럼 쉬 자라 데면데면한 소년이 되고 다시 인사 대신 불손하게 어른의 아래위나 훑어보는 반항적인 청년이 되었나보다 하면 미끈하니 신사복 입고 예쁜 각시 데리고 왔다가 마지못해 냉랭한 아는 척을 하기도 했었다.

"아침나절엔 다 모여서 차례를 지냈습죠. 차례 지내고 나서 큰아들이 동생네 식구들을 다 몰고 도라이분가 뭔가 하고 오겠다고 나갔습죠. 큰아들이 봉고차를 샀거든요. 임진각까지 갔다 온다고 했는데 거기 뭐 볼 게 있나요. 차 타는 재미죠. 큰애가 젤 먼첨 차를 산 걸 보면 장사밖에 없어요. 공부는 지 동생들이 더 많이 했건만도 다 월급쟁이니 어느 하세월에 차를 사겠습니까."

"그런 소리 말아. 장손이 성공해서 내가 여간 기쁘지 않아."

노파가 처음으로 말참견을 했다. 옛날얘기도 저런 목소리로 했을까? 도란도란이라고밖에 표현할 길 없는 나직하고 정다운 목소리였다. 산지기 처가 서울에 있는 유명한 쇼핑센터 표지가 찍힌 비닐봉지에다 송편을 한 대접이나 되게 쑤셔넣고 아구리를 매듭지으면서 저럴 땐 멀쩡하시다니까요, 했다. 그렇다면 보통 때는 노파가 멀쩡하지 않았다는 소리가 된다. 그러한 산지기 내외에겐 노망 노인을 오래 모시고 산 아들 며느리다운 피곤하고 짜증스러운 기색이 조금도 없었다. 그들 세 사람은 서로 동등하게 그 기이한 화평스러움을 받치고 있을 뿐이었다.

"식구가 많지 않으시니까 쬐끔만 쌌구먼요."

"여보, 시간 없어, 서두릅시다."

남편이 시계를 보면서 재촉했다. 우리는 쫓기듯이 마을을 벗어났다. 동구 밖에서 선산 쪽을 돌아보았으나 무참한 상처처럼 송림을 시뻘겋게 찢어놓은 산길엔 아직 차도 사람도 안 보였다. 그래도 우리는 포장도로까지 걸음을 늦추지 않았다. 버스정류장 못 미쳐서 다행히 콜택시를 잡을 수 있었다. 시트에 기대어 조는 줄 알았던 남편이 눈을 감은 채 푸듯이 말했다.

"관수 있잖아. 걔 대학 사학년 때 두 학기 등록금을 다 내가 내준 거 당신 몰랐지? 하긴 알 리가 없지. 당신 모르게 그만한 돈

축내고 메우느라고 생전 처음 대출 브로커 짓을 다 했었으니까."

"어머, 그런 일이 있었어요? 금시초문이네요."

"관수 개 아버지하고 나하곤 다른 사촌간들하곤 다르게 지냈잖아. 꼭 한 형제 같았지. 그 형이 벌어놓은 것 없이 하루아침에 세상을 뜨자 어찌나 안됐던지 내가 자청해서 대준 거였지. 갚을 걱정은 하지 않아도 된다고 못 박고 대준 건데도 그애가 졸업하자마자 좋은 데 취직했단 소리 듣고 처음 한동안 갚아줄지도 모른다는 공상을 하곤 했지. 돈이 아쉬워서가 아니라, 옛다 너 양복이나 한 벌 해입어라 하면서 갚아온 돈의 일부로 다시 한번 선심을 쓰고 싶어서였어. 그때 가선 물론 당신한테도 자랑스럽게 알릴 작정이었구. 그러나 그런 일은 안 일어나고 말았어. 당신한테도 영영 숨길 수밖에 없었구."

"영영 숨겼다구요? 지금 얘기했잖아요. 하필 지금 그 얘기를 왜 하는 거죠?"

나는 나도 모르게 남편에게 적나라한 모멸감을 드러내면서 말했다. 남편이 어쩔 줄을 모르고 무안해했다. 나도 곧 남편을 대놓고 무안하게 한 게 무안해졌다. 남편은 내가 무안해하니까 더 무안해지는 것 같았다. 우리는 되게 복잡하고 고약하게 얽혀서 무안해했다. 나는 다소라도 무안감을 해소해보려고 딴청을 부렸다.

"산지기 영감 자식이 다 잘된 건 좋지만 산지기를 이을 사람이 없어서 어쩌죠?"

"그런 걱정은 우리가 안 해도 돼. 종가에서 어련히 알아서 할라구."

 그가 선산에 관한 일에 그렇게 무관심한 척하는 건 처음이었다.

 추석이 지난 지 얼마 안 돼서 나는 세탁을 주려던 그의 양복 주머니에서 운전교습소 쿠폰을 발견했다. 떼낸 자국으로 봐서 며칠 안 된 것 같았다. 그가 운전을 배운다는 건 뜻밖이었고 생각만 해도 웃음이 났다. 배우는 건 아무나 배우지만 면허를 아무나 딸 수 있는 건 아니기 때문에 주책이란 생각밖에 없었다. 나한테 비밀로 한 것도 아마 그런 까닭일 터였다. 그는 천성적으로 기계에 대해 겁이 많았다. 스스로도 자신을 배냇병신이라고 비하할 정도로 그것을 인정하고 있었다. 예전엔 전력난으로 전압이 낮아 두꺼비집 퓨즈가 나가는 일이 잦았는데, 퓨즈를 갈아끼우는 간단한 작업도 나의 몫이었다. 그는 옆에서 전지를 비춰주거나 발판을 잡아주는 정도로 나의 조수 노릇이나 했다. 라디오 다이얼도 그가 맞추면 잘 안 맞았고, 판소리를 좋아해서 툭하면 판은 사들이면서도 오디오를 조작할 줄 몰라 내가 틀어주지 않으면 못 들었다. 그처럼 기계에 대해 어설픈 사람을 위해 새록새록 생겨나는 오토매틱이니 리모트 컨트롤이니 하는 건 또 더욱 질색이어서 세탁기나 텔레비전도 굳이 수동을 고집했다. 자기가 조작하는 것도 아니면서 더욱 편리해진 기계일수록 더욱 고장이 잘 난다고 믿고 있었다. 음치가 치료되는 게 아니듯 기계에 대한 그의 저능도 나아질 가망이 보이지 않았다.

 "당신, 운전 배워요?"

그날 밤 나는 복받치는 웃음을 어금니 사이에서 지그시 누르면서 지나가는 말처럼 물었다.

"응, 그런 바람이 좀 불었어."

남편도 들킨 걸 그닥 민망해하지 않고 말했다.

"어떤 바람이요?"

"사무실 친구들이 함께 배우자고 해서…… 열 명만 되면 할인 쿠폰을 끊을 수 있다나."

"그 사무실에 벌써 열 명씩이나 나와요?"

"아니, 그렇지만 딴 데서 끌어서 열 명 만들기야 쉽지 뭐."

"아무튼 주책들이야."

남편이 나가는 사무실은 무슨 경제성이 있는 사무실이 아니었다. 젊었을 때의 근검절약과 퇴직금 등으로 노후설계를 착실하게 해놓은 정년퇴직자들 몇이서 단지 출근의 습관을 유지할 목적으로 공동 운영하는 사무실이었다. 도시의 뒷골목의 허술한 빌딩 삼층 방은 웬만한 집 안방만한 넓이에 싸구려 응접세트와 바둑판 장기판 화투, 공짜로 보는 사보들, 석유난로, 선풍기, 물주전자와 컵, 대걸레, 나일론 빗자루 등등이 비품의 전부였다. 그래도 임대료를 생돈으로 낼 수야 있겠느냐는 공론이어서 얼마간씩 공동 출자한 목돈을 그중 이재에 능한 친구가 증권투자, 기업 어음할인 등에 굴려 그 정도는 버티는 모양이었다. 출퇴근이 아닌 단지 출퇴근의 습관을 위해 제 차를 굴릴 것도 아니면서 단체로 운전을 배운다니 주책이랄밖에 없었다. 그러나 아직은 한

창 나이라고 여기고 싶은 장년의 습관을 못 버려서라고 생각하면 측은하기도 했다.

할인받기 위한 인원수를 채우려고 끼워준 걸로 끝날 줄 안 운전교습이었는데 그게 아니었다. 면허를 꼭 따고야 말겠다고 벼르더니 밤잠을 설치면서 필기시험 공부에 들어갔다. 내일이면 필기시험을 본다는 날 그는 밤늦도록 중얼중얼 예상문제집을 읽다가, 나더러 문제를 임의로 골라내라고 했다.

차선이 그려져 있는 도로의 통행 방법은? (1) 자기가 편한 방법으로 차선을 사용한다. (2) 뒤따라오는 차량과 관계없이 차선을 바꿔 운행한다. (3) 법으로 차종별로 지정된 차선을 통행하고 차선을 바꿔서 운행할 때는 뒤따라오는 차량 통행에 장애가 되지 않게 신호를 하여 차선을 바꿔야 한다. (4) 차선을 아무렇게 사용하여도 좋다.

이렇게 읽어주면 남편은 정답의 번호를 대는 거였다. 나는 그 짓을 하면서 마치 내가 우리 꼴을 창 밖에서 엿보는 입장이 된 것처럼 웃음이 나서 견딜 수가 없었다. 그렇게 열심히 한 공부는 헛되지 않아 그는 필기시험에 단박 좋은 점수로 붙었다. 아무리 친구 따라 운전 배우고 필기시험까지 봤다지만 그 정도로 만족하고 처질 줄 알았는데 실기시험을 보기 시작했다. 예상한 대로 실기시험은 보는 족족 낙방이었다.

"이제 그쯤 해두세요. 우리가 지금 차를 살 것도 아닌데 면허를 꼭 딸 거 없잖아요."

"그쯤 해두다니? 면허도 따고 차도 살 테니 두고 보시오."

"글쎄 우리나라 사람들이 몽땅 신발짝 꿰차고 다니듯이 차 한 대씩 굴리고 다닌다 해도 당신은 안 돼요. 두고 보시구려. 누가 당신한테 면허증 주나."

그 정도로 오금을 박는 것만으로는 모자라 기계에 대한 그의 저능성을 하나하나 열거하기 시작했다. 가장 최근에 있었던 실수는 그의 누님이 가장 아끼는 카세트테이프를 지워버린 사건이었다. 누님의 큰딸은 미국서 살고 있는데 외손자들이 할머니 생신날 녹음해 보낸 카세트테이프를 생신잔치에 모인 손님들 들으라고 온종일 틀어댔다. 아무리 좋은 소리도 한두 번이지 열 번 스무 번 듣는 데 진저리가 난 손님들이 누님이 잠깐 자리를 비운 사이에 그것 좀 끄자고 했다. 하필 성능 좋은 오디오 곁에 앉아 있던 남편이 끈다고 끈 게 지워버린 거였다. 피할 수 없는 노래 자랑 자리에서 음치가 탄로나듯 남편의 기계에 대한 전근대적 무지는 그날 이후 친척들 사이에까지 널리 퍼지게 되었다. 그 사건까지 들먹였는데도 남편은 기죽지 않고 학교 때 자기보다 공부 못한 누구누구도 지금은 제 차를 몰고, 숫제 돌대가리여서 중학교도 못 간 누구는 운전이 직업인 모범운전사라고 맞섰다.

"지능하고 기계에 대한 소질이나 감각은 별개라구요. 재학중에 고등고시에 합격한 젊은 판사가 운전시험을 여덟 번씩 떨어지고 나서 면허 따기가 고시 붙기보다 훨씬 어려운 줄은 미처 몰랐었다고 한탄을 하더래요."

그 소리엔 그도 낄낄대고 웃었다. 그러나 곧 정색을 하고 반격을 했다.

"한마디로 기계에 대한 소질 어쩌구 몰아붙이지 말라구. 내가 소질이 없는 건 전자제품에 한해서지 기계 모두가 아니야. 내가 바퀴 달린 기계에 얼마나 소질이 있다는 건 당신도 알잖아. 신혼 시절의 내 자전거 솜씨 당신 벌써 잊었어?"

나는 나잇값도 못 하고 볼이 달아올랐다. 젊은 그의 자전거 타는 폼도 폼이려니와 그때의 가난과 열정을 어찌 잊을까. 우리는 휴전이 되기 전의 암울하고 불안한 시기에 무작정 결혼을 했고 그는 마땅히 직장을 못 구해 씻은 듯이 가난했다. 그가 처음으로 구한 직장이 미군 부대 보일러실 책임자였는데 그는 퇴근할 때마다 훔친 석탄을 자전거에 싣고 왔다. 미군 싸전한테는 부대에서 나오는 쓰레기 중 땔 만한 걸 집에 가져가도 좋다는 허락을 미리 받았기 때문에 그가 싣고 오는 짐은 집채만했다. 그 집채만한 짐에 눌려 그의 모습은 조그맣고 초라했지만 나는 그렇게 큰 짐을 싣고 쏜살같이 달려오는 그가 얼마나 멋있고 잘나 보였던지. 그 집채만한 허섭스레기는 미군을 속이기 위한 위장이고 그 안 상자 깊숙이 감춰온 화력 좋고 광택이 유별난 석탄을 쏟아놓을 때 그는 더욱 돋보였다. 우리의 신혼 시절은 그렇게 가난하고 따숩고 행복했다.

그는 젊은 날의 바퀴 달린 것에 대한 소질만 믿고 우직하고 끈질기게 실패와 도전을 거듭한 끝에 드디어 면허를 땄다. 그리고 시내 연수까지 끝마쳤다. 차를 사는 일만 남았고 그 일도 시간 문제인 것처럼 보였다. 그의 사무실 사람을 부추겨 몽땅 할인요금으로 운전교습을 받게 한 학원 브로커가 당연히 중고차 브로커 노릇까지 할 모양이었다. 남편이 부탁한 백만원 안짝으로 살 수 있는 중고차 정보를 쉴새없이 알아들였다. 나로서는 어찌 해볼 도리가 없었다. 차도 사기 전에 나는 벌써 차에 탄 것처럼 멀미를 느꼈다. 마지막으로 늙으면 자연적으로 떨어지는 순발력 운동신경 등 노화현상을 들어 차 사는 걸 만류해봤으나 차 사는 일은 벌써부터 내 뜻뿐 아니라 그의 뜻도 어쩔 수 없는 곳에서 저절로 이루어지고 있었다. 나는 가끔 그도 그가 저절로 실려가는 대세에 멀미를 하고 있을지도 모른다고 생각했다. 그가 괜히 불쌍했다. 나는 우리의 초로(初老)가 정신없이 휘몰아치는 근대화의 소용돌이에 휩쓸리지 않고 다만 관망할 수 있도록 거리를 유지시켜주는 발판쯤은 될 수 있는 줄 알았다. 우리의 초로에 그 정도의 품위는 허용된 줄 알았다. 그 정도도 이룰 수 없는 꿈이 될 줄은 정말 몰랐다. 차량 브로커가 뻔질나게 전화를 하고 어느 날은 새 차처럼 깨끗한 포니2를 남편이 브로커를 태우고 몰고 와 집 주위를 한 바퀴 돌고 가는 일까지 있더니 마침내 그 차를 사게 되었다고 했다. 보험회사 직원이 왔다갔다하고 모든 수속이 끝나자 나는 집 살 때부터 연탄광으로 쓰던 차고를 닦아내느라 온종일 걸렸다. 별로 좋지도 않은 집에 폼으로 달린 줄만 안 차고를 진짜 차고로 쓸 날이 있을 줄 누가 알았으랴. 녹슬고 삑

뻑한 셔터문은 숫제 새 걸로 갈고 차를 그 안에 가둔 후에도 나는 그게 우리 차라는 느낌이 나지 않았다. 냉장고를 처음 사고 텔레비전을 처음 샀을 때도 처음 며칠은 일이 손에 안 잡히게 기쁘고 대견하더니만 적어도 내 차를 처음 샀는데 이렇게 안 기쁠 수가 있나 이상할 정도였다. 집에다 꼭 애물단지를 하나 들인 것처럼 께름칙하고 근심스럽기만 했다. 남편은 그럭저럭 차를 잘 끌고 다녔다. 그러나 매일 아침 목숨을 건 사명을 띠고 출동하는 결사대처럼 비장하게 얼어붙은 남편의 표정을 훔쳐보는 고통으로 피가 마르는 듯했다. 안방 앞 베란다로 나가면 남편이 차고에서 커브를 틀어 통과하는 축대 밑 길이 빤히 보였다. 처음엔 그의 앞모습을, 다음엔 옆모습을 그리고 뒷모습을 안 보일 때까지 배웅할 수가 있었다. 떨어진 거리에서 유리창에 얼비친 남편의 표정은 정확하게 파악할 수 있는 게 아니어서 상상력이 많이 가미된 것이었다. 정말이든 단지 그렇게 보였든 간에 그때 본 남편의 비장한 표정은 온종일 내 뇌리에 눌어붙어 온갖 망상의 근거가 되었다. 늙음과 필사적은 얼마나 안 어울리는 양극인가. 급한 볼일이나 떼돈을 벌러 나간다면 모를까 다만 출근의 습관을 못 잊고 흉내내는 데 불과한 출타에 그런 표정이 가당키나 한가. 그리고 저녁때가 되면 고개를 길게 빼고 그의 퇴근을 기다렸다. 안방 베란다에서 상체를 밖으로 한껏 내밀면 우리 골목으로 통하는 큰길까지 내려다볼 수가 있었다. 그 길은 차가 빈번하게 다니는 길이어서 우리 차와 같은 차종의 남색 차도 빈번하게 지나갔다. 그때마다 행여나 우리 차일까 마음을 졸이다가 허탕을 치기를 수도 없이 되풀이하는 새에 그가 들어올 시간이 넘으면 갖은 방정맞은 생각으로 피가 마르는 듯했다. 내 생애에 그렇게 외곬으로 남편을 기다린 적은 일찍이 없었다. 앙탈을 부리며 서로의 사랑을 자극할 감미로운 기대가 섞인 신혼의 기다림도, 바가지를 긁을 열정으로 지글지글하던 중년의 기다림도 겪었으니 이제 기도처럼 화평한 노년의 기다림이 남아 있을 줄 알았는데 이게 무슨 꼴이람. 나의 기다림은 침이 마른 입 속에 하나 가득 모래를 문 것처럼 삭막하고 깔깔하고 비명도 지를 수 없이 고약한 것이었다. 그가 예고 없이 밤이 깊도록 안 돌아오면 나의 방정맞은 상상력은 최악을 향해 치달았다. 꼭 그 애물단지가 돌이킬 수 없는 잘못을 저질렀을 것만 같았다. 인명의 피해는 남편이 당해도 남이 당해도 안 되는 일이었지만 남이 당하는 경우를 상상하는 게 더 무서웠다. 운전까지는 어찌어찌해서 하게 됐지만 가해자 노릇만은 그가 차마 못 하리라는 걸 알고 있었기 때문이었다. 망상이 이에 이르면 그가 차를 굴리는 것까지 보다니 앞으로 무슨 꼴을 더 보려나 싶어 사는 게 다 싫어지기도 했다. 마치 그가 차를 운전하는 게 최악의 못 볼 꼴이라도 되는 것처럼.

그런 과장된 망상은 사람을 쉬 지치게 했다. 여보, 늦을 땐 늦는다고 꼭 전화해줘요. 같이 늙어가면서 그 정도는 아내에게 신경 써줄 수 있잖아요. 나는 파김치처럼 지쳐서 곧잘 이렇게 하소연했을 뿐 정작 그 까닭을 실토하진 않았다. 남편의 운전은 그 정도의 부담도 주지 싫지 않을 만큼 위태위태해 보였다. 그 애물단지한테 휘둘리고 있는 건 남편뿐 아니라 나까지인지도 몰랐다.

제 시간에 들어왔는데도 차고에 차를 넣고 마냥 감감무소식일 때도 있었다. 도대체 차고에서 뭘 하고 있는 걸까. 기다리다 지쳐 내려가보면 그는 보닛을 열고 차의 내장을 골똘히 들여다보고 있었다. 그곳을 차고로 쓰고 나서 갈아끼운 촉수 높은 전구를 있는 대로 켜고 구부정한 어깨와 대머리가 지기 시작하는 희끗한 머리를 깊이 수그리고 그 복잡한 기계 속을 들여다보고 있는 모습은 한 폭의 비애였다. 내가 조심스럽게 인기척을 내면 그는 부랴부랴 자신 있고 도통한 표정을 지으며 돌아다보았지만 내 눈은 못 속였다. 아무리 들여다보아도 도무지 아무것도 모르겠는 난감한 낭패스러움과 기계 속에 대한 천성의 이질감을 위장하기엔 그의 도통한 체는 미숙하기 짝이 없었다.

출퇴근에 자신이 생기자 그는 나를 태워주고 싶어했다. 가락시장에 싱싱한 생선을 사러 가지 않겠느냐는 둥 요다음 겟날엔 자기가 운전기사가 돼주겠다는 둥, 조르다시피 했다. 그가 차를 사는 걸 말리지 못한 이상, 이왕 산 차 자신감을 가지고 끌고 다니도록 응원해주는 뜻으로라도 하자는 대로 하기로 했다. 처음 나들이는 아무런 용건 없이 아는 길로 시내를 한 바퀴 돌고 집으로 돌아오는 거였다.

"내 옆에 앉으라구."

나는 될 수 있는 대로 그가 운전하는 걸 가까이서 보기 싫었으나 그는 뽐내고 싶은지 옆에 앉히고 싶어했다. 운전석 앞의 너무 많은 각종 계기와 조정장치가 나를 불안하게 했다. 지금까지 택시나 승용차를 수없이 타봤건만 내 관념 속의 자동차는 차체와 핸들만 있으면 되는 극도로 단순화된 거였다. 그렇게 많은 계기를 두 손밖에 안 가진 운전자가 조작해야 되는 줄은 미처 몰랐었다. 운전석에 남편 아닌 딴 사람이 앉았을 때는 조금도 많은 줄 몰랐던 아니 있는 것조차 몰랐던 계기들이 그렇게 많아 보인 것은 아직도 그가 믿어지지 않는다는 증거였다. 나는 그가 행여나 나 때문에 헷갈릴까봐 잔뜩 경직돼 있었다. 차 안에만 신경이 쓰이는 건 물론 아니었다. 왕복 팔차선의 대로로 들어서자 전후좌우로 흐르는 엄청난 차량의 홍수가 나를 압도했다. 늘 버스나 택시로 다니던 길인데도 그렇게 많은 차는 생전 처음 보는 것처럼 느꼈다. 손발로는 운전을 하면서 한편 온몸의 감각과 신경을 외부로 발사해 그 무시무시하게 거대한 흐름과 유연한 조화를 도모해야 하는 그에게 방해가 될까봐 나는 숨도 크게 못 쉬고 손에 땀을 쥐었다. 악, 소리가 나올 것 같은 고비도 끽소리 안 하고 잘 넘겼다. 이렇게 잔뜩 얼어 있는 내가 안돼 보였는지 그가 웃으면서 뭐라고 말을 시켰지만 나는 알아듣지 못했다. 내가 그의 말을 처음 알아들은 건 그의 입에서 거침없이 욕이 튀어나왔을 때였다. 저 새끼 저거 미친 새끼 아냐? 어딜 함부로 끼어들고 있어? 저 여자 순 얌체네. 고 사이에 대가리를 디밀면 어쩌자는 거야. 그냥 콱 박아버릴라. 왜 빵빵대고 지랄이야. 똥 뀐 놈이 화내고 자빠졌네. 얼래 저 간 큰 여편네 보게. 깜박이도 안 켜고 차선을 바꿔 타이탄 앞으로 끼어들면 어쩔 거야. 죽고 싶으면 한강 난간이나 들이받지 누구 못 할 노릇을 시키려고. 야, 초보면 초보답게 발발 기어라, 귀엽기나 하게. 어디서 못된 짓 먼저 배워가지고…… 쌍놈의 새끼 싸롱이 아깝다.

그가 중얼대는 소리는 처음부터 끝까지 다 욕이었다. 아아, 이 욕 잘하는 사내는 누군가. 나는 그가 뭔가를 과시하고 싶어 조바심할수록 그가 낯설어 화석처럼 굳어 있었다. 그의 욕에 의하면 그만이 옳고 그만이 익숙하고 딴 차들은 다 그르고 다 서툴다는 게 되지만 내 귀에는 그가 아직도 서툴다는 것과 자신의 탈것을 조작하는 일은 물론 이 탈것들의 홍수를 타는 걸 두려워하고 있다는 비명처럼 들렸다. 흐름이 정체했다. 나는 조심스럽게 손수건을 꺼내 이마의 식은땀을 누르며 사람들이 걷는 인도를 부러워하며 바라다보았다.

그는 모르고 있었다. 그 동안 집으로 두 번이나 관제엽서가 날아왔었다. 그의 차량 넘버와 통과한 지점과 시일이 명시돼 있고 그날 그 지점을 지난 그 차량의 운전자는 출두하라는 경찰서 교통계로부터의 출두 명령이었다. 그에게 충격과 수치감을 주기 싫어 궁리 끝에 내가 나가보았다. 그런 일을 대리로 치를 수 있는 것인지 아는 바가 없었지만 하여튼 부딪쳐볼 작정이었다. 신호 위반이었다. 소정의 벌금 삼만원만 내면 본인 여부는 문제가 되지 않았다. 내가 알기론 그때그때 교통경찰하고 돈으로 해결들을 한다는데 그는 어떻게 미련하게 굴었기에 집에까지 그런 게 날아들게 되었을까. 두번째로 첫번째와는 딴 경찰서에서 관제엽서가 날아왔을 때는 망설일 것도 없이 내가 출두했다. 처음 가보는 변두리 동네의 경찰서였다. 그 경찰서 관할지역은 우리와는 한 번도 인연이 닿아보지 않은 생소한 지역이었다. 서울이란 넓고넓어서 아무리 행동반경이 넓은 사람도 가보지 못한 처녀지가 몇 군데는 있게 마련이다. 이번엔 주차 위반이었다. 이만원을 물고 돌아왔다. 대리 출두가 가능하다는 걸 알고 나서도 경찰서로부터의 출두명령서는 섬뜩했다. 일단 받고 나면 진드기처럼 의식에 눌어붙어 만사를 재미없게 했고, 가서 해결하고 나도 억울해, 억울해, 왜 우리만 못살게 구느냐 말야 외치고 발버둥치고 싶은 걸 참느라 오랫동안 우울해야만 했다.

매일 저녁 우편함에 손을 넣을 때마다 겁이 났고, 엽서의 감촉은 섬뜩했고, 엽서가 그게 아닌 걸 알고 나면 휴우 한숨을 쉬고 형언할 수 없는 슬픔을 맛보았다.

그는 아무것도 모른다. 모르니까 저렇게 으스댈 수가 있는 것이다. 다시 차가 움직이고 다시 욕을 시작한 그의 옆얼굴을 흘깃 훔쳐보며 생각했다.

자가용 타고 친정에 갈 일이 생겼다. 친정 장조카가 지방대학 교수로 가면서 친정집은 솔가해서 그쪽으로 이사를 했다. 부모님이 돌아가시고 발길이 뜸해진 친정이었지만 멀리 이사까지 가고 보니 일 년에 두 번 부모님 제사 참례가 고작이었다. 남편이 우리 차로 가자고 했다.

"고속도로 탈 자신 있어요? 처음일 텐데."

"처음은, 벌써 몇 번 답사를 해봤으니 염려 말아요."

답사라. 그럼 그 낯선 거리도 답사를 갔었나. 나는 주차 위반 벌금을 낸 경찰서 주변의 한편 헐리고 한편 솟아오르는 이상한 동네를 떠올리며 생각했다. 내가 뒤처리를 한 사고 말고 그가 홀로 처리한 사고 건수는 얼마나 되는지 알지 못했다. 그러나 여직껏 일어난 사고가 다 운전자가 저지른 잘못인 것만은 확실했다. 중고차를 사면서 가장 우려한 차가 느닷없이 속을 썩이는 일은 한 번도 일어나지 않았다. 우리에게 차를 소개한 중간 브로커가 가끔 전화로 차의 안부를 물어올 때마다 남편은 사장님이 장담한 찬데 어련하겠습니까, 잘 구르고 있구말구요, 하면서 너털웃음을 웃었다.

그렇게 잘 구르던 차가 하필 친정 나들이 가다 말고 고물차 티를 톡톡히 냈다. 남편이 집에 들어온 것도 늦은 시간이었지만 나도 하룻밤 집을 비우려니 집 볼 사람도 불러야 하고 이것저것 단속하고 나서도 못 미더운 게 많아 집을 떠난 건 해질 무렵이었다. 수원을 지날 때까지 아무 일도 없었다. 고속도로 타기는 시내 운전보다 한결 쾌적해 그는 욕도 안 했다. 수원을 지나자 하행선이 밀리기 시작하더니 꼼짝도 안 했다. 토요일도 아니었으니 단순한 정체 현상이 아니라 앞의 어디선가 사고가 난 모양이었다. 지루해지자 남편은 남들이 하는 대로 밖으로 나가 고개를 빼고 앞을 살피기도 하고 사람들한테 말을 시키기도 했다. 그러기를 한 이십 분 하고 나서 물꼬를 튼 것처럼 차들이 빠지기 시작했다. 얼른 올라탄 남편이 시동을 걸었으나 엔진이 천천히 움직이는 소리만 나고 시동은 되지 않았다. 우리 앞 차선이 확 틔었다. 그는 붉으락푸르락 어쩔 줄을 몰랐다. 우리 차한테 바싹 붙은 뒤차가 빵빵거리기 시작했다.

"당신이 좀 밀어볼래."

내가 나가서 밀자 뒤의 차에서 젊은이가 내려서 거들어주었다. 그래도 시동은 되지 않았다. 뒤차에서 또 한 사람이 내리더니 암만 해도 주행이 불가능할 것 같다면서 우리 차를 도로 한쪽으로 밀어붙여주었다. 우리는 요지부동하는 차 옆에 서서 물끄러미 물 흐르듯이 유연하게 흐르는 탈것의 행렬을 바라보았다. 유리를 내리고 우리한테 손을 저으며 비상 경고등을 작동시키라고 일러주고 가는 친절한 차도 있었다.

얼마나 되었을까, 순찰차가 왔다. 그들이 이것저것 물었지만 우리는 갑자기 안 움직인다는 것밖에 할 말이 없었다. 그 밖엔 아는 것도 없었고. 겨우 길들여져가던 차가 다시 낯설고 고약한 애물단지가 되어 있었다. 도망치고 싶었다. 남편 대신 운전석에 앉아 시동을 걸어보던 제복의 사내가 배터리 용량이 떨어져서 그렇다면서 내렸다. 그리고 견인차를 불러야 한다면서 기본요금이 칠만원이라고 했다.

"여기서 제일 가까운 인터체인지가 얼마나 됩니까?"

"왜 밀고 가시게? 참 그래도 되겠군. 바로 조오기예요. 일 킬로도 안 남았을 겁니다."

당신 어쩌려고? 순찰차가 가버리자 남편이 어처구니없다는 듯이 나를 힐난했다. 인터체인지까지의 거리를 물은 건 나였기 때문이다. 우리 차가 바보처럼 견인차에 끌려가는 걸 보고 싶지 않은 나의 급작스러운 변덕이랄까 애정을 어찌 설명할까.

"돈 아깝잖우. 칠만원 버는 셈 치고 밀어봅시다."

남편은 앞에서 한 손으로 핸들을 잡고 한 손으로 밀고 나는 뒤에서 힘껏 밀었다. 바퀴 달린 물건이라 생각보다는 힘이 덜 들었다. 날이 어두워 빛을 발하기 시작한 가드레일의 동그란 야광대가리는 멀리서만 빛나고 가까이 가면 노란 도료를 발라놓은 것에 지나지 않았다. 그래서 가드레일에 바싹 붙여 차를 미는 우리는 앞으로 앞으로 동그란 빛의 인도를 받는 것 같기도 하고 뒤쫓는 것 같기도 했다. 그런 느낌이 우리의 힘을 한결 덜어주었다. 인터체인지는 곧 나타났지만 완만한 오르막길이었다. 마지막으로 용을 쓰기 위해 잠시 숨을 돌리는 사이에 남편이 말했다.

"당신 생각나? 우리가 미아리고개 밑에 처음 집 산 해 김장 때 배추 리어카 밀던 일."

이상한 일이었다. 나도 방금 그 생각이 난 참이었다. 처음 산 집은 높은 언덕바지에 있었다. 다행히 계단은 없어서 배추를 리어카로 들일 순 있었지만 리어카꾼 횡포가 심했다. 그 동네 산다고 말하면 터무니없는 값을 불렀고 부르는 값을 다 주기로 해도 중간에서 리어카채를 놓고 못 가겠다고 엄살을 떨기가 일쑤였다. 그럴 때마다 자아 자아 갑시다, 담뱃값이나 더 얹어드릴 테니 하면서 재흥정을 해야만 했다. 동네 사람한테 그런 사정을 들어서 안 우리는 미리 리어카만 빌려서 손수 나르기로 했다. 그때 우린 정말 리어카 품삯도 아까웠던 것이다. 그때 우리는 얼마나 젊었던가. 그는 미루나무처럼 키 크고 씩씩했고 나는 어여쁘고 팽팽했더랬다.

"여보, 그때는 해마다 백 포기씩 김장을 했으니 그걸 어떻게 다 먹었지?"

남편이 뚱딴지같은 질문을 했다.

"다 못 먹고 버렸을까봐 그래요. 암튼 그때는 김장 때 몇 포기 담갔느냐고 묻는 게 큰 인사였고, 백 포기 했다고 하면 요새 자가용 굴린다고 하는 것보다도 자랑스러웠으니까요."

"옛날 얘기야. 자아 시작합시다."

그 옛날, 그 곤궁하고 씩씩하던 날이 합력을 해서일까, 오르막길도 그닥 힘들지가 않았다. 더 신나는 건 처음으로 내 차를 소유한 것처럼 느낄 수가 있었다. 우리가 마구 휘둘리고 끌려다녀야 하는 애물단지가 아니라 우리 힘에 순종하는 우리의 소유물이었다. 소유한 이상 언제고 마음만 먹으면 자유로워질 수도 있을 것 같았다. 완만해 보였지만 힘이 부쳐 숨이 턱에 닿으니까 높은 봉우리를 오르는 것처럼 급박해졌다. 정상에만 올라봐라,

이놈의 차를 낭떠러지 밑으로 굴려버리리라. 그리고 훨훨 자유로워지리라.

오로지 그 희망에 우리는 이십대의 젊은 날처럼 싱그럽게 용솟음치는 힘으로 차를 밀어올리고 있었다.

저문 날의 삽화(揷話) 5

 그들은 서울의 매연을 벗어난 그린벨트 안에 살고 있었다. 교통이 불편하고 신축이나 증축의 허가가 나지 않아 땅값이 싸고 공기가 좋았다. 시간 맞춰 출퇴근할 필요가 없는 은퇴한 영감님과 흙 주무르는 게 취미인 마나님 양주가 살기엔 더할나위없이 좋은 동네였다. 그들은 아주 가끔씩 따로따로 시내에 볼일이 생겼고, 시내에 나갔다 들어올 적마다 파김치가 되곤 했다. 몇 번씩 갈아타야 하는 불편한 교통 탓도 있으련만 그들은 언제나 시내의 고약한 공기 탓으로 돌리고 시내에서 떨어져 살게 된 걸 새삼스럽게 행복해하곤 했다. 그리고 유난히 자주 심호흡을 하면서 앞산과 탁 트인 하늘을 쳐다보곤 했다. 하루만 그러고 나면 폐부 속의 그을음이 깨끗이 닦인 것처럼 다시 정정해지곤 하는 것이었다.
 영감님은 내년이 환갑이고 마나님은 그보다 이 년 손아래였다. 두 양주가 다 그 나이라면 누구나 한두 가지씩은 지녔음직한 지병 없이 건강했고 염색하는 대신 서로 가끔 흰머리를 뽑아주는 걸로 족할 만큼 칠칠하고도 검은 머리칼을 가지고 있었다. 험하고 고된 농사일 아니면 막노동을 생업으로 삼아 일찍이 겉늙은 그 동네 토박이들은 그들의 실제 나이를 알면 한결같이 놀라움을 금치 못했고 도회지와 도회지 생활에 대한 동경과 질투를 적나라하게 드러내기도 했다. 그러나 그들의 생각은 그와는 정반대였다. 은퇴 후의 전원생활이 그들에게 회춘의 생기를 불어넣어주고 있다고 여기고 있었다.

그들은 지병뿐 아니라 아무런 걱정도 없었다. 공직생활을 정년이 될 때까지 채운 영감님은 일하지 않고도 죽는 날까지 연금을 받을 수가 있었고, 그 연금은 영감님이 먼저 죽더라도 마나님에게 죽는 날까지 계속 지불될 터였다. 그 액수 또한 검약이 몸에 밴 그들에겐 구태여 돈에 연연해하지 않아도 될 만큼 충분했다. 아들 둘 딸 둘이면 자식 울타리도 남부럽지 않게 근검하다 할 만하다.

이렇게 충족됐던 적은 일찍이 없었다. 고위직도 못 되는 주제에 관운이 평탄치 못하기는 고위직보다 더하면 더해 굴욕을 무릎쓰고 붙어 있어야 했던 기간도 결코 짧지 않았다. 하필 그 시기에 대학생이 둘씩 겹치고, 또 결혼과 대학이 겹치기도 해 이태가 멀다 하고 집을 줄여먹어야만 자식들 뒷바라지를 할 수가 있었다. 막내딸 결혼시키면서 마지막으로 줄여먹을 때 기어코 특별시를 쫓겨나고 말았다. 그러나 더는 줄여먹을 일 또한 없어졌다는 안도감 때문에 더는 줄여먹을 여지도 없는 시골집 한 채가 그렇게 대견하고 편안할 수가 없었다. 그때는 이미 퇴임할 날짜까지 받아놓고 있을 때라 불편한 교통은 조금도 문제가 되지 않았고, 오히려 그 고생 안 해도 될 날을 손꼽아 기다리는 즐거움을 더해주었다. 그 집은 여러모로 그들에겐 복가(福家)였다. 그 집 때문에 영감님은 은퇴 후 갑자기 많아진 시간을 두려워하거나 우두망찰하지 않아도 되었다. 워낙 지은 지 오래된 시골집이라 낡았을 뿐 아니라 불편하기가 이루 말할 수가 없었다. 은퇴 후 대부분의 시간을 영감님은 집을 손보는 데 보냈다. 두꺼비집 퓨즈 하나 못 갈던 솜씨가 느리긴 해도 진국스러운 목수 미장이 흉내를 낼 수 있게 되었다. 어떡하면 마나님을 편하게, 같은 일이라도 즐거워하며 하게 할 수 있을까에 그는 솜씨와 정성을 다했다. 처음부터 그럴 작정은 아니었다. 너무 허술한 안전과 너무 초라한 미관을 좀 어떻게 해볼 수 있기를 요행처럼 바라고 시작한 일이었다. 지붕을 비가 안 샐 때까지 고치고, 방고래를 없애고 온수가 도는 파이프를 깔고, 벽마다 단열재를 집어넣고 다시 한 겹을 더 쌓는 일 등은 가끔 품을 사야 할 만큼 힘든 일이었지만 어렵지는 않았다. 그에게 난관이 되었던 것은 재래식 가옥의 기본 구조였다. 그 기본 구조까지 어쩨볼 생각은 손톱만큼도 없이 시작한 일이었는데 그 기본 구조에 손을 대지 않고는 집을 고쳤달 수 없을 것 같은 생각이 들기 시작한 것은 목수일 미장일에 어느 정도 문리가 트고부터였다. 우리의 재래식 가옥이 여자에게 더 불편하게 돼 있다는 건 대물림의 한옥에서 처음으로 개량 주택으로 이사 갔을 때 아내가 얼마나 좋아했던지, 그때부터 충분히 알고 있었다. 그러나 이름난 반가(班家)는 물론 시정의 여염집, 시골구석의 초가삼간에 이르기까지 일관되게 악착같이 고수해온 기본적인 틀이 여자에게 단지 불편한 정도가 아니라 악랄하고도 교묘하게 설계된 형틀이라고까지 생각하게 된 것은 손수 집을 고쳐보고 나서였다. 그는 오늘날까지, 아내를 사랑하는 방법에 그랬듯이 은근히 생색내지 않고 아내의 마음을 헤아리며 아내와 입장을 바꿔보며 형틀의 고의적인 불편을 고쳐나갔다. 서두르지 않고 천천히 그 일을 해내는 동안 그는 집에 대한 애착과 아내에 대한 애착을 거의 구별할 수 없는 지경까지 이르고 말았다. 아내가 임종을 지켜주리라 생각하면 죽음이 그닥 두렵지 않은 것처럼 그 집이 이승의 마지막 집이라고 생각하면 그렇게 편안할 수가 없었다. 비애에 가까운 편안감이었다. 그는 특정한 종교를 가진 적은 없지만 죽은 후 영혼이 있다면 연옥쯤에 가고 싶었다. 천당은 너무 과람하고 지옥은 무서울 뿐 아니라 억울했다. 사람들과 부대끼며 살 때 그는 자기보다 잘나고 남에게 이로운 사람도 수없이 봐왔지만 자기만 못하고 남에게 해악을 끼치는 사람도 수없이 봐왔기에 연옥쯤이 가장 분수에 맞는다고 생각했다. 성당에 나가는 아내의 기도문 중에 연옥 영혼을 위해 비는 대목이 있는 것도 연옥에 가고 싶은 이유 중의 하나였다. 요컨대 죽은 후까지도 아내의 근심 걱정과 관심을 끌고 싶었고 아내의 정성스러운 기도에 의지해 구원의 희망을 가질 수 있는 곳에 있고 싶었다.

그의 소망처럼 그의 집 또한 그에게 과람하지도 아쉽지도 않았다. 겉모양이 유별나게 달라진 건 없었지만 써볼수록 영감님의 자상한 마음과 공교스러운 솜씨가 안 미친 데가 없는 집이었다.

구미구미 소일 삼던 집 고치기가 끝났다고 해서 영감님이 무료해진 건 아니었다. 식수도 할 겸 운동 삼아 약수터까지 등산을 하는 것도 그의 중요한 일과였다. 도봉산이나 북한산 관악산처럼 이름난 산은 아니지만 옛 성터가 남아 있는 아차산의 한 가닥이 흘러내리면서 이룬 아늑한 골짜기 속에 그 동네는 있었다. 계곡을 따라 올라가는 길이 아기자기하고 꼭대기엔 간단한 운동틀이 마련돼 있었지만 주봉은 아니어서 일 킬로도 안 되는 길이었다. 영감님보다 훨씬 나이 많은 노인들도 거뜬히 오르내릴 만한 만만한 산이었다. 그러나 주말에 서울서 가족 단위로 나오는 소풍객도 적지 않아서 봄이나 가을의 날씨 좋은 주말에는 골짜기에서 온종일 고기 굽는 냄새와 풍악 소리가 피어오르기도 했다. 그런 다음날이면 영감님은 으레 커다란 비닐망태를 어깨에 메고 기다란 집게를 들고 계곡길뿐 아니라 숲속과 바위 틈까지 더듬으며 행락의 쓰레기를 주워담았다. 행락의 절정기 때는 한 행보로는 어림도 없었다. 그러나 그는 서둘거나 화내지 않고 며칠씩 걸려 쉬엄쉬엄 했다. 일거리가 없는 동네 노인들이 따라나서서 거들어줄 적도 더러 있었지만 그가 그걸 바란 적은 없었다. 될 수 있으면 혼자 하고 싶었다. 그게 좋은 일이라서 독차지하고 싶은 욕심이 있었던 건 물론 아니고 쉬엄쉬엄 즐기면서 하고 싶은 그는 남들과 일의 장단을 맞춰야 한다는 게 부담스러웠고 깡통 하나 비닐봉지 하나 주워담을 때마다 망할 자식들 여기가 즈네집 쓰레기통인 줄 아나, 처먹을 아가리만 가져오고 손모가지는 얻다 모셔놓고 왔남, 하는 그들의 걸쩍한 욕지거리에 장단을 맞추기엔 입심이 모자라는 것도 부담스러웠다. 그는 가끔 그러게나 말입니다, 하는 정도의 재미없는 대꾸밖에 못했다. 그런 애매한 동조는 그의 공무원 시절의 버릇이기도 했다. 그러게나 말입니다, 그러게나 말일세, 윗사람에게도 아랫사람에게도 정면으로 맞서기를 피하는 데 참으로 편리한 말이었다. 그의 밥줄을 부지해온 그런 어법을 은퇴 후까지 써먹고 싶지 않았다. 그래서 그는 동행이 있는 걸 별로 좋아하지 않았다. 은퇴 후의 동반자는 아내 한 사람이면 족했다. 아내는 옆에 있어도 그의 자유를 방해하지 않는 유일한 사람이었다. 그는 부엌에서 아내를 도와 콩나물이나 파를 다듬는 일을 좋아했고, 아내와 겨끔내기로 설거지를 하는 것 또한 좋아했다. 더 좋은 건 사랑방에 앉아서 미닫이문에 달린 손바닥만한 유리를 통해 채마밭이나 꽃밭을 돌보는 아내를 내다보는 일이었다. 산에서 약수물을 길어 나르고 행락 쓰레기를 치우는 일이 그만의 일이듯이 마당의 흙을 주무르는 건 아내의 일이었다. 그들은 서로의 일을 넘보거나 간섭하지 않는 대신 저만치서 바라보면서 은근히 아꼈다.

 디근자 집의 안뜰은 볕드는 데다 장독을 보기 좋게 자리잡아주고 나니 응달밖에 남는 게 없었다. 마당이라 부를 만한 땅은 도시의 집과는 달리 대문 밖에 딸려 있었다. 텃밭에 해당되는 땅인데 문서에 등기된 토지가 칠십팔 평이니 집과 안마당이 들어앉은 대지를 빼면 아마 사십 평에도 못 미칠 터였다. 그러나 집이 마을의 가장자리에 있었기 때문에 딴 집이 앞을 가로막지 않아 실제보다 훨씬 넓어 보였다. 덩굴장미 뻗으라고 엉성하게 엮어놓은 울타리 밖은 산으로 올라가는 길이었고 그 길과 나란히 개울물이 흐르고 있었고 개울 건너로는 하천 부지라 불리는 공터가 있고는 곧 숲이었다. 정남향의 그의 집 마당에 서면 갈대 무성한 공터와 숲이 그의 마당과 잇대 있는 것처럼 보였다. 공터와 숲의 사계의 변화는 절묘했다. 달라는 값을 다 주고 그 집을 산 것도 전망에 반해서였다. 그때의 그 고장 땅값으로는 터무니없이 비싼 값이라고들 했지만 그 나름으로는 숲과 공터를 덤으로 얹어 받았다는 속셈이어서 횡재였다. 숲이란 바라보고 즐기고 수시로 드나들며 좋은 공기 마시면 그게 임자지 문서 가진 임자가 무슨 소용인가. 손님이 와도 집 자랑보다는 경치 자랑을 먼저 했다. 숲은 산자락이 치마폭 끌리듯이 평지에 밋밋하게 퍼진 형태여서 곧 조급한 경사를 취하게 돼 있지만 그의 집 앞을 훨씬 지나서부터였다. 따라서 약수가 있는 산봉우리는 그의 집에서 서쪽이 되기 때문에 해가 약간 일찍 진다는 것 외에는 전혀 그의 집을 답답하게 하지 않았다. 봄의 숲속에는 산나물이 지천이었다. 산나물에 대해선 마을 사람들이 더 많이 알고 있어서 그들에게 배워가며 조금씩 캐다 먹는 정도였지만 봄이 끝나갈 무렵 계곡을 감미롭고 환상적인 향기로 가득 채우는 은방울꽃에 대해선 그만이 알고 있었다. 밋밋하게 웅덩이가 진 골짜기는 은방울꽃의 군생지였다. 넓고 건강해 보이는 잎 사이에 숨다시피 고개를 숙이고 피는 잔다란 흰꽃 어디에 그런 요요하고 강렬한 향기의 꿀샘이 있는지, 그 골짜기는 눈 감고도 찾을 수가 있었고 그 한가운데 들면 생전 못 빠져나가지 싶은 공포와 절망에 가까운 황홀경에 빠지곤 했다. 그러나 그 골짜기의 이상한 꽃에 대해 동네 사람한테 묻는다는 건 부질없는 일이었다. 아무도 그런 풀꽃의 군생에 대해 알지 못했고 안다고 해도 시들했다. 약초도 산나물도 아닌 것은 이름 없는 풀에 불과했다. 그가 은방울꽃이란 이름을 알아낸 것은 식물도감을 뒤져서였다.

여름이 되면 숲의 푸르름엔 독이 올랐고 한낮의 햇볕이 무수한 잎의 독기와 예리한 스파크를 일으키며 작열할 때 낭자한 매미 소리를 듣는다는 건 허무의 극치였다. 그가 여태껏 의지해온 사물의 의미, 삶의 가치가 자자한 조소 소리를 남기고 증발해버리는 것 같은 시간이었다. 활엽(闊葉)이 비를 맞는 소리에 어느 날 갑자기 청승이 섞이면 걷잡을 수 없이 가을이었다. 잎의 허영도 날로 고조돼 온갖 색깔로 자신의 쇠락을 위장하려 들었다. 숲이 일 년 중 가장 현란할 때였고 잠시도 가만히 있지 못하고 변덕을 부릴 때였다. 그러나 한밤중 작은 바람에도 견디지 못하고 우수수 잎 떨구는 소리는 숲의 정직한 탄식이었다. 그 소리에 잠을 설치면 그는 어쩔 수 없이 밤오줌을 지린 소년처럼 막막하고 헐벗은 마음으로 안방으로 스며들어 아내의 시들고 따뜻한 가슴에 얼굴을 묻고 오래도록 그 온기를 탐했다. 관능보다 진한 슬픔 때문에 발기하지 않는 노처(老妻)의 젖꼭지에 이빨 자국을 내기도 했다.

 지금은 겨울의 문턱이었다. 성급하게 벌써 눈보라가 한차례 지나가긴 했지만 숲의 마지막 잎을 떨구고, 집집의 창문을 흔들며 김장 재촉을 했을 뿐 첫눈의 흔적은 어디에도 남아 있지 않았다. 나무에 따라 엉성하기도 하고 혹은 조밀하기도 하고, 하늘 향해 쭉쭉 뻗기도 하고 혹은 자유롭게 휘기도 한 벌거벗은 가장귀들이 망사처럼 숲속의 밋밋한 등성이와 골짜기의 땅 모습을 훤히 드러냈다. 한때 다채로웠던 잎의 허영도 지금은 고담(枯淡)한 갈색으로 퇴색하여 대지를 향해 조용히 침잠하고 있었다. 어찌 저리 보기 좋게 헐벗을 수 있을까. 그는 겨울나무들의 아름다움에 감탄하며 한편 두터운 낙엽 밑에 잠들었을 은방울꽃의 뿌리를 생각했다. 사랑에서 누웠다 앉았다 책을 읽다 말다 한가하게 보낼 수 있는 시간이 많아서 그런지 겨울숲이 제일 마음에 스몄다. 하긴 올 일 년은 봄, 여름, 가을이 다 한가했었다. 이사 온 후 처음으로 연장통으로부터 놓여날 수 있었던 한 해였으니까.

　별안간 산 그림자가 숲과 하천 부지의 양지에 빗금을 그으며 침범해 내려오기 시작했다. 아내가 외출하면서 한 전화벨 소리 잘 들으라는 부탁 때문에 좀전에 명료하게 들은 시계 소리는 세 번밖에 안 쳤는데 벌써 해가 지려 하다니. 그러잖아도 햇볕이 감질나는 계절이었다. 그는 그의 시야의 햇볕을 한 시간도 넘게 단축시킨 산봉우리에 느닷없이 신경질이 끓어오르는 걸 느꼈다. 산그림자는 불길한 예감처럼 신속하게 퍼졌다. 그는 어쩌면 네 시 치는 소리를 놓친 게 아닌가 싶어 안채에다 귀를 기울이고 다음 시계 소리를 기다렸다. 안채가 멀지 않은 까닭도 있었지만 사랑방은 무엇보다도 속기(俗氣)를 멀리해야 한다는 그의 이상한 고집 때문에 전화나 시계 라디오 따위를 두지 않고 있었다. 온종일 전화 한 통 없었다면 아내는 믿지 않을지도 모른다. 안 왔길래 못 들었으련만 괜히 떳떳지가 못했다. 숙제 안 한 아이가 핑계를 꾸미듯이 아내의 부재중 오로지 전화벨 소리에만 신경을 곤두세우고 있었노라고 억지로라도 생각하려 들었다.

　별안간 숲속에서 한 떼의 새가 곧장 하늘로 날아올랐다. 참새일까. 가랑잎 빛깔의 새였다. 살얼음판같이 차고 반투명한 허공 어디에 그런 중력이 있었을까. 새들은 그가 보기에 날갯짓도 없이 마치 끈 끊어진 추가 곧장 낙하하듯 걷잡을 수 없는 속도로 허공으로 빨려들었다가 미끄럼 타듯이 유연히 흩어졌다. 그가 샅샅이 알고 있다고 생각하는 숲속이건만 새둥지를 본 기억은 없었다. 새들을 만난 기억도 없었다. 먹이가 있을까 해서 찾아온 타관의 새일까. 아니면 여름엔 초록빛으로 가을엔 가랑잎 빛깔로 겨울엔 백설처럼 흰빛으로 변신해 감쪽같이 숨어 사는 걸까. 어디로 간 것일까. 살얼음빛 하늘에 새들의 흔적은 남아 있지 않았다. 그러나 날아오르는 새떼를 보고 느낀 섬뜩한 불안감은 감쪽같이 떨쳐질 것 같지 않았다. 그가 모처럼 획득한 평화 속에도 불길한 운명들이 요변하는 새들처럼 감쪽같이 모습을 감추고 숨어 있다가 어느 날 갑자기 떨치고 일어나 날아오를지도 모른다는 사고의 비약엔 스스로도 아연해지고 말았다.

안채에서 시계 치는 소리가 들렸다. 네시였다. 열두시 결혼식에 간 아내가 돌아올 시간이었다.

"점심 얻어먹고 시장 들렀다 와도 저녁 지을 시간 넉넉할 테니 제발 뭐 해놓으려고 부엌 드나들지 마슈. 남 볼썽사나워요."

"남이 누가 본다고……"

혼인집에 가는 아내와 주고받은 말이었다. 아내는 자기가 부엌일을 할 때는 영감님한테 요것조것 잔시중을 잘도 시키면서도 영감님 혼자서 부엌에서 꿈적대는 건 질색이었다. 남 보기에 궁상스럽고 처량해 뵌다는 것이었다. 단둘이만 사는 집에서 남이 누가 본다는 건지. 남이 누가 본다고, 소리는 영감님만이 하는 건 아니었다. 아내도 곧잘 그 소리를 써먹었다. 외출했다 돌아와서 쉬지도 못하고 부랴부랴 저녁을 지어먹고 나면 아내는 으레 설거지는 영감님한테 맡기고 자기는 안경 끼고 다리 꼬고 앉아

석간신문을 보면서 여보 나 커피 한잔, 하고 호기 있게 외쳤다. 그는 오후엔 커피를 안 마셨지만 아내는 저녁식사 후의 커피를 가장 즐겼다. 그는 설거지를 하다 말고라도 얼른 커피를 타다가 아내 앞에 대령하고는 특별히 맛있게 탔다고 생색을 낸 적도 있었지만 남이 보면 당신이 나를 벌어먹이는 줄 알겠소, 하고 슬쩍 핀잔을 주기도 했다. 그럴 때 아내의 대답도 역시 남이 누가 본다고? 였다.

네시 치는 소리를 듣고 나서부터 아내를 기다리는 마음이 갑자기 다급해졌다. 아내는 그 나이에도 굽 높은 구두를 즐겨 신었고 젊은 사람처럼 또박또박 스타카토로 걸었다. 사랑방이 면한 바깥마당은 반은 채마밭이고 반은 꽃밭이었다. 지금은 서리도 이긴다는 노란 토종국화가 한 귀퉁이에 약간 남아 있을 뿐 양쪽 밭이 다 텅 빈 공터였지만 그 한가운데 통로 겸 경계선 겸 해서 깐 돌 때문에 그냥 빈 밭하곤 다른 운치가 있어 보였다. 보일러를 시공하면서 필요 없게 된 구들장 중에서 반듯한 걸 골라 잇대서 깐 건 참 잘한 일이었다. 보기에 좋을 뿐 아니라 아내의 발짝 소리의 특징이 가장 잘 나타났다. 그는 아내의 구두굽 소리가 경쾌하게 또박또박 스타카토로 돌길을 밟으며 가까워오는 소리를 듣는 걸 좋아했다. 아내의 걸음걸이는 이십대 적과 조금도 변함이 없었다. 신혼 시절 아내는 국민학교에서 교편을 잡고 있는 당당한 직업여성이었건만도 동부인해 나갈 때는 구식 여성처럼 몇 발짝 뒤에 처져 걸었다. 그러나 일정한 간격을 두고 따라오는 발짝 소리는 순종적이라기보다는 맹랑하도록 당차고 자주적이었다. 그때부터도 아내는 또박또박 스타카토로 걸었다. 비록 몇 발짝 처져서 따라올망정 아내의 발짝 소리를 들을 때처럼 아내를 대등하게 느낄 적도 없었다. 그는 그 대등한 느낌을 좋아했다. 잎에 떠는 빗소리를 즐기려고 초당 앞에 한 그루 오동나무를 심은 옛 선비가 들으면 시러베아들놈이라 비웃을 일이나 그는 생전 늙지 않는 아내의 구두 발짝 소리를 들으려고 그의 앞마당에 돌길을 깔았나보다. 창호지문에 달린 유리를 통해 돌길을 걸어오는 아내의 상반신을 엿보는 것도 아내를 반기는 낙 중의 하나였다. 아내는 마치 보이지 않는 줄이 위에서 양쪽 귀를 수직으로 끌어당기는 것처럼 고개를 거만하게 곧추세우고 걸었다. 그러면서도 고갯짓이 부자연스럽거나 경직되지 않고 유연해서 자신 있는 모델처럼 보였다. 옷이나 장신구에 구애되지 않는 타고난 듯 몸에 밴 아내의 떳떳함과 당당함을 바라본다는 것은 기분좋은 일이었다. 여태껏 호강은 못 시켰어도 남한테 비굴하거나 아쉰 소리 한마디 안 하고 살 수 있도록 세파로부터 아내를 지켰다는 자부심을 불러일으켰기 때문이다. 그러나 그런 자부심이란 단지 그가 책임져야 할 몫에 대해서일 뿐 그게 아내의 전부가 아니란 걸 안 것은 최근의 일이었다. 실상 아내에게 그가 책임질 수 없는 다른 얼굴이 있다는 건 그에게 적지 않은 사건이요 충격이었다.

새들은 돌아오지 않았다. 새들의 비상은 자의였을까. 새보다

힘세고 흉포한 짐승이 새들을 위협했을지도 모른다. 그럴 리는 없었다. 그는 숲속 사정을 손바닥처럼 빤히 안다고 여기고 있었고 여태껏 토끼 한 마리 만난 적이 없었다. 그러나 저 사는 일에 대해서도 한치 앞을 못 내다보는 주제에 어찌 새들의 삶 속의 복병에 대해 안다고 할 수 있으랴.

그의 집엔 방이 넷이다. 원래는 안방, 건넌방, 아랫방 셋이었는데 아랫방 옆에 붙은 광을 터서 크게 넓히고 바깥마당 쪽으로 마루를 깔아 사랑채의 규모를 갖추자 아내가 별안간 샘을 내면서 자기도 따로 방이 하나 있어야겠다고 했다. 사랑이 남편의 방이라면 안방은 아내의 방이 되련만 아내의 생각은 그렇지 않았다. 뉘 집이건 안방은 개인의 방이 아니라 식구들의 방이라는 것이었다. 식구가 단둘밖에 안 된다고 해도 예외일 수 없다는 아내의 말도 일리가 있었다. 그는 사랑 아랫목에 맏며느리가 시집올 때 예단으로 해온 보료를 깔아놓고 거기서 뭉그적대다가 그대로 아침까지 자버리는 적도 있었지만 대개는 안방에 들어가 잤고 또 그래야만 다음날 개운했다. 물론 옷도 안방에서 갈아입었고 밥도 안방에서 먹었다. 부엌은 입식으로 만들었지만 양주가 다 걸상에서 밥 먹는 건 질색이어서 상을 봐다가 안방에서 겸상하고 편안히 앉아서 먹었다. 아내가 사랑에 볼일이 있어 나갈 땐 그 볼일이 물렁물렁한 연시를 들이밀어준다든가 인삼차나 유자차를 한잔 타 내갈 때라도 꼭 밖에서 인기척을 내고 미닫이문을 열었지만 그는 그런 절차 없이 수시로 안방에 드나들었다. 그러니까 안방이 아내 개인의 영역이란 생각이 없었고 그 생각은 앞으로도 고쳐질 가망이 없었다. 아내는 아주 작아도 좋으니 아무도, 영감님일지라도 노크 없이는 못 들어올 그녀만의 방이 갖고 싶다고 했다. 건넌방이 남아 있었지만 손님 방으로 비워놓고 있었다. 묵어가는 손님이 자주 있는 건 아니었지만 사남매나 되는 아들딸이 결혼해서 가정을 이루고 살고 있으니 그들이야말로 늘 예비하고 있어야 하는 상객(上客)이었다. 건넌방을 분통같이 꾸며놓고 정결한 비단 이부자리와 자식들이 처녀 총각 땐 아끼다가 결혼하면서 헌신짝처럼 버리고 떠난 책이나 수집품 취미생활의 흔적 같은 것들을 정리해 갖춰놓고 쓸고 닦는 일까지 하루도 거르지 않는 것은 아내의 최소한의 자존심이었다. 결국 아내의 소원을 들어주기 위해선 방을 하나 새로 들이지 않으면 안 되었다. 다행히 부엌이 필요 이상 넓었다. 인근 산에서 나무를 해다 땔 때 지은 집이라 부엌이 나무광을 겸하고 있었다. 부엌을 입식으로 고치면서 나무광을 떼어내어 방을 만들고 아내의 소원대로 노크를 할 수 있게 도어를 달고 나니 방이 어두워 뒤란 쪽으로 창을 크게 냈다. 한 평이나 겨우 될까 말까 한 골방이었다. 그러나 그가 노크를 해야 할 일은 좀처럼 일어나지 않았다. 그가 아내를 찾을 때 아내가 그 안에 있었던 적이 없었기 때문이다. 자기만의 방을 갖고 싶다는 건 공연한 심술이었을 뿐 정말 필요해서 그런 건 아닌 듯했다. 언젠가 아내가 집을 비운 사이에 무심히 그 골방 도어를 밀어본 적이 있었다. 안을 엿볼 생각이 있었던 건 아니고 잠겼을지도 모른다는 생각에서였다. 아내가 노크할 수 있는 문을 특별히 강조할 때 그는 한술 더 떠서 안에서도 밖에서도 손쉽게 잠글 수 있는 손잡이를 달아주었던 것이다. 그러나 도어는 슬며시 열렸다. 방 안은 지나치게 검소하고 쓸쓸했다. 문과 반대쪽에 난 창은 커튼도 없이 노출돼 있어 좁은 뒤란에 괸 어둠과 옆집과의 사잇담의 균열을 음습한 추상화 액자처럼 가득 담고 있었다. 벽 쪽으로 놓인 다락에서 꺼낸 듯한 투박한 반닫이 하나가 그 방의 세간살이의 전부였다. 반닫이 위쪽 벽에도 십자고상이 걸려 있고 반닫이 위에도 성모상과 성경책이 놓여 있었지만 그가 보기엔 그런 것들은 아내의 신심과는 무관한 것이었다. 아내는 몇 년 전 친구의 인도로 영세를 받긴 했지만, 영세받을 때 별로 달가워하지 않던 그가 되레 그러려면 뭣하러 영세를 받았느냐는 핀잔을 줄 정도로 어쩌다 한 번씩이나 성당에 나갔다. 그 방에 있는 성물도 영세 때 대모로부터 받은 후 가까이 하는 걸 본 적이 없었다. 아마 자기만의 방을 꾸미려고 자기만의 물건을 찾다보니 그것밖에 없었으리라 싶어 아내의 빈곤이 측은하게 여겨졌다. 들어가볼 엄두도 흥미도 나지 않아 문을 닫으려다 마지막으로 눈에 띈 것 때문에 그는 화들짝 놀랐다. 반닫이 위에 촛대도 없이 맨몸으로 서 있는 두 자루의 초 때문이었다. 아마 금년 부활절 때였을 것이다. 오랜만에 성당에 갔다 온 아내가 가방에서 미사포랑 성가책이랑 꺼내놓고 나서 백지에 싼 묵직해 보이는 걸 꺼내기에 마침 시장했던 그는 성당에서 먹을 걸 주었나보다고 생각했다. 끌러보니 아이들 팔뚝 굵기의 양초 두 자루였다.

"먹을 거나 주지 겨우 이런 걸 주어?"

"주긴요, 샀어요. 먹을 건 여기 있잖아요."

아내는 가방에서 껍질을 은종이 금종이로 장식한 달걀을 꺼내놓으며 말했다.

"예전처럼 정전이 잦은 것도 아닌데 초는 뭐 하러 사누. 얼마야?"

"한 자루에 천원씩이에요."

"비싸긴."

"성당에서 파는 거니까 이익이 남아도 좋은 일에 쓰겠죠 뭐."

"그럼 이 달걀도 샀겠네."

"네에, 그것도 산 거예요. 오늘 당신 좀 이상하구려. 왜 그렇게 공짜를 밭쳐요."

그러면서 그때 주섬주섬 치운 양초가 거기 있었다. 아내가 가르쳐주진 않았지만 보통 양초가 아니라 축성받은 성촉이라는 건 막연히 알고 있었으니 십자고상 아래 성모상 앞에 있다는 게 조금도 놀라울 게 없었지만 언제 그렇게 불을 켰을까. 남아 있는 길이가 겨우 엄지손가락만밖에 안 됐다. 그는 보아서는 안 될 아내의 프라이버시를 훔쳐본 것처럼 민망했고 가슴이 울렁거렸고 부도덕감마저 느꼈다. 그러나 아내가 그 방에서 몰래 불 밝히고 뭘 하나까지 보고 싶다는 궁금증의 유혹은 사뭇 강렬했다. 그후 며칠 동안 그는 망을 보듯 아내의 동정을 살피다가 마침내 좁다란 뒤란에서 불 밝힌 아내의 골방을 들여다볼 수가 있었다. 아내는 반닫이 위에 촛불을 밝혀놓고 방바닥에 꿇어앉아 무엇인가를 간절히 빌고 있었다. 밖이 어두웠기 때문에 그는 구태여 몸을 숨길 필요 없이 아내를 관찰할 수가 있었다. 그는 일부러 택시 속 같은 데 흔히 걸려 있는 '오늘도 무사히'를 비는 소녀의 모습을 잡은 시선과 같은 각도에서 아내를 바라보려고 했다. 각도뿐 아니라 기도에 대한 그의 상상력도 그 소녀에 대한 심미안에서 크게 벗어나지 못했다. 기도할 때는 누구나 용모의 미추와는 상관없이 아름다워 보이려니 하는 기도에 대한 환상을 가지고 있었던 것이다.

아내의 얼굴은 웃는 것도 같고 우는 것도 같았다. 너무 처참하게 구겨져 있어서 갈가리 찢어진 사진처럼 그가 알고 있는 무뚝뚝하고도 도도한 아내의 얼굴로 다시 뜯어맞출 수 있을 것 같지가 않았다. 기도라기보다는 너무도 비천한 아부였다. 도대체 무슨 잘못을 저질렀기에 저리도 비굴하게 빌붙는 것일까. 그가 있는 자리에선 십자고상도 성모상도 잘 안 보였지만 신도 아내의 추악한 아부에는 얼굴을 돌리고 있을 것 같았다. 아내의 뜻밖의 얼굴은 그에게도 뜻밖의 천박한 상상력을 불러일으켰다. 혹시 아내가 그가 모르는 거액의 빚을 걸머지고 어쩔 줄을 모르는 거나 아닐까. 아니면 서방질을 하고 나서 잘못 걸려든 젊은놈한테 협박을 당하고 있든지. 그날 밤 그는 훔쳐본 아내의 얼굴 때문에 잠을 이루지 못했고 다음날도 어지러운 꿈자리처럼 그 얼굴은 그를 뒤숭숭하게 했다. 그가 애써 뜯어맞출 필요 없이 아내의 얼굴이 평상시의 표정으로 돌아와 있는 것도 기분이 나빴다. 그는 아내의 이중성을 오래 견디지 못하고 어느 날 짐짓 자연스럽게 그 얘기를 할 꼬투리를 잡았다. 아내를 도와 오순도순 아침 설거지를 하고 나서였다. 담배를 피워물자 아내가 질색을 했다. 하루 한 갑씩 피우던 걸 아내의 성화로 다섯 개비까지 줄였는데 아내는 아주 끊게 할 작정인 것 같았다. 콜록콜록 헛기침을 해가며 유난을 떨었다. 그는 부엌으로 난 아내의 골방문을 열면서 능청스럽게 말했다.

"이 방 이거 꾸며달랠 땐 언제고 당신 이 안에서 특별히 하는 일도 없잖아. 내가 끽연실로 쓸까봐."

"끽연실 좋아하시네. 내가 왜 안 써요. 거긴 내 기도실이란 말예요. 함부로 담배연기 피우지 말아요."

"기도실? 당신이 기도를 한단 말야? 성당에도 한 달에 한 번이나 갈까 말까 한 당신이."

"글쎄 말예요. 당신 보기에도 우습죠?"

아내가 기도에 대해 숨길 뜻이 전혀 없어 뵈는 게 그에게는 뜻밖이었다. 그래도 그는 기도의 제목까지 알아내기 위해 미리 꾸민 각본대로 엄지손가락 길이밖에 안 남은 초를 보고 깜짝 놀라는 시늉을 했다.

"이 초 이거 부활절날 사온 초 아냐? 그러니까 당신 그 초가 이렇게 닳도록 기도를 했단 말야, 정말?"

"그렇다니까요."

아내는 무안한 얼굴을 했지만 말 못 할 고민이 있는 것 같진 않았다.

"도대체 뭘 그렇게 매일 빌 게 있어. 남편한테도 의논 못 할 고민이 있단 얘기 아냐, 그건."

"죽고 사는 건 사람의 소관이 아니니까요."

"그건 또 무슨 해괴한 소리야. 우리 둘 중의 하나가 죽을병이라도 들었단 소리야 뭐야."

"그게 아니구요. 내가 허구한 날 비는 한 가지 소원은 우리 식구가 순서껏 죽게 해달라는 거니까요."

"순서껏?"

"네, 우리 부부가 퍼뜨린 아들딸들과 그애들이 짝을 맞아 다시 퍼뜨린 손자들 중 우리 직계 식구들 사이의 죽음만이라도 태어난 순서대로 이루어지이다라고 빌 때처럼 마음이 간절해질 때는 없다우. 그 밖의 욕심은 아예 부려본 적도 없건만 너무 욕심 많다 하실 것 같아 내가 얼마나 열심히 알랑거리는지 아마 당신은 모를 거유."

그가 엿본 건 결코 아내의 비밀이 아니었다. 아내가 그에게 감추거나 속이고 있는 건 아무것도 없었다. 그에게 뭔가를 음흉하게 감추고 있는 건 그의 아내가 아니라 현재 그가 누리고 있다고 믿는 유유자적인지도 몰랐다.

그가 장가들 무렵의 처가 식구들은 참척을 두 번이나 겪은 노인들과 청상과부들로 되어 있었다. 장인은 일제 말기에 군속으로 근무하던 일본 지방도시에서 폭사를 했고 국군 장교이던 처남은 6·25사변 중 전사를 했다고 했다. 처가 식구 중에서 부부가 해로하고 있는 건 아들과 손자를 차례로 앞세운 처조부모뿐 장모도 처남의 댁도 과부였다. 특히 혼인한 지 일 년도 안 돼 그 지경을 당하고 유복자를 낳아 기르고 있는 처남의 댁은 아내와 동갑이어서 그 창창한 젊음이 볼수록 애잔했다. 자식이나 손자를 앞세우지 않은 노인이 오히려 드문 전시(戰時)라 그도 그런 처가 형편을 그닥 흉된다고 여기지 않았는데 아내는 그렇지 못했나보다. 난리가 끝난 후에도 순서를 어긴 죽음은 그 집을 떠나지 않아 장모가 오십도 안 된 나이에 먼저 세상을 뜨고 나서 그 이듬해 팔순을 바라보는 처조부가 뒤따랐다. 친정어머니의 너무 이른 죽음에도 좀 면구스러울 정도로 태연하던 아내가 할아버지의 상중에는 통곡통곡하면서 단장의 넋두리까지 했다. 일 년만 일찍 돌아가셨으면 좀 좋아요. 네, 할아버지 왜 이제야 돌아가세요. 세상에 이런 해괴한 애통도 있을까. 그러나 몇 년만 더 살았으면 하고 아쉬워하는 애통보다 몇 배 더 애간장이 끊어지는 애통이어서 순서껏 죽지 못한 집안 꼴에 대한 아내의 맺힌 한의 덩어리를 짐작할 수가 있었다. 그후 처가에는 다시는 순서를 어긴 죽음이 생겨나지 않았고 유복자인 처조카가 자수성가해서 가계를 잇고 있다. 아내만이 아직 그 상처를 가지고 있다는 건 국민학교 때 만들었다는 조각보나 궤불 따위를 아직도 간직하고 있을 뿐 아니라 때때로 꺼내보면서 어떤 감회까지를 이르집어내려고 시도하는 집요한 반추벽(反芻癖) 같은 거여서 그냥 내버려둘 수밖에 없었다. 아내의 상처는 그의 탓이 아니었고 그가 어째볼 수 있는 것도 아니었다. 다만 그런 아내가 측은했다.

아내가 돌아오고 있었다. 또박또박 스타카토로 디딤돌을 밟는 소리가 들렸다. 그는 어린애처럼 반색을 하며 미닫이를 열었다. 아내는 씩씩해 보였지만 시내에 나갔다 들어올 때의 버릇으로 지친 시늉을 했다.

"뭘 보고만 계슈. 이 보따리 좀 받으시잖구."

그는 얼른 댓돌로 뛰어내려가 아내의 보따리를 양손으로 받았다.

"주책없이 뭘 이렇게 많이 샀소."

"잔치 끝나고 친구들이 가락시장에 구경 간다기에 따라가서 수삼도 좀 사고 과일이랑 생선도 좀 샀어요. 어찌나 시장이 큰지 아마 이십 리 길은 돌아다녔나봐."

"싸면 얼마나 싸다고 그 먼 데까지 갔다 와. 집에서 눈 빠지게 기다리는 사람 생각은 쬐끔도 안 하고, 쯧쯧."

그는 짐짓 아내를 나무라며 우쭐우쭐 앞장서 안으로 들어갔다.

"이 양반이 별걸 다 갖고 트집이셔. 당신은 내가 집에서 눈 빠지게 기다린다고 퇴근시간 전에 집에 오신 적 있수?"

"아, 돈벌이 나간 사람하고 돈 쓰러 나간 사람하고 같아?"

"돈 쓰는 일이 훨씬 더 어려워요. 알지도 못하고."

"내가 벌어놨으니까 쓰지, 어디서 거저 난 돈 쓰남."

"난 돈을 벌어보기도 하고 써보기도 했으니까 확실히 말할 수 있는데 쓰는 게 버는 것보다 얼마나 어렵다구요."

"알았어. 알았으니 괜히 기운 빼지 말아요."

그는 아내와의 입씨름이 즐거워서 생기가 나면서도 일단 한번 져주는 시늉을 했다. 그리고 보따리를 끌렀다. 옷을 갈아입고 난 아내가 민첩하게 사온 것들을 분류해서 다듬고 씻고 절이면서 말했다.

"우리 동네가 그린벨트에서 해제된다고들 해요."

"공연한 소리. 땅값 좀 오르면 무슨 수가 나겠다고 이 동네 사람들은 꼭 남산골 샌님 역적 바라듯 그 희망에 산다니까."

"이 동네 소문이 아니라 오늘 그 방면에 유력한 남편 가진 친구한테 들은 거예요."

"선거 때마다 나는 헛소문 아니구?"

"아니라니까요. 그 친구는 우리가 이 집터 말고 밭뙈기라도 더 가지고 있는 줄 아는지 당신이 겉으로는 어수룩해 뵈도 선견지명이 있다고 그러대요. 약간은 샘이 나는 투로요."

"다시는 이사 같은 거 안 하고 싶은데."

"그린벨트 해제되면 사람들이 더 많이 모여 살게 되겠지. 사는 사람을 내쫓게야 될라구요."

"그럼, 나더러 저 숲을 불도저로 갈아엎고 집이 들어서는 꼴을 보란 말요. 말도 안 돼. 내 방에서 숲을 볼 수 없게 되다니."

"그래도 난 우리집 값이 오른다고 생각하면 신이 나요. 집을 줄여만 먹었는데 이번엔 늘여갈 수가 있잖아요."

"오오라, 이제야 당신 본심이 드러나는군. 이 집 팔아서 서울에 아파트로 갈 수 있을까 해서 그러지. 꿈도 꾸지 말아요. 이까짓 집이 그렇게 오를 리도 없지만 그렇게 된다고 해도 안 갈 테니까."

그는 언성을 높여 역정을 냈다. 그의 눈앞에서 곧장 숲을 떠나 허공으로 빨려들어가던 새떼 생각이 났다. 예감에 있어선 미물일수록 영물이라니까, 그들을 놀래킨 건 짐승이 아니라 미래의 불도저 소리였는지도 모른다. 이득을 본다는 계산보다는 길들이고 정들인 걸 억울하게 빼앗긴다는 상실감이 앞섰다. 아내는 당신 마음 내가 안다는 따뜻하고 너그러운 눈길로 그를 감싸며 다독거리듯이 말했다.

"넘겨짚지 마슈. 내가 언제 아파트가 좋댔어요. 우리 이번엔 큰마음 먹고 더 멀리 나갑시다. 어디 간들 저만한 숲, 저만한 산 없겠수. 이 땅에서 마을 들어설 만헌 데는 다 엇비슷하게 생겼으니 염려 마세요."

"당신 그게 정말이오?"

"당신은 숲과 산과 개울물 보고 이 집에 반했다지만 난 시내에서 멀고 교통 불편한 게 첫눈에 듭디다. 내 욕심이 훨씬 적으니 당신 좋고 나 좋은 고장 골라잡기도 쉬울 거 아뉴."

저문 날의 삽화(揷話) 5 155

"그럴 리가. 교통이 불편해서 마음에 들었다는 건 억지야. 비꼬는 거라구."

"당신하고 나하고는 시내에서 멀찌거니 교통이 불편한 데 살아야 마음이 편해요. 내 말뜻 아직도 못 알아들으시겠수. 멀리 있는 자식은 엎어지면 코 닿을 데 있는 자식처럼 매일매일 기다리지 않아도 되잖아요. 자식들 쪽에선 또 얼마나 편하겠수. 부모님이 시골 사셔서 자주 못 찾아뵙는다는 핑계가 생겼으니. 오잖는 자식 기다리는 것처럼 지치고 치사한 일이 있는 줄 아슈. 여기 와서 그 못할 노릇 안 하니 살 거 같아요. 다시는 안 하고 싶은 게 그 노릇이라우."

아내가 쓸쓸하게 웃으며 그를 지그시 바라보았다. 그는 얼른 아내의 눈길을 피했다. 아내와의 공감을 들키고 싶지 않았다. 그는 아내의 장보따리에 손을 넣어 남은 걸 뒤져냈다. 구럭같이 생긴 망태 밑에는 푸성귀에서 떨어진 흙과 막대기가 달린 동그란 알사탕이 몇 개 더 있었다.

"그건 철우 몫이에요. 건드리지 마세요."

철우는 담 너머 집에 세들어 사는 젊은 부부의 첫아이였다. 한참 예쁠 때여서 즈이 엄마가 일손이 바쁠 때는 아내가 즐겨 데려다가 봐주었다. 남편이 가구공장에 다닌다는 철우 엄마는 여간 바지런하고 눈썰미 손재주도 있어서 일 년 내내 일거리가 떨어지지 않았다. 그 여자의 소원은 부부가 같이 벌어서 한시바삐 셋방이라도 좋으니 특별시 내에서 살아보는 거였다. 요새 그 여자는 앙고라 스웨터에다 반짝이는 구슬로 꽃이나 공작의 날개 같은 걸 수놓는 부업을 하고 있었다. 아내는 툭하면 그 집에 놀러 갔다.

 그 꽃 하나 놓는 데 얼마나 받수. 애개개 고거밖에 안 줘? 앞가슴에 그 꽃이 들어가니까 값이 곱절은 더 나가 보이는데. 곱절이 뭐야, 이런 건 배우들이나 사입는 몇십만원짜리로 둔갑을 했구먼.

 이렇게 그 여자의 작업을 신기해하고 나서 아기를 어르다가 슬며시 안고 나오는 것이었다. 아기는 어려서부터 막 길러서 혼자서도 보행기에 앉아서 잘 놀았다. 그러나 아내는 그 여자의 방의 경대랑 호마이카 상이랑 쌀통, 라디오, 텔레비전 등에 골고루 내려앉아 미세하게 꼼작대는 털먼지를 보면 불현듯 아기를 그 방에서 데려나오고 싶어졌다. 그 역시 아내가 그 집에 가서 오래 머물러 있는 것보다 아기를 데려오기를 바랐다. 아기는 순하지만 낯은 좀 가리는 편이어서 _그_에게 안기면 꼬집는 것처럼 울었기 때문에 그는 주로 아내와 아이가 어우러져 노는 걸 바라보기를 즐겼다. 어찌나 입을 헤벌리고 바라보았던지 여보 당신 침 흘리고 있는 거 아뉴? 하고 놀리는 소리를 듣기도 했다. 아내는 아기의 군것질까지 대고 있었다. 과일 같은 건 집에 있는 걸 저며도 멕이고 갈아서도 멕이면 되는데 언젠가 한번 신장개업한 쇼핑센터에서 덤으로 얻어온 막대기가 달린 알사탕을 아기가 환장을 하게 좋아하는 걸 보고 나서는 시내에 나갈 때마다 그걸 몇 개씩 사다두고 아기가 보챌 때마다 하나씩 주고 있었다. 지난 여름이던가, 아기의 아랫니가 두 개 솟아오른 걸 보고 그가 밥풀이 붙어 있는 것 같다고 했더니 아내는 당신은 왜 그렇게 멋이 없으시우, 하고 구박을 하고 나서 분홍빛 언덕 위에 양이 두 마리 나타난 것 같다고 멋을 한껏 부렸다.

그는 아내가 사온 막대기사탕을 삼층장 서랍에다 갖다두면서 말했다.

"밥풀떼긴지 두 마리 양인지 당신이 그렇게 예뻐하던 이빨 썩으면 어쩔려고 맨날 이렇게 단걸 사와요, 사오길. 가뜩이나 애 봐준 탓은 있어도 낯나는 법은 없다는데."

"덧니니까 썩어도 상관없어요."

"당신 남의 애라고 너무 무책임헌 거 아냐?"

"글쎄요, 잘 모르겠어요. 아무튼 낯나라고 봐주는 건 아녜요. 그냥 예뻐서 내 맘대로 예뻐하고 싶어서…… 왜 그러면 안 돼요?"

"그렇게 아기를 좋아하면서 왜 손자나 외손자들한테는 그렇게 서툴고 쓸쓸하게 굴어? 걔들 에미 애비가 당신 이러는 거 보면 속으로 섭섭해할 것 같아."

"중하기로 치면 내 손주를 남의 애에다 대겠어요. 그렇지만 예뻐하는 건 정작 내 손주한테는 잘 안 돼요. 주눅이 들어요."

"주눅이 들다니 거 참 별일이구먼."

"당신도 그러시면서 뭘 그래요. 즈이 에미 애비들이 하도 유난스럽게 제 새끼들을 위하니까 자연히 우리는 주눅이 들어 어쩔 줄을 모를밖에요. 비싼 그릇에 물 마시기도 겁이 나는 촌스러운 마음인지 모르지만 내 손주는 한번 안아보려다가도 별안간 안는 법을 잊어버린 것처럼 쩔쩔매게 된다니까요. 당신이나 나나 참 변변치도 못하죠?"

"왜 나까지 싸잡아서 등신 취급을 하려고 그래. 나는 내 손주한테나 철우녀석한테나 똑같이 쩔쩔매지만 당신은 그게 아니잖아."

"참 오늘 전화 온 데 없어요?"

아내가 딴청을 부렸다. 그가 없었다고 말하고 나서 돌아본 문갑 위에선 수화기가 대롱대롱 아래로 늘어져 있었다. 철우 짓이었다. 오늘도 아내는 아침나절에 한 차례 철우를 데려다 놀아주고 나서 외출을 한 것이었다. 아내도 동시에 그것을 보았다.

"온종일 전화벨 소리가 한 번도 안 들리면 한 번쯤 들어와보시잖구. 아이고, 이 끈적거리는 것 좀 봐. 누가 제 녀석 짓 아니랄까봐."

수화기를 올려놓으려다 말고 아내는 질겁을 했다. 아마 사탕을 먹던 손으로 전화 장난을 한 모양이었다. 아내는 물수건으로 수화기를 닦으면서 뭐가 그렇게 좋은지 연방 싱글벙글이었다. 철우가 장난치는 모습이 눈에 선한 모양이었다. 알사탕 한 개를 다 빨아먹고 나면 으레 철우의 열 손가락은 서로 엉겨붙을 만큼 끈끈해졌다. 녀석도 불편한 건 알아서 끙끙대며 아내 앞에 두 손을 내밀었다. 그럴 때 아내는 물이나 물수건으로 닦아줘도 될 것을 긴 혀를 내밀어 열 손가락의 것을 말끔히 핥아먹었다. 너무 샅샅이 핥아서 꼭 단것에 걸신들린 사람 같았다. 아내도 아기도 그 일을 얼마나 즐긴다는 걸 표정으로 알 수가 있었다. 매우 육감적인 교감이었다. 노소(老少)의 그런 천진한 쾌락을 바라보면서 그는 아릿한 슬픔을 맛보곤 했었다.

다 닦은 수화기를 올려놓자마자 벨이 울렸다. 온종일 괴었던 게 한꺼번에 울리는 것처럼 사정없이 강렬한 소리였다. 아내는 수화기를 드는 대신 에그머니나, 하면서 한 걸음 물러앉았다.

"원 사람도 얼뜨긴. 전화 소리 생전 처음 들어보나."

이러면서 대신 전화를 받는 그도 까닭 없이 가슴이 내려앉아 목소리가 떨렸다.

"여보세요."

"사돈어른이시군요. 도대체 무슨 전화를 그렇게 오래 쓰세요. 큰일났어요. 아, 이 노릇을……"

말끝을 못 맺고 엉엉 우는 소리가 났다. 옆에서 아내는 사색이 되고 그는 정신을 죽어라 가다듬고 울음소리를 뿌리치려 들었다.

"뉘십니까? 댁은 도대체 뉘십니까?"

잘못 걸려온 전화일 가능성만이 유일한 희망이었다. 울음소리가 뚝 그치더니 악에 받친 듯한 쇳소리가 들렸다.

"보람이 외할머닙니다. 보람이 할아버님 아니신가요?"

보람이는 그의 맏손자였다.

"예, 그렇습니다만."

"시상에 이 판국에 사돈어른은 어쩌면 이렇게 태평이십니까? 오늘 보람이네 무슨 일 일어난 줄 아세요? 온 식구가 차사고를 당했어요. 식구들을 다 태우고 나서 고속도론가 국도에서 타이탄을 들이받았대요. 아이고, 내 딸 불쌍해 어쩌나. 그놈의 자가용이 웬수라니까."

"여보세요, 여보십시오. 암만 해도 전화 잘못 거신 것 같습니다. 즈이 자식은 아직 자가용이 없거든요."

그는 아직도 그 유일한 희망에 매달려 있고 싶었다.

"아직 모르고 계셨군요. 한 보름 됐어요. 개네가 차 산 거."

그는 스르르 수화기를 떨어뜨리고 사색이 되어 떨고 있는 아내를 끌어안았다. 아까처럼 대롱대롱 매달린 전화기 속에서 울려나오는 사돈마님의 울부짖음은 마치 귀에 바싹 갖다댄 확성기 소리처럼 뇌수를 사정없이 짓이겼지만 무슨 뜻인지 하나도 알아들을 수가 없었다.

"죽은 사람은 운전자 하나래요. 딴 식구들은 다 중상이구요. 여기 영감님은 운전자가 에미였는지 애비였는지도 미처 확인해 보지 않고 달려가신 후 아직 연락이 없답니다. 에미도 운전을 하거든요. 면허도 먼저 땄으니 에미가 운전대 잡았는지도 모르죠. 저도 같이 갈 건데 댁에 연락이 안 돼 여직껏 전화통 붙들고 있느라고. 병원은 이천에 있는 한외과래요. 듣고 계십니까?"

그들은 오로지 전화기가 무서워 떨고 있는 것처럼 사색이 되어 겁먹은 눈으로 전화기를 바라만 볼 뿐 아무도 그걸 만지거나 올려놓을 엄두를 못 냈다.

복원되지 못한 것들을 위하여

"심사료를 참 많이 주네요."

시인 함소연이 영수증에 서명을 하면서 말했다.

"많긴 뭐가 많아."

나는 방금 서명을 끝낸 볼펜꼭지를 송곳니 사이에서 씹다 말고 퉁명스럽게 말했다. 함시인은 내 딸 또래의 젊은 시인이었지만 오늘 초면이어서 깍듯이 대했었는데 왜 느닷없이 반말을 했는지 모를 일이었다. 역시 정서불안 증세인가. 어쩌다 손톱이나 볼펜꼭지를 씹는 내 버릇을 보고 내 자식들이 놀리는 투로 붙인 병명이었다.

함시인의 말대로 삼사십 장 정도의 수기 심사료가 삼십만원이면 후한 편이었다. 광고가 본문의 갑절은 되는 여성지의 경우 예선도 안 거친 수기의 심사료가 통상적으로 십만원이었다. 거기 비하면 깔끔한 예선을 거쳐 읽을 만하게 간추려진 글을 심사위원 둘이서 서너 편씩 나누어 읽고 그만큼 받았으니 후하기보다는 과하다 해야 옳을 것이다. 더구나 이 잡지는 팔릴 것 같지 않은 교양지였다. 게다가 정부 시책을 합리화시키고 홍보하는 구실을 하는 정부 투자기관의 연구소에서 발행하는 것이었으니 어용을 꺼리는 지식인층은 거저 줘도 마다할 만한 잡지였다. 공짜인지 강매를 한 것인지 동사무소나 은행 같은 데는 으레 비치돼 있지만 대중적인 인기나마 있는 것 같지 않은 어중간한 교양지가 앞으로 살아남을 가망 또한 때가 때니만치 여간 불투명하지가 않았다.

때는 6·29선언이 있고 나서 오랜만에 국민이 직접 뽑는 대통령선거를 앞두고 온갖 다양하고 새로운 욕구와 희망이 도처에 팽배해 있을 때였다. 내 심보도 나에게 심사를 의뢰한 잡지의 이런저런 불리한 여건은 아무래도 좋았다. 다만 어용한테서는 아무리 파격적인 대우를 받아도 시큰둥 약소하게 받아들여야 한다고 생각했다.

"무슨 잡지사 사장실이 그렇게 으리으리하죠?"

함시인은 쑥색 대리석이 유리알처럼 매끄러운 복도를 패션모델처럼 보기 좋은 걸음걸이로 앞서다가 문득 나를 기다려주면서 말했다. 작년에 내 집 장판방에서 발목을 삐끗한 게 인대가 늘어났다 해서 한 달 남짓 깁스를 하고 고생한 적이 있는 나는 지레 겁을 먹고 벌벌 기고 있었다.

"누가 아니래지. 염불엔 마음이 없고 잿밥에만 마음이 있는 친구겠지, 보나마나."

 우리가 심사하는 동안 쓴 장소는 사장실이었는데 잡지사 사장실답지 않게 으리으리하고 권위주의적이었다. 심사방법은 원고를 합평 전까지 돌려가며 읽는 게 아니라 각자에게 돌아온 원고에서 두 편씩 추려낸 원고만을 그 자리에서 바꿔보고 나서 최우수, 우수, 가작 세 편을 뽑는 방법을 취했기 때문에 시간이 좀 걸렸다. 두 시간 가까이나 사장실에 머물렀건만 사장 코빼기도 못 봤을 뿐 아니라 담당기자 외에는 편집실이 어디 가 붙었는지도 모르게 돼 있었다.

"차나 한잔 같이 하고 가시죠?"

 엘리베이터에서 내리자 맞은편이 다방이었다.

"아뇨, 그 동안 두 잔이나 마셨잖아요."

"참 그렇네요. 차 안 가져오셨죠? 제가 댁까지 모셔다드릴게요. 방향이 비슷하니까요."

"차가 있어야 가져오죠. 신경 쓸 거 없어요. 난 시내에 나온 김에 여기저기 들러갈 데가 좀 있으니까."

 차 잡기 어려운 시간에 괜한 거짓말을 해서 아까운 차편을 놓치고 터덜터덜 지하철 입구를 찾아 걷기 시작했다. 여직껏 마치 함시인하고 뭐가 잘 안 맞아 마음이 그렇게 삐딱하게 꼬였던 것처럼 혼자가 되니까 한결 편해졌다. 그러나 전철 속에서 나는 다시 손톱을 씹었고 동네 다 와서 장을 보다가 핸드백 속에서 심사료가 든 봉투를 발견하고는 괜히 화가 나고 창피해서, 에라 모르

복원되지 못한 것들을 위하여 165

겠다 마구잡이로 필요하지도 않은 물건을 몇 가지 샀다.

"엄마 또 스트레스 받았나봐."

막내딸이 내 시장보따리를 끌러보며 말했다. 나는 왜 샀는지 설명이 안 되는 충동구매를 하고 나서 곧잘 엄마의 유일한 스트레스 해소법이니 봐주라는 투의 변명을 해왔던 것 같다. 나는 서양 사람처럼 어깨만 한번 으쓱해 보였다. 그러나 도대체 어디서 비롯됐는지 알 수 없는 나의 고약한 울분과 수치심은 그렇게 간단히 해소될 수 있는 게 아니었다.

사흘쯤 지나고 나서였다. 아침을 먹고 나서 한가롭게 조간신문을 뒤적이고 있는데 전화벨 소리가 났다. 딸아이가 냉큼 받더니 나를 불렀다.

"엄마 전화예요. 『앞서가는 조국』 잡지사래요."

"없다구 그러잖구."

나는 안 해도 될 소리를 중얼대며 전화를 받았다. 아니나 다를까 수기 심사 때의 담당기자였다.

"선생님 예측이 딱 들어맞았지 뭐예요. 최우수작 당선자가 당선을 없었던 걸로 해달래요. 선생님 선견지명 덕분에 여벌로 한 편을 더 뽑아놓았으니까 잡지사로선 아무런 문제도 없지만 심사위원 선생님도 알고는 계셔야겠기에 전화드립니다."

원래는 침착하고 사무적인 담당기자의 말투가 내 선견지명에 대한 경탄으로 약간 들떠 있는 것처럼 들렸다. 나는 즉각 그걸 경멸로 받아들였고 모멸감을 만회해보려고 허둥댔다.

"아니, 사양한다고 옳다구나 그걸 받아들이면 어떡해요. 성의껏 권해보기는 했어요?"

"그러믄요. 부장님이 현지까지 내려가서 하룻밤 주무시면서 설득을 하셨는데도 막무가내더래요."

"그 사람 참 이상한 사람이네, 여간 공들여 쓴 글이 아니던데 쓸 때는 언제고 발표하길 싫어할 건 또 뭐람. 후환이 두려워서 그러나본데 그 점은 보장해주마고 안심을 시키지 그랬어요. 지금이 어떤 세상이라고……"

"부장님도 그 수기를 큰 수확이라고 좋아하셨으니까 놓치고 싶지 않아서 별의별 소리를 다 하셨나봐요. 그렇지만 본인이 그 얘긴 정말이 아니다. 소설처럼 꾸민 이야기니까 수기의 조건을 어겼으니 안 된다고 딱 잡아떼더라니 우린들 어쩌겠어요."

"그게 꾸민 이야기가 아니란 건 내가 보장해도 되는데…… 김기자, 혹시 잡지사에서 그런 글 안 실으려고 일부러 일을 그렇게 꾸민 거 아니오? 『앞서가는 조국』지라면 능히 그럴 수도 있을 것 같은데."

"어머 선생님, 무슨 말씀을 그렇게 하세요. 우리 잡지 새 시대에 부끄럽지 않게 거듭나려고 요새 얼마나 애쓰고 있는지 아시면서."

심사할 수기를 가지고 집에 왔을 때도 김기자는 그와 비슷한 얘기를 했었다. 관변잡지라는 종래의 잡지 성격에 맞추려는 글보다는 거기 도전하는 글이 나오길 바란다는 요지의 얘기를 들으면서 물에 빠진 자가 검부러기라도 잡으려고 애쓰는 모습을 보는 듯했었다. 수기 나부랭이로 한번 굳어진 이미지가 쇄신될 리 만무하건만 그런 기대를 하는 게 그만큼 불쌍해 보였다. 나 자신 여성 수기를 심사해보고 넌더리를 낸 경험에 비추어 수기라면 신세 한탄 나부랭이 이상으로 보지 않았기 때문이다.

그러나 내건 상금이 파격적이어선지 예선을 통과한 수기들이 다 놓치기 아까운 수준이었고 소재도 고루 다양했다. 이렇게 수준이 고를 때는 되레 당락이나 일이등을 정하는 데 애를 먹게 마련인데 이번엔 그럴 걱정도 없었다. 최우수작으로 뽑은 「복원復元」은 그중에서도 단연 돋보였다. 두 사람 이상의 심사위원이 응모작을 나누어 볼 때 자기에게 돌아온 글이 그저 그럴 때는 괜히 풀이 죽어서 심사에 임하게 되지만 이거야말로 당선작감이라고 눈에 번쩍 띄는 글을 만났을 때는 절로 신바람이 나게 마련이다. 그래도 겉으로는 시침 딱 떼고 「복원」과 또 한 편을 후보작으로 함시인 앞에 내놓았고, 함시인도 그녀가 추려가지고 온 두 편을 나에게 내놓으며 말했다.

"수준이 고르긴 한데 뛰어난 게 없어서 애먹었어요. 선생님 보신 건 어때요?"

그렇담 「복원」의 최우수작 당선은 떼놓은 당상이 아닌가. 나는 속으로만 빙긋 회심의 미소를 지었을 뿐 짐짓 무표정하게 함시인이 뽑은 두 편을 빠르게 속독하기 시작했다.

"선생님 큰 거 건지셨네요."

「복원」을 반쯤 읽다 말고 함시인이 말했다.

"내가 건지긴. 우리가 건졌지."

이렇게 해서 「복원」을 최우수작으로 하는 건 쉽게 합의를 보았고 다음 우수작 가작은 한 단계 뚝 떨어진 채 비등비등해서 함시인이 하자는 대로 결정했다. 쏙 마음에 드는 작품을 만났기 때문에 그 다음 이등 삼등짜리에 대해선 그만큼 시들했다. 심사에 들어가기 전에 커피를 주더니 끝마치고 나니까 인삼차와 과일이 나왔다. 느긋한 시간이었다. 아무리 예상 밖의 좋은 글을 만났다고는 하나 순수문학의 등용문도 아니고 논픽션 부문에서 권위 있거나 알려진 관문도 아닌 별볼일 없는 잡지의 수기를 심사한 푼수로는 우리는 너무 만족해하고 있었다. 나의 만족도는 거의 행복감에 가까웠다. 그 까닭을 꼭 집어내듯이 함시인이 말했다.

"참 세상 좋아졌죠? 예전 같으면 감히 그런 걸 폭로할 엄두를 어떻게 냈겠어요. 그것도 순박한 시골 사람이⋯⋯"

그렇다. 우리가 좋아하고 있는 건 그럴듯한 당선작을 만나서가 아니라, 그런 얘기가 당당한 제 목소리를 낼 수 있는 새로운 세상이었다. 그러니까 함시인이 말한 예전은 불과 몇 달 전인 6·29 전을 의미할 터였다.

「복원」은 유신을 전후한 두 번의 국회의원 선거 때 한 씨족 마을이 교묘하게 저지른 선거 부정 이야기였다. 그 당시 그 작자(作者)는 그 마을의 이장이었을 뿐 아니라 문중에서 항렬이 높아 머리가 허연 노인들로부터도 대부(大父) 소리를 듣는 한창 나이의 장년으로 몇백 년을 한결같이 척박한 땅만 파먹고 사는 침체된 마을을 어떡하면 잘살게 할 수 있을까 획기적인 변화를 꿈꾸고 있었다. 마침 문중에서 유일한 대학생의 전공이 축산이어서 그랬는지 젊은이들과 의논해보면 한결같이 내 고장의 살 길은 농업에서 목축업으로 전환하는 거였다. 말이 쉽지 보수적인 마을에서 그런 엄청난 변화가 일어나려면 자체 내의 힘만으로는 어림도 없었다. 운명을 타파할 비전을 주고, 힘차게 밀어주고, 가능하면 앞일을 보장까지 해주는 믿음직한 바깥의 힘을 필요로 했다. 그 힘이 지목이나 수로 변경, 자금 지원 등 마냥 까다롭고 힘 빼는 일까지 대행해주길 바란다면 그 힘이란 마땅히 권력이 될 수밖에 없었다. 이같이 빽이 되어줄 권력을 목말라할 무렵 선거 때가 되었고 그는 생각할 것도 없이 당시의 여당인 공화당 입후보자에게 붙기로 했다. 붙기 위한 노력은 조금도 필요하지 않았다. 그 마을뿐 아니라 선거구 전 지역에 이장의 친인척은 고루 분포돼 있었으니 친인척간의 그의 영향력을 아는 입후보자라면 되레 그에게 빌붙는 일에 군침을 안 삼킬 수가 없었다. 그러니까 양쪽은 마치 음양이 끌리듯이 힘 안 들이고 극히 자연스럽게 협력관계를 맺었다. 그가 먼저 그의 포부를 말하고, 당선되면 밀어주겠다는 약속을 받아내고자 한 건 말할 것도 없다. 공화당 입후보자는 그의 계획에 전폭적으로 찬동했을 뿐 아니라 한술 더 떠서 그걸 조금도 수정하거나 가감함이 없이 그대로 공약사업으로 내걸어주었다. 그 역시 그의 영향력을 최대한으로 발휘해 선거운동에 발 벗고 나선다. 그런 과정에서 입후보자의 인격에 실망하기도 하고 서울서 따라 내려온 딴 운동원들과 마찰을 빚기도 하지만 오로지 자기 마을을 잘사는 마을로 만들어보겠다는 일념 하나로 꾹 참고 일편단심 충성을 다한다. 선거전이 막바지에 이르렀을 무렵 그가 미는 입후보자의 복잡한 여자관계가 소문나 불리해지자 그는 누가 시키기도 전에 여자를 사서 야당 후보에게 버림받아 실성한 행세를 연기하며 선거구를 누비도록 하는 짓까지도 한다. 이렇듯 온갖 위법과 추악한 짓을 닥치는 대로 하고 나서 그걸 상대방에게 씌우기를 여반장으로 했을 뿐 아니라 투표일에는 좀더 실속 있는 부정을 한다. 공개투표, 무더기투표, 사전투표, 대리투표, 개표부정 등 자유당 말기에 신문기사를 통해 그런 못된 짓이 있다는 것만 알고 있던 온갖 수법을 다 써본다. 그러면서 공화당 후보의 운동원이기 때문에 그런 못된 짓을 자유자재로 할 수 있다는 것도 저절로 깨닫게 된다. 그런 깨달음은 그를 더욱 대담하게 그리고 희망에 부풀게 한다. 그가 미는 입후보자가 당선만 되면 세상에 안 되는 게 없을 것 같다.

 그러나 일단 당선이 되자 그가 당선시켰단 자세를 할 새도 없이 국회의원은 서울로 가버리고 공약도 그의 노고도 찡 구워먹은 자리가 되고 만다. 기다리다 못해 서울까지 찾아가 어렵게 만난 국회의원은 연구 검토중이라고 거드름을 피우다가, 정국이 혼미하여 국운이 백척간두에 달린 이때 그런 청탁을 하면 어떡하냐고 노골적으로 귀찮아한다. 속았다는 느낌이 확실해질 무렵 계엄령이 선포되고 국회가 해산된다. 유신시대가 막을 올린 것이다. 그가 당선시킨 국회의원의 단명이 고소하기도 한 한편 국운이 백척간두에 달렸다는 말이 참말이었다는 것 때문에 한 가닥의 신뢰감을 버리지 못한다. 유신시대에 다시 공화당의 공천을 받은 같은 입후보자에게 그는 전번과 똑같은 언약을 받고 마치 배운 도둑질 써먹듯이 거침없고도 익숙하게 전번의 그 더러운 방법들을 그대로 써먹음으로써 또다시 당선을 시킨다. 그가 당선을 시킨 거나 마찬가지라고 생각한 국회의원이 그의 혁혁한 공로는 물론 자신의 언약까지를 금방 잊어버리는 것까지 전번의 각본과 똑같다.

그의 수기를 대강 이렇게 요약해놓으면, 선거 때마다 매번 경험하고 또 신문이나 텔레비전을 통해 넌더리가 나게 들은 흔해빠진 선거 부정 사례의 나열에 지나지 않는다. 물론 잡지에 싣고 싶어하는 수기라면 으레 사랑에 속고 돈에 울고 식의 신세 한탄이나 투병기 아니면 새마을 성공 사례와 유사한 자수성가기가 고작이라는 선입관에 젖어 있는 심사위원에겐 이런 소재가 특이하게 보였던 건 사실이다. 그러나 탁월하다고까지 생각한 건 소재보다는 그의 특출한 기술방법이었다. 그는 마치 깨진 그릇의 파편을 주워모아 원형을 재현하듯이 우직하고도 꼼꼼하게 한 지난 시대에 어떤 외진 고장에서 있었던 부정의 추악상을 본디 모양 그대로 드러내 보여주고 있었다. 그 드러냄이 어찌나 선명하고 여실한지 어떤 변두리에서 있었던 사건을 뛰어넘어 한 추악한 시대의 전형을 보는 느낌을 갖도록 했다. 그건 문장력 같은 것하곤 달랐다. 그런 걸 타고났거나 갈고 닦은 흔적이 조금도 없는 게 되레 그 수기의 미덕이었다. 그는 다만 하나의 부정을 완성하는 데 있어서 권력이 차지한 몫뿐 아니라 그 자신과 주변의 평범한 사람이 분담한 몫까지를 동정도 과장도 없이 정직하게 드러냈을 뿐이었다. 따라서 흔한 고발이나 폭로의 의도도 엿보이지 않았거니와 속죄양이 되어 모든 잘못을 자신이 뒤집어쓰는 것처럼 꾸미고, 실은 고백은 손톱만큼 하고 태산 같은 위선의 기쁨을 누리려는 참회록 따위하고도 달랐다.

그가 수기의 제목을 「복원」이라고 붙인 건 참으로 적절했다. 깨진 간장종지 하나를 복원시키려도 더도 말고 그 파편들을 잃지도 보태지도 말고 고스란히 주워모아야 하듯이 섬세한 부분도 잊어버리지 않고 있다가 제자리를 찾아 맞춘 그의 기억력은 감탄할 만했다. 십수 년의 세월과 그의 연령으로 미루어 기록해두지 않으면 그럴 수도 없는 일이었다. 권력과 힘없는 평범한 사람들의 이해관계가 찰떡같이 맞물리면서 부정을 모의하게 된 경위뿐 아니라, 부정 자체가 지닌 인력 때문에 한번 발을 들여놓자마자 정신없이 빨려들게 되는 모습이 여실하면서도 그 꼼꼼한 기록성 때문에 그 동안도 그가 깨어 있다는 걸 짐작하게 하는 거야말로 그 수기의 마지막 진가였다.

담당기자한테 당선작을 통보할 때 함시인이 말했다.

"이런 시시한 잡지에 실긴 어째 아까운 생각이 드는데."

"너, 우리 잡지 발행부수가 얼만 줄이나 알고 그따위 소리 하는 거야."

"발행부수 좋아하네. 거저 뿌리려면 백만 부는 못 찍을까."

"아무튼 엄격하기로 소문난 이선생님까지도 흡족해하시는 작품이 나왔다니 저희 잡지도 아마 빛이 날 겁니다."

담당기자가 나에게 말머리를 돌렸다. 두 사람은 여고 동창생이라고 했다.

그러고 나서 점잖게 심사료나 챙겨가지고 일어섰으면 오죽이나 좋았으련만, 내 촉새 같은 입이 나도 예기치 못한 말을 하고 말았다.

"한 편 여벌로 더 뽑아놓는 게 좋을 것 같아요. 마안약의 경우를 생각해서……"

나는 만약을 마안약이라고 사뭇 장중하고도 의미심장하게 끌면서 말했다.

"만약의 경우라뇨?"

"왜 있잖아요, 당선자가 당선을 사양하는 경우 말예요. 아직도 이런 유의 수기는 쓸 때하곤 달라서 발표하려면 용기를 요하는 거니까."

촉새같이 나불댄 깐으로는 그 까닭을 둘러대는 데 있어서는 신중하고 그럴듯했다. 그러나 담당기자도 함시인도 내 말을 알아먹은 것 같진 않았다. 그냥 나잇살이나 먹은 중견 작가에 대한 대접으로 내 말을 들어주는 것 같았다. 함시인은 숫제 참견도 안 하고 나 혼자 의견으로 아깝게 탈락한 작품 중에서 한 편을 골라 여벌로 추가했다. 그 짓을 하는 동안 나는 벌써 내 촉새 같은 입에 대한 수치심과 후회로 기분이 엉망이 돼 있었다. 그러나 그 촉새처럼 방정맞은 예언이 적중할 줄은 그때까지만 해도 몰랐었다.

당선된 수기가 발표된 『앞서가는 조국』지가 책방에 나왔을 무렵에는 대통령선거도 끝나 새 시대의 조짐이 보다 확실해지고 있었다. 우선 책방에 나와 있는 신간 서적만 보더라도 삼청교육대의 진상의 폭로가 있는가 하면 몇십 년 전 제주도에서 있었던 4·3사건을 비롯해서 여순반란사건, 거창학살사건, 근래의 광주사태까지 그 동안 망각을 강요당한 사건들이 논픽션으로 또는 소설로 봇물을 튼 듯이 쏟아져나와 있었다. 그러나 『앞서가는 조국』지에서 「복원」은 예선의 반열에도 끼지 못하고 깨끗이 말살돼 있었다. 나는 누가 나한테 그 책임을 물을 것도 아닌데 문득 문득 나 때문은 아닐 거라는 독백인지 대답인지를 중얼대곤 했다. 나의 예언이 어떤 영향을 미쳤다고 해도 나의 촉새 같은 입의 잘못이지 내 진의는 아니라고 여기고 싶었다.

그런 일 말고도 1988년 4월은 어수선하고 어지러웠다. 국회의원 선거가 있는 달이었다. 그 과열현상은 그 뒤에 불어닥칠 올림픽 열기까지를 감안해서 제발 조금만 덜 볶아쳐달라고 비명을 지르고 싶을 지경이었다.

한식날 성묘를 교통편이 혼잡할 거라는 핑계로 미루고 있다가 평일날 혼자서 떠났다. 나는 그때까지 무엇에다 써먹자는 마련 없이 그냥 「복원」의 작자의 주소를 기록해서 간직하고 있었다. 힘 안 들이고 찾을 자신이 있었다. 공원묘지는 그가 이장을 지낸 광안리와 같은 면에 있었고 성묘할 때 거치게 되는 골프장과 호수는 그의 수기에도 몇 번 나왔었다. 광안리 사잇말에서 예전에 이장을 지낸 윤장선 노인 댁을 찾기는 어렵지 않았다.

"내가 기요만은……"

하면서 초록색 슬레이트 지붕을 인 일자집의 유리 분합문을 연 윤노인은 상상한 대로 정정하고 깨끗한 노인이었다. 너무 쉽게 만나졌기 때문인지 나를 누구라고 말해야 할지 더군다나 용건이 뭐라고 해야 할지 얼핏 생각나지 않았다. 그 동안 벼르고 벼른 용건이 당사자를 눈앞에 두게 되니 스르르 김이 빠진다 할까 열쩍어지는 것도 못 말릴 노릇이었다. 나는 비록 「복원」은 빛을 못 보게 됐지만 왜 빛을 못 보게 됐는지 그 진상이라도 캐내고 싶었다. 필시 어용잡지가 작자로 하여금 당선을 사퇴하게끔 압력을 넣었을지도 모른다고 생각했다. 실은 그 생각이 가장 마음에 들었다.

"저어 몇 달 전에 『앞서가는 조국』이란 잡지에 투고하신 적이 있으시죠?"

나는 조심스럽게 말문을 열었다.

"그렇소만 그건 벌써 끝난 얘기 아뇨. 난 더 헐 말 읎시다. 읎었던 걸로 혀준다고 허구설라문에……"

윤노인이 버럭 화를 내면서 분합문을 닫으려고 했다. 나는 넉살 좋게 얼른 열린 분합문 사이로 엉덩이를 디밀어 마루 끝에 걸터앉으며 말했다.

"저는요 선생님, 그 잡지사에서 보내온 사람이 아니구요, 그때 심사를 맡아본 소설가예요."

그러면서 통성명을 하자 윤노인의 안색이 한결 누그러졌다. 그때 뒤란과 마주 뚫린 부엌문에서 쏜살같이 나타난 마나님이 푸성귀가 수북한 고무함지박을 봉당에 내려놓으면서 사납게 말했다. 우리의 수작을 다 들은 모양이다.

"기어코 그 진정선지 고소장인지가 까탈을 부렸지유? 그치유? 그러게 내 뭐랬시유. 삼시 진지 뜨뜻허게 혀드리는 마누라 있겠다, 용돈 꼬박꼬박 부쳐주는 아들이 둘씩 있겠다, 뭐가 부족해서 붓대를 놀려요 놀리긴. 자식들헌테도 붓대보담은 기술로 벌어먹는 게 수라고 글강 외듯 허시던 양반이 망령이 나도 분수가 있지."

마누라한테 야단을 맞고 꼼짝 못 하는 윤노인은 마치 의타심이 강한 어린애처럼 이 눈치 저 눈치 살피기에 바빴다.

나는 그 수기가 까탈을 부린 건 아무것도 없고 단지 그 수기를 심사한 사람으로서 왜 그렇게 공들여서 잘 쓴 글의 당선을 갑자기 취소하게 됐나가 궁금하기도 하고 안타깝기도 해서 지나던 길에 한번 들러보았을 뿐이라고 마나님에게 누누이 설명했다. 그러나 검은빛이 도는 입술이 앞으로 튀어나와 오리를 연상시키는 안노인은 내 말을 믿지 않기로 작정을 한 것 같았다.

"아이구, 이 시골구석을 지나가다 들러유. 여기가 무신 종로바닥인 줄 아시나뷔."

나는 다시 어렵고 참을성 있게 그 집에서 마주 바라보이는 산등성이에 연한 공원묘지까지 성묘를 왔던 길이란 걸 납득시키고자 했다. 그러는 동안도 윤노인은 내 역성을 들어주지도 않았고 자기 대신 나선 마나님을 면박 주지도 않았다. 나는 수기를 통해 평범하지만 자존심이 살아 있는 의연한 농사꾼을 연상하고 있던 터라 실망이 이만저만이 아니었다.

"내가 말렸시유. 내가 절대로 안 된다구 했시유. 그러니 어쩔 테유."

내가 불순한 염탐꾼이 아니란 걸 겨우 알아들은 것 같았지만 이렇게 도전적이었다. 그리고 한숨을 섞어가며 좀 뜻밖의 얘기를 했다.

"암튼 시상만 바뀌었다 허면 미리 설치는 건 이 집안 내력이라니께."

가뜩이나 기를 못 펴고 위축돼 있던 윤노인의 표정이 더할 수 없이 불쌍해졌다. 제풀에 나에 대한 경계가 풀린 마나님이 술술 털어놓는 그 집안 내력인즉 실은 별것도 아니었다.

6·25 전까지 면장을 지냈던 윤노인의 부친은 동란중 쭉 숨어 지내야만 했다. 안식구들이 꾀 있게 군 덕으로 그 동안을 무사히 넘기고 국군이 들어왔단 연통을 받은 면장님이 땅굴에서 나와

햇볕을 본 것까지는 좋았는데 저만치 국민학교 마당 깃대박이 꼭대기에서 태극기가 나부끼는 걸 보자 그만 감격에 치받쳐 대한민국 만세를 부르며 날뛴 게 문제였다. 미처 도망치지 못하고 수수밭에 숨어 있던 인민군이 총을 난사해 그 자리에서 처참하게 숨졌을 뿐 아니라 총소리를 듣고 몰려나온 국민학교에 주둔해 있던 국군에 의해 인민군도 사살되고 수수밭을 수색해서 찾아낸 나머지까지 소탕되었다. 마나님 말에 의하면 조금만 참았더라면 목숨을 건졌을 걸 싶은 건 면장님뿐 아니라 인민군도 마찬가지였다. 그들도 그때 그 분한 고비만 넘겼더라면 밤에 산으로 도망갈 기회도 있었을 테고 하다못해 포로로 잡혔어도 죽지는 않았을 거 아니냐는 거였다. 며느리의 입장이었기 때문인지 어이없이 잃은 시아버지의 목숨에 대해 이렇게 비판적인 생각을 가지고 있긴 했어도 한이 맺혀 있진 않았건만도, 요새 새삼스럽게 그 사건이 예사롭지 않게 짚이는 데가 있어 깜짝 놀라곤 했다. 이를테면, 영감님이 케케묵은 옛날얘기를 미주알고주알 캐물어가며 공책에다 뭔가 끄적거릴 때만 해도 말릴 생각은 없었다. 공화당 때 얘기를 쓰는 줄은 알았지만 그들 세도가 언젯적이라고 후환 같은 걸 염두에 두겠는가. 그보다는 시골에서는 거액에 해당하는 상금이 혹시 굴러들어오지 않나 싶어 가슴을 울렁거리기도 하다가 에잇 우리가 무슨 복에 공돈이 생긴담, 하고 자제를 하기도 했다. 그래도 행여나 서울서 무슨 기별이 있을까 영감님의 글재주에 대한 한 가닥 기대를 못 버리고 있는데 대통령

복원되지 못한 것들을 위하여 179

선거전이 시작되었다. 공화당을 만들다시피 한 구정치인이 대통령으로 입후보해서 그 얼굴을 포함한 대통령감들의 얼굴로 마을 양회담이란 담은 온통 도배를 할 때부터 마나님은 켕기기 시작했다. 그 공화당 후보가 읍내에서 연설을 한다고 해서 구경을 갔더니 영감님이 수기에서 고발한 바로 그 장본인은 수행원으로 따라와 대통령 후보를 극진히 모시고 있지 않은가. 세상 달라진 건 아무것도 없었다. 그때부터 그 글이 혹시나 당선이 되면 어쩌나 조마조마해지기 시작했다. 부전자전도 유만부동이지, 어쩌면 그렇게도 선대의 어리석은 전철을 밟을 게 뭐람. 마나님 생각으로는 영감님도 시아버지처럼 조급하게 때를 못 기다린 죄로 큰 재앙이 꼭 있고야 말 것 같았다. 그날 그들 양주는 남이라 다 받는 식권도 안 받고 유세장을 떠났다. 영락없이 도둑이 제 발이 저린 형국이었다. 바로 그 무렵 당선 통지를 받았으니 영감님 제쳐놓고 마나님이 나서서 그 화근덩어리를 없이하려 했다는 건 보잖아도 본 듯했다.

"그때만 혀도 저 영감님은 글시 돈 욕심이 나서 안 허겄단 소릴 미적거리더라구요. 시방이야 그때 돈 안 타먹구 그 고발장 뺏어오길 월매나 잘했는지 알겄지유. 저 양반이 고발헌 그 사람은 유 이번 선거에선 서울서 나섰구유 우리게선 그 사람만 못헌 그 아랫사람이 나섰시니께유. 그럼유 둘 다 공화당으로 나섰지유. 사람덜마다 다 당선될 거라구덜 허니께 되겠지유 뭐. 그러니 내가 월매나 잘헸시유."

외부 압력 없이 그들 자의로 당선을 취소했다는 건 이제 의심할 여지가 없었다. 마나님이 설치는 동안 영감님은 내내 입 다물고 얌전히 있었다. 아마 잡지사에서 부장까지 내려왔을 때도 같은 장면이 벌어졌으리라 싶었다. 그간의 경위는 밝혀졌다손 치더라도 저렇게 등신 같은 노인이 그런 쫀쫀한 글을 썼다는 건 암만 해도 좀 미심쩍었다. 그러나 나는 곧 그 한 가닥의 의혹마저 풀고 허전해지지 않으면 안 되었다.

선거 유세장이 거기서 멀지 않은지, 어디 가까운 데 마이크 장치가 돼 있는지 느닷없이 친애하는 유권자 여러분, 하고 악을 쓰는 소리가 들렸다.

"우리두 저기 가서 점심이나 때우고 옵시다."

마나님은 나를 어서 쫓아버리고 싶은 눈치였다. 마이크 소리는 메아리가 져서 이중으로 들렸기 때문에 무슨 소린지 잘 알아들을 수 없었지만 오공이나 구시대의 척결 소리는 넘겨짚어서지만 알아들을 만했다. 방에 들어가서 점퍼를 걸치고 웬 벙거지같이 생긴 모자를 들고 나온 윤노인이 혼잣말처럼 중얼거렸다.

"척결 척결 허지만서두 복원두 허들 않고 척결부터 허겠단 소릴 누가 믿남."

그리고는 나하고 눈이 마주치자 멋쩍게 웃었다. 담뱃진이 많이 낀 앞니가 하나 빠져 있었다. 나는 그가 틀림없는 수기의 작자고, 복원이란 제목도 명백한 의도를 가지고 붙였다는 걸 인정 안 할 수가 없었다.

국회의원선거 결과를 보면서도 나는 마나님의 내가 월매나 잘 헸시유, 소리가 생각나서 쓴웃음이 나왔다.

오랜만에 책방에 들렀을 때다. 다행히 붓대 놀려 먹고사는 사람은 윤노인 양주분들처럼 어리숙하지도 겁쟁이도 아니어서 책방엔 6·29 전에는 꿈도 못 꿀 책이 쏟아져나와 서로 베스트셀러를 다투고 있었다. 해금된 과거의 금서뿐 아니라, 북쪽의 이념으로 최고의 가치를 부여한 그쪽 본바닥 소설까지 나와 눈길을 끌었고, 진실이 매몰된 사건들을 파헤치고 복원하고 고발한 소설이나 논픽션의 출판도 더욱 활발해진 것 같았다. 오공과 유신시대를 풍자한 콩트들은 어찌나 신랄하고 재미가 있는지 서서 몇 페이지만 읽고도 포복절도를 할 지경이었다. 그러나 내가 마음으로부터 즐거워하고 있는 건 아니었다. 나는 속으로 매우 허전했고 무엇인가에 갈급이 나 있었다.

월북 납북 문인들의 문학선집도 나와 있었다. 그들에 대해 언급하는 게 금기로 돼 있을 때부터 줄기차게 그들을 끌어들여 우리 문학사에 포함시켜온 평론가 Q씨가 편(編)한 거였다. 정지용, 김기림, 이태준, 박태원 등 북으로 간 문인들의 이름들이 비로소 복자(伏字)로 결손되지 않은 온전한 이름을 내걸고 있었다. 상, 중, 하 세 권으로 돼 있는 이 선집에 수록된 복원된 이름들을 나는 걸신들린 것처럼 읽어내려갔다. 그리고 마침내 송사묵 선생님의 이름을 찾아냈다. 6·25 전까지 이 땅에 살았던 송사묵이란 문인은 정지용 김기림처럼 그 이름을 빼면 문학사가 제대로 안 쓰일 만큼 비중 있는 작품을 남기지도 않았고 또 한때나마 대중적인 인기를 누린 인기작가도 아니었다. 그래도 Q씨가 펴낸 현대문학사를 보면 해방을 전후한 시기에는 그의 이름이 결코 가볍지 않은 비중으로 거론되고 있었다. 물론 그의 성명에서 사(思)자는 뻥 뚫린 결손된 이름으로서였지만 나는 일급의 평론가인 Q씨가 여러 가닥의 우리 문학사를 잇는 한 작은 고리로나마 빠뜨리지 않고 그의 이름을 건져올려준 걸 은근히 고맙게 여기고 있었다.

송사묵은 해방을 전후한 십여 년 동안 그닥 재미는 없지만 씹을 맛 있는 소설을 꾸준히 발표해온 소설가였고 나의 고등학교 시절의 국어선생님이었다. 장차 소설을 써보는 게 꿈이었던 문학소녀 때 진짜 소설가가 국어선생님으로 부임해왔다는 건 가슴 울렁거리는 사건이었다. 어떡하든지 그 선생님한테 인정을 받고 싶었고, 그래서 그의 작은 칭찬도 잊지 않고 인정의 표시로 간직하게 되었고, 그걸 훗날 소설을 쓰기 시작할 때 비빌 언덕으로 삼을 수가 있었다. 이렇듯 나에게 거대한 영향을 끼친 분이 문학사에 오르내리는 게 반가우면서도 성명 가운뎃자가 실종된 채인 게 서운하고 죄송스럽더니만 이제 떳떳이 복원된 걸 생각하니 감개가 무량했다.

오래 살고 볼 일이야. 세상이 좋아지긴 과연 좋아졌구나. 나는 송사묵이란 이름과 함께 복원된 이름들을 훑어내리면서 우선 세상 칭송부터 했다. 그러나 내 만족감은 오래가지 않았다. 복원된 건 그의 성명 삼 자뿐이었기 때문이다. 우선 그 문학선의 표제는 '월북 납북 문인 선집'으로 돼 있는데 송사묵 선생은 사형을 당한 것이지 월북을 한 것도 납북당한 것도 아니었다. 월북이나 납북이 사형보다 듣기에도 좋고, 보다 희망을 걸 여지가 남아 있는 것은 사실이나 그분의 진상은 아니었다. 망가지고 흩어진 걸 복원하는 데 있어서 제 조각을 찾으려는 노력 없이 딴 조각으로 메운 걸 진정한 복원이라고 볼 수 있을까. 설사 그 딴 조각이 금이라 해도 말이다.

몇 년 전 실제로 어느 도자기 수집가 댁을 방문해서 소장품을 감상하던 중 결손된 부분을 금으로 메운 연적을 구경한 적이 있다. 복숭아 모양의 백자 연적이었는데 끝의 뾰족한 부분이 결손된 채 손에 넣게 되었다고 했다. 때깔이 빼어난 그 연적은 살짝 비튼 것처럼 생긴 끄트머리의 금빛 자태 때문에 무척 요요해 보였다. 그래도 그 소장가는 불만이었다. 결손된 부분이 하도 아쉽고 안타까워 그렇게 해놓고 보니 금빛 부분만 튀는 게 암만 해도 본디 모양은 그게 아니었지 싶다는 거였다. 그럼 왜 하필 비싼 금으로 했느냐, 빛깔과 질감이 비슷한 사기질로 감쪽같이 때울 수도 있었을 텐데, 하고 물었더니 그 수집가는 분명히 나를 경멸하는 투로 말했었다.

"그랬다가 아무도 이 연적이 깨졌었다는 걸 못 알아보면 어떡하지요. 그건 속임수잖아요. 할 짓이 아니죠."

그제서야 나는 그가 돈 자랑을 하려고 금으로 메운 게 아니라 결손된 부분을 분명히 나타내려고 그랬을 거라고 생각을 돌릴 수가 있었다.

 나는 아직 일면식도 없는 Q씨지만 조만간 정식으로 찾아가서 송사묵의 문학을 50년대에 실종한 걸로 취급하지 말고 거기서 끝난 걸로, 그 나름으로 완성된 걸로 봐주길 요구할 작정이었다. 도매금으로 넘기지 말고 그의 독자성을 따로 취급해야 할 까닭이 Q씨로서는 없다고 할지도 모른다. 그의 문학만을 떼어내어 취급해야 할 만큼 탁월한 작품을 남긴 특수한 작가라면 모를까 작품이 도매금으로 넘어가는 수준의 작가의 특수한 운명까지 Q씨처럼 바쁜 평론가가 어떻게 일일이 아는 척할 수 있겠는가. 어쩌면 그는 알고도 귀찮아서 적당한 도매금으로 넘겼는지도 모른다. 그래도 나는 말해주고 싶었다. 그 사실로 뭐가 어떻게 달라지길 바라서가 아니었다. 다만 그게 사실이니까, 납치보다는 훨씬 더 끔찍하지만 그래도 그게 진상이니까, 잘못 알고 있다면 가르쳐줘야 할 것 같았다. Q씨가 내 말을 듣고도 그 사실을 대수롭지 않게 흘려버릴지 혹은 그가 쓴 문학사에서 한 줄쯤 수정할 생각이 들지 그건 내가 알 바 아니었다. 그건 전적으로 그의 자유일 테고 진상을 알리고 싶은 건 나의 의무였다. 혹은 먼 훗날, Q씨가 지금보다 한가해져 문득 그 선량하고 평범한 작가가 어쩌다 사형까지 당했을까 궁금하게 여겨 파내려가볼 수도 있을 것이다. 그 결과 한 시대의 광기와 잔인성은 동시대 지식인의 비열한 보신책하고 얼마나 밀접하게 연관돼 있나와 부딪히게 된다고 해도 그건 어디까지나 Q씨가 수고해서 얻은 달갑지 않은 소득이지 내가 준 덤은 아닐 터였다. 거기까지는 나도 막연히 혐의를 두고 있을 뿐 확인한 진상은 아니기 때문이다.

그러나 Q씨를 만나러 갈 엄두는 쉽게 나지 않았다. 납치를 사형으로 고쳐달라는 건 왠지 상식에 어긋나는 짓 같았다. 또 나보다 사실의 왜곡을 여태껏 묵인하고 있던 유가족의 심중은 어떤 것인지 그전에 한번 헤아려볼 필요도 있었다. 송사묵 선생님은 그 시절에도 다복하다 할 만큼 여러 자녀를 둔 걸로 알고 있었다. 그렇게 미적거리고 있을 무렵 뜻밖에도 송사묵 선생님의 막내 자제라는 이로부터 만나자는 전화를 받게 되었다. 아버지의 제자 중 소설을 쓰고 있는 이가 있다는 건 어머니로부터 들어서 벌써부터 알고 있었다고 했다.

만나본 그는 우리를 가르칠 때의 송사묵 선생님을 너무나도 빼닮아 사람이 자식을 남기고 죽는 한 아주 죽는 게 아니라는 걸 소름이 끼치도록 분명히 깨닫게 했다.

"왜 그렇게 놀라세요?"

"하마터면 아버님이 살아오신 줄 알고 악을 쓸 뻔했어요."

"저의 어머님도 저더러 젤 많이 아버지를 닮았다고 그러시죠."

"젤 귀염받겠네요."

"이 나이에 귀염은요."

"실례지만 올해 몇 됐어요?"

"마흔셋입니다."

그러면서 명함을 내놓았다. 꽤 알려진 제약회사 부장이라는 걸 알 수 있었다.

"아버님이 우리 가르치실 때도 아마 지금의 송부장 비슷한 연세셨을 거예요."

"네, 맞습니다. 아버님이 마흔넷에 납치당하셨다니까요."

"납치라고요?"

나는 어벙한 질문을 했다. 가족이 송선생님의 죽음을 모를 리가 없는데 송부장은 정말 아무것도 모르는 것 같았다.

"그러니까 아버님이 그 일을 당하셨을 때 송부장은 몇살이었어요?"

"제가 다섯 살 때 납치당하셨다는데 전 아버님에 대한 기억이 통 없어요."

"그래요, 다섯 살 적이었다면 그럴 수밖에 없겠네요."

나는 고개를 끄덕거리며 다섯 살짜리 막내에겐 그 사실을 숨길 수밖에 없었다는 걸 납득하려고 했다. 그렇지만 지금은 마흔셋이지 않나. 충격이나 상처받을 나이가 지나고 나면 진실을 알도록 할 것이지, 하는 생각이 들었다.

"막내라 마냥 귀염만 받았나봐요."

나는 내가 속으로 품은 유감의 뜻을 겨우 그 정도로 표현할 수밖에 없었다. 내 속뜻을 알 리 없건만 송부장의 표정이 심란해졌다.

"맏이라고 응석, 막내라고 귀염, 그런 건 다 부잣집 아이들한테나 해당되는 소리 아닌가요?"

"어머님이 고생 많으셨겠어요."

"그걸 어떻게 말로 다 합니까. 자그마치 오남매를 두고 북으로 가셨으니까요. 맏형은 그때 겨우 고등학생이었구요."

"어머님이 참 장하세요. 혼잣손으로 이렇게 잘 키워놓으셨으니."

"형님 덕도 크죠. 형님은 그때 학교 그만두고는 다시는 학교 문턱에도 못 가보고 동생들 먹여 살리는 일에 뛰어들었으니까. 어머님하고 형님하고 죽자꾸나 고생했지만 제대로 된 대학 나온 건 겨우 저 하나뿐이에요. 그래도 효도는 형님이 다 하니 제가 송구스럽죠. 어머님 잘 모시죠, 게다가 이번엔 아버님 전집까지……"

송부장이 나를 만나자고 한 것은 송사묵 선생의 전집에 관한 건 때문이었다. 맏형이 원해서 그 동안 아버지가 남긴 작품을 모아보니 장편이 한 편, 중단편이 사십여 편이나 되어서 세 권쯤의 전집으로 꾸밀 만하더라는 것이었다. 여직껏 가만히 있다가 별안간 그런 생각을 하게 된 건 말할 것도 없이 여태껏 금기하던 작품들이 쏟아져나오고, 복자 뒤에 숨었던 이름들이 복원되는 해빙 무드와 무관하지 않았다. 그러나 예나 지금이나 그의 작품이 상업성이 없긴 마찬가지라 몇 군데 다녀본 출판사마다 다 뜨악해한 모양이다. 거기까지 일을 맡아 진행한 건 막내였는데 출판사가 달가워하지 않는다는 소리를 듣고 치사하니 자비로 하겠다는 결정을 내린 건 맏이라니 맏이가 그만큼 재력도 든든하단 얘기였다. 서울 위성도시에 주유소를 가지고 있고 시내에서도 자동차 부품업소를 경영하고 있어서 형제 중 가장 알부자라고 했다. 다 된 일에 나를 만나자고 한 건 전집 끄트머리에다 아버지의 친구 문인과 나처럼 문인이 된 제자의 글을 첨부하고 싶어서라고 했다. 아버지의 친구 중 아직도 현역인 소설가와 시인을 각각 한 사람씩 찾아뵀는데 쾌히 승낙해주더라며 나한테는 편지글이 어떻겠느냐고 했다.

"편지글을 어떻게……"

나는 저승에다 어떻게 편지를 쓰겠느냐고 하고 싶은 걸 그 정도로 얼버무렸다.

"친구분 중 시인 되시는 분은 일화 중심으로 써주신다고 했으니까 아마 아버님의 인간성을 그리시게 될 테고 소설가 선생님은 아버님 문학을 대강 짚고 넘어가시겠다고 하셨어요. 그러니까 선생님께서는 제자로서 북에 계신 예전 선생님께 선생님의 자식들이 잘 자랐고 자수성가해서 이렇게 전집까지 꾸미게 된 내력과 감격, 축하 뭐 그런 거 있잖습니까, 그런 걸 써주시면 됩니다. 실상 우리 자식들이 우리가 하는 일을 직접 자화자찬하기도 뭣하구요. 선생님이 지금 어엿한 문인이 되신 것도 우리 아버님 영향이 컸다는 걸 말씀해주시면 더욱 영광이겠구요."

다 된 각본이었고 송사묵 선생님을 위한 일인데 각본대로 못 움직여줄 것도 없었다. 그렇지만 송사묵 선생님이 사형당한 걸

뻔히 알고 있으면서 어떻게 북한에 있는 것처럼 가정을 할 수 있 겠는가. Q씨의 오류를 바로잡기는커녕 내가 이미 기정사실화된 거짓 위에다 또하나의 거짓을 덧칠할 판이었다.

편지 쓰는 건 일단 승낙을 했다. 제목을 북에 계신 송선생님 보십시오, 로 하건 저승에 계신 송선생님 보십시오, 로 하건 쓰고 싶은 사연은 크게 달라질 게 없겠거니 해서였다. 그러나 막상 편지를 쓰려고 하니까 그걸 먼저 정해놓지 않고는 아무것도 쓸 수 있을 것 같지가 않았다. 속 들여다뵈는 거짓에 동조하는 게 아무리 송선생님의 유가족을 위하는 도리라고 해도 나에겐 유가족보다도 송선생님이 더 중요했다. 비록 방대하거나 화려하진 않지만 그분이 남긴 문학을 몽땅 모아논 자리라면 의당 그분의 생애도 정직하게 복원돼야 마땅했다. 그건 내 감수성이 가장 순수했을 때 존경과 동경을 바쳤던 분에 대해 이 나이에도 할 수 있는 유일한 공경의 방법이었다. 그분은 사람이고 문학이고 요사스러운 걸 가장 싫어했다. 그때는 국어시간에 문장 지도도 했었는데 제발 못 써도 좋으니 요사만은 떨지 말기를 엄하게 경계하던 그 카랑카랑한 목소리는 지금까지도 잊혀지지 않는다. 겉멋, 허영, 장식으로서의 여고생 문학 취미도 적당히 봐주지 않던 그분이 철 지난 늙은이들이 꾸미는 이 요사스러운 장난을 보면 뭐라고 할 것인가. 머리가 희끗희끗한 나이에도 유난히 맑고 진국스럽던 그분의 눈빛이 생각났다.

혹시 송선생님 사모님이 자식들의 교육상 철저히 숨겨온 게 그만 기정사실화되어 여직껏 내려왔을 가능성도 있었다. 아버지가 빨갱이 짓 해서 사형까지 당했다면 그 자식들이 얼마나 가위눌리며 살았으리라는 건 짐작 못 할 바 아니었다. 어머니로서 의당 숨기고 볼 일이었으리라. 그러나 이제 그 자식들은 아이들이 아니다. 막내까지 마흔이 넘은 자식들이라면 아버지와 아버지를 사형시킨 시대를 포함해서 이해할 수 있는 나이다. 가위눌릴 것도 창피해할 것도 그렇다고 자랑스러워할 것도 없이 진상을 다만 바로 보기만 하면 된다.

나는 유족들의 의사와 상관없이 독자적으로 송사묵 선생님의 생애의 마지막 부분을 복원해서 전집의 마지막에 첨부하려고 마음을 굳혔다. 그러기 위해선 그걸 입증해줄 제삼자의 도움이 필요했다. 사모님이 인정하지 않는 한 그 사실을 아는 건 나밖에 없는 꼴이 되기 때문이다.

1950년 9월 28일 서울이 수복되자 시민들의 기쁨은 가히 광희(狂喜)였다. 내 경험으로도 해방됐을 때보다도 기뻤던 것 같다. 굶주림과 공포에서 해방된 시민들은 복수를 원했다. 부역자를 철저히 색출하는 데 앞장섰을 뿐 아니라 사사로운 미움 때문에도 저놈 빨갱이라는 등뒤로 손가락질 한 번으로 당장 오라를 지게 만들기도 했다. 요행 매맞고 풀려나거나 재판을 받을 수도 있었지만 군이나 청년단체에서 임의로 즉결처분을 하기도 했다. 운수소관이었다. 자유롭고도 흉흉한 시대였다.

집안 내에서 숙부가 밀고를 당해 붙들려갔다. 인공 치하에서 이밥 먹고산 죄였다. 숙부는 큰길가에서 도매상을 하고 있었는데 난리가 나자 가게는 저절로 문을 닫게 되었다. 그러나 잠긴 가게터가 꽤 넓은 게 화근이었던지 인민군 군관 숙소로 쓰겠다고 했다. 어느 영이라 싫다고 하겠는가. 그러나 거기서 자진 않고 말도 매놓고 군수품 같은 것도 갖다 쟁여놓는 것 같았다. 그리고 숙모더러는 그들의 삼시 식사를 부탁했다. 워낙 식사 분량이 많아 숙부까지 그 일에 매달렸고 덕분에 식구들이 밥 걱정은 안 하게 됐다. 그 죄밖에 없는데 숙부는 내외가 다 동네 사람의 밀고로 연행이 됐고 다행히 즉결은 면하고 서대문형무소에 수감이 되어 재판을 받게 됐다. 사촌이 아직 나이 어려 내가 옥바라지를 하게 됐는데 워낙 형무소가 터지게 부역자를 잡아들여 면회고 뭐고 없었다. 그 일대가 한마디로 난장판이었고 옷 한 벌을 차입하려도 그 근처 여관에서 자고 통금이 해제되자마자 당도해도 그날로 넣을 수 있을까 말까였다. 부역자는 가족까지도 숫제 개돼지 취급이었고 간수라도 한 사람 연줄이 있었으면 얼마나 좋을까 싶은 게 그때 가족들이 꿀 수 있는 최고의 꿈이었다. 죄수들을 재판소로 실어나를 때는 뚜껑도 없는 트럭을 이용했는데 그 대신 얼굴을 알아보지 못하게 용수를 씌웠다. 어느 날이 즈이 식구 재판날인지 알 리 없는 가족들은 혹시 용수 쓴 모습이라도 볼 수 있을까 해서, 아니 그보다는 용수를 통해서라도 이쪽의 모습을 보이려고 허구한 날 영천 일대를 벌산을 했다. 나 역시 그러다가 같은 처지의 사모님을 만났다. 졸업하고 대학에 붙고 나서 선생님을 댁으로 찾아갔을 때 뵌 그 조촐하고도 기품 있던 사모님하고는 딴판이었다. 나는 더 딴판이 돼 있었는지 내가 먼저 알아보고 누구누구라고 누누이 설명을 해도 알아본 것 같지 않았다. 알아보려고 노력도 안 하고 건성으로 고개만 주억거리더니만 갑자기 내 손을 붙들고 외진 데로 가더니 부탁 좀 하자고 했다. 그리고 허리춤에서 꼬깃꼬깃하게 접은 편지지를 꺼내서 펼쳐 보였다. 진정서였다. 나도 이름을 알 만한 대가급의 문인들, 고등학교 때 교장선생님과 몇몇 선생님 성함이 진정서 말미에 적혀 있었다.

  선생님은 난리통에도 숨어 있지 않고 학교에도 나가시고 문학가 동맹 사무실에도 나가셨다고 한다. 나가서 특별히 한 일은 없어도 암튼 그 세상이 그렇게 빨리 끝날 줄 모르고 어물쩡댔으니 학생들 볼 면목도 없고 해서 수복 후는 집에서 자숙하고 있었다고 했다. 자숙하고 있는 동안도 동료 교사들이 찾아와 학교에 나오기를 권고하기를 한두 번이 아니어서 큰 죄를 진 건 아니구나 안심하고 있을 무렵 연행되어 이 지경이 됐으니 누가 고발을 했음에 틀림이 없다고 사모님은 장담을 했다. 누가 말하기를 밀고로 애매하게 붙들린 사람한테는 그 사람의 부역 사실이 대단치 않고 또 6·25 전의 사상이 온건했다는 사실을 밝혀 관용을 요망하는 진정서를 첨부하면 재판 때 매우 유리할 거라고 했다. 진정인들이 유력하거나 유명인사라면 그 효력은 더욱 확실해질 거라는 소리를 듣고 사모님이 작성한 명단이 그것이었다. 선생님이 그만큼 발이 넓었다고 생각되자 사모님은 비로소 힘과 희망이 생겼다. 그러나 선생님과 평소 교분이 두텁다고 사모님이 철석같이 믿고 있었던 그분들은 하나같이 사모님을 문전박대했다. 간신히 만날 수 있었다고 해도 무슨 핑계로든지 도장을 안 찍으려 했다. 가장 흔한 핑계는 누가 먼저 찍으면 찍겠다는 거였다. 사모님은 아직까지도 그 먼저 찍어줄 사람을 못 만난 것이었다. 나에게 하고 싶다는 부탁은 내가 나서서 그 먼저 찍어줄 사람을 찾아냈으면 하는 거였다. 선생님을 위해 제자가 발 벗고 나서면 딴 유명인사는 몰라도 동료 선생님들 마음이야 움직일 수 있지 않을까 기대하는 것도 무리는 아니었다. 그러나 나는 해보지도 않고 나 역시 옥바라지하는 처지임을 빙자해서 못 하겠다고 거절을 했다.

"그 사람들 중에서 누가 밀고를 했을 거야."

사모님이 느닷없이 봉두난발을 흔들면서 사납게 말했다. 도장을 안 찍어주는 사람들한테 품는 사모님의 앙심이 섬뜩했다. 나도 그 사람들 중의 하나가 된 게 무서워서 도망치듯 사모님과 헤어졌다. 그리고 다시는 그 근처에서 사모님을 만나지 못했다. 어쩌면 만나는 걸 내 쪽에서 피하고 있었는지도 모른다.

숙부가 언제 재판을 받았는지도 모르고 있었는데 출감한 사람을 통해 숙부가 보낸 쪽지를 받아보게 되었다. 누런 편지 겉봉 찢어진 데다 연필로 쓴 편지는 간략하고 처절했다.

'재판에서 사형을 받았다. 하늘도 무심하지. 변호사를 좀 대다우. 짐승처럼 죽기 싫다. 송사묵 선생도 사형받고 죽었다. 솜바지저고리는 잘 받았는데 솜이 너무 얇더라. 좀 두둑하게 두어서 넣어다오.'

숙부는 내 졸업식에 와서 송선생과 인사하고 사진까지 찍은 적이 있었다. 우리는 숙부의 부탁을 하나도 들어주지 못했다. 곧 혹한이 닥치면서 전세가 불리해지고 수감자도 더러 남쪽으로 이감을 시키기 시작했단 소문도 들렸지만 확인해볼 새도 없었다. 그후 숙부는 사형을 당했는지 병사를 했는지 가족은 아무런 통보도 못 받았지만 그 안에서도 밖에서도 영영 찾을 수 없는 사람이 되고 말았다. 지금 생각하면 어떻게 그럴 수가 있었나 싶지만 그 안에 있는 사람 일은 천명에 맡길 수밖에 없을 만큼 밖에서 치른 우리 집안의 곤욕과 빈핍 또한 혹독했었다. 숙부가 그 안에서 짐승처럼 죽어갔다면 우리는 밖에서 짐승처럼 살아남았던 것이다.

이렇게 송사묵 선생님의 죽음은 확실하지만 그걸 입증해줄 제삼자 역시 이 세상 사람이 아니었다.

그러다 문득 또하나의 제삼자가 떠올랐다. 형무소의 죄수까지 다 가는 피난도 못 가고 텅 빈 서울에 우리 식구만 남아 있을 때였다. 그 공백상태 속에서도 시장은 몇 군데 서서 소규모의 물물교환이 행해지고 있었다. 필요한 게 있어서라기보다는 우리 말고도 사람이 살고 있다는 걸 확인해보고 싶어 시장에 갔다가 고등학교 동창인 혜진이를 만나게 됐다. 얼굴은 창백하고 손등은 동상에 걸려 꼴이 말이 아니었지만 표정이 더할 수 없이 해맑아 이상한 느낌을 주었다. 졸업 후 대학에 안 가고 집에서 살림을 돕던 중 6·25를 만나 동네 민청에 나가게 된 게 화근이 되어 감옥살이를 하고 나왔다고 했다. 나와보니 가족들은 이미 피난을 가고 빈집만 남아 있어서 따라 내려갈 기력도 없고 집 안에 식량은 충분히 남아 있길래 그냥 머무르고 있다고 했다.

"아직 식구도 못 만났지만 살아서 이렇게 하늘 보는 것만도 꿈만 같아. 그 안에서 얼마나 많이 죽는다구. 송사묵 선생님도 그 안에서 돌아가셨어."

혜진이의 눈이 그렁해졌다. 나는 이미 알고 있는 사실이라 따져 묻진 않고 듣기만 했더랬다. 여자와 남자는 물론 따로 수용돼 있지만 워낙 감옥이 초만원 상태라 간수들이 이름 부르는 소리를 서로 들을 수가 있었다. 불과 반년 전까지도 선생님이었던 분의 이름을 듣는 느낌은 형언할 수 없이 착잡하더니 언제부턴가 못 듣게 되자 또 그렇게 허전할 수가 없었다. 그 안의 독특한 통신방법으로 알아보니 출감한 게 아니라 죽었다고 하더라는 얘기를 들은 생각이 나자 나는 즉시 몇몇 동창생들한테 연락을 취해 혜진이의 전화번호를 알아낼 수가 있었다. 내가 통성명을 하자 혜진이는 호들갑스럽게 반색을 했다.

"어머머…… 이게 얼마 만이니. 졸업하고 처음이지, 그치?"

"왜 일사후퇴 후에도 만났잖아?"

내가 그 말을 하자 혜진이의 음성이 갑자기 뜨악해졌다.

"응, 그때— 전화 왜 걸었어?"

"그때 너한테 송사묵 선생님 얘기 들은 걸 다시 확인해보려고. 전화로 이럴 게 아니라 우리 어디서 만나자. 오래간만에 회포도 풀 겸."

혜진이가 뜨악해진 낌새를 타고 내가 수다스러워졌다.

"여봐, 이여사."

이번엔 뜨악한 대신 전혀 딴사람처럼 위엄을 꾸미며 말했다.

"이여사 나하고 억하심정 있어?"

이번엔 어미가 떨리는 게 느껴졌다. 나는 어쩔 줄을 몰랐다.

"왜 그래? 혜진아, 이여산 또 뭐고."

"나 우리 남편한테 거기 들어갔다는 거 속이고 결혼했어. 그이도 시집 식구도 아무도 모르고 나 여직껏 잘 살아왔어. 무슨 얘길 듣고 싶은지 모르지만 내가 입을 열 것 같아? 소설이나 극으로 써먹지 뭐 할 짓이 없어 남의 비밀을 캐냐, 캐길."

그리고 전화를 딱 끊었다. 어처구니가 없어 멍해져 있는데 이번엔 그쪽에서 전화를 걸어왔다.

"아깐 정말 미안했어. 너무 놀라서 그만 제정신이 아니었어. 그때 일은 우리 친정 식구하고 너밖에 몰라. 네 말 한마디로 꽃밭에 불을 지를 수도 있어. 그럴 리야 없겠지만. 아무한테도 그 얘기 안 했지? 그래 고마워. 너만 믿어. 그리고 우린 앞으로도 서로 상종은 안 하는 게 좋을 것 같아. 약점 잡힌 사람 만나는 게 별로인 기분 너두 알 거야. 암튼 너만 믿을게. 아깐 정말 미안했어."

화를 낼 때보다 후환이 두려워 비굴하게 구는 게 나로서는 더 상대하기 고역스러웠지만 그녀가 원하는 대로 충분한 다짐과 맹세를 해서 안심을 시키는 수밖에 없었다. 나를 사로잡은 복원의 꿈은 이미 반 넘어 허물어져 있었다.

그러나 그후 며칠 있다가 어떤 칵테일 파티에서 백민세옹을 만나자 불현듯 또 그 생각이 났다. 그 노인이라면 도움이 될 수도 있을 것 같았다. 한때는 소설을 쓴 적도 있지만 60년대 초부터 관직에 발을 들여놓더니 문공 문교 계통의 꽤 높은 관직을 두루 거치고 지금은 은퇴해서 유유자적한 노후를 즐기고 있는 다복한 노인이었다. 그러나 나는 백옹의 그런 순탄한 경력보다는 사모님의 진정서에 백민세란 이름이 올라 있었다는 게 한결 흥미로웠다. 그때 그의 이름은 맨 첫째 줄에 올라 있었고 몇 번씩이나 문전박대한 사람을 사모님이 특별히 힘주어 원망할 때도 그의 이름이 대표로 오르내렸던 걸 나는 잊지 않고 있었다. 그렇다고 그걸 상기시켜 백옹을 난처하게 하거나 원망을 하려는 건 아니었다. 백옹이라면 송사묵 선생님이 북으로 갈 새 없이 체포 수감되었다는 걸 누구보다도 잘 알 터였다. 옥중에서 죽음에 이르렀다는 것까지는 모르고 있더라도 그것만이라도 확실히 증언해주면 나로서는 소기의 목적을 달성한 셈이었다. 그 파티는 모 일간지의 창간 몇십 주년 축하 파티여서 대성황이었다. 나는 가끔 그런 유의 초대장을 받긴 하지만 참석해보긴 처음이어서 좀 어리둥절했다. 시내에서 만나기로 한 동료 문인이 그 장소에서 만나자고 할 때부터도 뜨악했다.

"왜 그래, 공짜로 저녁 잘 얻어먹고 사람 구경 실컷 하고 나서 우린 어디 가서 따로 차나 마시고 노닥거리면 얼마나 경제적이야."

"나 파티 체질 아닌 건 당신도 알잖아."

"군중 속의 고독이 무서워서 그러지. 알았어 내가 옆에 붙어 있어줄게."

말은 그렇게 해놓고 저 혼자 어찌나 인파를 잘 누비고 다니면서 담소를 즐기는지 나는 곧 외톨이가 되었다. 외톨이가 됐을 때 제일 곤란한 건 눈길을 어디다 질정할지 몰라 두리번거리게 되는 건데 그러다 노신사들 사이에서 파안대소하고 있는 백민세옹을 발견하게 된 것이었다. 나는 그에게로 곧장 걸어갔다. 그리고 소설 쓰는 아무개라고 자기 소개 먼저 하고 나서 뵙게 돼서 영광이라고 했다. 왜 그렇게 말이 잘 나오는지 몰랐다. 그의 초기작품에 대해서도 아는 척을 좀 했다. 왕년에 소설 한 편 못 써본 사람 서러워서 어디 살겠느냐고 노신사들이 엄살을 부리면서 백옹을 부러워했다. 그리고 찡긋쨍긋 음흉한 미소로 서로 신호를 하더니 슬금슬금 자리를 피해줬다. 옆에서 참견하는 사람들이 없어지자 나는 서둘러 용건부터 말하려고 했다.

"송사묵이라는 소설가 아시죠?"

"아다마다, 내가 키운 작간걸. 참 아까운 사람이 납치당했지."

또 납치였다. 맥이 빠졌다.

"납치라뇨. 그게 아니잖아요. 선생님은 아시면서."

나는 손가락 사이로 빠져나가려는 미꾸라지를 움켜쥐는 것처럼 허둥대며 그러나 재빠르게 체념부터 하며 말했다.

"월북했단 소리도 더러들 한다는 건 나도 알고 있어요. 그렇지만 그건 모함이에요. 무슨 놈의 인심이 있지도 않은 사람까지 모함을 하려 드는지. 그 사람은 절대로 제 발로 북쪽에 갈 사람이 아녜요. 월북이건 납북이건 살아나 있으면 좋으련만. 미국 영주권 가진 내 친구 중에서 더러 북한 방문도 하나봅디다. 그럴 때마다 생사나 확인해보라고 부탁하게 되는 보고 싶고 궁금한 사람이 몇 있는데 송사묵도 그중의 하나지요. 부탁은 하느라고 하지만 아직 시원한 소식은 못 들어봤어요. 내 친구들이 부실해서가 아니라 그쪽 사회라는 게 이쪽 상식 가지고는 도무지 종잡을 수 없이 돼 있나봐요. 그 착하디착한 천성의 소시민을 끌고 간 것만 봐도 종잡을 수 없는 놈들이죠. 참 송사묵하곤 어떤 사이죠?"

그는 필요 이상 많은 말을 하고 나서 물었다. 나는 그 동안 그 우아하고 고상하게 늙은 노인이 어떤 얼굴로 그런 시침을 떼나 차마 직시하지 못하고 그가 손바닥에 올려놓고 다른 한 손으로 괜히 빙글빙글 돌리고 있는 칵테일 잔에 시선을 고정시키고 있었다. 그런 무의미한 손놀림에서나마 그의 갈등을 읽고 싶었다. 어떤 청년이 다가와 공손하게 안부를 묻는 걸 기화로 백옹은 곧 나의 존재를 잊어버렸다.

송부장한테 부탁받은 편지글은 아직도 첫 줄에 걸린 채였다. 북쪽에 계신……으로 할 것이냐 저승에 계신……으로 할 것이냐 사이에서 헤매고 있는 사이에 송부장이 아무리 늦어도 몇월 며칠까지는, 이라고 당부한 날을 훨씬 넘겼다. 그럭저럭 나에게 준 기간이 갑절이나 지났는데도 재촉 전화도 없었다. 하긴 날짜 맞춰 나와야 하는 잡지도 아니겠다. 그 동안에 계획이 변경됐을 수도 있고 아예 계획 자체를 파기해버렸을지도 모른다. 내가 몸 달 일이 아니었다. 그런데도 매사에 그 첫 줄이 걸림돌이 되어서 제대로 손에 잡히는 일이 없었다.

그러나 송부장으로부터 다시 연락을 받았을 때는 오히려 내 쪽에서 급하게 굴었다.

"아니 어떻게 된 거예요. 책 나온다는 날짜 지난 지가 언젠데……"

"선생님 글이 안 들어갔는데 어떻게 책이 나옵니까?"

"그럼 미리미리 독촉을 해야죠."

"우리가 뭐 빚쟁이인가요. 급할 것도 없구요."

책을 낼 의사가 정말 있는 건지 없는 건지조차 종잡을 수 없는 말투였다. 나는 그게 그렇게 화가 날 수가 없었다.

"그럼 이 전화도 원고 독촉이 아니겠네요."

"네, 실은 형님이 선생님을 좀 뵙자고 해서."

"나를 왜요?"

"불쑥 어려운 청탁만 해놓은 것 같아 모시고 식사라도 하시고 싶은가봐요. 여직껏 도리가 아니었다고······."

"결국은 원고 독촉이네요, 그죠?"

"아, 아닙니다."

"괜찮아요, 원고 독촉이라도."

"죄송합니다. 형님이 워낙 그래요. 장사꾼이라서요."

"장사꾼이 장사꾼 식으로 하는 게 당연하잖아요."

그렇게 돼서 강남의 어느 시끌시끌한 갈비집에서 만난 송사묵 선생님의 장남은 털털하고 배가 나오기 시작한 전형적인 장사꾼이었다. 몇 개의 업소의 대표이사로 돼 있는 명함을 내놓으면서 말했다.

"이젠 살 만합니다만 한참 어려울 땐 밑천 안 드는 장사를 이것저것 궁리하다가 나도 소설이나 써볼까 한 적이 있었지요. 생각보단 어렵드구먼요. 그래 그런지 아버님 피를 받아서 그런지 지금도 젤 부럽고 존경스러운 게 작가 선생님이지요. 이렇게 모시게 돼서 영광입니다."

그가 유창하게 너스레를 떨수록 나는 속만은 산 사람처럼 또 속아선 안 된다고 생각했다. 나는 단도직입적으로 물었다.

"아버님에 대해서는 어느 만큼 알고 계신지요?"

"글쎄요. 아버님이 돌아가셨을 때 제 나이 열다섯이었으니까······."

"그럼 아버님이 돌아가신 걸 알고 있었단 얘기군요."

"그러믄요, 그걸 어떻게 잊어버리겠어요."

"막내동생 되시는 분은 전혀 모르고 있는 것 같던데……"

"네에, 그거요. 납치당하신 것처럼 말하는 것 말이죠. 그건 우리 식구의 말버릇이죠. 사형이나 옥사보다 얼마나 듣기 좋아요."

"말버릇이라고요?"

"네, 말버릇이요. 묵계라고 해도 좋구요. 그렇지만 그런 말버릇을 우리 식구가 먼저 창안한 건 아니에요. 언제부턴지 북쪽으로 간 사람들의 문학이 거론되기 시작하면서 아버님도 그 안에 포함되는 걸 보고 우리 식구는 다만 동조한 것뿐이죠."

"그건 진실이 아닌데 가족은 마땅히 정정을 해야지 동조를 하다니 그게 말이 됩니까?"

"좋은 일에선 특별나고 싶을지 모르지만 나쁜 일일수록 다수의 편에 서는 게 그나마 편하거든요. 일종의 자구책이죠. 불행해진 것도 억울한데 홀로 특별하게 불행해지는 거라도 면해보자는."

원고의 첫 줄을 북쪽에 계신……으로 할 것인가 저승에 계신……으로 할 것인가를 그와 의논하는 대신 나는 갈비를 아귀아귀 뜯었다.

누구나 빠져나갈 구멍 먼저 마련해놓고 있었다. 진실이 마치 함정이나 덫이라도 된다는 듯이. 남 나무라 무엇 하랴. 누구보다도 내가 그렇게 살아왔다는 증거로 나는 하필이면 나의 촉새 같은 입놀림을 생각해냈다. 나는 나의 촉새 같은 입을 그에게 들킬까봐 그렇게 열심히 갈비를 뜯고 있는지도 몰랐다.

송사장은 송사장대로 열심히 다들 성공한 그의 동생들 얘기를

복원되지 못한 것들을 위하여 203

하고 있었다. 그 바로 밑의 동생은 공고만 나왔는데도 지금은 큰 회사에서 공장장까지 올랐고, 두 누이동생도 겨우 여고만 졸업시켰건만 연애를 잘해서 교수한테도 시집을 가고 사업가한테도 시집을 가 떵떵거리고 산다고 했다. 내가 만나본 막내도 결혼을 잘해서 처가가 학자 집안이고 계수도 지금 박사과정중이라는 얘기도 했다. 요컨대 그는 송사묵 선생님의 오남매가 다 얼마나 잘됐나를 내 편지글 속에 나열해주길 바라고 있었다. 그러니까 사장님이 글쟁이한테 청탁을 하고 있었다. 겨우 갈비와 소주를 먹이면서 말이다.

 나는 점점 헤프게 헤실헤실 웃으면서 자작으로 연거푸 축배를 들었다. 복원되지 못한 것들을 위해서.

가(家)

　유월달의 어스름 밝을 녘은 몇시쯤 되는 것일까. 여름이고 겨울이고 어머니가 들락날락 애야 학교 늦겠다, 애야 회사 늦겠다, 성화를 하기 전에 눈을 떠본 일이 없는 성구는 그때가 몇시나 됐는지 짐작도 할 수 없었다.

　눈을 뜨자마자 그의 눈에 띈 건 창 밖에 풍선처럼 떠오른 하얀 두상이었다. 외할머니다. 그는 일단 한번 가슴이 철렁하고 나서 다시 눈을 감고 잠을 청했다. 성인의 두상으로는 최소한의 부피, 그리고 그 소리없음과 무게 없음 때문에 정말 풍선처럼 가볍게 여겨지던 게 조금씩 그를 짓누르기 시작했다. 노인네가 꼭두새벽부터 남의 창 밖에서 얼씬거리긴. 처음엔 단지 선잠을 깬 게 외할머니가 엿보고 있는 느낌 때문이었다고 탓을 하며 화를 내다가 다시 단잠을 이룰 수 없게 되자 괜히 억울해지기 시작했다. 그는 갈급이 나게 아침잠이 아쉬워 전전반측하다가 앞으로 매일 아침 노인네 때문에 새벽잠을 설칠지도 모른다는 생각이 들었다. 비로소 정신이 말똥말똥해지면서 노인네의 존재가 천근의 무게로 그를 엄습했다.

성구는 벌떡 일어났다. 하얀 두상 대신 아침 햇살이 눈부셨다. 그래도 이른 아침일 터였다. 집 안은 아직 괴괴했다. 그의 방은 동향이었다.

"외할머니가 오셨다."

어젯밤의 동창 모임은 삼차까지 끌어서, 집에 돌아온 건 한시가 넘어서였다. 현관문을 따준 어머니는 그렇게 말하고 나서 각각 흩어져 있는 하얀 고무신이 그의 구둣발에 짓밟힐까 저어하는 것처럼 얌전하게 모아 한 귀퉁이로 치웠다. 어머니는 손님을 기다릴 때처럼 단정한 옷매무시에 졸음기 없는 긴장된 표정을 하고 있었다. 취기도 있고 해서 성구의 시간관념에 잠깐 착란이 왔다. 전엔 전화 걸고 늦었을 때 어머니는 기다리지 않고 일찌감치 자리에 드는 것 같았다. 잠옷 바람에 푸석푸석한 표정으로 문을 따주기 일쑤였다.

"외할머니 오셨다니까."

제 방으로 들어가려는 성구의 뒤통수에 대고 어머니가 재차 말했다. 그가 돌아섰다.

"아주요?"

"그게 그렇게 급하냐?"

"어머니가 딱해서 그렇죠."

"딸도 자식이다."

"어머닌 외삼촌이 너무하단 생각도 안 드세요?"

"그럴 수밖에 없었겠지."

"주무세요."

"뵙고 자렴. 기다리시는데."

"내일 뵙죠. 저 많이 취했어요."

그는 결코 취기를 과장하지 않고 맨숭맨숭한 목소리로 말하고 나서 제 방으로 들어가 등으로 문을 소리나게 닫았다. 기분좋은 취기가 갑자기 냉각한 건 외할머니 오셨다는 소리를 듣자마자였다. 그리고 보니 그후 새벽까지 안면을 이룬 것 같지 않았다.

그러잖아도 홀어머니는 결혼을 앞둔 성구에게 적잖이 부담스러웠다. 친구의 소개로 만나 교제한 지 일 년이 넘는 다영은 어머니도 며느릿감으로 허락하고 있었다. 애야, 연애도 아닌데 중매로 일 년은 너무 긴 거 아니냐? 말수 적은 어머니가 가끔 가다 이렇게 묻는 걸 보면 잘 안 될까봐 걱정이 되는 것 같았다. 궁합도 몇 군데씩이나 보러 다닌 듯했다. 좋다는 데도 있고 그저 그렇다는 데도 있다고 했다. 까다롭기로 유명해서 좋은 소리 듣기가 하늘의 별 따기라는 사주쟁이한테서 그저 그렇다는 소리 들은 건 찰떡궁합보다 더 큰 소득이라고도 했다. 그런 소리를 들을 때마다 성구는 어머니도 차암, 하고 말끝을 흐렸다. 그의 차암 속엔 당사자로서의 계면쩍음보다는 연민, 짜증, 혐오가 더 많이 섞여 있었다. 어머니는 저희들끼리 좋아하고, 하나밖에 없는 시

가(家) 207

집 식구가 딴소리 안 하면 다 된 혼사인 줄 알고 있지만 다영이 쪽에선 천만의 말씀이었다. 약혼식은 어디서 하는 게 좋을까 그럴듯한 호텔 이름을 몇 군데씩 들먹이고, 또 실제 답사까지도 해본 눈치였지만 정작 날짜 받는 건 차일피일 미루고 있었다. 성구가 급한 나머지 대강 언제쯤이 좋을 것 같다고 이쪽의 의향을 말하면 약혼날짜 택일은 신부측의 고유 권한이라고 펄쩍 뛰었다. 둘 사이가 기정사실화되기 전에 다영이가 확실하게 해두고 싶은 게 뭐라는 것쯤 성구도 벌써부터 눈치채고 있었다. 어머니를 모셔야 되나 안 모셔도 되나였다.

"그런 걸 어떻게 어머니한테 직접 여쭤보냐?"

"여쭤보나 마날 거야. 요새 젊은 시어머니들 모시겠대도 싫댄대. 울 엄마 아빠 봐. 자기 엄마보다 열 살은 더 많은데도 나 보내면 두 분만 사실 꿈에 부풀어 계셔, 요새."

"너네하고 우리하고 같냐? 우리 어머닌 혼자시잖아."

"그럼 그러니까 우리가 모셔야 된다는 거야 뭐야?"

이러면서 발칵 화를 냈다. 다영이는 화를 낼 때가 가장 매력적이었다. 얄팍하고 선이 고운 입술이 고무줄로 밑동을 칭칭 동여맨 것처럼 동그랗게 오므라들면서 똑 따먹고 싶게 농익은 체리 모양이 되었다. 화내는 다영이에게서 매력을 느끼는 건 성구의 피할 길 없는 약점이었다. 그는 중대한 고비에서 흐물흐물해지면서 바보 같은 소리밖에 못 한다.

"꼭 그렇단 소린 아니고…… 모시긴 누가 누굴 모시냐? 요샌 시어머니가 며느리 모시는 세상이라더라."

 "그래, 이제야 성구씨 본색이 드러났어. 그러니까 어머니하고 같이 살아도 그만이다 이거지? 분명히 말해. 난 우유부단한 건 질색이야. 나 답답한 거 속으로 참는 성미 못 된다는 거 알지? 계속 답답하게 굴면 국물도 없을 줄 알아."

 다영이가 이렇게 공갈을 치고 눈을 흘기면 눈에서 파란 불꽃이 튀는 것 같았다. 그는 다영이의 체리 같은 입술도 좋아했지만 그 파란 불꽃엔 더욱 약했다. 서른 살 사내의 정욕이 열꽃이 되어 살갗을 뚫고 온몸에 만개하는 듯한 전율을 느꼈다. 그러나 그녀가 공갈친 국물엔 중대하고도 굵직한 건더기들을 포함하고 있었다. 결혼은 물론 약혼식쯤 유보할 수도 있다는 뜻도 되었지만 감질나게나마 허용하던 신체적 접촉을 매몰차게 뿌리치겠다는 예고도 되었다. 그런 결론 없는 말다툼 끝엔 적어도 일 주일 이상 그는 다영이의 손끝 한번 잡아볼 수가 없었다. 다영이가 얼마나 답답할까에 대해선 그도 깊이 공감하고 있었다. 그러면서도 그는 답답하게 굴 수밖에 없었다. 그 역시 답답해서 죽을 지경이었기 때문이다.

 너희끼리 나가 살라든가, 어차피 외아들의 외며느리로 들어오려면 시집살이할 각오는 했으렷다라든가, 몇 달만 시집살이 시키고 나서 따로 내줄 테니 그 대신 아주 늙어서 수족 못 쓰게 됐을 땐 책임져줘야 한다든가, 혼전의 젊은이들이 가장 알고 싶어하는 문제에 대해 어머니는 여적껏 일언반구도 언급한 적이 없었다. 속셈을 드러내 보이지도 않았다. 데리고 살 작정이면 안방을 내줄 것인가, 지금 성구가 쓰고 있는 현관 옆방을 그대로 신혼방으로 할 것인가를 의논하거나 걱정하는 눈치라도 보여야 하는데 전혀 그렇지 않았다. 또하나 있는 방은 부엌에 붙은 굴 속 같은 방이어서 지금도 옷장 대신 쓰고 있었다. 식구는 단 두 식구지만 큰살림을 줄여먹은 끝이라 세간은 많았다. 며느리를 공기처럼 여기지 않는 바에야 그렇게 대책이 없을 수가 없었다. 어머니의 대책 없음을 애당초 데리고 살 생각이 없는 것으로 받아들일 수도 있었다. 그렇다면 큰 근심이 하나 제거되는 셈이었다. 다영이가 바라는 것도 바로 그걸 테니까.

그렇지만 너희끼리 나가 살아라와 우리끼리 나가 살겠습니다는 사뭇 다르다고 성구는 생각하고 있었다. 윗사람이 먼저 그렇게 말하면 만사가 형통하게 돼 있지만 아랫사람이 먼저 그렇게 말했다간 무슨 회오리바람을 일으킬지 알 수 없는 일이었다. 아무튼 그 말은 먼저 안 하는 게 수였다. 먼저 한 쪽에서 뒷갈망을 해야 되고 그 뒷갈망은 방 하나를 내주는 것보다 훨씬 비용이 많이 들고 복잡한 일이 될 터였다.

집 명의는 성구 이름으로 돼 있었지만 성구 마음속으로는 어머니의 집이었다. 그렇다고 어머니에게 돈 버는 재주가 있었다는 얘기는 아니다. 성구가 여덟 살, 성구 위로 낳은 딸 성심이가 열한 살 때 홀로된 어머니는 근검절약하는 재주밖에 없었기 때문에 남매 대학교육까지 시키고 나니까 동그마니 집 한 채 물려

받은 게 점점 오그라들어 전세방 한 칸밖에 안 남았다. 그래도 지금 있는 아파트 장만할 때는 그 전셋돈이 큰 보탬이 됐지만 무엇보다도 성구의 월급 관리를 물샐틈없이 철저히 한 덕이었다.

"참 장하세요."

집 명의란 소득이 있는 사람 명의로 하는 게 여러 가지로 편해서 그렇게 했다뿐 그 공은 전적으로 어머니에게 돌리고 싶은 심정을 그때 성구는 그렇게 치하했었다. 지금이라고 그런 갸륵한 마음이 변한 건 아니었다. 변하지 않았기 때문에 우리끼리만 나가 살겠습니다. 소리 하기가 더 힘든지도 모른다. 집에 대한 권리까지 주장할 자신이 없었기 때문에 빈손으로 다시 시작할 각오 없이는 함부로 입 밖에 낼 소리가 아니었다. 시체 풍속 따라 어머니가 먼저 그 소리를 꺼내기만 하면 사정이 훨씬 달라지련만. 데리고 살 대책도, 내보낼 대책도 없이 시침 딱 떼고 있는 어머니가 성구 보기엔 고약한 심술을 부리고 있는 것처럼 보이는 요즈음이었다. 어머니한테 정이 떨어질수록 다영이는 하는 짓마다 정붙게 굴었다. 어머니가 돈 버는 재주도 없으면서 자주적으로 보이는 것과는 대조적으로 다영이는 늘씬하고 건강한 체질인데도 성구에게 보호본능 같은 걸 일으키는 데가 있었다. 큰 부자는 아니지만 웬만큼 살고 부모가 갖춘 가정의 막내딸이 흔히 그렇듯이 돈 어려운 것도 살기 고달픈 것도 몰랐다. 인생은 즐길 거 투성이이고 남들이 즐기는 건 다 따라 하고 싶어했다. 그녀는 특히 선물, 외식, 쇼핑을 좋아했다. 선물을 하기도 잘했지만 사달라고 조르기도 잘했다. 팔짱 끼고 백화점을 돌아다니다가 억지로 각자가 필요한 물건을 생각해내가지고 서로 상대방 걸 사서 포장센터에 가서 예쁘게 싸고 반짝거리는 리본 달고, 아기 손바닥만한 카드에다 낯간지러운 속삭임까지 적어서 교환한 일도 한두 번이 아니었다. 얼마나 귀여운 여잔가. 그러니까 성구가 보호해주고 싶은 건 약한 체질이나 상처받기 쉬운 정서 따위가 아니었다. 그녀의 인생은 즐거워라였고 철없음이었다. 사내의 명예를 걸고 그 천진성을 다치게 하고 싶지 않았다. 집 장만을 위해 찌들게 한다는 건 더군다나 상상도 하기 싫었다.

성구의 생각이 집 문제에 걸렸을 때 불현듯 외할머니가 보고 싶어졌다. 어젯밤 어머니가 뵙고 자라고 한 말이 생각나서가 아니었다. 그는 시방 외할머니를 보고 싶은 거지 뵙고 싶은 게 아니었다. 우리가 보통 웃어른을 뵌는다고 할 때의 아랫사람으로서의 예절이나 조심스러움이 조금도 섞이지 않은 오직 짓궂은 궁금증, 적나라한 호기심이 전부였다. 드디어 집도 절도 없어진 외할머니는 어떤 꼴을 하고 있을까. 외할머니의 집에 대한 집념, 집 가진 세도가 외가 친척들 사이에서 유명하다는 걸 알고 있는지라 더욱 외할머니가 참담한 웃음거리로 여겨졌다.

성구는 팬티만 입은 아랫도리에다 파자마를 꿰면서 외할머니를 뵈러 베란다로 나갔다. 뵙는 게 아니라 봐줄 때 따르는 잔혹한 쾌감을 예감하면서. 베란다엔 아무도 없었다. 그새 안으로 들어간 걸까. 거실에서 기역자로 꼬부라진 부엌을 살펴보았다. 다음엔 부엌에 붙은 방을 열어보았다. 구닥다리 세간이 꽉 들어차고 남은 통로엔 사철옷이 첩첩이 걸린 철봉같이 생긴 옷걸이가 길이로 놓여 있어 마치 오징어처럼 압축된 수많은 사람이 그를 향해 기립해 있는 것처럼 보였다. 어머니가 아직도 그 방을 치우지 않은 걸 보면 외할머니를 생전 모실 생각은 아닌지도 몰랐다. 당장은 달리 대책이 없어서 모셔왔더라도 임시적일 뿐이라는 걸 노인네에게 인식시키고 싶어했을 어머니의 심정이 느껴졌다.

그는 괴괴한 안방문 앞에서 잠시 머뭇거렸다. 깐깐한 어머니 앞에서 꾸깃꾸깃한 파자마 바지와 벗은 윗도리로 외할머니를 뵙기가 망설여졌기 때문이다. 또한 막다른 골목에 몰린 것처럼 어쩔 수 없이 더불어 살게 된 여인 이대(二代)를 어떤 표정으로 대해야 하나는 성구로서는 준비를 요하는 일이기도 했다. 외할머니를 다영이에게 더욱더 미안하게 된 가중된 짐이라고만 여길 것인가? 그렇지 않을 수도 있다고 번득이는 간지(奸智)가 그에게 속삭였다. 어쩌면 방 안의 여인 이대를 서로 상쇄시킬 수도 있지 않을까. 요새 세상에 시외조모까지 모실 며느리가 어디 있겠는가. 그건 며느리의 도리 이전의 시어머니의 도리에 어긋나는 문제였다. 어머니의 깔끔하고 뻔뻔스럽지 못한 성미에 비추어서도 그건 상상도 할 수 없었다. 외할머니와 어머니를 서로 비기게 할 수 있는 가능성이 점점 더 농후해졌다. 어젯밤부터 그를 짓누르던 중압감이 깃털처럼 가벼워지면서 그는 순간적으로 날아갈 듯한 해방감을 느꼈다. 그는 손자들에게 아부하기 위한 동전이나 알사탕 따위를 속바지 주머니에 상비하고 있는 외할머니를 반기기 위해 두 팔 벌려 달려들던 어린 날처럼 만면에 웃음을 띠고 안방문을 열었다. 그러나 벽 쪽에 나란히 깔린 이부자리 중 한쪽은 비어 있었다. 어머니가 밤새 잠 못 이룬 듯 피곤한 눈을 뜨고 그를 일별하더니 말없이 돌아누웠다. 그도 말없이 안방을 한번 휘둘러보고 돌아나왔다. 그리고 화장실 뒷베란다까지 한 바퀴 다시 점검하고 나서 베란다로 나왔다. 베란다로 면한 그의 방 창문을 통해 할머니의 두상을 보고 나서 얼마 동안이나 지났는지 짐작이 가지 않았다. 잠깐 눈을 붙인 것도 같고 한잠이 들었던 것도 같았다. 그 동안 해가 떴다고는 하나 주차장의 차들이 다닥다닥 붙은 채인 걸 보면 아직 이른 아침임이 분명했다. 그는 뭔지 모를 것을 뜸을 들이기 위해 부질없는 시간 계산을 하다가 용기를 내어 베란다 난간을 붙들고 아래를 내려다보았다. 그의 집은 아파트 십삼층이었다. 일층 사람들의 취향에 따라 가꾼 뜰이 까마득하게 내려다보였다. 그의 집 라인의 일층 주민은 취미가 별난 사람 같았다. 가장자리에 회양목을 심고 장미나 달리아 따위를 심은 건 비슷했지만 베란다 난간으로 덩굴장미를 올린 이웃집과는 달리 보리를 심어놓고 있었다. 그 방면엔 무관심한 그였지만 지나다 청정하게 자라 이삭까지 올라온 작은 보리밭을 바라보면 허풍스러운 전원 취미라고 약간은 비꼬는 마음이었다. 시방 그 보리밭 한가운데 산발한 외할머니가 넝마처럼 널브러져 있었다. 성구는 미처 안경도 안 쓰고 나온 근시안으로도 외할머니가 흩뿌린 점점의 다홍빛 핏자국까지 분명하게 확인한 것처럼 느꼈다.

 그는 눈을 감고 한번 깊은 숨을 들이마셨다. 침착해야 되다고 생각했다. 자아, 이제부터 무얼 어떻게 한다? 그는 도무지 요량이 가지 않았다. 그렇다고 혼비백산한 건 아니었다. 그는 조금 놀라긴 했지만 그건 어디까지나 너무 침착한 자신에 대해서였다. 그는 먼저 안방 창 앞으로 가서 방 안의 동정을 살폈다. 이중창의 안쪽은 칸유리여서 들여다보이진 않았다. 그러나 어머니가 아직도 자리 속에 있는 것만은 분명했다. 어머니는 일어나면 우선 창문부터 여는 버릇이 있었다. 한겨울에도 아침 환기는 거른 적이 없었다.

 나는 지금 다리가 후들후들 떨리고 있다. 성구는 그렇게 생각하려 들었다. 그래서 아주 천천히 거실로 해서 자기 방으로 돌아와 파자마 윗도리를 걸치고 집 밖으로 나갔다. 현관문 밖은 바로 엘리베이터였다. 엘리베이터는 지금 일층에 머물러 있었다. 그는 위를 가리키는 화살표를 누르고 나서 십삼층 위에도 두 층이나 더 있다는 걸 가위눌림처럼 지겹고 황당하게 여겼다. 십삼층에 산 지 한두 달 된 게 아니건만 처음 느껴본 느낌이었다. 문득 걸어내려가야 할 것 같았다. 일층에 있는 엘리베이터를 불러올려 타고 내려가는 동안이 아무리 더디게 느껴져도 걸어내려가는 것보다는 빠르다는 걸 모르지 않건만 엘리베이터에서 내린다는 건 너무 유유해 보일 것 같았다. 그는 수위한테 기겁을 하고 우

가(家) 215

두망찰한 것처럼 보이고 싶었다. 그는 숫자판이 5를 가리킬 무렵 계단을 택했다. 그러나 다리가 후들거린다는 느낌 때문에 천천히 계단을 밟았다. 외할머니가 단 일 초 만에 극복한 거리가 생전 끝날 것 같지 않은 길이로 무진장 똬리를 틀고 있었다. 이거야말로 창자다, 라고 그는 생각했다. 아파트의 창자도 인간의 창자처럼 제 키의 몇 배나 되게 길었고 밤새 싸고 토하고 아래위로 가셔낸 취한의 새벽 창자처럼 허망하게 비어 있었다.

성구는 어쩌면 다리가 후들댄다는 핑계로 그 길고긴 동안을 야금야금 즐기고 있는지도 몰랐다. 외할머니에 관해 얻어들은 얘기가 한 장 한 장 환등기에 밀어넣은 원판처럼 생생한 현장감을 가지고 떠올랐다.

성구의 외가는 파주에서 십대를 넘게 터 잡고 번성한 향반이라고 했다. 그러나 성구는 한 번도 그쪽으로 외가 나들이를 가본 적이 없었다. 그가 태어나기 훨씬 전 그의 어머니가 소학교 들어갈 무렵에 외할아버지 외할머니가 서울로 이주했다니까 그럴 수밖에 없었다. 그러나 어머니한테는 삼촌, 사촌, 오촌뻘 되는 가까운 친척들이 여러 분 산다는데 너무 왕래가 없는 것 같았다. 성구가 어렸을 때는 과부가 된 어머니가 어린 남매 먹여 살리는 일에만 골몰했고 또 요새보다 훨씬 교통편이 마땅찮을 때라 그런 걸 이상하게 여길 겨를도 없었다. 이젠 옛날과 달리 파주 하면 엎어지면 코 닿을 데가 되었고 낚시나 야유회 드라이브 등으로 그쪽을 지날 일도 종종 생겼다. 시골에 대한 막연한 그리움도 있고 해서 불쑥 들러서 외할아버지 함자를 대면서 외손자라고 하면 깜짝 놀라서 반겨줄 만한 촌로(村老)나 당숙 육촌들이 살고 있을 마을 이름이나 위치를 알고 싶어하면 어머니는 질색을 했다. 이유는 폐 될 짓을 뭣 하러 하느냐는 간단한 거였지만 그럴 때의 어머니의 표정은 착잡했다. 매몰차고 쌀쌀맞아 보이기도 했지만 음흉하고 떳떳지 못해 보이기도 했다. 정에 박하다고나 할까. 하여튼 사십 년, 오십 년 만에 만난 사돈의 팔촌도 확인만 되면 들입다 얼싸안고 꿈이냐 생시냐 눈물범벅이 되는 우리나라 사람답지 않은 어머니였다. 서울서 사는 외가 친척 중엔 가끔 찾아오는 이도 있고, 또 전화나 우편으로 부음을 전해주거나 결혼 청첩장을 보내오는 이도 있었다. 어머니는 그럴 때마다 빠지지 않고 참석도 하고 부조도 하는 걸 보면 친정 쪽하고 담을 쌓을 만큼 맺힌 사연이 있는 것 같진 않았다. 그래서 남의 신세 지는 걸 극도로 꺼리는 결벽증 정도로 이해하고 한 가닥의 시골 연줄을 스스로 단념해버리고 있었다.

어머니의 그쪽 기피증이 예사 결벽증하곤 다르다는 사연에 접하게 된 건 외삼촌이 기어코 집을 팔아먹고 나서였다. 전화로 외할머니의 눈물 섞인 하소연을 다 듣고 난 어머니는 맥없이 수화기를 내려놓고 나서 마침 옆에서 듣고 대강의 사정을 짐작한 성구에게 읊듯이 중얼댔다.

"느이 외할머니, 그 악착같은 할망구도 죽을 때가 다 됐는갑다. 그 연놈들한테 신나를 뿌리고 확 성냥불을 그어대지 못하는 걸 보면……."

그때 성구는 놀라서 벌린 입을 다물지 못했다. 어머니가 그렇게 독한 악담을 하는 건 처음 들어보았다. 할망구는 외할머니고 그 연놈들이란 외삼촌 내외를 일컫는 소리겠지만 몇 안 되는 친정붙이를 그렇게 하대해 말하는 걸 들어보기도 물론 처음이었다. 외삼촌이 사업이랍시고 손댄 게 지지부진하여 집이 날아가게 생겼다고 외할머니가 하소연할 때마다 어머니는 하나밖에 없는 남동생을 좋은 말로 두둔했었다. 외삼촌은 어머니보다 십칠 년이나 손아래여서 성구는 삼촌이라기보다는 형처럼 맞먹으려 들 때가 더러 있었다. 그럴 때마다 그런 버르장머리를 엄하게 잡도리하던 어머니였다. 부모가 늘그막에 얻은 아들이라 철도 늦게 나는 동생을 행여 남이 얕볼세라 자신이 먼저 깍듯이 대접하던 어머니답지 않은 말씨였다.

"아무리 화가 나시기로서니 무슨 말씀을 그렇게 하셨어요?"

성구가 넌지시 간(諫)하자 어머니의 표정이 형편없이 구겨졌다. 거의 울상이 되더니 전혀 딴소리를 했다.

"이것 봐라, 에미 손등의 이 흠집 좀 보렴. 여섯 살 때 외할머니가 담뱃불로 지진 게 덧나서 이렇게 됐단다."

손등에 정말 우두 자국만한 흠집이 있었지만 보기 싫을 정도는 아니었다. 어머니가 말해주기 전엔 거기 그런 흠집이 있다는 것도 모르고 있었다.

외할머니는 열여덟 살 때 조씨가의 둘째며느리로 들어왔다.

같은 파주땅 교하면 성씨가의 셋째딸 성간난은 그날부터 교하댁이라 불렸다. 행세깨나 하고 사는 시골 양반이 대개 다 그렇듯이 며느리를 호미 들려 들에만 안 내보낸다뿐 농토는 풍년 들어야 겨우 배나 안 곯는 정도인데도 신역은 고됐다. 시할머니까지 계신 층층시하에 시동생, 시누이, 조카, 머슴 등 거느려야 할 식구도 수월찮았다. 그래도 남의 자식 아낄 줄 아는 가문이라 시집 잘 갔단 소리 들으면서 삼 년 안에 첫아들까지 낳았다. 그러나 삼 년 안에 집안의 대들보인 시아버지가 뒷간 갔다 오는 길에 쓰러지더니 미처 약 한 첩 달일 새를 못 참고 숨을 거두자 쯧쯧 새사람 들어오고 삼 년 안이 어렵다더니…… 하고 수군대는 구설수에 오르게 됐다. 재앙은 그것으로 끝나지 않고 막내시동생이 불장난을 하다가 사랑채를 홀랑 불을 내고 말았다. 고조할아버지가 분가하면서 지은 집이라고 했다. 마침 조씨가가 가장 번성할 당시여서 재목 쓴 거 하며, 간살이나 규모하며, 솟을대문하며, 과객이나 거지가 제일 먼저 찾아들게 생긴 번듯하던 집이 벌거벗은 것처럼 안채를 드러내게 되었다. 급한 대로 사립문은 해 달았지만 더 급한 건 방이 모자라는 거였다. 시할머님의 분별하에 거처가 정해졌는데 맏며느리 내외에게만 따로 방을 주고 나머지 식구는 남자와 여자가 나누어 자는 거였다. 불타고 남은 방이 셋이라고는 하나 실은 둘밖에 안 됐다. 안방 건넌방이 그것인데 안방은 길게 네 칸짜리를 가운데에 장지를 들여 아래윗방으로 쓰던 걸 둘로 쳐서 구차스럽게 셋으로 계산한 거였다. 맏아들 내외에게 방을 하나 내주려면 건넌방을 내주어야 마땅하련만 시할머니는 그렇게 하지 않았다. 예뻐서 방 하나를 통째로 주는 게 아니라 장손이 딸만 둘 두었기 때문에 아들을 바라고 합방을 시켜주는 거니까 안방의 장지 윗방을 쓰라고 했다. 구들목이 따뜻한 안방은 시할머니·시어머니·시누이들, 그리고 맨 윗목이 교하댁 자리였다. 큰동서 내외와 조카딸이 쓰는 윗방 장지문에 바짝 붙어서 잘 수밖에 없었다. 쇠죽 끓이는 큰 가마솥이 걸린 건넌방은 남자들 차지였다. 건넌방 남자들 중 장가를 든 건 둘째밖에 없었으니 둘째 내외의 처지가 제일 억울하달 수도 있었으나 맏이라고 나을 것도 없었다. 장지문 하나로 막아놓은 것도 각방이라고 시할머니는 툭하면 각방을 내준 세도를 부리려 들었고 당사자들도 동생 내외나 딴 식구들 앞에서 죄인처럼 죽어지내야만 했다. 시아버지 삼년상을 치르기 전에 부엌머리 찬방에다 방고래를 놓아 방이 하나 더 생기긴 했지만 머슴을 위한 거였지 교하댁 차지가 되진 않았다. 윗방도 사시장철 맏이 내외가 차지할 수 있는 건 아니었다. 윗방은 장지문만 떼어내면 안방의 윗목에 해당되었으므로 겨울엔 추웠다. 동지팥죽을 먹기가 무섭게 이듬해 입춘 무렵까지 며느리와 손녀들만 남겨놓고 맏이는 건넌방으로 건너가 자라는 명령이 내렸다. 쇠죽 가마솥이 걸린 건넌방은 절절 끓었기 때문이다. 뚝 떨어진 건넌방이 있는데도 맏이 내외를 구태여 서로 불편한 윗방을 준 건 아들자식들을 춥지 않게 겨울을 나게 하려는 노인네들의 특별한 배려였다. 그러나 딸이나 며느리에 대한 배려는 전혀 없었다. 하긴 아들들에 대한 배려도 배부르고 등 뜨뜻하게 끼고 돌 생각 외엔 어른 취급을 한 건 아니었다. 둘째 내외는 이미 아들이 하나 있다는 걸로 사 년 동안 한 번도 합방을 할 기회를 안 줬으니까. 그러나 하늘을 봐야 별도 딴다는 속담도 교하댁에 한해선 해당되지 않았다. 그녀는 그 사 년 동안에 아이를 둘이나 더 낳았기 때문이다. 둘 다 딸이었다. 재주도 좋다고 무슨 수로 아기를 만들었느냐는 한 동네의 그 또래 새댁들의 놀림 섞인 성화에 부끄러움을 못 이긴 교하댁은 그만 실토를 하고 말았다. 이삭이 팰 무렵에 보리밭 이랑에서 만들었다는 그녀의 실토는 수군수군 킬킬 동네방네로 퍼졌다. 남의 말 하기 좋아하는 사람 아니라도 외설스러운 소문에는 자기도 모르게 입이 가벼워지는 법이니 오죽했겠는가. 한동안 점잖기로 이름난 조씨네 집성촌에선 보리는 계집애를 일컫는 은어가 되었고, 딸 그만 낳으란 소리는 아무리 급해도 보리밭에 가지 말아, 가 되었고 고단해 뵈는 신랑이나 신부를 보고는 간밤에 보리방아를 몇섬이나 찧었느냐고 놀리는 농지거리가 유행을 하게 되었다. 그런 가운데도 조씨가에선 셋째아들을 장가들여 조그맣게나마 새집을 지어 세간을 내는 걸 본 둘째 내외네 마음이 편할리가 없었다. 소학교밖에 안 나왔지만 체질이 약하고 자존심이 강해 농사짓기엔 합당치 않다고 스스로 판단한 둘째는 어느 날 훌쩍 대처로 돈벌이를 떠났다. 넉넉잡고 삼 년 안에 세간 날 만한 목돈을 벌어오마고 언약하고 떠난 둘째가 일 년 만에 그만한 돈을 벌어왔다. 운수가 좋았을 뿐이라고만 말했지만 시기 섞인 소문은 분분했다. 경성 본정통 일본인 상점에서 점원 노릇 하는 걸 보았는데 아마 주인을 잘 만났거나 뒤로 돈을 빼돌렸을 거라고 말하는 사람도 있었다. 그 마을에선 첫손가락 꼽을 만큼 일본말을 잘했으니까 있을 수 있는 일이었다. 월급을 후하게 받거나, 조금씩 표 안 나게 주인 돈을 빼돌리는 것만으로는 불과 일 년 안에 그만한 돈을 마련할 수 없을 테니 아마 미두(米豆)나 투전을 한 게 틀림없을 거라는 추측도 나돌았다. 우애도 있고 의뭉스럽기도 한 맏이가 동생 처지를 딱하게 여겨 장사 밑천을 줘서 대처로 내보냈을 거라는 건 소문이 아니라 집안 내에서 수군대는 뒷공론이었다. 대식구가 가까스로 일 년 계량할 만한 농토를 물려받았다고는 하나 양대에 걸친 웃어른이 살림 주장을 하고 있어 바늘 한 쌈 사는 것도 자유롭지 못한 맏이가 냈음직한 꾀였다. 동기간의 우애도 있었겠지만 열 식구 버는 것보다 한 식구 더는 것이 낫겠다는 긴 안목의 이해타산도 있었음직하다.

아무튼 교하댁은 보리밭에서 만든 여식을 포함해서 삼남매를 낳은 연후에나 세간을 날 수가 있었고 살림 재미가 뭐라는 것도 알게 되었다. 무엇보다도 대처에 나가 그만한 돈을 벌어온 남편이 하늘같이 우러러뵈는 것도 교하댁을 살맛나게 했다. 그때부터 교하댁은 다섯 자도 채 못 되는 키를 어찌나 빳빳하게 펴고 다니는지 되바라지다느니 사작스럽다느니 하고 흉을 잡히게 됐다. 둘째며느리 팔자가 핀 게 기특하기도 하고 한편 시기하는 마음도 있는 시어머니인지라 네 키가 한 치만 더 컸더라면 하늘을 쓰고 도리질을 할 뻔했구나라고 맞대놓고 비아냥거려도, 글쎄올시다 일 년만 더 안방 윗목에서 장대 같은 시누이님과 윗방 문지방 사이에서 끼어 잤더라면 제 키가 한 치 아니라 두 치인들 못 늘어났을라구요 하고 태연히 말대답을 할 만한 배짱도 생겼다.

교하댁은 실로 생전 처음 누려보는 자유요, 기를 펴고 사는 생활인지라 어떤 방해도 받고 싶지 않았다. 그러자면 웬만한 훼방은 우습게 아는 게 수였다. 교하댁의 가장 씩씩하고 행복한 시절이었다. 보리밭 이랑을 면하고 푹신한 햇솜 이부자리에서 편안하게 부부의 정을 나누게 되자 연년생으로 아들을 둘이나 더 뽑아냈다. 아들 셋, 딸 둘 도합 오남매였다. 그러니까 성구 어머니는 보리밭에서 생겨난 두 딸 중 맏이인 일순이었다. 교하댁이 일순이의 손등을 불로 지져 생전 가시지 않을 흠집을 내놓은 건 일순이가 여섯 살 때였고 교하댁이 가장 행복한 시기였다. 읍내 소학교에 입학한 일순이 오빠가 하루는 화경을 빌려왔다. 이과 시간에 실습에 쓰는 걸 가진 윗학년 아이한테 팽이를 깎아주기로 하고 빌려왔다고 했다. 장난감은커녕 유리병도 신기한 구경거리던 시골구석에서 그 작은 유리붙이가 부리는 요술은 아이들이 혹할 만한 구경거리였다. 특히 먹칠을 한 종이에다 화경으로 햇빛을 모아 모락모락 가는 연기가 올라오게 하고 마침내 실고추처럼 빨갛게 인화되는 걸 지켜보면 너무 재미가 나 가슴이 자글자글 오그라붙고 나중에는 창자와 오줌통까지 찌릿짜릿해지

가(家) 223

면서 오줌을 다 지릴 지경이었다. 그건 게딱지를 주워다가 솥을 걸고 모래를 쌀이라고 씻어 안치고, 풀을 뜯어 푸성귀 반찬, 잠자리나 메뚜기를 잡아다간 고기 반찬 만드는 놀이하곤 본질적으로 달랐다. 자연과 문명의 차이 같은 게 어린 마음을 현혹시키고 흥분시켰다. 일순이 남매는 지는 해를 아쉽게 쫓아 굴뚝 모퉁이에서 그 장난을 하다가 지붕을 이려고 엮어놓은 이엉에 옮겨붙어 하마터면 불을 낼 뻔하고야 말았다. 마침 우물에서 물을 길어 오던 교하댁이 이엉에서 피어오르는 연기를 발견하고 동이째 물을 들이붓는 것으로 불은 간단히 잡혔건만 교하댁의 분노는 한참을 더 타올랐다. 꼭 미친 여자 같았다. 우라질 새끼, 육시랄 새끼, 엠병할 년, 오살할 년, 온갖 욕을 폭포수처럼 퍼부으며 아들딸 가리지 않고 사매질을 하다가 입에 거품을 물고 양손에 한 아이씩 덜미를 잡아 질질 끌고 사랑으로 들어갔다. 마침 곰방대로 담배를 맛있게 빨고 있던 남편에게 응원을 청했으나 남편은 미친년처럼 짖는 아내의 소리에 기가 질려 어쩔 줄을 모를 뿐 아무런 도움이 되지 못했다. 혼자 날뛰던 교하댁은 남편의 곰방대를 빼앗아 남매의 손등을 번갈아 지지며 숨가쁜 소리로 외쳤다.

"다시 불장난할래 안 할래, 이 망종아. 다시 불장난할 거면 죽어라 죽어. 지금 당장 죽는 게 나아, 이 망종의 새끼들아. 내 속으로 낳은 새끼들이 집 중한 걸 모르다니, 세상에."

어머니가 혹시 환장을 한 게 아닌가 잔뜩 겁이 난 남매는 사매질을 당해도 단근질을 당해도 울지도 못하고 다시는 안 그러겠다고 싹싹 빌었다. 어찌나 지독하게 단근질을 당했는지 꽈리처럼 부풀어올랐건만도 교하댁은 안쓰러워하기 전에 다시는 불장난 안 하겠다는 다짐만을 거듭거듭 요구했다. 된장이라도 얻어 바르고 무명헝겊으로 싸맬 수 있었던 건 물집이 터지고 덧나 진물이 질질 흐르고 나서였다.

  살림 나고 나서 화경으로 인한 불상사 외엔 식구 늘고 풍년 들고 하여 교하댁은 재미밖에 날 게 없었다. 그러나 호사다마라고 마을에 돌림병이 돌았다. 토사곽란 끝에 몸에 물기가 말라 죽는 희한한 병이었다. 마을에서 공동으로 역신을 쫓는 굿을 하는 날, 교하댁 막내가 먼저 설사를 하기 시작하더니, 바로 윗형한테로 누이들한테로 맏이한테로 옮겨 올라갔다. 내리 옮기는 것보다 위로 옮기는 게 뒤끝이 안 좋다고들 했다. 겁을 먹은 교하댁은 따로 굿을 또 했다. 손이 발이 되게 빌고 또 빌었건만 남매만 건지고 삼남매를 잃었다. 공교롭게도 손등을 불로 지진 자식만 남은 셈이었다. 초상난 집이 한두 집이 아니었지만, 한 집에서 셋씩이나 그것도 애초상만 난 집은 그 집밖에 없었다. 교하댁은 원통하고도 부끄러웠다. 자식을 한꺼번에 셋씩이나 잡아먹다니, 아유 끔찍해라. 뭇사람이 그러면서 자신을 손가락질하며 진저리를 치는 것 같았다. 혼자만 있을 때는 하늘땅이 부끄러웠다. 두문불출하면 남의 눈을 피할 수 있었지만 하늘땅을 피할 수는 없었다. 하늘을 쓰고 도리질을 하지 못해한다는 욕을 먹을 만큼 되바라졌던 교하댁의 눈은 짓무르고 고개는 물동이를 이지 못할

가(家) 225

정도로 꺾였다. 교하댁은 정말 우물에도 못 나갔다. 일순이가 방구리로 물을 긷는 걸 마을 사람들은 애처롭게 바라보았다. 어느 날 남편이 혼잣말로 길게 탄식하는 소리가 교하댁의 귀를 번쩍 뜨이게 했다.

"에이구 불쌍한 것들. 수돗물 먹고 사는 경성 사람은 걸리지도 않는 병을 부모 잘못 만나……"

겁 없이 대처에 나가 목돈까지 벌어온 남편의 말이니 믿을 만했다. 그래서 교하댁은 남편의 말꼬리를 붙들고 늘어져 묻고 또 물었다. 그리고 마침내 남은 자식들만은 서울에서 길러야겠다고 마음을 굳혔다. 교하댁은 씩씩하게 떨치고 일어나 남편을 부추겨 동의를 얻어내고 가산을 정리했다. 다시 집 없이 살게 될지도 모른다고 상상을 하는 것만으로도 눈이 뒤집혀 천금 같은 자식을 단근질까지 한 교하댁이었다. 몇 섬의 쌀과 집을 바꾸고 그 쌀로 산 돈이 남편의 쌈지로 들어간 날 교하댁은 마지막으로 제 집에서 목 놓아 울었다. 그리고 교하댁은 이고 남편은 지고 아이들을 앞세우고 고향을 등졌다.

그때나 이때나 서울과 시골의 집값은 천양지판이었다. 그 돈으로 전찻길이 통하는 장안에선 전세방도 얻을 형편이 못 됐다. 그들은 청량리 밖 철길을 넘어서도 한참이나 걸어가야 하는, 여기도 경성일까 싶은 거름 냄새 나는 동네에다 방을 얻었다. 경성이 처음이 아닌 남편은 남대문통에 있는 일본인 도매상회의 배달원으로 취직이 되었다. 남편은 일본말도 잘하고 자전거도 잘 탔다. 그를 고용한 일본 장사꾼은 월급도 남보다 박하게 주는 편이 아니었고, 일의 성격상 삼시를 먹여야 하는데도 배곯을까봐 늘 신경을 써주었다. 연말 대목에는 가게에 딸린 방에서 재운 적도 있는데 온돌방에서 뜨끈끄끈 등을 지져야 잠이 오는 조선 사람 생활습관을 헤아려 저희들은 한 식구에 하나밖에 못 쓰는 유담뽀(끓는 물을 넣고 헝겊으로 싸서 발치에 대고 자는 금속제 물통)를 둘씩이나 넣어주었다. 그러나 조선 사람들은 비위생적이고 불결하다는 고정관념은 배냇버릇처럼 철저해서 새파랗게 젊은 주인 여편네가 서른이 가까운 자식이 주렁주렁 달린 남편의 손톱 발톱까지 조사를 하고 잔소리를 하려 들었다. 조선 사람 부리는 일본인치고 한 가지 버릇 없는 사람은 없다고 했다. 대개는 정직성을 못 믿는 거여서 거기 따른 감시와 수모는 정말 견디기 힘들다는 걸 같은 처지의 동료들로부터 들어서 알고 있는지라 그는 그 정도는 약과로 알고 잘 견디었다. 덕택에 서울살이 일 년 만에 때를 말끔히 벗고 사무원 같아졌다. 아닌게 아니라 그의 소원도 그렇고 교하댁의 소원도 그렇고 어서어서 주인의 신용을 얻어 사무직이 되는 거였다. 목간통에 자주 가는 비용을 교하댁이 아까워할 적마다 이왕 왜놈 밑에서 고용살이하기로 작정을 했으면 한번 여봐란듯이 성공을 하고 물러나야 할 거 아니겠느냐고 다독거렸다. 한푼을 쪼개 쓰고 싶은 교하댁에게 목간통 가는 데 드는 돈처럼 아까운 건 없었지만 성공을 위해 드는 밑천이란 소리엔 두말도 못 했다. 그 두 내외가 추구하는 최종적인 성공은 다나카 상점의 사무원이 되는 거였다. 밭농사를 짓거나 시내로 날품팔이를 나가는 게 그 동네 사람들 대부분의 생계의 수단이었기 때문에 그의 찌꾸 바른 하이칼라 머리와 정결한 양복 차림은 돋보이기도 했지만 눈에 거슬리기도 했으리라. 난봉쟁이라느니 기생오라비라느니 하는 별명이 붙었다. 워낙 되바라진 교하댁은 그런 뒷공론에 기가 죽기는커녕 무시하고 경멸하는 마음 때문에 되레 도도해졌다. 세간을 나서 처음으로 제 집을 갖게 됐을 때처럼 다섯 자 키로 하늘을 쓰고 도리질을 할 기세였다. 이웃사람들한테도 다나카 회사 사무원이고 곧 집 장만해서 셋방살이 면할 거라고 으스댔다. 돌림병으로 삼남매를 잃고 남매만 남은 게 점원 월급으로도 남 보기에 사무원처럼 사는 데 도움이 되었다. 무엇보다도 월급으로 한 달 계획을 세울 수 있다는 게 그날 벌어 그날 먹는 사람들의 부러움을 사기에 족했다. 그러나 아이들에겐 자신의 처지가 이웃들 사이에서 특별나다는 게 괴로울 수도 있는 법이다. 교하댁에게도 남편의 청결벽이 옮아붙은 탓도 있거니와 참척 끝에 놀란 가슴도 있고 해서 아이들을 막벌이꾼의 자식들처럼 마구 놓아기르질 못하고 끼고 돌면서 열심히 먹이고 씻기고 빨아 입히는 데 온갖 정성을 다했다. 그런 유별난 아이에 대한 이질감을 동네 아이들은 툭하면 때리거나 따돌리는 걸로 풀려고 했다. 특히 안집의 그만그만한 개구쟁이들한테 당하는 건 아이 싸움이 어른 싸움 될 뻔한 적이 한두 번이 아니었다.

고향에서도 그들은 서울 가서 크게 성공한 걸로 널리 알려졌다. 무슨 때마다 깨끗이 차려입고 달콤하고 알록달록한 과자보따리를 들고 내려오는 그들은 이제 조씨네 큰집에서도 가장 기다리는 상객이었다. 서울에서 뭔가 시작해볼까 무작정 상경하는 고향 친척이나 친구들이 제일 먼저 찾아오는 곳도 그의 셋방이어서 곤란할 적이 많았지만 교하댁은 그들도 능수능란하게 다루었다. 먹이고 재우는 건 인색하지 않게 치다꺼리해주면서도 아무나 서울이라는 눈 감으면 코 베어갈 데서 취직이나 장사를 할 수 있는 게 아니라는 걸 알아듣도록 타이르길 잘했다. 교하댁의 그런 특기야말로 일석이조였다. 인심 잃지 않고 군식구를 따돌릴 수가 있었을 뿐 아니라 남편을 더욱 돋보이게 할 수가 있었기 때문이다.

그렇게 심심찮게 치르게 되는 군식구 중엔 교하댁의 충고가 통하지 않을 정도로 단단하게 작심하고 고향을 등진 사람도 없지 않았다. 하루는 먼 친척이자 한 냇물에서 미역 감고 자란 남편의 소위 불알친구가 소 팔고 전답 판 거금 팔백원을 전대에 차고 찾아왔다. 그 돈으로 어떻게든 살 기반을 잡아놓고 나서 처자식을 불러올리겠다는 결심이 사뭇 비장했다. 맨주먹으로 무작정 상경한 친구와 달라서 따돌리는 것만이 능사가 아닐 듯했다. 그 동안 서울에서 만든 온갖 연줄을 다 동원해서라도 도움이 돼주고 싶었다. 그건 어쩌면 그 동안 대처에서 갖은 고생하며 쌓은 실력이랄까 인덕이랄까를 시험해보고 싶은 허영과도 무관하지 않은 심리였다. 하필 그때 그 일이 일어났다. 일순이하고 안집 계집애하고 소꿉장난하다 싸움이 붙은 게 일순이한테 불리하게 되자 오라비가 역성을 들었고 그걸 본 안집 여러 남매가 합세를 해 대판 싸움이 되었다. 그러잖아도 애 싸움이 어른 싸움될 뻔한 적이 한두 번이 아니어서 피차 잔뜩 벼르고 있던 참이었는데, 일순이는 뒤통수가 허옇게 되도록 머리카락이 쥐어뜯기고 오라비는 이마에서 콧등에 걸쳐 내천자로 긴 손톱 자국이 났으니 가만히 있을 교하댁이 아니었다. 더군다나 손톱 자국은 홈처럼 깊어서 생전 안 없어질 것 같았다. 눈이 뒤집힌 교하댁은 길길이 날뛰면서 사생결단을 하려 들었고 안집 여편네 또한 입이 걸기로 소문난 여편네였으니 싸움 구경 좋아하는 동네 사람들도 혀를 내두르며 뜯어말릴 수밖에 없었다. 실력으로 막상막하라는 걸 인정하고 싶지 않은 안집 여편네는 방을 당장 내놓으라고 호통을 쳤고 교하댁은 오냐 나도 집 없는 설움 더는 안 받고 살 테니 당장 전셋돈이나 내놓으라고 맞받았다. 교하댁은 안집에서 그 방을 복덕방에 내놓기도 전에 정말로 집을 계약했다. 상것들만 사는 동네라고 말끝마다 업신여기던 동네는 못 면했지만 그래도 천원이나 나가는 집이었다. 눈이 뒤집혀 앞뒤 분별을 잃은 교하댁이 맡아가지고 있던 전대의 돈을 믿고 일을 저지른 거였다. 이자까지 쳐서 갚아주마고 달래고 빌어 가까스로 큰 망신만은 안 당하고 친구를 고향으로 돌려보냈을 수는 있었지만 뒷갈망하는 데는 오랫동안이 걸렸고 고향의 조씨가는 물론 친정인 성씨가까지 곤욕을 치러야 했다. 교하댁이 담독하게도 남의 돈 팔백원을 믿고 천원짜리 집을 산 건 전셋돈 백원을 보태고 금융조합에다 저당을 잡히면 반 이상 갚을 수 있지 않을까 해서였다. 그러나 그때나 이때나 은행에서 집값의 반 이상을 빌릴 수는 없는 법이다. 사백원을 융자받아 한 푼 두 푼 이사 비용으로 나가고 겨우 이백오십원밖에 갚질 못했고 시골 동네에선 교하댁이 도둑년이란 소문이 짝자그르하게 퍼졌다. 넉넉하진 못하나마 체면을 중히 아는 양가에선 그 창피가 견디기 어려웠고, 소 팔고 땅 판 돈을 어이없이 날리고 실의의 나날을 보내는 한동네 젊은이 보기도 못할 노릇이라 성씨 집에선 소를 내놓았고 조씨 집에선 땅뙈기를 좀 떼어주어 교하댁이 진 빚을 무리꾸럭해주었다. 그렇다고 그 집 둘째며느리가 도둑년이란 누명이 벗겨진 건 아니었다. 양가에서 그 돈을 무리꾸럭해준 건 어디까지 자기네는 그런 도둑년하고 한통속이 아니라는 걸 보여주기 위해서였지 도둑년을 다시 식구로 인정하기 위해서가 아니었다. 친가 시가 양가가 다 남보다 더 매몰차게 교하댁과 다시 상종하기를 꺼렸다. 세상이 자꾸 개명해져서 서울 나들이할 기회도 자주 생겼지만 여관에서 자면 잤지 그 집엔 발걸음을 안 하는 게 수라는 게 교하댁의 친가 시가의 불문율처럼 되고 말았다. 그들 또한 지척에 고향을 두고도 못 가는 신세가 된 건 말할 것도 없다.

  그러나 그렇게 억지춘향으로, 서럽고 서럽게라도 집은 장만하고 볼 일이라고 자기 잘못을 스스로 대견해할 만한 고비가 교하댁의 일생엔 수도 없이 많았다. 집이야말로 교하댁에겐 황금알을 낳은 거위였다. 그때만 해도 집을 사고팔 때 기와집인가 초가집인가 양기와집인가, 굴도리인가 납도리인가, 서까래 굵기가 애 종아리만한가 장정 종아리만한가에 따라 건평의 평당 가격이 매겨질 때였다. 대지 평수는 집값에 별로 큰 영향을 못 주었고 특히 땅값이 헐한 청량리 밖은 그게 더했다. 교하댁이 산 천원짜리 집도 대지는 백 평이나 되어서 푸성귀는 실컷 심어 먹을 수가 있었다. 일제가 말기로 접어들면서 식량난이 심해지자 부지런한 교하댁은 그 땅을 충분히 이용했을 뿐 아니라 집도 몇 칸을 더 늘려 지었다. 폭격의 위험을 피해 도심을 떠나는 사람이 늘어남에 따라 그쪽 셋방이 동이 날 때였다. 남편 조씨가 징용을 당해 나가고도 굶어 죽지 않고 너끈히 남매를 중학교까지 보낼 수 있었던 건 순전히 집 덕이었다. 마당에 물맛 좋은 우물까지 있어 아침저녁 정갈한 소반에 정화수 떠놓고 서방님 살려만 달라고 빈 덕에 해방되던 해 겨울에 징용 나간 조씨가 성한 몸으로 돌아왔다. 비록 어디가 부러지거나 못쓰게 되진 않았지만 쉰이 아직 멀었는데 머리는 반 넘어 세고 허리는 굽고 눈은 어두워져 전체적으로 그림자처럼 넋 나간 등신이 되어 돌아온 남편을 들어앉혀놓고 편안히 봉양할 수 있었던 것도 집 덕이 컸다. 그 무렵 마침 동네 국민학교에 미군 부대가 진주해서 동네 사람들이 너나할 것 없이 양키 물건 장수, 부대 세탁부, 잡역부 등 미군 경기 맛을 들이게 됐고 교하댁도 뒤질세라 그 물결을 탔기 때문이다.

집에서 직접 생긴 소득은 아니지만 집의 입지적 조건이 마땅치 않으면 엄두도 못 낼 돈벌이였다. 조씨가 어느 정도 몸을 추슬러 미군 부대 경비로 취직이 되면서 살림 형편은 더욱 윤택해졌다. 방값도 다달이 높아졌다. 전셋돈이 몇 달 사이에 사글세 보증금으로 깎아내려졌다. 양공주들이 모여들기 시작했기 때문이다. 방만 여러 개 가지고 있으면 포주 노릇 하는 것쯤 시간 문제였다. 그러나 누구보다도 돈을 밝히는 교하댁이었지만 그 짓만은 한사코 피했다. 사춘기로 접어든 일순이를 위해서도 그 짓만은 도저히 할 수 없었고, 무엇보다도 그 짓은 그녀의 집에 대한 신앙에 어긋났다. 도둑년 소리까지 듣고 장만한 집이 그녀로 하여금 도둑질 안 하고 먹고살게 해준 걸 그녀는 늘 터줏대감한테 감사하고 싶었다. 감사의 표시로 터줏대감을 성내거나 욕되게 하는 짓만은 안 하고 싶은 게 그녀의 집에 대한 신앙이었다. 집세가 올라가는 건 좋은 일이지만 세들 사람을 선별하기가 점점 힘들어졌다. 젊은것들은 여염집 여편네나 회사원처럼 굴다가도 언제 어떻게 양공주로 변할지 몰라 피하고 늙은이나 아이들이 주렁주렁 딸린 식구들을 골라두었다.

일순이 위로 둔 맏아들이 교하댁 속으로 낳은 자식답지 않게 기골이 장대한 청년으로 자라 교하댁 가슴을 뿌듯하게 채우고 또 한번 하늘을 쓰고 도리질하고 싶도록 교만해졌을 무렵 6·25 전쟁이 터지고 그해 가을 징집돼 나간 후 일 년 만에 한 장 전사통지서가 되어 돌아왔다.

허구한 날 침식을 전폐하고 애통해하던 교하댁이 어느 날 된밥을 꿀떡꿀떡 삼키고 기운을 차리더니 남편에게 아들을 또하나 낳자고 졸랐다. 그때 교하댁 나이가 마흔다섯이었다. 단산한 지 십오 년이 넘은 쪼글쪼글 찌든 여편네의 이런 비원은 조씨도 바로 보지 못하고 얼굴을 돌릴 만큼 처연한 것이었다. 교하댁은 남편한테뿐 아니라 남들한테도 꼭 아들 하나 더 낳고 말 테라고 장담을 해서 웃음거리가 되곤 했다. 그러면 그렇지 장대 같은 아들 잃고 환장을 안 하고 배기겠느냐고 이해를 하다가도 미쳐도 어찌 그리 점잖지 못하게 미쳤단 말인가 종당엔 웃음을 참지 못하는 게 남의 동정의 한계였다. 그러나 아무도 못 믿은 게 실제로 현실이 되어 나타났다. 교하댁의 배가 불러오기 시작한 것이었다. 그건 아마 남편에게도 믿어지지 않았나보다. 이목구비 제대로 갖춘 자식이 태어날지는 두고 봐야 알지요, 라고 하면서 부끄러워 어쩔 줄을 몰랐다고 한다. 그러나 딴 군말이 없었던 걸 보면 그가 종마(種馬) 노릇을 한 건 의심할 여지가 없다. 남자는 일흔에도 자식을 본다지만 조씨는 그때도 시난고난 성한 몸이 아니었다고 한다. 도대체 무슨 방법으로 그런 남자의 마지막 기운을 짜내 종마의 책무를 다하게 했을까? 그건 외손자로서 적이 불경스러운 상상을 유발할 수도 있는 의문이었으나 성구는 그 대목에서 묘하게 처절해지는 버릇이 있었다. 외할머니 교하댁의 집에 대한 소문난 집착을 가(家)를 잇고자 하는 맹목적 집념과 동일시하려는 그 나름의 시각 때문이었다. 그의 시각에 의하면 그건 또한 사라져가는 것의 잔영이기도 했다. 그래서 그의 처절함은 일시적인 애달픔 이상이 되지 못했다.

  조씨는 경이적 종마 노릇이 빌미가 됐던지 아니면 타고난 명이 그뿐이었던지 아내가 생남을 한 걸 보고도 원기를 회복하지 못했다. 그후 꼬박 이 년을 더 병상에 있으면서 가산을 탕진했다. 가족이나 본인이 가망 없다는 걸 느끼고부터 으레 명의도 명약도 더 많이 나서는 법이다. 교하댁도 그 방면엔 꽤 귀가 여린 편이어서 명의를 찾아 동분서주하는 사이에 알토란같이 돈이 생기던 사글세방이 모조리 전세방이 되었다. 더는 약값을 끌어댈 수 없게 되자 조씨는 집이라도 팔자고 졸랐다. 교하댁이 말을 안 듣자 조씨는 나 죽거든 너 혼자 얼마나 잘 먹고 잘사나 보자고 죽을 기를 다해 난동을 부렸다. 그럴 때마다 교하댁은 내가 나가서 양갈보 노릇을 해서 돈을 벌어오면 왔지 집은 못 판다고 맞섰다. 그때 병자는 마음도 이미 깊이 병들어 그런 소리가 충격이 되지 않았을지 모르지만 방년 열아홉 살의 일순이에겐 견디기 어려운 형벌이었다. 아무리 사는 환경이 기지촌과 다름없고, 또 그 나이에 생식능력까지 과시했다고는 하나 교하댁의 경우 양갈보가 되겠다는 발상이 그렇게 안 어울릴 수가 없었다. 기발한 게 아니라 끔찍했다. 아이를 배고부터 병자 구완에 가뜩이나 찌든 끝에 노산을 하고 나선 완전히 쪼그랑 할머니가 돼 있었다. 어머니의 회상에 의하면 팔순이 넘은 지금도 그때보다 더 늙은 것 같지 않다고 하니 외할머니의 그때 몰골을 짐작하고도 남았다. 그렇게 늙은 여자가 느닷없이 갓난애를 내팽개치고 신들린 무당처럼 영언지 주문인지 모를 소리를 중얼대며 얼굴에 회됫박을 바르고 입술을 쥐 잡아먹은 것처럼 섬뜩하게 칠하고, 나 이제부터 양갈보 짓 나간다고 흰소리치고 나간 날 밤을 일순이는 지금도 일생 중 가장 비참한 지옥의 시절로 생생히 기억하고 있다. 가뜩이나 젖이 모자라는 어린 동생은 밤새도록 보채고, 해골이 다 된 아버지는 가쁜 숨을 몰아쉬며 세상을 저주하고, 이런 가운데 스무 살 처녀가 바랄 수 있는 희망은 오직 아버지가 어서 죽어주었으면 하는 거였다. 새벽에 어머니는 파김치가 되어 돌아왔다. 몸을 팔아서가 아니라 할 만큼 했다는 과시를 겸한 실의가 어머니를 그 지경으로 만든 것 같았다. 날 죽여라, 차라리 날 죽여. 아버지는 마지막 기운을 짜내 눈을 부릅뜨고 어머니를 저주했다. 아버지는 죽을 때도 눈을 부릅뜨고 죽었고, 한참 예민한 나이의 일순이에겐 그건 끔찍한 기억이었다. 오래도록 아버지가 죽은 게 아니라 남은 세 식구가 공모해서 아버지를 죽인 것처럼 여기곤 했다.

아버지가 죽은 후 집은 다시 황금알을 낳기 시작했다. 50년대, 60년대의 인플레는 전세로 목돈을 빼쓰면 일 년 안에 그 돈이 사글세 보증금으로 절하가 되었다. 땅값이 올라 백 평의 대지만 가지고 있어도 땅부자였다. 교통이 편해져서 그쪽이 시내였고 동회나 파출소에서만 눈감아주면 허가 없이 얼마든지 방을 달아낼 수가 있었다. 일순이는 딸이라고 고등학교만 졸업시켜 몇 년 용돈이나 벌어 쓰게 하다가 시집을 보냈지만 늦게 기적적으로 얻은 아들은 호강시켜가며 키울 수가 있었다. 국민학교부터 과외 공부시켰고, 할머니가 너무 날친다고 흉잡히면서 치맛바람도 날렸고 고등학교 갈 때는 재수, 대학교 갈 때는 삼수까지 시켰다. 성구가 중학생일 때 얻어듣거나 슬쩍슬쩍 엿본 대학생활의 낭만이나 젊음의 질탕함은 다 그 외삼촌으로부터 얻어들은 거였다. 비록 늙은 여자의 시든 자궁을 빌려 태어나 말라붙은 젖꼭지에 매달려 겨우 연명하다가 두 살 때 아버지를 여의었다고는 하나 그건 다 의식이 비롯되기 전에 겪은 불행이고 외삼촌의 기억이 미치는 한은 궁색한 걸 모르고 멋대로 자랐다. 학교를 떨어질 때도 외할머니는 행여나 아들이 기죽을세라 먼저 이런 말로 위로를 했다.

"대학이고 나발이고 다 잘 먹고 잘살기 위해 허는 짓인데 너야 만장 같은 집이 있겠다 무슨 걱정이냐. 대학 안 가도 얼마든지 호강허면서 살 수 있을 테니 안달복달헐 거 없어야."

이렇게 백 평 땅을 근거로 일찌감치 부동산 재벌 연수를 시켰다. 그래도 행세하고 장가도 들려면 학벌은 꼭 있어야겠다 싶었던지 삼수까지 해서 대학을 졸업하고 취직도 했다. 그러나 연애를 하면서 황금알을 낳는 수많은 방이 창피하다고 색시감을 집에 데려오지 않자 외할머니는 과감하게 백 평 땅의 반을 분할해서 팔아 그 돈으로 나머지 오십 평에다 양옥집을 신축했다. 외삼촌이 창피하게 여긴 것만을 나무랄 수도 없는 게 끝도 없이 이어

지은 하꼬방으로 된 외할머니네는 그 동네에서도 골칫거리였다. 교통 편하고 공기 좋은 고급 신흥주택가로 탈바꿈한 그 동네에 마지막까지 남은 하꼬방집은 동네 집값을 떨어뜨리는 암적 존재로 눈총을 받고 있었다. 그걸 모를 리 없는 외할머니였다. 누구보다도 시대를 앞서 살아왔다고 자부하는 마음도 있는지라 이번에도 시체를 따르기로 했다. 집으로 인하여 생계를 유지했을 뿐 아니라 집으로 인하여 늘 당당하게 으스대는 데 익숙해져 있던 외할머니로서는 무엇보다도 집으로 인해 새 며느리한테 굽잡히는 일은 우선 피하고 볼 일이었을 것이다. 집을 그 지경까지 모독한다는 건 그분으로선 상상도 할 수 없는 일이었을 테니까.

고급 주택가와 잘 어울리는 이층 양옥집에서 며느리 보면서 외할머니가 얼마나 기고만장했는지는 성구도 보아서 익히 알고 있다. 며느리한테 참 복도 좋지 이런 알토란 같은 집에 시집을 왔으니, 소리를 끝도 없이 되풀이했는데 덕담인지 질투인지 분간을 할 수 없을 정도로 앙칼진 태도였다. 외할머니가 샘을 낸 새 며느리의 복은 남편의 능력이나 사랑, 시어머니의 자애 따위가 아니라 저절로 생긴 이층 양옥을 의미한다는 건 말할 것도 없었다. 그렇게 집 하나 믿고 자세 부리는 외할머니의 극성은 아들 며느리가 나이 먹고 손자 손녀가 생겨나도 수그러들 줄 몰랐다. 직장을 자주 옮길 뿐 아니라 월급봉투를 축내는 일이 잦은 외삼촌이고 보니 자연히 외숙모가 바가지를 긁어 집안에서 큰 소리 나는 일도 잦았다. 그럴 때마다 외할머니는 참견을 해서 며느리가 보따리까지 싸는 큰 싸움을 만들기 일쑤였는데 그것도 꼭 집이 빌미가 되었다. 남들은 셋방으로 시집을 와서도 남편을 하늘같이 받드는데 어떻게 대궐 같은 집 가진 서방한테 시집온 년이 바가지를 긁을 수가 있냐는 거였다.

외삼촌은 좀더 잘살아보려고 다니던 주방용품 회사를 그만두면서 그 회사 대리점을 따냈다. 그 과정에서 집을 담보로 하지 않으면 안 되었지만 외할머니는 감쪽같이 모르게였다. 한 이삼 년 집안이 화락하고 씀씀이도 활발해져 외삼촌은 역시 월급쟁이보다는 사업가 체질이로구나, 그때 막 대학을 졸업하고 몇 군데 대기업의 입사시험을 본 성구는 다행스럽게도 부럽게도 생각했었다.

그러나 부도가 났다는 소문과 함께 외삼촌은 대리점에서 손을 떼게 되었다. 그 동안 회사한테 진 빚이 삼천만원이 넘는다고 했다. 은행에서 융자를 받아 가만히 앉아서 까먹어도 삼 년은 까먹을 돈을 사업한다고 날치느라 이 년 반 만에 까먹었다. 그래도 그때까지는 외할머니의 충격이 그다지 크지가 않았다. 한 동네서 오십 년을 넘어 사니까 넌더리가 나더라고 했다. 집에 넌더리가 난다는 건 지덕(地德)이 다했다는 알림이니 이사를 가 마땅하다고 쉽게 체념하고 담담하게 굴었다. 그때까지만 해도 빚을 갚고도 그 집을 팔면 몇천만원은 건지게 되니까 으레 다시 집을 살 줄 안 모양이었다. 아닌게 아니라 사오천만원은 남을 테니 더 변두리로 나가서 집부터 사려니 했다. 그러나 외삼촌 내외는 제

가(家) 239

일 집값이 비싼 강남에서도 반포에다 작은 전세 아파트를 얻었고 자가용도 구입했다. 중학교에 다니는 아들딸 교육문제 때문에 그럴 수밖에 없다는 거였다. 더욱 기가 막힌 건 집 한 채 값을 다 들여 얻은 전셋집에 외할머니 방이 없다는 거였다. 방이 셋인데 안방만 겨우 쓸 만하고 나머지 두 방은 남매가 하나씩 나눠 쓰기에도 숨이 막히게 좁았다. 아무리 극성맞은 외할머니라지만 비집고 들어갈 틈이 없었다. 이사 가기 전에 할머니가 지니고 살던 구닥다리 세간의 처분 먼저 시작했다는 것만 봐도 모실 뜻이 전혀 없는 게 분명했다.

한없이 똬리를 튼 것 같은 계단도 마침내 끝나는 지점이 있었다. 성구는 뻥 뚫린 입구 앞에서 잠시 고개를 숙이고 생각했다. 집 가진 걸 자세 부리는 게 표정의 일부, 생명력의 전부였던 외할머니의 집 없어진 후의 모습을 못 봐둔 건 참 아쉽지만 지금부터 보게 될 참상이야말로 외할머니의 파국의 적나라한 진상이 아니고 무엇이겠는가. 외할머니는 죽을 수밖에 없었다. 외할머니의 죽음을 기정사실로 받아들이자 성구의 가슴이 감동으로 벅찼다. 잠이 아쉬운 듯한 경비 아저씨와 눈이 마주치자 그는 밤새 안녕하셨느냐고 심각하게 물었다. 경비는 그의 특별한 인사에 좀 어리둥절한 것 같았다.

"왜 댁에 무슨 일이 생겼습니까?"

"아, 아뇨, 아닙니다."

그는 허둥대며 경비실 앞을 지나쳤다. 베란다는 입구와는 반대쪽에 있었기 때문에 그는 종종걸음으로 아파트 모퉁이를 돌았다. 그는 아무 까닭도 없이 경비원의 시선만 벗어나면 들입다 뜀 궁리를 하고 있었다. 뛰려고 막 주먹을 불끈 쥘 찰나 아장아장 걸어오는 외할머니와 마주쳤다. 외할머니는 두 손을 뒤통수로 돌려 머리를 쪽 찌면서 걸어오고 있었다. 그는 걸음을 멈추고 기다렸다. 쪽을 다 찐 외할머니가 그를 발견하더니 두 손을 벌리고 뛰기 시작했다. 걸음마를 막 배운 아기의 뜀박질처럼 위태로워 그도 마주 달려갔다. 외할머니의 양손에선 문고리만한 금가락지가 한 손에 두 개씩 네 개가 찬연하게 반짝거리고 있었다. 두 팔 벌린 외할머니가 사뿐히 그의 품에 안겨왔다. 빈 사과처럼 조금만 힘을 주어도 으스러질 것 같은 할머니의 어깨뼈를 그는 얼떨결에 안았다. 새벽에 본 것과 다름없는 하얀 두상 뒤에 아기 주먹만한 역시 하얀 쪽이 내려다보였다. 그 쪽에 물린 비녀도 역시 금비녀였다. 쪽이 하도 작아서 그런지 엄청나게 굵어 뵈는 금비녀였다. 다영이한테서 선물받은 몽블랑 만년필만큼이나 뿌듯한 굵기였다. 어쩌자고 이렇게 많은 금붙이를 지녔을까? 왜? 왜? 도대체 왜? 그는 견딜 수 없는 기분으로 소리지르고 싶은 걸 억누르고 조용히 딴소리를 했다.

"새벽부터 어딜 가셨어요? 얼마나 찾아다녔다구요."

"늙은이가 새벽잠이 없어설라문에 공연히 내 새끼를 놀래켰구나. 이 늙은이가 글쎄 주책이여. 장독대에 나갔다가 아래를 보니 천야만야한데 글쎄 난데없이 보리밭이 보이지 뭐냐. 꿈인가 생신가 정말인가 헛건가 하도 신기해서 자꾸 내려다보다가 그만 금비녀를 떨어뜨렸지 뭐냐. 산발을 한 채 주우러 나갔다가 한참 걸렸는가부다."

외할머니는 보리밭에서 금비녀 말고 또 무엇을 보았을까? 외할머니는 거기 대해선 말하지 않고 응석 부리듯이 성구의 가슴에 파고들었다.

"어쩌면 좋냐? 할미가 네 신세를 지게 됐으니."

그리고 메마른 울음소리가 들렸다. 성구는 대답 대신 할머니를 한 번 번쩍 안아올렸다가 내려놓았다. 어머니하고 상쇄시키기엔 너무 가벼운 무게라고 성구는 생각했다.

우황청심환

  가까스로 잠이 좀 오려는데 또 그놈의 소리가 났다. 주우지 니집뿐, 주우지 니집뿐……
  "몇시라는 소리유?"
  노파가 물었다. 남궁씨는 되는대로 대답했다. 기계로 합성한 음향이면서도 일본말 특유의 교성이 알려주는 시각은 어차피 지금 이 지점의 시간과는 무관할 터였다. 노파의 시계가 친절을 다해 가르쳐주는 시간이 노파가 떠나온 여행지의 시간인지, 한국의 시간인지도 그는 알아보려 하지 않았다. 나는 비행기 속이었다. 노파는 태엽을 누르면 현재의 시간을 말로 알려주는 손목시계를 차고 있었다. 백내장 수술 후 시력이 밤낮이나 가릴 정도로 떨어지고 나서 아들이 일본에서 사다준 거라고 했다. 시간을 알려주는 소리도 물론 일본말이었다. 못 봄을 못 알아들음으로 바뀌가지고 으스대는 노파가 남궁씨는 지겨웠다. 말하는 시계에 관심을 보이기가 잘못이었다. 남궁씨는 판촉물을 개발도 하고 납품도 하는 회사의 고용 사장이었다. 아이디어가 기발하다 싶은 상품에 대한 유별난 관심은, 그러니까 그의 직업의식이었다. 남궁씨가 시계의 목소리를 처음 듣고 불현듯 호기심이 동해 노파의 흐물흐물한 손을 끌어당겨 자세히 들여다보려고 했을 때, 노파는 믿어지지 않을 만큼 앙칼진 힘으로 손목을 빼내면서 말했었다.

"괜히 만지지 말아요. 고장나면 우리나라에선 고칠 수도 없는 귀한 물건이라우. 일본에서도 엄청 비싼 거라던데."

그제서야 비로소 남궁씨는 자신의 직업의식에 대해 참을 수 없는 배반감과 싫증을 느꼈다. 그의 유럽여행은 명색이 포상여행이었다. 그러나 속내는 퇴직을 부드럽고 명예롭게 하기 위한 위로여행이란 걸 그는 알고 있었다. 밀려난다는 것은 이유 여하를 막론하고 억울한 일이었다. 은행에서 밀려날 때도 그랬었다. 부하 행원의 부정을 책임질 상급자가 차장선이었다. 신문에 날 만한 큰 부정이었으면 아마 좀더 높은 상급자가 책임을 졌을 것이다. 공교롭게도 그때 남궁씨는 겨우 차장이었다. 하필 자식들 학비 부담이 피크에 달했을 때라 아내와 더불어 장삿길로 들어섰다. 돈벌이가 여의치 않아 몇 번씩 업종을 바꿀 때마다 그는 밀려난다는 서글픔과 억울함을 맛보아야 했다. 막내까지 대학을 졸업시키자 문방구와 비디오테이프 대여를 겸한 구멍가게 하나가 달랑 남았다. 아내는 야간 상고 다니는 소녀 하나를 거느리고 주인 노릇을 하고 싶어했다. 그는 서글픈 내색 한번 제대로 못 해보고 또다시 스르르 밀려났다.

 마침 그 무렵 절친하게 지내던 친구의 상을 당했다. 그 친구는 생전에 조그만 회사 사장이었는데, 남궁씨는 그의 상속인인 외아들로부터 선친의 회사 경영을 맡아달라는 부탁을 받았다. 회사는 친구의 생전의 씀씀이와 사무실 규모로 미루어 짐작하던 것보다 훨씬 취약했다. 판촉물이나 기념품 답례품을 납품하는 사업은 사무실이나 공장 없이 발과 입심만으로도 가능한 영세한 장사였다. 가내공업 규모의 공장이 있다고 해도 사정은 크게 다르지 않았다. 미수금과 재고를 합쳐도 기천만원에 불과했다. 다행히 빚은 없었고 공장과 사무실로 쓰는 건물이 제 집이었다. 게다가 아들은 효자인 듯했다. 건물을 임대하면 훨씬 편하게 수입을 올릴 수 있지만 아버지가 하시던 사업이니 살려보고 싶다고 했다. 그렇다고 과감한 투자로 회생시켜보겠다는 것도 아니었다. 그랬더라면 남궁씨가 그렇게 쉽게 그 일을 승낙하지 못했을지도 모른다. 거기서 이익금을 챙길 생각은 추호도 없으니 현재의 미수금과 재고를 밑천으로 한번 일어나보든지 다 들어먹든지 마음대로 해보라는 조건이 되레 그의 소심한 마음을 사로잡았다. 아내는 남궁씨가 고용 사장이 된다니까 처음엔 재벌급 회사인 줄 알고 기쁨을 감추지 못하다가 실상을 알고 나서는 한심해하다 못해 차라리 경멸했다.

 "이 철없는 양반아, 창피한 줄도 좀 아슈. 그렇게 사장 소리가 들고 싶으면요, 우리 가게에서 비디오든지 문방구든지 하나 뚝 떼어드리리다."

그러나 연대가 맞았달까, 세상 풍조가 마침 조그만 가게 하나를 개업해도 고사떡을 돌리는 대신 기념품을 돌리게 변하면서 매상을 급신장시킬 수가 있었다. 외판 조직과 손발도 잘 맞았거니와 문방구점을 하면서 생긴 눈썰미를 가미해서 인기를 끈 제품도 적지 않았다. 그의 아이디어가 히트를 친 판촉물들은 거의가 다 상품으로도 살아남아 꾸준히 주문이 오고 있었다. 오 년 만에 연간 순이익을 억 단위로 셈할 만한 알토란 같은 회사로 키워놓자 친구의 아들은 다니던 회사에 사표를 내고, 남궁씨의 그간의 노고를 치하한다며, 해외여행을 시켜주었다. 그는 지난날의 거물 정객처럼 자의 반 타의 반으로 이 땅을 벗어나는 비행기를 탔다. 처음 삼 주는 관광팀에 끼어서 돌고 나서 나중 한 달은 혼자 파리에 처졌다. 출가한 딸이 해외 근무하는 남편을 따라 파리에 살고 있었다. 딸네 집에서의 한 달간은 참으로 지루하고 힘들었다. 딸은 아마 더했을 것이다. 아버지, 산책이라도 좀 하세요. 제 소녓적 소원이 뭔 줄 아세요? 파리에 가서 더도 말고 덜도 말고 한 달만 시내를 정처 없이 어슬렁거리며 지내보는 거였다구요. 그런 짜증스러운 말투에서 남궁씨는 딸이 노골적인 구박을 참을 수 있는 맥시멈을 한 달쯤으로 잡고 있었다. 그가 견딜 수 있는 한계 역시 그 근처였다. 하루가 여삼추 같기가 징역살이와 진배없는 딸네집살이를 견디면서까지 남궁씨가 해외여행을 한 달씩이나 더 연장한 것은 젊은 회사 주인에게 충분한 시간을 주기 위해서였다. 경영에 재미를 붙이든 곤란을 겪든 해볼 만큼 해본 연후에 나타나야 피차 후회 없는 결정을 내릴 수가 있을 것 같았다. 남궁씨가 정말 바라는 것은 물론 그가 객지에서 하루하루 지루함이 목구멍까지 차오르는 동안 젊은 주인 역시 그가 아쉽고도 아쉬워 목구멍까지 차오르는 비명을 겨우겨우 참으며 그를 기다려주는 거였다.

"자매님, 마리아 자매님이 또 가슴이 울렁거리고 손발이 비틀린데요. 말도 더듬거리구."

노파의 일행 중 빨간 점퍼를 입은 중노인이 통로에서 창가에 앉은 노파 쪽으로 윗몸을 휘면서 미안한 듯이 말했다. 남궁씨는 중노인의 물렁물렁한 젖가슴의 부피를 이마에 느끼기가 싫어서 고개를 잔뜩 뒤로 젖혔다. 노파의 일행은 성지순례단이었다. 근 삼십 명은 돼 보이는 일행의 좌석은 일련번호로 붙어 있었는데 노파가 창가에 앉고 싶어한다고 가이드인 듯싶은 청년이 창가 손님에게 양해를 구하고 바꿔 앉혔기 때문에 노파만 일행으로부터 떨어져 있었다. 시력이 형편없다면서 남의 신세를 져가면서까지 창가에 앉고 싶어할 만큼 노파는 응석이 심한 편이었다.

"아, 직효약이 있는데 무슨 걱정이유."

노파가 발밑을 고이고 있던 배낭을 한 손으로 들썩거리면서 남궁씨를 빤히 쳐다보았다. 시력과는 상관없이 말똥말똥한 눈동자는 명령조였다. 벌써 몇번째인지 몰랐다. 그래서 남궁씨는 그

배낭이 얼마나 무거운지 알고 있었다. 배낭엔 어이없게도 반말들이 물통이 들어 있었다. 성지 루르드에서 길어오는 기적수라고 했다. 젊은 사람도 들기엔 힘겨운 무게인데도 순례단은 거의 그런 배낭을 메고 있었다. 물은 화물칸에 실어주지 않아서 들고 탈 수밖에 없다는 것이었다. 남궁씨는 낑낑대며 노파의 배낭을 그의 무릎 위로 들어올려 익숙하게 지퍼를 열고 물통 옆에 든 약주머니를 꺼내 노파의 손에 쥐여주었다. 그리고 해본 장단의 능숙함에 혼자 쓴웃음을 지었다. 배낭 속엔 그 동안 기내식에 곁들여 나오는 포도주까지 추가가 되어 더욱 무거워져 있었다.

"그 동안에 인이 백였나. 이게 벌써 몇번째래요? 그 귀한 걸."

"걱정 말라니까, 우리 아들이 이럴 줄 알고 넉넉히 챙겨주었으니까 아픈 자매님 있으면 참지 말고 지딱지딱 갖다먹으라고 해요."

노파가 주머니끈을 풀고 그 안에서 우황청심환을 꺼냈다. 노파는 그걸 꼭 정육각형의 갑째 건네주지 않고 밀랍으로 포장된 동그란 내용물을 꺼내 손바닥으로 한번 궁글려보고 나서 내놓았다.

"우황청심환은 뭐니뭐니 해도 중국 본바닥 거라야지 요새 나온 국산은 믿을 게 못 돼요."

노파의 말투로 보아 그게 국산이 아니란 걸 스스로 확인해보면서 대견스러워하고 싶어 그러는 것 같았다. 노파가 차곡차곡 배낭 속에 챙겨넣은 것만큼의 포도주를 마셔댔기 때문일까. 남궁씨는 수치감 같기도 하고 쓸쓸함이나 슬픔 같기도 한 참을 수 없는 느낌으로 까딱하면 울 것 같았다. 그건 어쩌면 뿌리 깊은 열등감이었다.

그의 어머니는 중풍으로 사 년이나 자리보전하고 있다가 돌아갔다. 처음엔 중태였다. 누가 보기에도 못 깨어나고 임종을 맞든지 식물인간으로 남을 줄 알았다. 그래도 남궁씨 내외는 단념하지 않고 한방과 병원 치료를 겸해 정성을 다한 끝에 의식을 회복하고 불편한 대로 자식과 손자들의 효도를 누리다가 돌아갔건만도 그 동안 원망이 자자했다. 어머니보다 몇 년 앞서 큰어머니가 고혈압으로 쓰러진 적이 있는데 회복이 감쪽같았다. 어머니는 그런 기적은 쓰러지던 맡에 그 자리에서 자식들이 진짜 우황청심환을 씹어서 환자의 입으로 흘려넣었기 때문이라고 굳게 믿고 있었다. 어머니는 그때부터 노인 모시는 집은 딴 건 몰라도 그 중국 우황청심환만은 갖춰놓고 살 거더란 말을 귀에 못이 박이도록 해왔다. 큰집 조카들은 툭하면 해외 출장도 잘 가고 선물도 잘 들어와 그런 귀한 약도 영신환처럼 흔한데 내 집 자식은 우물 안 개구리에다가 주변머리까지 없어서 에미 소원 하나 못 풀어준다고 노골적인 경멸도 서슴지 않았다. 그때부터 우황청심환은 남궁씨에겐 귀에 박인 못이 아니라 자존심에 붙박인 못이 되었다. 앞을 내다본 푸념이었던지 어머니는 그후 여봐란듯이 쓰러졌지만, 그는 그때까지도 여봐란듯이 씹어서 어머니 입 안에 넣어드릴 우황청심환이 준비돼 있지 않았다. 의식을 회복한 어머니는 육신의 반쪽이 마비된 걸 알자 제일 먼저 우황청심환을 먹었나 못 먹었나부터 물었다. 남궁씨 내외는 정직했기 때문에 그 후 어머니가 돌아갈 때까지 지치지도 않고 되풀이되는 원망과 멸시의 말을 들어야 했다. 어머니의 소원이 오로지 우황청심환인데도 그거 하나 못 구해다드릴 만치 남궁씨가 가난했던 것도 불효했던 것도 아니다. 다만 시기를 놓쳤을 뿐이었다. 마지막 사년 동안 남궁씨는 어머니의 머리맡에 각종 청심환을 즐비하게 늘어놓고 수시로 만져보게도 하고, 조금만 기분이 언짢아도 잡수시도록 했지만 한번 맺힌 어머니의 마음을 누그러뜨릴 순 없었다. 물론 그 신기하다는 약효도 감감무소식이었다. 점점 노망기까지 생긴 어머니는 아들이 구해온 청심환은 다 가짜고 큰집 아들들이 홍콩에서 사온 것은 진짜일 거라고 우겨서 남궁씨의 마음을 사정없이 할퀴었다. 다시 한번 어머니가 쓰러졌을 때, 소원 풀어드리는 셈 치고 청심환 중에서도 가장 진짜스러워 보이는 밀랍으로 포장한 중공제를 썹어서 직접 입에서 입으로 흘려넣으면서도 마음속 깊이에서는 소생을 바라지 않았다.

어머니가 돌아가신 후, 남궁씨에게도 비로소 우황청심환을 선물로 받아보는 일이 생겼다. 역시 은행에 다닐 적이었는데 큰돈을 대부받은 고객으로부터였다. 사무적인 절차의 심부름 외에는 그가 대부를 위해 힘쓴 바는 전혀 없었다. 그때도 그럴 만한 위치에 있지 않았고, 사직할 때까지도 그럴 만한 위치에 있어본 적이 없는 남궁씨였다. 그만한 액수의 대부라면 대개 어느 선에서 결정이 나게 된다는 걸 알고 있는 정도가 고작 그의 관록이었다. 그런데도 그 고객은 고맙다는 인사와 함께 중국산 우황청심환 열 개들이를 한 상자 선물로 놓고 갔다. 사무적인 수고에 대한 가벼운 인사치레로 적당한 물건이라고 여긴 듯했다. 그때만 해도 국산 청심환에 대한 신뢰도도 높고, 외국 나들이 다녀오는 사람도 부쩍 늘어나 중국산이 별로 귀물이 아닐 때였다. 그럼에도 불구하고 남궁씨는 거액의 뇌물을 받은 것처럼 음흉하게 가슴을 울렁거렸다. 그후에도 그 고객만 나타나면 뭔가 편의를 봐주어야 할 것 같은 강박관념으로 비굴하게 웃으며 허둥대던 생각을 하면 아직도 남궁씨는 진저리가 쳐지면서 닭살이 돋곤 했다.

방콕이 가까워지고 있었다. 비행기도 쉬면서 승무원을 교체하고 급유를 받을 모양이고, 탑승객도 두어 시간 땅을 밟을 수 있을 것 같았다. 그러나 기내 방송은 연착을 했으므로 방콕까지의 손님만 내리고 계속 여행할 손님은 기내에 머물러 있으라고 했다. 남은 여비를 물건값이 싸다는 방콕 면세점에서 털어버리려고 잔돈까지 샅샅이 뒤져내가지고 벼르던 사람들이 여기저기서 웅성대며 불평을 터뜨렸다. 방콕에서 내린 탑승객들이 거의 외국인이었으므로 서울행 에어 프랑스에 남은 손님은 한국인이 대부분이었다. 청소원들이 들어와 닫힌 공간에 여럿이 십여 시간을 붙어앉아 먹고 마시고 잔 어수선한 자국을 신속하게 지워갔다. 자리가 많이 비어 남궁씨는 노파의 옆자리를 면할 수 있을 것 같았다.

"몇시간이나 남았수?"

노파가 고개를 빼고 두리번대는 남궁씨의 소매를 당기면서 물었다. 남궁씨는 못된 짓을 하다가 들킨 것처럼 괜히 움찔했다.

"글쎄올시다. 두세 시간이면 땅을 밟게 되겠죠. 지루하셨죠?"

"아이구, 아녜요. 하나두 안 지루해요. 연착할 거 없이 이왕이면 무슨 사고가 나서 오던 길을 되짚어간다구 해두 끄떡없다우."

노파가 고른 이를 드러내고 웃었다. 남궁씨는 만약 그런 일이 있다면 비행기에서 뛰어내리기라도 할 것처럼 무턱대고 땅이 밟고 싶었다. 비행기 바퀴가 땅에 닿아 있다는 것과는 상관없이 갈증처럼 다급하게 발바닥에 땅을 느끼고 싶었다. 남궁씨는 방콕에서 내릴 수 없다는 것을 자기 혼자서 너무 견딜 수 없어한다고 생각하면서 막막한 외로움을 느꼈다.

노파의 옆자리를 면하긴 틀린 것 같았다. 방콕에서 탑승한 승객이 꾸역꾸역 빈자리를 메우기 시작했다. 승무원도 교체가 되어 한국인 스튜어디스가 이제부터 여러분을 서울까지 편안히 모시겠다고 인사를 했다.

"저 계집앤 틀렸어."

노파가 표독하게 말했다. 남궁씨는 노파의 그런 말투가 싫었지만 그 새로운 스튜어디스가 마음에 안 들기는 마찬가지였다. 특별한 밉상도 아닌데 이상한 일이었다. 평균치의 우리나라 여자들보다 오히려 정돈된 이목구비와 아담한 몸매를 하고 있었음에도 불구하고 승객을 귀찮아하는 마음이 여실히 드러난 표정을 보자 울컥 짜증이 치밀었다. 다들 그렇게 느끼고 있다는 것을 남궁씨는 파리로부터 일행과 자리를 가까이하면서 은연중 생긴 공감대를 통해 감지하고 있었다. 스튜어디스가 칸막이 뒤로 사라지자 누군가가 하품하는 소리로 말했다.

"저 여자 보니까 한국 다 온 실감나네, 제기랄."

다들 옳소 하는 표정으로 고개를 끄덕였다. 노파에게 우황청심환을 가지러 왔던 빨간 점퍼가 다시 통로 쪽에서 남궁씨의 어깨를 짓누르면서 노파에게 속삭였다.

"아까 그 서양 남자는 인물도 좋고 인심도 좋더니만 어쩌면 수인사 한마디 없이 없어져버렸을까요? 서운하네요, 자매님."

"한국땅 다 왔으니 슬슬 구박맞을 준비를 해야지 어쩌겠수."

귀국할 날을 앞두고 딸이 비행기를 에어 프랑스로 예약했다고 했을 때 남궁씨는 암말 안 했지만 속으로는 여간 괘씸하지가 않았다. 그 동안 주리 참듯 참던, 빨리 내 나라 땅을 밟고 내 식으로 퍼지고 싶은 욕망은 우선 내 나라 비행기만 타도 반은 충족될 것 같았다. 타기만 하면 당장 내 나라 같을 우리 비행기 놔두고 에어 프랑스라니, 같잖은 것 같으니라구. 그는 별것도 아닌 걸 가지고 딸을 고깝고 아니꼽게 여기면서도 촌스러워 보일 것 같아 애써 내색하진 않았다.

타고 보니 기내 서비스를 맡은 승무원이 아주 잘생긴 백인 미남이었다. 성지순례단을 비롯해서 함께 무리를 지어 모여앉은 한국 사람들의 대부분은 외국여행에 익숙지 않아 뵈는 노년층이었다. 기내 방송도 알아들을 수 없는 외국 비행기를 탄 긴장감이랄까 조심성 같은 걸 남궁씨도 이심전심으로 느낄 수가 있었다. 남궁씨는 혹시 우리 동포가 무시당하는 꼴을 보게 될까봐 조마조마했지만 미남 승무원의 친절은 참으로 완벽했다. 처음 기내식이 나왔을 때, 마실 것을 뭘로 하겠느냐를 물을 적에도 일일이 적포도주, 백포도주, 맥주, 생수 등을 들어서 보여주면서 환한 미소로 의견을 물었다. 할머니들이 알코올 음료를 천부당만부당하다는 듯이 도리질을 하며 거부하고, 맹물을 청하는 모습은 남자들의 술자리에 낀 새침데기 처녀가 맥주 한 잔도 못 마시는 척 질겁을 할 때처럼 귀엽기조차 해서 남궁씨는 백포도주를 즐기며 비죽비죽 미소짓곤 했다. 그럴 것 없다고 제일 먼저 아는 척을 한 것은 바로 남궁씨 옆자리의 노파였다. 노파는 기회 있을 때마다 해외 나들이가 처음이 아니라는 걸 비치고 싶어했는데, 그때도 혼자만 포도주를 청해 마시지 않고 뒀다가 배낭 속에 챙기면서 그렇게 해도 상관없다는 시범을 보였다. 다음 식사 때부터 너도 나도 그대로 했다. 병마개를 따지 말고 그냥 달라고 청할 수 있을 만큼 할머니들은 미남 승무원과 쉽게 친해졌다. 포도주를 챙기는 김에 잼이나 버터 심지어는 일회용 식사도구까지 가방에 쑤셔넣는 이도 있었다. 그뿐이 아니었다. 처음엔 황송해하던 백인 미남의 서비스를 마음껏 즐겨보려는 분위기까지 감돌기 시작했다. 자주 물을 청하기도 하고 베개나 담요를 더 달라기도 했다. 뭐가 없어졌다고 손짓 발짓으로 흉내를 내어 그로 하여금 발밑을 더듬게 하기도 했다. 남궁씨가 아슬아슬해하는 것과는 상관없이, 그 미남 백인의 태도는 한결같이 귀부인에 봉사하는 기사처럼 우러나는 기쁨과 공손함으로 일관했다. 부르지 않아도 잠든 할머니만 보면 흘러내린 고개를 바로잡아주고 담요를 양어깨 밑으로 꼭꼭 여며주는 모습은 아기를 돌보는 어머니처럼 거짓 없이 자애롭고도 완벽하게 아름다워서 남궁씨는 제발 그만, 그만 하라니까 하는 비명을 참을 수 없는 기분이 되곤 했다. 남궁씨는 자신이 참을 수 없는 게 동포들의 주책없는 주접스러움인지 백인의 지고지순한 봉사정신인지도 잘 분간이 안 되었다. 다만 죽자꾸나 엉겨붙고 싶어하면서도 밥의 뉘처럼 단호하게 고립된 자신을 느낄 뿐이었다.

그렇게 안 오던 잠이 문득 남궁씨를 엄습했다. 자신의 코고는 소리에 놀라서 고쳐앉길 거듭하면서 그 사이사이에 악몽을 꾸었다. 악몽은 집요하게 연결이 되었다. 노파가 그를 흔들어 깨웠다. 좌석벨트를 매라는 기내 방송이 들려오고 있었다. 노파가 기창 밖을 내려다보면서 다 왔다고 환성을 질렀다. 남궁씨도 우리의 산천을 눈으로 확인했다. 그러나 곧 산천은 바다로 변했다. 노파도 정말 산천을 본 것일까. 같이 오면서 쭉 궁금해하던 생각이 또 났다. 노파는 시력이 겨우 밤낮이나 가릴 수 있을 정도라는 말과 어울리지 않는 행동을 자주 했다. 뒤에서 웅성웅성 짐을 챙기면서 스튜어디스를 욕하는 소리가 들렸다. 방콕에서 써버리지 못한 돈을 기내 쇼핑으로 쓸 요량으로 그녀에게 도움을 청한 듯했다.

기다리라고만 해놓고 코빼기도 안 비치다가 나중에서야 물건이 거의 다 팔렸다고 한 모양이었다. 그녀의 잘못도 아니련만 모두들 동족에게 무시당했다고 분개하는 걸 들으며 남궁씨는 그간의 부질없는 긴장과 갈등이 풍선처럼 쭈그러드는 걸 느꼈다.

"그러게 내 뭐랍디까? 내 관상은 못 속인다니까."

노파가 일행 쪽을 돌아다보면서 의기양양하게 외쳤다. 남궁씨는 속이 근질근질하면서 내 관상도 한번 봐달라고 싶은 충동을 느꼈다. 할머니, 하고 부르자마자 그런 충동은 없어졌지만 할머니는 의아한 듯 그를 빤히 바라보았다. 순례단 중에서도 최고령자답게 백발에 쪼그라든 얼굴이었지만 눈만이 의안처럼 부조화스럽게 홀로 말똥말똥했다. 사물을 제대로 분간 못 하기 때문에 더 그럴 수도 있겠고, 사물을 제대로 분간 못 한다는 게 거짓말일 수도 있으리라. 아무러면 그게 나하고 무슨 상관이란 말인가. 남궁씨는 그렇게 생각하면서도 자기 얼굴을 뚫을 듯이 바라보는 노파의 눈길이 섬뜩했다. 만약 시력이 형편없다는 게 정말이라면 지금 노파의 눈에 비친 자신의 얼굴은 어떤 모습일까. 애매한 윤곽 속에 이목구비가 두루뭉술하게 함몰된 괴물의 형상이 생생하게 떠올랐다. 악몽 속에서도 그렇게 생긴 괴물에게 쫓기느라 소리나지 않는 절규로 목구멍을 짐승처럼 헐떡인 생각이 났다.

공항엔 아내와 맏아들 내외가 마중 나와 있었다. 남궁씨는 곁눈질로 열심히 출영객들을 살폈다. 뭘 꾸물대냐고 아내가 핀잔을 주었다. 회사에선 아무도 마중 나와 있지 않았다. 하긴 제멋

대로 연장한 여행이니 귀국날짜를 알 리가 없지. 그러나 그건 말도 안 되는 소리였다. 만약 회사에서 그 동안 그가 아쉬웠으면 집으로 얼마든지 연락을 취해볼 수 있는 일이었다. 남궁씨는 울 것처럼 그게 허전하고 쓸쓸했다. 빨리 회사에 들어가봐야 한다면서 아들도 남궁씨가 머뭇대지 못하게 재촉을 했다. 그놈의 자가용 좀 얻어타려고 아내가 억지로 아들을 마중 나오게 했으리라고 남궁씨는 짐작했다. 아들의 운전 솜씨는 신경질적이었다. 전에도 자주 느낀 일이었지만 꼭 푸대접만 같아서 고까운 마음이 들었다. 그래도 그는 막연히 뭔가를 기다리며 차창 밖을 감회 없이 내다보았다. 비행기에선 뛰어내려도 좋다고까지 여길 만큼 밟고 싶어했던 땅이었다. 마침내 돌아왔다는 느낌은 상상한 것과는 딴판으로 삭막했다. 가슴이 울렁거리기는커녕 무겁게 가라앉는 느낌이었다. 오랜만에 만난 식구들하고도 아무런 교감이 이루어지지 않은 채 붙어앉아 있다는 것은 숨이 답답한 일이었다. 남궁씨는 차창 유리를 조금 내렸다. 바람이 뜻밖에 찼다. 입고 있는 얇은 베이지색 점퍼가 을씨년스럽게 느껴졌다. 이 땅은 옷이 여러 가지 필요한 고장이었다. 사람들마다 따뜻하고 짙은 색깔 옷을 입고 있었다. 같은 기온에서도 봄과 가을 옷이 사뭇 달랐다. 지금은 가을이 깊어가는 중이로구나. 남궁씨는 낯선 나라에 처음 발을 디딘 것처럼 그렇게 생각했다.

"참, 당신 안 계신 동안에 큰 손님들이 왔다우."

아내는 갑자기 생각난 듯이 말했지만 참고 있다가 내뱉는 말투였다.

"나한테?"

앞자리의 며느리가 짧게 웃는 소리가 남궁씨 귀에 거슬렸다.

"그럼 당신한테지 누구한테겠수. 당신이 초청했다면서요? 왜 있잖아요? 재작년인가부터 연락이 닿기 시작한 당신하고는 육촌인가 팔촌인가 된다는 그 연변 동포 말예요. 초청을 하시려거든 저하고 의논이라도 한마디 하시든지, 갑자기 들이닥치게 하면 어떡해요. 당신도 안 계신 사이에."

남궁씨는 할아버지를 뵌 적이 없다. 그가 태어나기 전에 돌아가셨고, 할아버지에겐 형님이 한 분 계시다는 것도 아버지로부터 들어 알고 있는 정도지 뵌 적은 없다. 그래도 친할아버지보다는 종조부에 대해서 더 궁금해하기도 하고 의미 부여를 하고 싶어한 것은, 청년 시절 나라를 빼앗기는 걸 보고 울분을 참지 못해 독립운동을 하러 중국으로 갔다고 전해들은 그분의 이색적인 생애 때문이었다. 남궁씨의 아버지가 그 일을 그다 좋게 말한 건 아니었다. 당대의 풍습대로 조혼을 한 종조부에겐 그때 이미 처자식이 있었다고 한다. 아버지에겐 사촌형뻘이 되는 그 아이가 장성하지 못하고 일찍 죽자, 집 나간 남편을 원망하기보다는 남기고 간 혈육을 제대로 키우지 못한 죄 많은 팔자만을 심히 부끄러워하며 시들시들 말라가던 그애 어머니도 삼십을 넘기지 못하고 아들 뒤를 따라간 모양이었다. 어린 나이지만 큰집이 그렇게 흔적도 없이 무후(無後)해지는 걸 지켜본 아버지는 그분이 원망스럽기도 했을 것이고 경외스럽기도 했을 것이다. 그리하여 그 분에 대한 아버지의 평가는 들쭉날쭉했다. 해방 후 한때는 아버지도 선대에나 당대에 별로 이렇다 할 인물을 배출하지 못한 가문을 그분 덕으로 빛내볼 생각이 없지 않았던 듯하다. 툭하면 그분을 대단한 독립운동가인 양 자랑을 하고 싶어했지만, 남궁씨는 어려서부터 솔직히 말해 그 양반이 독립운동을 하러 갔는지, 아편 장사를 하러 갔다가 얼어 죽었는지 알 게 뭐냐는 식의 아버지의 폭언을 들어왔기 때문에 그닥 믿어지지 않았다. 그나마 남궁씨의 어렸을 적 기억이고 남궁씨 역시 소년 시절에 아버지를 여의어서 종조부의 생사나 정체까지 궁금해할 만큼 편안한 세월을 보내지 못했다. 그러나 자식을 낳아 기르면서 가족사 속에 한두 사람의 의인이나 지사쯤 있는 게 없는 것보다는 낫다는 생각으로 더러 자식들 앞에서 그 어른을 적당히 각색해 우려먹은 적도 있지만 다 지난 일이었다. 귀담아듣지 않는 얘기를 무슨 재미로 각색을 하겠는가. 남궁씨 또한 자신이 각색한 얘기는 물론 아버지의 엇갈린 주장이 다 종조부의 진짜 모습과는 아무 상관이 없는 허상이란 걸 알고 있었다.

그런 종조부가 만주에 정착해 살면서 퍼뜨린 자손들이 고국의 친척을 찾아 여러 갈래의 통로로 수소문한 끝에 마침내 당도한 게 남궁씨였다. 당초의 뜻은 그랬는지도 모르지만, 나중에 종조부는 독립운동가도 아편장수도 아니었나보다. 만주에서 만난 조선 처녀와 혼인해서 아들딸 낳고 농사짓고 고희의 수까지 누렸다고 한다. 그러나 고향에 남긴 일점 혈육에 대해선 죽는 날까지 잊지 못한 듯 임종할 때도 자식들에게 언제고 고국땅과 왕래할 수 있는 날이 오거든 제일 먼저 큰형을 찾아가 우의를 나누도록 신신당부했다고 한다. 그러나 유언을 받든 자식들은 다들 늙어 죽고, 손자들이 늙어갈 무렵에나 겨우 고향땅과 소식을 주고받고 더러 왕래도 할 수 있을 만큼 길이 트였다.

그들이 바로 종조부의 직계인 남궁씨의 육촌들이었다. 그러니까 그들이 애타게 찾은 국내 친척은 그들의 큰아버지나 그 후손이었으나 그 집안이 절손 상태이고 보니 마침내 남궁씨한테까지 이른 것이었다. 국내에선 누가 수고를 하고 수소문을 해서 육촌까지 찾아내게 되었는지 그 경로까지는 알 길이 없었으나, 아무튼 삼대까지 거슬러올라간 자세한 자기 소개와 함께 친척을 찾은 벅찬 감격으로 다소 흥분한 육촌의 편지를 받은 게 재작년이었다. 연변으로부터였고 한문을 섞어 쓴 한글은 유려한 달필이었다. 직업이 의사라고 했다. 한의인지, 양의인지는 밝히고 있지 않았지만 괜히 한의사일 것 같았다. 최초의 편지에는 남궁씨도 만감이 교차하여 즉각 회신을 보냈으나 다음부터 피차 할말도 없어지고 하여 일 년에 두세 번씩 안부나 주고받았었다. 그쪽 역시 할 말이 없어서였겠지만 편지 사연은 죽기 전에 고국땅 한번 밟아보고 싶다는 절절한 소원으로 일관했다. 남궁씨도 자연히 언제든지 오기만 하면 환영한다는 의례적인 답장을 쓴 적은 있어도 정식으로 초청장을 보낸 적은 없었다.

그쪽에선 그 정도의 편지가 초청장을 대신할 수 있는 것일까, 남궁씨는 속으로 의아했지만 초청한 일이 없다고 말하기도 싫었다. 발뺌 같아서였고 연변 친척을 별로 달가워하지 않는 것 같은 식구들의 냉담한 태도가 울컥 밉살스럽기도 해서였다.

"언제 왔는데?"

"한 달포는 됐을걸요."

"그럼 왜 나한테 연락을 안 했소. 내가 영애네 가 있을 적인데."

"연락했으면요? 연락했으면 생전 처음 나간 외국여행 걷어치우고 달려오시려구요? 정성이 하늘에 닿았구랴."

아내의 말투는 비꼬는 투였고, 또 몹시 공격적이었다. 남궁씨는 자기가 없는 동안 식구들이 마음껏 친척들을 푸대접한 게 눈에 보이는 듯해 와락 역정이 치밀었다.

"무슨 말을 그렇게 고약하게 하는 거요? 생전 시집 식구 치다꺼리라고는 모르고 살더니만 버르장머리하고는……"

남궁씨는 며느리하고 함께라는 것도 잊고 언성을 높였다. 아들과 나란히 앞에 앉은 며느리가 어깨가 흔들릴 정도로 킬킬댔다.

"내가 시집 식구 치다꺼리를 안 했다구? 아이구 기가 막혀."

할 말이 너무 많아 되레 말문이 막혀 입술만 떠는 아내를 바라보면서 남궁씨는 비로소 아차, 싶었지만 돌이킬 수 없는 일이었다. 아내야 사 년 동안이나 노모의 뒤를 받아낸 시집살이를 생각하고 분개하고 있는 게 뻔했지만, 남궁씨는 우황청심환으로 하여 겪은 모멸감이 먼저 떠올랐다.

"아버님, 우리도 하느라고 했어요. 어머님은 저녁초대도 하고 여관에 김치도 해 나르시고, 아범도요 바쁜 사람이 일요일도 못 쉬고 롯데월드랑 63빌딩이랑 모시고 다닌걸요. 차가 있으니 어쩌겠어요."

단지 차 때문이라는 말투였다. 이까짓 똥차 하나 굴린다고 유세하는 말투가 마뜩찮아 남궁씨는 얼굴을 찡그렸다. 그러나 화살은 만만한 아내 쪽으로 돌렸다.

"아니 그럼 그 먼 데서 온 친척을 여관에서 묵게 내버려뒀단 말이오?"

"그래요, 그러니 어쩔 테유. 당신이 이렇게 공 모르는 사람이란 걸 모르고 나도 처음엔 집으로 모시려고 했다우. 그쪽에서 마답디다. 한두 식구라야죠. 당신 육촌이 달고 온 식구가 도대체 몇인 줄이나 아슈?"

"그럼 육촌 혼자가 아니란 말이오?"

남궁씨의 언성이 슬그머니 누그러졌다.

"마나님하고 동부인을 한데다가 처제에다 처조카까지 안동을 하고 왔습디다. 무슨 살판이 날 줄 아는지, 자그만치 네 식구예요."

몽매에도 그리던 조국을 찾아온 사람들에게 어떻게 저런 말투를 쓸 수가 있단 말인가? 그러나 남궁씨가 뭐라고 하기 전에 며느리가 먼저 참견을 하고 나섰다.

"어머님, 지금 그 식구들이 문제가 아니잖아요."

"그래, 네 말이 맞다. 이 양반이 하도 남의 화를 돋우니까 초점이 흐리게 되지 뭐냐? 그 사람들이 여럿인 건 문제도 아니라구요. 그 여럿이 제가끔 얼마나 큰 한약보따리를 들고 왔는지 알아요? 우황청심환만 해도 네 사람 걸 한데 모아놓은 게 이불보따리만합디다."

남궁씨는 우황청심환 소리에 정신이 번쩍 났다. 중국을 찾은 한국 관광객이 그걸 몽땅 쓸어 사는 바람에 지방에 따라서는 품귀현상까지 빚고 있다는 걸 신문에서 읽은 생각이 났다. 그 좋은 게 저절로 굴러들어왔는데 모두들 귀찮아하는 걸 남궁씨는 도무지 이해할 수가 없었다.

"우황청심환이라면 현금과 마찬가질 텐데 무슨 걱정이란 말이오?"

"그랬으면 오죽이나 좋겠수, 이 답답한 양반아. 글쎄 중국산 우황청심환이 함량 미달의 가짜라는 게 밝혀졌지 뭐유. 우리 기술로 분석한 결과 그렇게 밝혀졌다고 신문에서 떠들고 나자 청심환 인기가 뚝 떨어질밖에요. 하필 고때를 맞추어 그 사람들이 들이닥칠 게 뭐람."

아내의 말에 추연한 동정심이 어렸다. 요는 우황청심환이 문제지, 아내가 그 사람들을 특별히 귀찮아하는 것은 아닌 듯했다. 그 사이에 그런 변화가 있었던가? 겨우 두 달 상간이었다. 용궁의 사흘이 이 세상에선 삼십 년이더라는 옛날이야기 속을 들어갔다 나왔으면 모를까, 남궁씨는 도무지 믿어지지가 않았다. 그러나 그는 현실에 적응하려고 애썼다.

"안 팔리면 도로 가져가면 될 거 아뉴? 절대로 가짜일 리는 없으니 우리라도 좀 팔아주든지."

"좀 팔아줘서 될 일이 아니라니까요. 이 기회에 생전 살 걸 벌어보자고 작정을 한 사람들 같더라구요."

"그럴 리가 있겠소. 의사라던데. 사회주의 나라니 노후 걱정은 안 해도 될 테고."

"사회주의가 물욕에 눈뜬 건 더 못 봐주겠더라구요. 어머님 말씀이 맞아요. 약장사 한탕 잘하면 팔자를 고치는 걸로 소문이 나 있고, 실제로 초기에 다녀간 동포들은 생전 벌어도 못 만져볼 큰돈을 번 것도 사실이고요. 그러니 너도 나도 오려고 안 하겠어요? 그쪽 정부에서도 나서서 요령껏 달러 좀 벌어오라고 부추기는 인상이거든요. 여행은 허락하면서 여비는 한푼도 못 갖고 나가게 하고 물건은 얼마든지 괜찮다니 음성적인 수출 장려지 뭐예요. 거의가 다 빚을 얻어서 그렇게들 약재를 사온다니 정부나 개인이나 그런 식으로 달러에 환장을 해서 어쩌겠다는 건지, 참 그 사람들 큰일이에요."

처음으로 운전석의 아들이 참견을 했다. 냉정한 말투였다. 결혼날짜를 받아놓고, 너는 맏이니까 그런 생각이 없을 줄 안다만 우린 아직 젊고 앞으로 결혼시킬 애들도 남아 있으니 일 년만 같이 살고 내보내주겠다고 크게 인심 쓰듯 말한 적이 있었다. 그때 아들은 망설이지 않고 딱 잘라 말했었다. 우린 처음부터 나가 살겠습니다. 그때도 그렇게 냉정한 말투였다. 남궁씨는 그때 오만 정이 떨어지던 걸 어제 일처럼 떠올리면서 일부러 입을 꽉 다물고 대꾸하지 않았다. 그러나 속으로는 뭐가 큰일이냐? 이까짓 똥차 하나 유지하려고 삭신을 혹사하는 너는 뭐가 좀 낫냐? 하고 비꼬고 있었다.

"아버님도 이제 만나보시면 아시겠지만 그 사람들 어쩌면 그렇게 후진지요. 꼭 우리의 오십년대 말 같은 궁상이라니까요."

며느리의 이런 말에도 남궁씨는 속으로만, 본데없는 것 같으니라구, 시집 어른들한테 그 사람들이 뭐냐? 그래도 들은 풍월은 있어서 뭐 오십년대 말? 넌 그때 태어나지도 않았어. 너 따위가 그 시절의 의미를 뭘 안다구. 이러면서 자기만이 오십년대를, 그 신산한 세월을 부둥켜안은 것처럼 느꼈다.

아들 내외는 문지방도 안 넘고 집 앞까지만 데려다주고 돌아갔다. 아들은 회사로 급히 들어가야 한다고 했고, 며느리는 아이가 학교에서 돌아올 시간이라고 했다. 남궁씨는 집으로 들어오자마자 트렁크를 메다꽂으면서 아내에게 신경질을 부렸다.

"걔들은 왜 불렀소. 그까짓 자가용 얻어타자고? 공항엔 버스도 택시도 동났답디까? 도대체 영감을 어떻게 보고, 외국 한번 나가는 걸 무슨 벼슬인 줄 알고 공항엔 꼭 자가용으로 들락거리고 싶어하는 족속 취급을 하는 게요? 남도 아니고 자식한테 그까짓 똥차 한번 얻어타고 이런 수모를 겪게 하다니."

"걔들이 뭘 어쨌다고 그러세요? 그리구 똥차 아녜요. 이번에 새로 뺐어요. 쏘나타루다. 보태준 거 없이 그만큼 사는 걸 대견 해해야지 어쩌겠수."

아내가 불붙는 데 키질을 삼가고 심란한 목소리로 다독거렸다. 그때 전화벨이 울렸다. 아이구, 얼마나 기다렸으면 때도 잘 맞추네. 보나 마나 연변 동폴걸. 이렇게 중얼거리며 수화기를 들었다.

"네, 네, 방금 들어오셨어요. 네, 네, 바꿔드릴게요."

얼떨결에 수화기를 받아든 남궁씨는 여봅쇼, 아, 성님이요? 나요 나, 령이가 왔소. 날래 보십시다 하는 소리가 하도 우렁차서 수화기를 약간 떼면서 자기도 모르게 피곤한 목소리가 나왔다. 장장 스무 시간을 비행기만 탔다는 얘기와 그 동안에 거의 눈을 붙이지 못했으니 지금 누우면 내일까지 못 깨어날 것 같다는 변명을 두서없이 하면서 아내를 향해 곱지 않은 눈을 떴다. 도착할 시간을 그렇게 정확하게 가르쳐줄 게 뭐였을까 싶어서였다. 남궁씨는 자기도 연변 동포를 귀찮아하고 있다는 걸 상대방이 눈치챌까봐보다는 아내가 알까봐 더 신경이 쓰였다. 래일이요? 래일두 일 없구말구요. 육촌 아우뻘 되는 령의 목소리는 여전히 명랑하고 씩씩했다. 건강하고 감정이 섬세하지 않을 것 같은 목소리에 남궁씨는 친화감을 느꼈다. 아내가 밥상을 차리는 것 같았다. 구뜰한 된장국 냄새가 났다. 딸네 집에서도 우리 식으로 먹었지만 아내의 된장국 맛은 그의 집에서만 볼 수 있는 맛이었다. 만 하루를 기내식으로만 견딘 속은 그득한데도 식욕이

동했다. 그러나 남궁씨는 토라진 마음 때문에 꾹 참고 오로지 잠이 급한 것처럼 자리 먼저 깔고 길게 누웠다. 허리와 사지를 마음껏 뻗는 쾌감이 에구구, 소리가 절로 나게 황홀했지만 잠은 생각처럼 쉽게 오지 않았다.

"주무시우? 아마 못 주무실 거유. 시차라는 게 그렇답디다."

아내가 머리맡에서 이렇게 운을 떼고 나서 계속해서 군시렁거렸다. 또 연변 동포들 얘기였다. 남궁씨는 못 듣는 척했지만, 수면을 갈망하면서도 잠들지 못할 때의 불유쾌한 각성상태를 아내의 목소리는 마냥 끌고 갔다. 차내에서 못다 한 연변 동포들이 얼마나 못살고 조야하고 억척스럽다는 얘기를 아내는 지치지도 않고 하고 싶어했다. 가짜로 판명이 난 청심환을 진짜라고 우기면서 연줄을 통해 억지로 떠맡기는 것도 한계에 달한 동포들이 직접 거리로 나앉아서 덕수궁 돌담길이 중국산 약종상길로 변했다는 얘기도 했다. 설마 그럴 리가. 남궁씨는 두 달도 안 되는 사이에 세상이 그렇게 변했다는 게 믿어지지 않아 제 집, 제 잠자리로 돌아왔다는 실감까지 잡치는 걸 느꼈다. 아내도 이상했다. 남궁씨의 친척을 꼭 집어 지칭하지 않고 일반론처럼 말하면서도 아내의 말투엔 지나친 관심과 혐오감이 배어 있었다.

다음날 아내가 가르쳐준 대로 찾아간 여관은 광화문 근처의 중심가였지만 재개발 지역이라 환경이 구질구질했다. 그 금싸라기 땅에 빈집도 더러 눈에 띄었다. 여관은 버젓한 오층 건물이었지만 마지막 날까지 제 몸 안 아끼고 돈만 버느라 피폐해질 대로 피폐해져 있었다. 현관을 들어서자마자 김치찌개 냄새가 진동을 했다. 접수창구가 달린 현관방에 여러 식구들이 모여앉아 식사를 하고 있었다. 접객업소의 무신경이 못마땅하여 남궁씨는 적당히 거만하게 305호실 손님에게 인터폰을 넣어달라고 부탁을 했다.

"아, 그 연변서 온 사람들 말이죠. 올라가보슈. 그냥 올라가봐요."

꾸역꾸역 밥을 먹고 있던 주인이 퍼질러앉은 채 턱주걱으로 이층으로 난 계단을 가리키며 말했다. 남궁씨는 그런 불손한 태도에서도 주인이 연변 동포를 얼마나 대수롭지 않게 여기고 있는가를 짐작할 수가 있었다. 우중충하고 눅눅한 복도 구석방이었다. 노크를 하면서 문을 밀어봤더니 쉽게 열렸다. 남궁씨보다 훨씬 늙어 보이면서도 낙천적인 동안의 남자가 누구냐고 확인도 하지 않고 아이고, 성님 하면서 와락 달려들더니 남궁씨를 껴안고 볼을 비볐다. 완전 서양식이었다. 그의 힘찬 가슴의 박동을 가슴으로 느끼면서 남궁씨는 비로소 감동이 벅차오르는 걸 느꼈다. 한편 그가 울까봐 겁이 나기도 했다. 그때 하필 친척 아니라도 동포만 만났다 하면 눈물을 철철 흘린다는 이북 사람 생각이 났기 때문이다. 남궁씨는 그것만은 따라 할 자신이 없었다. 우리 친척 중에 저런 웃음을 웃을 수 있는 이가 있다니, 싶을 만큼 눈부시고 너그럽고 대륙적인 웃음이었다. 하긴 의인 아니면 기인이었을 종조부의 직계 후손이니까. 그는 소년처럼 종조부의 혈통이 자랑스러워지면서 아직도 속에서 복대기던 소인스러운 오만 가지 잡념이 눈 녹듯이 사라지는 걸 느꼈다. 늙은 여자 중 한 사람이 아이고 아지바니, 하면서 그의 손을 잡았다. 그리고 정식으로 뵙기요, 하면서 남편에게 눈짓을 했다. 남궁씨더러 먼저 자리에 앉길 권했지만 엉거주춤하고 서 있다가 그들의 절에 맞절로 답했다. 육촌 계수하고 생긴 거나 연령이 비슷해 보이는 부인이 처제라고 했다. 식구들한테 들은 처조카는 보이지 않았다.

"한 분 더 계시다고 들었습니다만."

남궁씨는 그이들과 금세 친밀감을 느낄 수 있어서 마음이 놓였으나 역시 할 말은 없어서 그것부터 물었다.

"련희 말인갑다. 글시 갸아가 어제 남대문시장 귀경 갔다가 기름튀기가 먹음직하다고 한 보따리를 사다가 밤새 쉬엄쉬엄 다 처먹드니만 리질을 만났나, 저리 뒷간을 들락날락해싸니."

처제라는 노부인이 말했다. 물 내리는 소리가 나고 화장실 문이 열리면서 한창 나이에 활짝 핀 아가씨가 상냥하게 인사를 하면서 나타났다. 방에 화장실이 딸렸다는 게 여간 다행스럽게 여겨지지 않았다. 젊다는 건 좋은 일이었다. 아가씨는 얼굴도 곱고 아무렇게나 입은 평상복도 세련돼 보였다. 남궁씨는 비로소 긴장을 풀고 방 안을 살펴보았다. 장판 비닐이 주글주글 낡은 방은 부모자식간이라 해도 네 식구씩이나 기거하기엔 협소한 방이었다. 게다가 한쪽 벽엔 우황청심환을 비롯한 각종 약재가 장롱 하나 부피는 되게 쌓여 있었고 그 위에는 녹용이 한 대 통째로 우아하고도 신비한 위용을 자랑하고 있었다. 그러나 남궁씨 눈엔 우황청심환만 들어왔다. 그리고 그의 가족사 속의 한 기인이 만들어낸 불가사의한 거리를 뛰어넘어 간신히 상봉한 후손들의 감회를, 우황청심환의 값어치가 떨어진 것만큼의 무게가 짓누르는 것처럼 느꼈다. 처량하고도 고약한 느낌이었다. 만약 저 아우가 한낱 환약 따위의 값어치에 따라 인격까지 격하시키는 이 땅의 인심을 안다면 어떤 마음일까 자괴하면서도 그런 느낌을 극복할 수는 없었다.

아니나 다를까, 서로 기억의 족보를 대조도 하고 오르락내리락하기도 하면서 남궁가의 틀림없는 후손이고 육촌간이라는 걸 확인하는 절차를 끝내자마자 육촌은 약 얘기를 꺼냈다.

"운수가 나빴든 기라요. 집 떠난 건 구월인데 남들은 일 주일 만에 받는 비자를 우리는 미운 털이 백혔는지 차일피일하는 바람에 홍콩에서 한 달이나 지체를 했으니. 하필 그 동안에 여기서 그 가짜 소동이 나지 않았겠소. 날은 자꾸 추워지고 반값에라도 후딱후딱 파는 게 수라고 어찌나 성화들을 하는지, 래일부터라도 당장 거리로 나앉아 딴 동포들처럼 좌판을 벌이고 싶은데 그 전에 성님하고 의논을 하게 됐으니 얼마나 다행인지 모르오."

"내가 무슨 힘이 있어야 말이지."

"도와달라는 게 아니야요. 성님한테도 리가 될 것 같아 하는 소리지요. 정말 반값이라니까요. 우린 그저 본전치기나 하자는 게지요. 금세 오를 테니 두고 보시라우요. 앞으론 들어오는 량이 줄 건 뻔한 리치구요."

육촌이 돈 아쉬운 사람다운 궁기나 조바심을 전혀 나타내지 않고 느긋하고 명랑하게 그런 말을 하는 게 남궁씨 보기엔 매우 신기했다. 그뿐이 아니었다. 쉽게 달고 쉽게 식는 이쪽 풍토를 충분히 알고 있다는 태도도 조금도 냉소적이거나 업수히 여기는 투가 아니고 마냥 너그러워 보였다.

"사회주의 나라에서 온 자네가 더 장삿속에 밝으니 놀랍구만. 여기서 눌러살아도 한밑천 잡고 살겠어."

남궁씨는 그런 말로 완곡한 거절을 대신했다.

"아이구 성님, 누가 죽을 때까지 호강을 시켜준대도 여긴 못 살 뎁디다."

"왜요? 왜 못 살아요?"

여기가 마음에 들었음이 역력한 계수가 처닿듯이 물었다.

"웬 왜야, 그 소리를 어케 믿고 살아, 살긴."

이렇게 핀잔을 주고 나서 여편네들은 시장으로 백화점으로 쏘다니는 재미에 세월 가는 줄 모른다고 남궁씨에게 설명을 했다. 남궁씨도 그 기회에 여자들에게 말로 수인사를 치렀다.

"어렵고 먼 길을 오셨는데 이런 누추한 데 계시게 해서 면목이 없습니다. 식구들 불찰도 있지만 제 힘이 워낙 딸려서요."

"성님도, 이 호텔이 어드래서요. 우린 려행사 잘 만나서 얼마나 호강인지 몰라요. 몰아다가 짐짝처럼 부려만 놓고 나 몰라라 해서 당장 잠자리 때문에 고생하는 동포가 얼마나 숱하다구요."

듣고 보니 여행사가 초청장은 물론 어떤 약재를 들여오면 가장 수지가 맞는다는 정보까지 제공해주면서 적극적으로 여행 알선을 한 만큼 여관비 등 최소한의 경비는 조달할 수 있도록 약재 판매에도 어느 정도 관여하고 있는 듯했다. 그럴 리야 없지만 자기가 정식 초청자가 아니라는 것만으로도 남궁씨는 마음이 한결 가벼워지는 느낌이었다. 못 말릴 소심증이었다. 방값만 내면 되고 식사는 방에서 지어먹는다고 했다. 현관서부터 여관 전체에 음식 냄새가 배어 있었다. 여인숙과 민박을 혼합한 것 같은 더러운 여관방을 꼬박꼬박 호텔이라 부르는 아우에게 남궁씨는 연민을 느꼈다. 개운치 않은 연민이었지만 아무튼 그런 느낌의 연장선상에서 돌연 생겨난 우월감 때문에 남궁씨는 적지 않은 양의 우황청심환을 팔아보겠다고 떠맡았다.

거리에 나선 남궁씨는 촌스러운 보자기 사이로 비죽비죽 비져 나오는 청심환갑을 내려다보면서 왜 하필 하고많은 약재 중에서 우황청심환이었을까? 하고 자신의 미련한 선택에 쓴웃음을 지었다. 갈 데가 없었다. 집에 가긴 싫었다. 연변 친척에 대한 아내의 혐오감만 돋울 일은 피하고 싶었다. 그는 용기를 내서 회사로 향했다. 그까짓 거 이판사판이다 싶었다. 그 동안 회사에선 집으로 아무 연락이 없었다고 한다. 출근해봤댔자 자신의 입지가 남아 있으리라는 희망은 없었다. 그러나 오백만원도 안 되는 포상여행비만 받고 떨어질 순 없다고 생각했다. 자신의 공로를 그렇게 과소평가당할 수 없다는 생각은 소심한 그로서는 파격적인 생각이었고, 전엔 감히 꿈도 못 꿔보던 생각이었다.

그 동안 사장실을 어찌나 잘 꾸며놨는지 한때 자신이 몸담고 있었던 데라는 느낌이 조금도 안 났다. 다행이었다. 그 대신 뒤쪽으로 조그맣게 회장실이란 구석방이 하나 새로 생겨난 게 눈에 띄었지만 안은 집기 하나 없이 텅 비어 있었다. 그가 거기라도 붙어 있으려는 눈치면 그때 가서 책상 하나 걸상 하나 놔주려는 속셈이 뻔했다. 그는 보따리를 놓고 사장실에 버티고 앉아 출타중인 젊은 주인을 기다렸다. 돌아온 사장은 그를 깍듯이 대접했고 그는 덕택에 좋은 구경 많이 한 사례와 앞으로는 슬슬 여행이나 하면서 지낼 생각이라는 사의를 동시에 표현했다.

"회장님으로 모실 생각이었습니다만······"

젊은 사장이 말끝을 흐렸다. 자네 호의는 받은 셈 치겠네, 하면서 남궁씨는 약보따리를 끌렀다. 자초지종을 간략하게 설명하고 나서

"하필 가짜라고 소문난 물건을 가져와서 안됐네만 속내 아는 자네가 갈아줘야지 어쩌겠나?"

"가짜는요. 그건 사회주의 나라의 경제 체제를 모르는 무식한 사람들이 하는 소리지요. 공장이 다 국영인데 어떻게 가짜를 만듭니까? 함량 기준이 우리하고 좀 다르다고 가짜라고 단정을 해버리니, 국교를 하면서 그런다는 건 암만 생각해도 경솔한 짓이에요."

이렇게 적극 청심환을 두둔하면서 그걸 몽땅 인수를 해주었다.

"고맙긴 하네만 그걸 다 어따 쓰려구?"

"두고두고 해외에 나갔다 올 적마다 선물로 쓰죠 뭐. 나갈 때마다 선물 챙기기도 보통 일이 아니거든요."

"내친김에 하나 더 청을 하겠네. 꼭 들어줘야 하네. 안 들어주면 퇴직금 달라고 데모할지도 모르니 알아서 하게."

"설마 제가 퇴직금 안 드릴까봐 미리 엄포를 놓으십니까? 말씀해보세요."

남궁씨는 녹용을 사달라는 부탁을 했고, 그는 가져와보라고 반승낙을 했다. 남궁씨에겐 연변 아우에게 여기선 보통 부자가 어느 만큼 사나 보여주고 싶다는 허영심이 있었고, 젊은 사장에겐 골치 아픈 공로자를 몰인정하지 않게 제거하고 싶다는 아량이 있었다. 만사가 그들의 뜻대로 형통하여, 아우는 녹용을 통째로 삼백만원에 팔고, 돈으로 처바른 육십 평짜리 아파트 속도 샅샅이 구경할 수가 있었다.

이제 그만큼 해줬으면 흡족한 마음으로 남은 약보따리를 걸머지고 돌아갈 줄 알았는데 그게 아니었다. 덕수궁 돌담길에서 시청 지하도로 쫓겨들어간 거리의 약방을 따라 남궁씨의 친척 네 식구도 좌판을 벌였다. 날은 하루하루 추워지고 있었다. 그들의 얇은 초가을옷과 아무리 도와줘도 채워지지 않는 그들의 욕심이 보기 싫어 모르는 척할래도 갈 데가 없어진 남궁씨의 발길은 매일 그곳으로 출근을 하다시피 했다. 평화시장에서 싸고 보기 좋은 두툼한 겨울옷을 사다가 그들의 어깨에 슬그머니 걸쳐주기도 하고, 유행 지난 옷을 아내와 며느리에게 구걸을 하기도 했다. 그럴 때마다 아내는 눈에 쌍심지를 돋우고 그들의 궁상에 욕지거리를 퍼붓곤 했다. 그러거나 말거나 그는 친척들 곁에 우두커니 앉아서 흥정에 끼어들기도 하고 말동무도 하면서 소일을 했다. 자연히 점심이나 저녁을 같이할 적도 많았다. 아우도 계수도 소주를 좋아했다. 화장품이랑 꽤 괜찮은 옷이랑 잔뜩 갖다준 날이었다. 마누라가 아무리 좋은 걸 줘도 감지덕지할 줄 모르고 넙죽넙죽 받기만 하는 게 미안했던지 아우가 거나한 술김에 이렇게 말했다.

"성님도 자식 길러봤으니 부모 맘이 어드렇다는 걸 알죠. 북조선도 가보고 여기도 와보니까 꼭 부모 맘을 닮아갑디다. 자식 중에 못사는 자식이 있으믄 그저 개저다 보태주고 싶구, 잘사는 자식한테는 조금이라도 덕을 보고 싶은 리기심이 생기구. 성님이 리해하시라우요."

그러고 나서 그들이 북조선에 처가 친척을 만나러 갔을 때 얘기를 했다. 마누라는 준비해가지고 간 것을 다 털어주고도 신고 간 신, 입고 간 옷까지 동생의 헌것하고 바꿔입고 왔다고 했다. 그럼 그들의 기죽을 줄 모르는 뻔뻔스러움은 부모의식의 당당함이었단 말인가. 남궁씨는 어처구니가 없으면서도 그들이 싫어지거나 미워지지 않았다. 체류기간을 연장하면서까지 그들은 가져온 걸 다 처분하고서야 떠났다. 아내는 앓던 이가 빠진 것보다 더 시원하다고 했다. 그러나 남궁씨는 이제부터 혼자 필로 소일을 하나, 끈 떨어진 뒤웅박처럼 막막했다.

그날 밤 잠자리에서였다. 아내가 조용히 눈물로 베개를 적시고 있다는 걸 알아차렸다. 아내는 자주 그랬고 또 왜 그런다는 걸 남궁씨는 알고 있었지만 근래에 그런 눈치를 보인 건 처음이었다. 아내가 그 버릇을 고친 게 아니라 그 동안 연변 친척한테 정신이 빠져 아내의 설움에 너무 소홀했었나보다. 그는 하던 버릇대로 아내를 돌아눕혀 조용히 안아주려고 어깨에 손을 얹었다. 아내가 기다렸다는 듯이 와락 돌아누우며 그의 가슴을 마구 두들겼다. 격렬한 오열 사이사이로 아내가 울부짖었다.

"현이 자식 나쁜 자식. 망할 놈의 새끼야, 그 새낀 정말. 아아, 당신 말짝으로 그 새낀 망종이야. 고작 그게 사회주라니? 그 거렁뱅이 근성이. 그 자식은 그게 뭐가 좋다고 신세를 망치고. 엉, 엉, 엉."

아내는 막무가내로 울부짖었다. 남궁씨는 비로소 그 동안 그들 부부가 사이에 끼고 엇갈린 게 연변 동포가 아니라 둘째아들 현이였다는 걸 깨달았다. 연변 동포에 대한 미움도 호의도 실은 그들의 실상과는 아무런 상관이 없는 것이었다. 낯선 친척을 보는 시각의 차이는 현이로부터 비롯되고 있었다. 현이는 대학 일학년 때부터 운동권이었다. 아무리 타일러도 소용이 없었다. 남궁씨는 자신의 소년 시절을 엉망으로 밟고 지나간 6·25의 기억으로 운동권은 다 좌익으로 보았고, 좌경의 소치라면 이를 갈았다. 집안 망칠 망종 취급을 했다. 아내는 그가 말끝마다 아들을 망종이라 부르는 것을 제일 듣기 싫어했다. 아들의 말에도 일리가 있을 테니 들어보고 이해해주자고 아무리 애걸을 해도 남궁 씨한테는 먹혀들지 않았다. 아들 또한 아버지하고는 한자리에서 입을 어울리기도 싫어했다. 부자지간은 점점 원수처럼 돼갔고, 현이는 학교를 졸업하기 전에 때려치우고 노동의 현장에 직접 뛰어들겠다며 아주 집을 나가버렸다. 가끔 옷도 가지러 오고 전화로 안부도 묻고, 즈이 에미하곤 그런대로 연락이 되고 있는 줄 알았는데 그게 아닌가. 남궁씨도 가슴이 덜컥 내려앉았다. 아내는 울음을 그치지 않았다.

"올 겨울엔 어떻게 된 게 옷도 안 가지러 오고 전화도 없구, 엉 엉 엉, 어디 가서 죽었는지, 살았는지, 엉 엉 엉."

어떻게 아내를 위로할 것인가. 남궁씨는 첫 포옹처럼 가만가만 아내를 안았다. 그리고 가슴을 열고 서로의 상처를 조심스럽게 맞댔다. 나에게도 같은 상처가 있다오. 그걸 확인시켜주는 것밖에 위로의 방법이 없었다.

여덟 개의 모자로 남은 당신

우리집 오동나무 이층장 위칸에는 남자 모자가 여덟 개나 들어 있다. 아래칸은 비어 있다. 그 장 위에는 한 남자의 독사진이 놓여 있다. 미소짓고 있는 사진이지만 쓸쓸하고 복잡한 미소다. 때에 따라서는 우는 것처럼 보일 적도 있다. 원래 그 사진은 독사진이 아니었고, 웃음도 그렇게 쓸쓸하고 복잡하지 않았다. 사진으로 한번 찍힌 표정이 때에 따라 변한다면 정신이 살짝 어떻게 된 사람의 수작 같지만 정말이다. 그 사진을 찍을 때 그는 건강하고 기쁨에 넘쳤었다. 그날은 그의 환갑날이었고, 우리의 아들딸 손자들이 하나도 안 빠지고 다 모여 잔치를 벌이며 즐거워 했으니까. 카메라 사진을 수없이 찍었는데도 사진관에서 나온 사진사가 우리 부부를 중심으로 가족과 일가친척을 다 불러모아 단체사진을 찍고, 가족사진 따로 찍고, 마지막으로 우리 부부만 앉혀놓고 찍었다. 사진사가 "김치" 하는 대신 "자아, 찍습니다.

입 좀 다무세요. 너무 웃으면 첫딸 낳습니다" 하고 농지거리를 할 정도로 우리는 싱글벙글하고 있었다. 우리가 그날 더할나위 없이 즐거웠던 건 환갑잔치 때문이 아니라, 한치 앞도 내다볼 수 없었기 때문이다.

그날 우리 부부가 나란히 앉아 찍은 사진 중에서 그를 혼자 떼어내어 독사진을 만들기는 그날로부터 삼 년도 안 돼서였다. 영정으로 쓰려면 독사진이라야 하는데 그에겐 마땅한 독사진이 없었다. 나는 그의 영정을 그가 죽기 전에 만들었다. 폐암이 뇌로 전이되고 나서 그의 목숨은 무거운 추를 단 끈처럼 무서운 속도로 죽음의 나락을 향해 곤두박질치고 있었다. 나는 그가 곧 죽게 되리라는 걸 알면서도 거짓 희망으로 그를 들볶았다. 병원 약과 방사선 치료만으로도 지칠 대로 지친 그에게 좋다는 한약 생약을 다 실험하려 들었다. 탕약·환약·인삼·영지·어성초·알로에, 온갖 채소와 약초의 녹즙을 그의 입에 처넣으면서 꼭 고쳐놓고 말 테니 두고 보라고 장담을 하곤 했다. 전부터 친히 지내던 한의사 한 분이 중국에서 구한 희귀한 비방대로 만들었다는 환약은 크기가 꼭 수수알만한데 한 알에 만원씩 하는 고가품이었다. 값보다는 복용방법이 문제였다. 그 작은 알약은 그냥 삼키면 약효가 반감되니까 꼭 혓바닥 위에 얹어놓고 반쯤 녹을 때를 기다렸다가 침으로 삼키라고 했다. 메마르고 백태가 앉은 혓바닥 위에서 아무리 작은 환약이라지만 쉬 녹을 리가 없었다. 그래서 그는 그 약 먹는 걸 제일 싫어했다. 그럼 난 무서운 얼굴로 그

약이 얼마나 신효한 약이라는 걸 강조하면서 그를 윽박질렀다. 나도 믿지 않는 걸 믿게 하려니 무서운 얼굴을 할 수밖에 없었다. 매일 밤 그의 손을 꼬옥 붙들고 잤다. 행여 내가 잠든 사이에라도 당신의 영혼이 육신을 훌쩍 떠나가지 않도록 지키고 있다는 몸짓이었고, 그도 그걸 알아주길 바랐다.

이렇게 결코 그를 혼자 죽게 내버려두지 않을 것처럼 굴면서 나는 뒤로 조금씩 그의 장사 치를 준비를 하고 있었다. 그와 나의 교적이 있는 본당 연령회장 댁 전화번호를 비롯해서 오랫동안 격조했지만 알려야 할 친척들의 연락처까지 수소문해서 메모해놓는가 하면, 임종의 장소를 집으로 할 것인가 병원으로 할 것인가를 자식들과 수군수군 의논하기도 했다. 그리고 환갑 때 찍은 사진 중 부부의 사진을 딸을 시켜 사진관에 보내 아버지만 홀로 떼어내어 영정으로 쓰기에 적당한 크기로 확대를 해오도록 했다. 넉넉한 사랑을 받으며 나이 먹은 티가 역력한 흡족하고 평화로운 미소가 마음에 들어 골라잡은 사진이었다. 그러나 미리 만든 영정사진을 받아보고 나는 그만 나쁜 짓을 하다가 들킨 것처럼 가슴이 뜨끔하고 말았다. 장식 없는 나무틀 속에 확대된 그의 미소는 암만 해도 나하고 나란히 앉아 찍은 환갑 사진 속의 그가 아니었다. 그는 내가 끊임없이 불어넣은 거짓 희망에 속아주고 있을 뿐 결코 정말 속고 있는 건 아니라고 말하는 것 같았다. 엷은 미소가 감도는 눈매는 남의 속을 지그시 들여다보면서도 노염을 타거나 무안을 주려는 게 아니라 연민으로 감싸는 쓸쓸함 때문에 우는 것 같기도 하고 괜찮아, 괜찮아, 하면서 되레 나를 위로하는 것 같기도 했다.

  여덟 개나 되는 모자는 다 그가 죽음을 앞둔 마지막 일 년 동안에 사모은 것이다. 모자가 유행하는 시대도 아닌데, 일 년 동안에 모자를 여덟 개씩이나 사다니, 누가 들으면 그가 몸치장 따위에 취미가 각별한 멋쟁이 신사였다고 여길지도 모르지만 전혀 아니다. 나는 그의 유품을 정리하면서 어쩌면 이렇게 단한 가지도 값나가는 게 없을까 놀라고 민망해한 적이 있다. 그럼에도 불구하고 자식들을 비롯해서 가깝게 지내던 조카들은 그가 쓰던 걸 뭐든지 한 가지씩이라도 얻어갖길 원했다. 다들 그렇게 아쉬운 처지가 아닌데도 그런다는 건 그 뜻이 소유나 쓸모에 있지 않고 애장(愛藏)에 있으려니 싶어 나는 목이 메게 감격을 했다. 크게 성공하거나 성취한 건 없어도 생전에 주위 사람들로부터 많이 사랑받았다는 증거 같아서 나는 기쁜 마음으로 그의 유품을 공평하게 노느매기를 했다. 그러나 모자는 다 내가 가졌다. 그건 누가 달라지도 않았지만 달라고 해도 안 주었을 것이다.

  마지막 일 년은 참으로 아까운 시절이었다. 죽을 날을 정해놓은 사람과의 나날의 아까움을 무엇에 비길까. 애를 끊는 듯한 애달픔이었다. 세월의 흐름이 빠른 물살처럼 느껴지고 자주자주 시간이 빛났다. 아까운 시간의 빛남은 행복하고는 달랐다. 여덟 개의 모자에는 그 빛나는 시간의 추억이 있다. 나만이 아는.

마지막 일 년은 새벽잠을 설치게 하는 그의 기침 소리로부터 비롯됐다. 담배를 워낙 즐기는 그는 새벽참에 쿨룩거리길 잘했다. 그러나 참아도 될 걸 가장이 일어났다는 표시로 일부러 소리를 내보는 것 같은 약간은 허세스러운 것이었다. 나는 어려서부터 기침과 기침(起枕)을 동일시하는 말버릇에 익숙해져 있었다. 어린 날 사랑에서 할아버지의 엄엄한 기침 소리가 들리면 어머니는 할아버지 기침하셨구나, 하면서 나에겐 양칫물과 소금 그릇을 들리고 당신은 세숫대야를 들고 종종걸음을 치셨다. 남자들이란 나이 먹어 아침잠이 줄면 으레 일어났다는 표시로 기침을 하는 거려니 예사롭게 듣던 소리가 어느 날부턴지 문득 귀에 거슬렸다. 일부러 내는 게 아니라 억지로 참으려 해도 복받치는 소리로 들렸다. 그러나 그는 괜찮다고 했다. 새벽 담배가 안 좋은가봐, 안 피우면 괜찮아지겠지, 하는 정도로 눙치려 들었다. 그도 그럴 것이 자각증상이 전혀 없고 기침도 새벽녘의 잠시 동안뿐이었으니까. 그래도 나는 병원에 가봐야 한다고 우겼고, 그가 마지못해 따라나선 게 기침 소리에서 이상한 걸 감지한 지 불과 사나흘 만이었건만 엑스선 소견만으로도 폐암이 거의 확실하다는 진단을 받았고 당장 입원해서 정밀검사를 한 결과 역시 틀림이 없었다. 아주 초기니까 항암제로 치료가 가능하다고 자식들은 나를 위로했다. 그러나 나는 그전에 벌써 자식들이 전화로 수군대는 소리를 엿듣고 말았다. "스몰 셀". "엑스텐디드". 내 짧은 영어 실력으로 어찌하여 그 뜻은 그다지도 명료했던지. 특히

EXTENDED는 정확한 스펠과 함께 그 뜻이 가슴속에서 차가운 얼음 조각이 명치로 내려앉듯이 통로가 분명한 차가움으로 느껴져와 나는 전화기를 놓치고 가슴을 움켜쥐었다. 가슴속의 차디찬 이물감은 차차 손끝 발끝으로 시리게 퍼졌다. 스몰 셀이란 폐에 생기는 암의 종류 중의 하나로 문자 그대로 작은 암세포가 고루 퍼지는 소세포암을 이름인데 진행이 빠르고 초기에도 수술이 불가능한 대신 항암제는 아주 잘 듣는 암이라고 했다. 아주 잘 들으면 완치될 수 있단 소리냐고, 나는 주치의와 역시 의사인 아들과 사위에게 따로따로 추궁을 했고, 그러믄요, 그러믄요, 하는 그들의 선선한 대답을 얻어냈지만 믿지 않았다. 그의 새벽 기침에서 여느 때와 다른 불길한 울림을 가려내고부터 갑자기 민감해진 눈치로 자식들의 선선한 대답이 거짓임을 알아차리는 건 어렵지 않았다. 스몰 셀이 문제가 아니라 엑스텐디드가 문제였다. 주치의한테서도 자식들한테서도 그 이상 알아낼 수 없게 되자 나는 집에 있는 의학책들을 뒤져 그 상태의 폐암이면 적절한 치료를 받아도 팔 개월 내지 일 년밖에 못 산다는 걸 알아냈다. 이 년 이상 생존율은 2.5%. 이왕이면 완치율이라고 할 것이지 인색하게 이 년 이상 생존율은 또 뭐람. 환자들에게 희망을 주기보다는 자기들 책잡히지 않을 것만 우선으로 한 의사들의 야박한 말버릇이었다.

항암제 주사는 바늘이 꽂힐 때 한 번 따끔하고 마는 보통 주사하곤 달랐다. 꼬박 사흘 동안 입원해서 수도 없는 주사를 시간과 순서에 따라 번갈아 맞아야 하는 거창한 주사였다. 하룻밤 사이에 맞아야 할 주사약만 해도 바퀴 달린 테이블에 하나 가득 넘쳤고, 그 각기 다르면서도 위세등등한 모습은 마치 하룻밤 동안에 쏘아대야 할 대포알을 방불케 했다. 아닌게 아니라 투병은 곧 전쟁이었다. 항암제가 몸 안으로 흘러들면 환자는 곧 오장육부까지 쏟아낼 것처럼 심한 구역질을 시작했고, 항암제와 함께 빠른 속도로 주입되는 링거 때문에 변기를 줄창 대고 있어야 할 만큼 오줌 마려움에 시달려야 했다. 그놈의 대포알이 암을 명중시키기 전에 사람 먼저 잡을 모양이었다. 그러나 하룻밤만 악전고투를 치르고 나면 다음 이틀은 한결 수월했다. 더욱 신기한 건 그 첫번째 항암제 주사로 거짓말처럼 말끔히 새벽 기침을 안 하게 된 거였다. 암이란 자각증상이 없어졌다고 해서 안심할 수 있는 게 아니라고 누누이 들어서 알고 있으련만도 그 악명에 비해서는 너무 쉽게 기가 꺾인다 싶었다. 앞으로도 삼 주에 한 번씩 그런 치료를 언제까지나, 암이 이기든 인체가 이기든 결판이 날 때까지 받아야 했으므로 그의 퇴원은 재진과 재입원이 예약된 거였다. 그럼에도 불구하고, 아니 그럼으로 하여 더욱 병원문을 나서자마자 건강한 사람이 누릴 수 있는 온갖 자유가 보장된 바깥 세상은 그에게 황홀했으리라. 그는 어디 가서 맛있는 걸 사먹자고 했고, 그 말이 떨어지자마자 급한 마음에 우리는 채 그 동네도 벗어나지도 못하고 동숭동 일대에 널린 음식점 중에 하나를 골라잡았다. 그는 돌솥비빔밥을 맛있게 먹으면서 내가 시킨 갈

비탕에서 갈비까지 한 대 건져다먹었다.

 항암제를 맞으면 맞는 동안은 물론 그후 며칠간은 속이 느글거려 아무것도 못 먹는다. 항암제를 맞으면서 체력을 유지하려면 그저 잘 먹는 게 수다. 항암제는 또 백혈구를 감소시켜 그로 인하여 주사를 못 맞게 되는 수가 곧 생긴다. 주사를 못 맞게 되면 끝장이다. 백혈구 생산을 위해서도 잘 먹는 수밖에 없다. 그가 입원해 있는 동안 딴 환자 가족으로부터 수없이 얻어들은 정보는 대강 그러했다. 도대체 어쩌란 소린지. 고약한 병답게 진퇴양난의 섭생법이 기다리고 있었다. 그의 왕성한 식욕을 보자 나는 그가 그중의 한 고비를 거뜬히 뛰어넘은 것 같아 마음이 놓이고 기분이 좋았다. 그러나 그는 식당을 나와서 택시도 잡기 전에 먹은 것을 길바닥에 다 토해놓고 말았다. 그가 토악질을 하는 동안 나는 그의 괴로움보다는 길 가는 사람에게 미안하고 창피해서 어쩔 줄을 몰랐다. 자기 몸 상태에 대해 그 정도도 모르고 마구 먹어댄 그의 미련함이 싫은 생각도 났다. 토하고 난 그는 아무 일도 없었던 것처럼 사무실에 들렀다 집에 갈 테니 나 혼자 가라고 했다.

 "당신 미쳤어?"

 나는 하도 어처구니가 없어 코웃음치는 소리로 말했다. 투병의 초긴데 벌써 이상하게 굴려는 것 같아 노방의 토악질보다 더 불길한 생각이 들었다.

 "내버려둬, 나 하고 싶은 대로……"

그가 슬픈 목소리로 말했다. 슬프고도 단호한 느낌 때문에 나는 아무 말도 못 하고 그를 길에서 놓아주었다. 그가 가야 한다는 사무실은 실상 별것도 아닌 데였다. 은퇴한 노인들 몇이서 공동으로 경비를 부담하고 유지하는 사랑방 같은 곳이었다. 그 동안 못 나갔다고 밀린 일이 있을 것도 아니겠다 퇴원하자마자 얼굴을 내밀어야 할 까닭이 없었다. 나는 그가 이상해지고 있다고 생각했다. 그것도 암환자 가족들로부터 들은 이야긴데, 가장 못할 노릇은 육신이 손을 들기 전에 정신이 먼저 망가지는 걸 지켜보는 고통이라고 했다.

혼자 집으로 돌아온 나는 입이 타게 조바심하며 저녁 준비를 했다. 손이 예가 뇌고 제가 뇌고 도무지 내 정신이 아니었다. 부엌 조리대에선 작은 창을 통해 버스정거장을 내다볼 수가 있었다. 저녁노을 속으로 그가 돌아오고 있었다. 손엔 이 홉들이 소주병을 달랑 들고. 그건 그의 몸에 아무 이상이 없던 평상시의 모습 그대로였다. 그는 은퇴하기 전이나 후나, 예고하지 않고 늦는 일이 없었고, 저녁 먹을 때에 한하여 이 홉들이 소주 삼분의 일 내지 반병 정도의 반주 습관이 있었다. 집에 소주가 남아 있는데 더 사오는 일도, 없는데 안 사오는 일도 없는 그였다. 어머, 소주가 떨어졌나봐, 나는 그렇게 생각하면서 맥없이 쉽게 마음을 놓았다. 그리고 그가 하고 싶어한 게 별게 아니라 보통 때처럼 구는 거였다는 걸 알아차렸다. 그러나 나는 그를 보통때처럼 바라볼 수가 없었다. 내 눈엔 그의 모습이, 그의 존재가 시간과 마찰하면서 빛을 내는 것처럼 빛나 보였다. 나는 신혼 때처럼 가슴을 울렁이며 그를 마중했고, 그는 어디까지나 보통때처럼 저녁반찬 뭐냐부터 묻고 씻는 둥 마는 둥 밥상을 받고 소주 반병을 아껴가며 마셨다.

"담배를 끊으니까 술맛이 유별난데."

"거봐요. 담배 끊기 잘했지 뭐예요."

우리는 약속이나 한 것처럼 마치 술맛을 위해서 담배를 끊은 것처럼 굴었다. 그는 안주로 먹은 적지 않은 밥반찬도, 보통때와 다름없이 맛있게 먹은 저녁밥도 토하지 않았다. 잘 자고 기침 없이 깨어나 손수 커피 끓여 마시고 내 머리맡에도 한 잔 갖다놓았다. 제 시간에 버스 타고 출근했다가 제 시간에 버스 타고 돌아왔다. 달라진 게 있다면 달라진 게 아무것도 없다는 사실이 그렇게 고마울 수가 없는 거였다. 너무 감지덕지해서 감히 입 밖에 내서 말하기도 겁났다.

어느 날부터인지 그가 자고 일어난 자리에서 주워모은 머리카락이 한 움큼씩 되었고, 그건 날로 늘어나 두번째 항암주사를 맞고 나서부터는 걷잡을 수가 없었다. 우리 인체에서 가장 암세포와 닮은 세포가 머리카락 세포여서 항암제를 맞고 머리카락이 빠지는 것은 암이 그만큼 죽어간다는 것을 눈으로 확인하는 거와 마찬가지라고 이미 들어서 아는 바였다. 그럼에도 불구하고 그의 숱 많은 머리칼이 수시로 한 움큼씩 빠져 단시일 내에 아주 없어져가는 걸 지켜보는 마음은 뭐라고 형용할 수 없이 우울하고 참담했다. 무성하던 머리칼이 한 오라기도 안 남은 늙은 남자의 두상은 그 나이에 흔한 대머리하고는 또 달랐다. 대머리는 보통 피부보다 더 유들유들 윤이 나 한눈에 강인한 인상을 주지만 그의 머리 빠진 두상은 마치 머리칼이 귀하게 태어난 갓난아기의 두상처럼 피부가 희고 여려 보였다. 정말이지 크기만 좀 크다뿐 머리 귀한 갓난아이 두상과 다를 게 하나도 없었다. 자세히 들여다보면 아주 대머리는 아니고 보오얀 솜털이 성기지만 고루 뒤덮여 있는 것까지 똑같았다. 그러나 아기의 솜털은 장차 머리카락이 될 희망이지만 그의 여려 보이면서도 결코 근절되지 않는 솜털의 의미는 무엇일까.

그때부터 자식들이 아버지를 위해 모자를 사들이기 시작했다. 제일 먼저 사온 모자는 갈색 쎄무 캡이었다. 의외로 모자가 잘 어울렸다. 써보기 전엔 형사나 무슨 기관원이나 쓸 것 같은 모자여서 별로 탐탁지 않더니만 써보니 십 년은 젊어 보였다. 무엇보다도 장난꾸러기처럼 보이는 게 마음에 들었다. 그러나 점퍼엔 괜찮은데 신사복엔 암만 해도 좀 어색했다.

"왜 중절모로 사오잖구, 이왕이면 최고급으루다."

나는 자식들에게 이렇게 불평을 했다. 나는 그의 갓난아기처럼 애처로운 민둥머리에다 최고의 사치를 시켜주고 싶었다. 그러나 자식들은 내 말뜻을 알아들은 것 같지 않았다. 지금은 중절모가 유행하는 시대가 아니다.

우리가 혼인할 때는 다들 지금보다 훨씬 못살 때였고 게다가 전쟁중이었는데도 어른 남자가 출입할 때 모자는 필수적이었다. 문자 그대로 의관(衣冠)을 갖추지 않으면 행세할 수가 없었다. 염색한 군복을 입었으면 역시 염색한 군모를 얹고 다녔고, 두루마기엔 약간 찌그러진 듯한 중절모가 제격이었다. 혼인날을 받아놓은 어느 화창한 봄날, 그가 양복을 맞추러 가는데 같이 가달라고 했다. 조선호텔 앞에 있는 양복점이었는데 환도 전의 적막하고 헐벗은 서울에서 그 집은 딴 세상처럼 으리으리해 보였다. 영국산 양복지가 첩첩이 나긋하고도 품위 있게 걸려 있고, 같은 양복지로 빼입은 지배인 역시 나긋하고 품위가 있었다. 그는 그 비싼 양복을 두 벌이나 맞추었고, 나는 그를 위해 양복지를 고르면서 그가 부잣가보다고 생각했다. 나는 그하고 이 년이나 넘어 연애를 했지만 한두 번 가본 집이 제 집이라는 것밖에는 그의 재산 정도에 대해서 아는 바가 없었다. 궁금해하지도 않았으니까. 혼인할 남자가 부자일지도 모른다는 생각은 과히 기분 나쁘지 않았다. 그러나 한편으로는 여간 서글프지가 않았다. 그가 무작정 들뜨고 행복해 보이는 게 괜히 안돼서였다.

 내가 어느 날, 느닷없이 결혼할 남자가 생겼다고 했을 때, 식구들의 놀라움은 내가 예상했던 것보다 훨씬 더 컸다. 아마 배신감도 섞인 분노가 아니었을까 싶다. 그때까지 나는 식구들을 벌어먹이는 입장이었다. 6·25 난리통에 식구 한둘쯤 잃지 않은 집이 어디 있을까마는 오빠가 비명에 가고 난 우리집의 후유증은 좀 유별났다. 오빠는 어머니에겐 하늘 같은 외아들이었고,

올케에겐 신혼 삼 년째의 새신랑이었고, 연년생의 조카들에겐 생명만 주었을 뿐 낯도 익히기 전에 가버린 무책임한 아빠였다. 그 일을 당했을 때, 어머니나 올케의 비통은 꼭 따라 죽을 기세였다. 그래도 시일이 지나면 어린것들을 생각해서라도 살아나갈 궁리를 할 줄 알았는데 그게 아니었다. 성질이 모질지 못해 비록 스스로의 목숨을 끊지는 못할망정 살아갈 궁리를 할 의욕이 전혀 없는 것만은 사실이었다. 그들이 따라 죽고 싶은 건 조금도 엄포나 거짓이 아니었다. 그러나 난 그럴 수 없었다. 나 역시 그들 못지않게 오빠를 사랑했지만 오빠를 따라 죽을 만큼은 아니었다. 나는 살고 싶었다. 나는 순전히 내가 먹고살기 위해 폐허나 다름없는 황량하고 살벌한 최전방 도시에서 겁 없이 일자리를 찾아 헤맸다. 요행 미군 부대에 취직이 되어 얼떨결에 식구들을 부양하는 입장이 되었는데, 그것도 해보니 나쁘지 않았다. 특히 난리 나던 해의 구월, 함포 사격과 무차별 폭격중에 태어나, 젖과 보살핌의 부족으로 사람 될 것 같지 않던 어린 조카가 우유를 실컷 먹을 수 있게 되자 토실토실 살이 오르기 시작한 건 기쁨이자 보람이었다. 아기의 놀라운 생명력은, 무덤의 곁방살이인 양 살아 있는 건지 죽어 있는 건지 분간이 안 될 만큼 침체된 생활에 하루하루 생기를 불어넣었다. 식구들은 아기를 따라 웃기 시작했고, 나에게 미안해할 줄도 알게 되었다. 올케에게 살아보겠다는 의욕이 생기자 딴사람처럼 용감해졌다. 당시 부녀자들이 할 수 있는 가장 손쉽고도 이문이 많이 남는 장사가 양공주들이 밀집해 있는 기지촌으로 옷가지나 화장품 따위를 이고 다니며 파는 보따리장사였는데 올케가 그걸 할 수 있으리라고는 아무도 상상을 못 했다. 증조모까지 생존해 계신 양갓집 맏딸로, 여고 졸업 후 줄창 부모 슬하에서 엄한 훈도를 받다가 시집온 올케는 어머니 마음엔 들었을지 모르지만 나 보기엔 여간 답답한 맹추가 아니었다. 그 시절의 기준으로도 요새 세상에 저런 여자가 있을까 싶을 정도로 얌전하기만 하던 올케가 어찌어찌해서 장사 중에서도 가장 상스러운 기지촌 보따리 장삿길을 트더니만 일 년 만에 변두리 시장에 가게터를 하나 얻을 만한 돈을 모았다. 올케의 자립능력을 믿게 된 나는 그 가게가 개업할 무렵 내 혼인 얘기를 꺼냈다. 그때야말로 내가 집을 떠나기에 전혀 무리가 없는 적기로 판단했던 것이다. 그러나 식구들의 생각은 달랐다. 올케가 그렇게 빨리 목돈을 모은 건 그 동안 내가 전적으로 식구들을 먹여 살렸기 때문이란 걸 알아준 건 고마웠지만, 그래서 더욱 나를 놓치고 싶지 않은 거였다. 조금만 더 같이 고생해주면 살 만해질 게 확실한데 그 동안을 못 참고 시집을 가겠다니 괘씸하고 야속한 게 친정 식구들의 인지상정이자 욕심이었다. 생전 데리고 살 것도 아니면서 다만 때가 이르다는 식구들의 생각과, 바로 이때다 싶은 내 생각과의 차이는 단지 시기의 문제에 불과하련만도 그렇지가 않았다. 특히 어머니는 사사건건 사위 될 사람에 대해 트집을 잡고 싶어했다. 당신도 외며느리 거느리고 살면서, 너만은 시집살이시키고 싶지 않았다고 그가 부모를 모셔야 하는 외아들인 걸 못마땅해하는 것까지는 그런대로 이해가 됐지만, 그의 성이 벽성(僻姓)인 걸 가지고 너무 오래 탄식하고 얕잡는 건 정말 견디기 어려웠다.

"세상에 우리 집안이 어떤 집안이라고, 헌다헌 양반 중에서도 노론(老論)허구 아니면 통혼을 안 하던 집안인데 아무리 쑥밭이 됐기로서니 백줴 상것한테 내 딸을 내주다니, 아이고 우세스러워."

이런 식이었다. 마침내 그를 집으로 데려와도 좋다는 허락이 떨어졌다. 나는 우리 식구들이 허세 부리고 있다는 걸 알기 때문에 그런 허락을 그닥 중요하게 여기지 않았지만 그가 당해야 할 고비를 생각하면 절로 한숨이 서렸다. 어머니는 우리집에 어른 남자가 없다는 약점을 보강하기 위해 외삼촌을 대기시켜놓고 있었다. 외삼촌은 평생 돈벌이라곤 안 해보고 놀고 지낸 분인데 언변이 유창하고 박식했고, 특히 양반 족보에 통달했다. 내 꼬인 생각인지는 몰라도 신랑감이 만의 하나라도 양반 행세를 하면 여지없이 폭로해 망신을 주려는 어머니의 포석임이 분명했다. 사위 될 사람에 대한 기대나 호의는커녕 일말의 호기심조차 없이 트집 잡을 궁리만 하고 진을 치고 있는 식구들 사이로 그를 불러들여야 하는 내 심정은 심란할 수밖에 없었다. 남의 속도 모르고 그는 초대된 것만 좋은지 싱글벙글하면서 나타났다. 차 한 잔을 앞에 놓고 외삼촌은 "우리 집안으로 말할 것 같으면……"

을 서두로 우리가 얼마나 뼈대 있는 집안이란 걸 늘어놓고 나서 그의 지체를 캐묻기 전에 짐짓 난감하고도 동정적인 표정을 지어 보였다. 그러나 그는 그닥 오랫동안 외삼촌의 시험에 들지 않고, 선대가 종로에서 선전을 하던 중인(中人) 집안이라고 그의 지체를 털어놓았다. 양반이 아니면 사람도 아니라고 여기고 싶어하는 사람들 앞에서 스스로를 중인이라고 말하는 그의 태도가 어쩌면 그렇게 담담하고 떳떳한지 나는 속이 다 후련했다. 그리고 그때까지도 확신이 잘 서지 않던 나의 선택에 자신감이 생겼다. 그를 망신 주려던 외삼촌의 작전은 이렇게 보기 좋게 빗나갔다. 그러나 아직 마음을 놓을 단계는 아니었다. 그를 보내놓고 나서 기가 차다는 표정으로 어머니는 외삼촌에게 물었다.

"선전을 했다니, 그게 아전보담 좀 나은 벼슬인가? 못한 벼슬인가?"

"누님도 참, 선전 시장의 비단 감듯 한다는 속담도 못 들으셨수? 벼슬을 했단 소리가 아니라 포목전을 했단 소리예요."

"그게 무슨 자랑이라구."

"보아하니 그 사람 그게 창피하다는 것도 모르는 눈칩디다."

어머니와 외삼촌은 이렇게 다시금 그를 깔볼 수 있는 발판을 마련했지만 형식적으로라도 몇 마디쯤 반대를 할 줄 알았는데, 저애 고집을 누가 꺾겠냐는 식으로 허락이 떨어졌다. 그렇다고 아주 호락호락한 허락은 아니었다. 지체가 떨어지는 데로 시집가는 대신 아무것도 해줄 수 없다는 단서가 붙었으니까. 우리가 혼수를 장만할 수 있는 형편이 아니라는 건 나도 빤히 아는 사실이었다. 이왕 못 해 보내는 거 듣기 좋게 서로 위로할 수 있는 말도 얼마든지 있으련만 이렇게 야박하게 굴었다. 비록 딸자식을 맨몸으로 시집보낼망정 당당하고 싶은 거였다. 나는 절대로 굽잡히기는 싫어 안간힘 쓰는 우리 집안의 이런 체면 차리기가 면구스러웠고, 그런 야박스러운 허락에도 감지덕지해가며 양가에서 나누어 해야 할 혼인 준비를 혼자 떠맡은 그가 안쓰러웠다. 그렇다고 심정적으로나마 어느 쪽을 역성들 수도 없는, 짓눌리는 듯 무력하고 우울한 시기였다.

양복을 맞추고 난 우리는 미장원에 들러 신부화장이랑 면사포를 예약했다. 뭐든지 다 최고급으로 해달라며 예약이고 뭐고 없이 전액을 지불하는 그를 보며 또 한번 그가 부자일지도 모른다는 생각을 했다. 그러나 양복점에서처럼 그 생각이 기분좋지만은 않았다. 울고 싶도록 울적했다. 미장원을 나와서 점심을 먹으면서도 그는 신부 쪽에서 꼭 장만해야 할 것이 무엇무엇인지 알고 싶어했다. 그는 바보처럼 눈치가 없었다. 내 우울을 도무지 눈치채지 못했다. 나는 그에게 불쑥 나도 그에게 뭐 하나 사주고 싶은 게 있다고 말했다. 직장에서 받은 마지막 월급만은 집에 내놓지 않고 꿍쳐가지고 있었다. 그는 덮어놓고 괜찮아, 괜찮아 했다. 그러나 입가로 비죽비죽 웃음이 새어나오고 있었다.

"모자를 사주고 싶어요, 최고급으루다."

"모자도 곧 살 거니까 염려 말아요."

"내가 사주고 싶다니까."

"비쌀 텐데……"

양복지도 그렇지만 모자도 국산품이란 아예 있지도 않을 때였다. 우리는 명동에 몇 안 되는 양품점을 다 뒤져 꼭 마음에 드는 중절모를 찾아냈다. '필그림'이란 상표가 붙은 고가품이었다. 밝고도 기품 있는 회색빛 몸체에다 그보다 약간 짙은 빛깔의 본견 리본이 달린 순모의 중절모는 가볍고도 부드러웠다. 그에게 썩 잘 어울렸다. 문득 중학교 일학년 영어책 첫 장이던가, 둘째 장이던가에 나오는 잇 이즈 어 캡, 잇 이즈 어 햇 생각이 났다. 그 문장 삽화에 나오는 햇을 쓴 신사만큼이나 그의 모자 쓴 모습이 멋있어 보여서였다. 그러나 우리 집안 어른들 앞에서 저희는 중인 집안입니다고 말할 때보다는 덜 멋있었다. 내가 정말 그에게 반한 건 바로 그때부터였다고 속으로 되새기며 나는 은밀한 행복감을 맛보았다.

예로부터 혼수 없이 몸만 가는 시집을 허리춤에 참빗 하나 찔러넣고 간다고 했는데 나는 중절모 하나 달랑 들고 가는 시집이었다. 어머니의 아무것도 안 해주기는 아주 철저했다. 그 대신 딸이 시집가서 역시 지체 높은 집에서 데려온 며느리는 다르다는 소리를 듣게끔 교육시켜 보내려는 조바심은 무슨 앙심처럼 집요하고도 정열적이었다. 이를테면 시부모님한테 조석 문안드리는 법도로부터 집안내와 친척들을 촌수와 아래위턱에 따라 어떻게 부르는 게 점잖은 집안의 예절에 합당한지를 시시콜콜 가르치고 복습을 시키느라 정작 급하게 배워야 할 밥짓는 법이라든가, 저고리 동정 다는 법 따위는 치지도외였다. 그때만 해도 그런 것도 안 가르쳐 보내는 거야말로 친정 어머니가 욕먹을 짓이었는데도 우리 어머니는 그러했다. 하긴 시집에 있지도 않은 하인한테 쓰는 말씨, 잡도리하는 법까지 가르쳤으니까. 그런 걸 가르치다가 친시누이는 없지만 시집 근방에 시외가가 살고 있어 자주 만나게 될 사촌 시누이는 여럿 있다는 걸 안 어머니는 갑자기 돌변한 태도를 보였다.

"반가의 풍습은 손아래 시누이를 깍듯이 작은아씨라고 불러야 한다만 그까짓 중인한테 작은아씨는 뭐. 그 사람들 풍습 따라 아가씨라 부르도록 해라. 알겠느냐?"

이런 식이었다. 그러나 시대착오적이면서도 사람 헷갈리게 하는 이런 양반집 규수다운 법도야말로 어머니가 장만할 수 있는 유일한 혼수인 걸 어쩌랴. 자연히 피로연까지도 그의 몫이 되었다. 그는 그 당시 서울에서 제일 큰 중국요릿집인 아서원에다 양가의 하객수를 다 먹일 만한 피로연 자리를 마련했다. 우리 친정 친척들은 먼 친척 가까운 친척, 외가 진외가 할 것 없이 모두모두 양반님네였으므로 어쩌다 딸년 하나 중인한테 시집보내 지체를 떨어뜨린 분풀이로 너무도 당당하게, 털끝만치도 굽잡히지 않고, 한 사람도 빠지지 않고 모두모두 그 피로연에서 마음껏 먹고 마셨다. 그래도 돈푼이나 있는 집인가봐, 그나마 다행이지 뭐유. 이렇게들 수군대면서. 그러나 막상 시집을 가보니 남들이 수군대고 나도 은근히 기대한 것만큼 그는 부자가 아니었다. 작지만 제 집을 지니고 있었으니 아주 가난뱅이라곤 할 수 없어도 스물아홉 노총각이 되기까지 착실히 모아둔 돈은 색시 하나 싸데려오기 위해 고스란히 탕진한 뒤였다. 어처구니가 없었지만 탓할 계제도 아니었다. 먹고살 만큼 벌어오는 직장이 있으니 그나마 다행이었다.

신혼생활의 이런저런 추억 중 가장 아늑하고 따스운 추억은 역시 모자와 관계가 있다. 나는 처음부터 그가 출근 준비를 혼자서 할 수 있도록 길들였지만 넥타이 매는 것만은 아무리 가르쳐도 제대로 할 줄 몰랐다. 나도 그걸 어디서 따로 배운 바가 있는 건 아니고 그가 하도 속 가닥과 겉 가닥의 길이를 들쭉날쭉하게 매길래 매듭 만드는 법은 그에게서 배워가며 가지런히 매주기 시작한 게 그만 버릇이 되고 말았다. 넥타이를 매주고 나면 모자를 건네줄 차례였다. 그 동안 잠깐 모자를 매만졌다. 고가품답게 잘빠진 모양은 늘 일정했지만 나는 괜히 가운데 누르는 부분과 둥근 테의 곡선을 조금씩 손보면서 그 부드럽고 따스운 감촉을 즐겼다. 소탈한 그에게 사치스러운 모자가 잘 어울리는 것도 묘한 즐거움이 되었다. 그가 지닌 유일한 사치품이 주는 낙은 약혼 시절 그가 부자일지도 모른다고 꿈꾸던 낙과도 비슷하니 철없는 것이었지만, 생각보다 재미없고 어쩔 줄 모를 것 투성이인 시집살이를 그래도 견딜 만하게 해주는 정서적 돌파구였다.

처음 그와 부부로 맺어졌을 때, 신혼의 서투른 행복에 적절한 소도구처럼 끼어들었던 모자를, 삼십오 년 후 그를 홀로 떠나보내야 할 시간이 시시각각 임박해올 무렵 생각해낼 게 뭐였을까. 세월의 덧없음을 거슬러보려는 부질없는 생각은 그러나 절절했다. 자식들이 기회 있을 때마다 아버지에게 모자 선물을 하기 시작했다. 그때마다 내 눈치를 보면서 어머니 이게 맞아요? 하고 자문을 구했다. 자식들은 에미의 의중에 있는 그 우아하고 품위 있는 최고급품 중절모를 이해하지 못했다. 요새는 아무도 그런 걸 쓰고 다니지 않으니 그런 걸 파는 데도 없나보다. 나도 백화점에 갈 일이 있을 때마다 모자 파는 데부터 기웃거려보았지만 자식들이 사오는 모자와 대동소이한 것밖에 팔고 있지 않았다. 중절모는 중절모이나 테가 너무 좁아 점잖지 못하고 질도 코르덴, 화학섬유, 혼방, 면, 모 등 다양하고 줄무늬와 체크무늬로 된 것까지 있어 멋스럽긴 하나 경박해 보였다. 무엇보다도 우리의 최초의 중절모는 꿰맨 자국이 한 군데도 없는 통짜였는데 요새 것은 다 바느질해서 만든 거였다. 그러나 집에서 물세탁을 해도 감쪽같이 새것처럼 보이는 이점이 있었다. 우리의 최초의 중절모는 당시의 미숙한 드라이클리닝 기술 때문에 이 년 만에 못쓰게 되고 말았었다.

내가 속으로 흡족지 못해한 것과는 상관없이 그는 자식들이 사온 모자는 뭐든지 다 좋아하며 번갈아 쓰고 다녔다. 어떤 모자를 쓰면 퇴직하여 유유자적하는 노교수처럼 보이기도 하고, 어떤 모자를 쓰면 현역의 유행가 작사자처럼 보였다가, 또 어떤 모자를 쓰면 평생 연예인에 연연하며 한 번도 빛을 못 본 불우한 딴따라처럼 보이기도 했다. 다 그와는 인연이 먼 것들뿐이었다. 역시 요새 모자는 취미로서의 모자지 정통 의관으로서의 모자는 아니었다. 나의 다양한 평가와는 달리 그는 아침에 모자를 쓰고 나갈 때마다 현관 거울을 보며 말했다. 어때, 나 예술가 같지? 결혼 전 한때는 토목기사였다지만 객지생활을 많이 해야 하는 게 싫어서 장사꾼으로 전향한 후 한 번도 딴 일에 한눈을 팔아본 일이 없는 그와 예술처럼 안 어울리는 직업이 또 있을까. 그의 숨은 마음에 예술에 대한 동경이 있었다면 혹시 글쟁이인 마누라에 대한 콤플렉스가 아니었을까. 나는 별것도 아닌 것에 신경을 쓰면서 그를 배웅했다. 실제로 내가 내 일을 하면서 그에게 신경을 쓴 적은 거의 없으면서 말이다. 내가 내 일이 잘 안 되어 두억시니 같은 모습으로 아이들이나 집안일과 부딪칠 때마다 그는 말했다. 쉿 조용히 하자, 느이 엄마 또 거짓말이 딸리나보다. 혹은 손수 커피를 타가지고 와서 당신 또 거짓말이 막혔나보구려 하고 놀리기도 했다. 그럴 때처럼 그의 시선이 따뜻하고 정겨울 때도 없었다. 그러면 나도 슬며시 웃음이 나오면서 그래, 한낱 거짓부리인 것을 하고, 죽자꾸나 덤벼들던 그 참담한 악전고투에서 한 걸음 물러날 여유가 생기곤 했다. 그렇다고 내 소설쓰기가 그에겐 한낱 거짓말 만들기로밖엔 안 보였으리라곤 생각하지 않았다.

그는 모자로 멋부리는 것 외에는 보통때와 같은 시간에 보통때와 같은 모습으로 출근을 했지만 내 일상은 보통때와는 같을 수가 없었다. 이 보통때와 같은 나날이 오래 지속되지이다 기도도 하고 보통때와 같은 날을 연장시킬 수 있는 음식이나 생약을 얻어들은 잡다한 정보에 따라 구하러 다니기도 하고 만들어보기도 했다. 그는 병원의 지시나 처방해준 약은 잘 지켰지만 수많은 비방의 생약에 대해서는 매우 냉담해서 먹이기가 여간 힘들지가 않았다. 아무개도 이걸로 나았고 누구도 이걸 먹고 감쪽같아졌댄다고 설득을 해도 도무지 믿는 눈치가 아니었다. 열심히 구하고 만든 날 봐서 먹어달라고 애걸을 하는 게 차라리 빨랐다. 그쪽에서 나에게 애원을 할 적도 있었다. 여보, 제발 우리 현대의학 하나만 믿도록 합시다. 이왕 자식을 둘씩이나 의학공부시켰으니 그 정도의 의리는 지켜야 하지 않겠소. 별, 말도 안 되는 의리였다. 그런 태도는 현대의학에 대한 믿음보다는 자식들에 대한 애정과, 자기 목숨에 대한 담담함에 연유했음직하다. 밀가루도 약으로 믿고 먹으면 효험을 본다지만 아무리 좋은 약도 환자가 믿지 않으니 무슨 약효가 있을까 싶어 생약을 연구하고 만드는 일은 자꾸 서글퍼만 졌다. 그 대신 저녁식사 준비는 신이 났다. 그가 지금 가장 열심히 하고자 하는 일은 병나기 전의 보통때처럼 사는 거였다. 보통때 그는 집에서 저녁을 먹을 때, 제일 흡족하고 살맛이 나 보였었다. 거의 유일한 취미가 식도락인 그는 음식 잘한다는 집을 찾아다니는 것도 좋아했지만, 그건 휴일날 점심에 한하고, 보통날 저녁은 꼭 별식을 한두 가지쯤 장만한 내 집 식탁에서 이 홉들이 소주를 반병이 채 안 되게 비우면서 이런 얘기 저런 얘기를 한없이 오래 하며 먹고 싶어했다. 부엌에서 음식을 하면서 버스정거장 쪽을 내다볼 수 있다는 건 좋은 일이었다. 그가 모자를 쓰고 있다는 건 더 좋은 일이었다. 내 아물아물한 시력으로도 꾸역꾸역 내리는 사람들 속에서 쉽게 그를 가려낼 수가 있었다. 아아, 오늘도 그가 무사히 보통때와 다름없는 모습으로 내 곁에 돌아오고 있다. 그 동안 그를 기다린 타는 목마름은 그가 휘적휘적 집으로 걸어오는 동안도 탐조등처럼 그를 비추며 좇았다. 그가 보통때와 다름없이 맛있는 저녁식사에 대한 기대에 한껏 부푼 표정으로 현관에 들어서면 나는 신혼때처럼 종종걸음으로 그를 마중해 모자 먼저 받아 걸었다. 비록 늙은 얼굴에 걸맞지 않은 갓난아기 같은 민둥머리를 하고 있을망정 그는 매일매일 멋있어졌다. 너무 멋있어 가슴이 울렁거릴 정도로 황홀할 적도 있었다. 일찍이 연애할 때도 신혼 시절에도 느껴보지 못한 느낌이었다. 그건 순전히 살아 있음에 대한 매혹이었다. 그러고 나서 풍성한 식탁에 마주 앉으면 우린 더불어 살아 있음에 대한 안타까운 감사와 사랑으로 내일 걱정을 잊었다. 그 시간 그의 구미에 맞는 한 그릇의 두부찌개는 누가 천 년까지 먹고살 보화를 가지고 와서 바꾸자고 해도 거들떠도 안 볼 값진 것이었다. 남들이 십 년 후를 근심하고 백 년을 위한 계획을 세우는 동안 우리는 순간을 아까워했다. 죽음은 모든 살아 있는 것의 피할 수 없는 운명이고, 동물도 죽을 병이 들거나 상처를 입으면 괴로워하기도 하고 저희들 나름의 치료법도 있으리라. 그러나 죽음을 앞둔 시간의 아까움을 느끼고, 그 아까운 시간에 어떻게 독창적으로 살아 있음을 누리고 사랑할 것인가를 생각해야 하는 건 인간만의 비장한 업이 아닐까. 그가 선택한 인간다운 최선은 가장 아까운 시간을 보통처럼 구는 거였고, 내가 할 수 있는 최선은 그에게 순간순간 열중하는 것이었다. 이렇게 우리 부부에게 일생 중 가장 행복한 시간이 열 달이나 계속됐다.

항암제를 삼 주일에 한 차례씩, 때로는 백혈구 부족으로 한 주일 연기해서 사 주일에 한 차례씩 무려 열 번을 맞는 데 팔 개월이 걸렸고, 팔 개월 후의 정밀검사 끝에 폐암은 거의 완치된 걸로 본다는 진단을 받았다. 거의 완치란 얼마나 애매하고도 반지빠른 말투인가. 그러나 주치의가 꼭 그렇게 말한 것은 아니고, 지금까지의 치료효과는 희귀한 케이스에 들 만큼 양호하나, 재발이나 전이의 가능성을 아주 배제할 수는 없고, 그렇다고 마냥 항암제를 맞는다는 것도 인체가 견딜 노릇도 아닐뿐더러 또 지금까지의 임상 경험으로 봐서 무한정 맞는다고 재발이나 전이를 방지할 수 있는 것도 아니라는 뜻의 어렵고 우회적인 말을 그렇게 풀이했을 뿐이다. 만일 재발했을 경우 신속하게 발견해서 항암제를 다시 맞을 수 있게끔 매달 정기적인 검사를 받기로 하고 항암주사는 일단 중단을 했다. 그 동안 그에겐 일곱 개의 모자가 생겼다. 매일 아침 일곱 개의 모자를 이것저것 번갈아 써보며 멋부리는 버릇도 여전했다. 그가 어때? 나 예술가 같지? 하고 물으면 나는 예술가 좋아하시네, 꼭 난봉꾼 같네, 라고 응수하기도 했다. 그냥 농담처럼 말했지만 속으로는 진담이었다. 아아, 그에게 마지막으로 로맨스가 생길 수는 없는 것일까? 이왕이면 불꽃같은. 보통으로 살기도 초인적인 힘이 드는 그를 두고 나는 이렇게 화려한 일탈을 꿈꾸었다. 남편의 연인을 가상해도 조금도 질투가 나지 않는 이 하해와도 같은 관대함은 실은 인간의 운명의 속절없음을 거슬러보려는 작은 몸부림 같은 거였다. 항암제를 중단한 지 두 달 만에 그의 민둥머리에 삐죽삐죽 머리털이 돋아나는 게 보였다. 그도 거울로 그걸 확인하고 환성을 질렀다. 그는 소생하고 있는 걸까? 그는 암세포와 가장 비슷한 세포가 머리카락 세포라는 소리를 벌써 잊었는지 나도 같이 기뻐해주길 바랐다.

"당신은 모자가 아깝지도 않수?"

나는 도저히 꾸밀 수 없는 내 침울한 표정을 이렇게 변명했다. 언제 돌아올지 모르는 새벽 기침을 전전긍긍 기다리느라 잠 못 이루는 밤이 계속됐다. 그러나 암세포는 한번 왔던 길로 되돌아오지 않았다. 그날도 부엌 창문으로 그의 귀가를 지켜보고 있었다. 물론 버스에서 내릴 때부터 그를 딴 사람과 가려낼 수가 있었다. 모자 때문이었다. 그날 그는 갈색 줄무늬가 있는 모자를 쓰고 있었다. 그의 걸음걸이가 이상했다. 꼭 비실비실 옆길로 새고 싶은 걸음걸이였다. 기분에 따라 또는 몸 컨디션에 따라 걸음걸이가 달라질 수도 있으련만 괜히 가슴 먼저 후들댔다. 그가 집으로 들어서자마자 왜 그렇게 이상하게 걷냐고 따지듯이 물었다.

"당신 보기에도 그랬어? 참 별일이야. 똑바로 걸으려고 해도 자꾸만 비뚜루 나가잖아."

그가 웃으면서 말했고 나 역시 웃으면서 그 얘기를 아들에게 했다. 설마 비뚜루 걷는 병도 있는 줄은 몰랐다. 그러나 아들의 반응은 심각했고 당장 누나와 매형에게 전화해서 여러 말을 수군대더니 그 밤으로 그들이 달려왔다. 그들은 아버지한테 베란다 쪽으로 똑바로 걸어가보라느니, 손가락으로 코끝을 가리키라느니, 두 팔로 앞으로 나란히를 해보라느니 꼭 세 살 먹은 어린애 재롱 보듯이 시험을 했다. 그러고 나서 내일 당장 뇌를 CT촬영해야 한다고 했다. 그게 아직도 수련의 아니면 기초의학 전공인 그들의 진단의 한계였다. 그러나 나는 수도 없는 검사를 거친 노련한 주치의의 진단보다 더 확실하게 그의 몸이 돌이킬 수 없는 파국을 향해 치닫고 있다는 걸 알아차렸다. 그러나 그놈의 암이 뇌 속으로 옮아갔다는 걸 인정하는 건 너무도 무섭고 분노스러웠다. 견딜 수 없이 비참한 밤을 보내고 나서 그래도 한 가닥 희망을 품고 찾아간 병원에서 그러나 CT촬영은 불가능했다. 노사분규가 극도에 달했던 88년 초였다. 그가 그 동안 입원과 통원치료를 받아오던 종합병원도 막 그날 아침부터 간호사를 비롯한 종업원들이 파업에 들어가 병원 업무가 마비돼 있었다. 환자들은 하릴없이 발길을 돌리면서도 한마디씩 한탄을 하거나 욕을 했다. 이층에선 일손을 놓고 권리를 부르짖는 근로자들의 노랫소리, 구호 소리가 우렁차게 들려왔다. 뭔가 참을 수 없는 기분에 떠밀려 나는 발길을 돌리는 대신 이층으로 뛰어올라갔다. "거기서 뭣들 하고 있어, 지금 내 남편이 죽어가는데, 제발 내 남편 좀 살려줘." 이런 아우성이 목구멍까지 차오르고 있었다. 그들은 이층 로비에 모여서 선창자를 따라 주먹을 휘두르며 구호를 외치거나 노래를 부르고 있었다. 뒤에서 사담을 소곤대거나 시시덕대는 패도 있었다. 그러나 하나같이 머리에다 띠를 두르고 있었다. 머리띠에 붉은 물감으로 쓴 구호가 마치 상처에서 배어나온 핏자국처럼 분위기를 살기등등하게 만들고 있었다. 나는 무작정 뛰어올라온 기세와는 달리 잠시 우두망찰을 하고 서 있었다. 내가 어쩔 줄을 몰라했던 건 그들이나 그들이 자아내는 활기차면서도 살기등등한 분위기에 대해서가 아니라 나 자신에 대해서였다. 노사분규의 현장을 처음 보는 것은 아니었다. 가까운 백화점에 쇼핑하러 갔다가도 쇼핑 대신 종업원들의 축제처럼 흥겨운 데모 구경만 실컷 한 적도 있고, 택시나 지하철도 시한부로 파업을 예고해놓고 있었다. 텔레비전 화면이 연일 대기업의 노사분규로만 채워지던 때였다. 남들이 겪는 것만치 불편도 겪고 걱정도 하면서도 나는 내가 노동자 편이라는 걸 한 번도 의심해본 적이 없었다. 내가 노동자라서가 아니라 억압

하는 쪽보다는 억압당하는 쪽을, 가진 자보다는 못 가진 자를 편드는 건 내 기본적인 도덕심이었다. 더군다나 남편의 잦은 입원과 통원 치료로 종합병원과 일 년 가까이 관계를 맺어오면서 그 권위주의적 관료주의적 체제에 넌더리가 난 뒤였다. 큰 병원 또한 대기업 못지않게 시급히 달라져야 할 가장 비민주적인 기구라는 걸 뼈아프게 느껴왔다. 그럼에도 불구하고 막상 그런 거대하고 오만한 체제의 말단에서 짓눌려만 온 노무자들의 권리 행사에 맞닥뜨리자 동질감보다는 반감이 앞섰고, 끓어오르는 분노를 억제할 수가 없었다. 홀로 막다른 골목에 몰린 절망감과 피해의식 때문이었을까, 나에겐 그들 또한 막강한 강자로 보였다. 강자란 무엇인가? 목청 높은 가해자가 곧 강자인 것을. 그들이야말로 지금 그 두 가지를 완벽하게 겸비하고 있다고 나는 생각했다.

 다음다음날 딴 병원으로 CT촬영을 하러 갈 때였다. 자식들이 수소문하고 청을 넣고 해서 간신히 예약을 한 병원이었다. 그쪽 지리에 서투른 나는 입구를 잘못 알고 미리 차에서 내렸기 때문에 긴 병원 담을 끼고 한참 걷지 않으면 안 되었다. 그는 자꾸만 비틀비틀 담으로 가서 부딪치면서 한없이 더디게 걸었다. 다시 전전날의 분노가 생생하게 되살아났다. 화를 안 내면 미칠 것 같았다. 그에게 화낼 일은 아니었지만 그럼 누구한테 낸단 말인가.

 "제발 똑바로 좀 걸어봐요. 꼭 쥐구멍 찾는 게처럼 걷지 말고……"

나는 발까지 굴러가며 모질게 악다구니를 쳤다. 60년대 초까지만 해도 민물게가 지금처럼 귀물이 아니었다. 시골에서 벼가 누렇게 익을 무렵 동대문시장에 가면 좀 비싸긴 해도 배꼽이 둥근 산 암게가 많이 나와 있곤 했다. 암게 딱지 속에 고약같이 검고 찐득한 알이 잔뜩 들어 있을 때였다. 그때를 맞춰 반접쯤의 게장을 담그는 건 김장 못지않은 우리집의 연례행사였다. 식구들이 다 같이 유별나게 게장을 좋아했다. 산 게를 여러 마리 항아리 속에다 가두고 한 마리씩 꺼내 산 채로 손질하려면 한바탕 소동이 벌어지곤 했다. 집게발가락에 물리지 않도록 조심도 해야 하지만, 줄줄이 딸려나온 게들이 제각기 도망을 치는 것이 큰 문제였다. 시어머니는 게가 쥐구멍으로 들어가면 평생 가난하다는 묘한 미신을 믿고 있었다. 오래된 한옥엔 유난히 쥐구멍이 많았다. 게는 빠르다고는 볼 수 없지만 인간과는 다른 횡적인 방향감각 때문에 까딱 잘못하다간 놓치기 일쑤였다. 시어머니는 손질은 당신이 하면서 달아나는 게가 쥐구멍으로 들어가기 전에 붙들어오는 막중한 역할은 꼭 나한테 시켰다. 그러나 게에다 간장을 부어 죽인 후에도 다시 세어보아야만 안심을 할 정도로 면밀했으니 나는 자연히 그 일에 전전긍긍할 수밖에 없었다. 나중에 남편한테 그 일을 고해바치며 그의 어머니 흉을 한바탕 보아야만 다소 스트레스가 풀릴 지경이었다. 그런 옛일에 얽힌 농담이라면 얼마든지 재미나게도 그윽하게도 할 수 있었으련만 나는 고약한 성깔에 잔뜩 치받쳐 있었다. 여북해야 그가 딱하다는 듯이 그러나 역시 농담으로 받았다.

"당신이야말로 왜 그래? 꼭 틈바구니에 낀 쥐 같잖아."

그리고 피식 웃더니 탄식하듯 덧붙였다.

"생전 틈바구니에 끼여봤어야지."

그의 목소리가 하도 연민에 차 있어서 나는 대꾸하지 못했다. 죽어가는 사람으로부터의 연민은 감동적이었다. 울어버릴 것 같았다.

CT촬영은 참으로 놀라운 첨단과학이었다. 뇌를 가로 세로 여러 장으로 슬라이스하듯이 나누어 찍은 단면 사진은 내 눈으로도 고루 퍼진 암을 확인할 수 있을 만큼 선명했다. 뇌는 혈관의 회로가 달라서 항암제가 미치지 못한다고 했다. 그에게 남아 있는 유일한 치료법은 방사선을 뇌에다 쬐는 거였다. 방사선 치료란 죽는 연습이었다. 그 치료엔 아무도 입회하지 못했다. 방사선과 의사까지도 그를 치료대에 혼자 고정시켜놓고 나와서 밖에서 컴퓨터 화면을 보며 조종했다. 그 안에서 그는 어떤 기분으로 고립되어 있으며, 방사선이란 어떻게 생긴 빛일까? 그 깊이 모를 외로움과, 너무 밝아 차라리 암흑과 상통할 것 같은 빛에 대한 공포감은 죽음에 대한 상상력과 너무도 유사했다. 그는 이마가 까맣게 타도록 방사선 치료를 받았지만 다시 해본 CT촬영에서 암은 소멸되지도 줄지도 않은 채였다. 미국 가 있는 막내를 잠시 귀국토록 했다. 부고 받고 장사에 대오려고 허둥대는 것보다는 생전에 뵈러 오는 게 효도가 아니겠느냐는 게 딴 자식들의 의견이기도 했다. 아버지한테 뭐 사다드리면 좋겠느냐고 막내가 전화로 물어왔다. 약 종류를 묻는 말투였다. 그러나 그의 병세도 그렇지만, 때도 이미 미국엔 별의별 신효한 약, 불로초 같은 것까지도 있는 것처럼 여기던 촌스러운 시대가 아니었다. 나는 막내에게 모자를 사오라고 말했다. 최고급으로 사오라는 말도 잊지 않았다. 과연 막내가 사온 모자는 내 마음속에 있는 그의 모자의 원형과 가장 가까웠다. 순모로 된 통짜 중절모였고 견직 리본이 달려 있었다. 그러나 테가 너무 넓어 신사 모자라기보다는 카우보이 모자를 연상시켰다. 아니나 다를까, 네 살짜리 손자녀석이 그 모자를 보더니 "와아, 장고 모자다" 하면서 그걸 빼앗고 싶어했다. 녀석이 좋아하는 만화영화의 주인공 장고가 그런 모자를 쓰고 있다고 했다. 그는 모자를 쓴 채 안 빼앗기려고 이리저리 도망을 다녔다. 여전히 비틀대며. 손자가 울음을 터뜨려도 그는 그 모자를 내놓지 않았다. 손자와의 마지막 장난이었다. 마지막 한 달가량 자리보전하고 있을 때를 빼고는 그는 집에서도 줄창 그 모자를 쓰고 있었다. 막내에 대한 사랑 때문에도 그 모자를 아꼈겠지만, 넓은 테는 방사선 치료로 시꺼멓게 탄 이마를 가려주는 데 안성맞춤이었다. 그 장고 모자가 그의 여덟번째 모자이자 마지막 모자가 되었다.

  나는 요새도 가끔 그가 남긴 여덟 개의 모자를 꺼내본다. 그 안에서 머리카락 한 오라기라도 찾아보려고 더듬어보지만 번번이 헛손질로 끝난다. 그 여러 개의 모자는 멋이나 체면을 위한 것이 아니라, 단지 민둥머리를 가리기 위한 것이었다. 그의 몸을 차디찬 땅 속에 묻은 건 확실한데 아침마다 우수수 지던 그 숱한 머리카락은 지금 어느 만큼 멀리 흩어져 티끌로 떠도는 걸까. 생명의 가엾음이 티끌과 다를 바 없다는 속절없는 생각에 잠기기도 한다. 그의 흔적을, 남긴 물질에서 찾는 것보다는 남긴 말이나 생각에서 찾는 게 그래도 조금은 덜 허전하다. 그는 평범한 사람이고, 잘난 척할 줄도 몰랐기 때문에 담소는 즐겼지만 그럴 듯한 말은 할 줄 몰랐다. 우리집엔 그 흔한 가훈도 없다. 그의 말이 생각나는 것도 그가 끼면 편안하고 여유로워지는 담소 분위기이지, 멋있거나 뜻 깊은 말뜻은 아니다.

오직 틈바구니만이 예외다. 내가 생전 틈바구니에 끼여보지 않았다는 게 무슨 뜻일까? 그런 생각이 나를 자꾸 심각하게 한다. 그가 나 대신 가주던 동회나 세무서에 볼일 보러 가서 똑똑지 못하게 굴다가 구박맞으면 이게 틈바구닌가 싶기도 하고, 사용자와 노동자, 가진 자와 못 가진 자, 칼자루를 쥔 자와 칼날 쥔 자, 통일꾼과 반통일꾼이 서로 목청을 높여 싸우는 걸 봐도 전처럼 선뜻 어느 쪽이 옳거니 양자택일이 안 되고, 또 그놈의 틈바구니에 사로잡히게 된다. 여봐란듯이 틈바구니에 끼기 위해선 거친 두 목청 사이에 낀 틈바구니의 숨결을 찾아내야만 할 것 같다. 어쩌면 그는 그때 삶과 죽음의 틈바구니에서 어느 만큼은 내 원색적인 분노를 관조할 수도 있었기에 해본 단순한 연민의 소리일 뿐인 것을 내가 괜히 심각하게 굴었는지도 모르겠다. 그래도 여전히 틈바구니는 아무것도 아닌 게 되지 않는다. 그가 남긴 모자가 나에겐 모자라는 물질 이상이듯이 틈바구니란 말 또한 말뜻 이상의 것, 한없이 추구해야 할 화두임을 면할 수가 없다.

오동(梧桐)의 숨은 소리여

 김노인은 일부러 텔레비전 화면이 보이지 않는 위치에 앉았다. 아이들은 할아버지를 거들떠보지 않았다. 김노인에겐 만화영화의 전자음향만 들렸다. 그에겐 아이들과 거실의 광경이 화면이나 마찬가지였다. 도저히 같이 어울릴 수 없는, 단지 볼거리였다. 한 아이는 카펫 위에 엎드려서, 한 아이는 소파 위에 책상다리를 하고 앉아서 비디오를 보고 있었다. 둘 다 비슷한 봉지에 든 콩깻묵 부스러기같이 생긴 걸 규칙적으로 입 안에 털어넣고 있었다. 맛이나 무게는 없고 와삭거리는 소리만 있을 것 같은 군것질거리였다. 살이 찔까봐 단것이 금지돼 있는 아이들이 수시로 입에 달고 있는 것들은 거의 그런 것들이었다. 맛이나 공복감이 없는 습관적인 먹는 행위를 지켜보는 게 노인에겐 여간 괴롭지가 않았다. 입에서 꼭 무슨 소리가 나올 것 같아 공연한 잔기침을 했다. 큰아이가 목이 메는지 부리나케 냉장고에서 캔에 든 콜라를 가져왔다. 몇 모금 마시다가 사레가 들려 캑캑거렸다. 입과 코에서 걸쭉하게 된 콜라가 뿜어나와서 흰 윗도리를 더럽혔다. 아이는 크리넥스통을 끌어당겨 그것을 닦아냈다. 아이의 정신과 시선은 화면에 팔린 채 그 일은 건성으로 하고 있어 멈출 줄을 몰랐다. 크리넥스가 무진장 늘어나는 거품처럼 아이 곁에 부풀어올랐다. 김노인의 목구멍은 하고 싶은 말을 참아내느라 따갑게 옥죄었다. 소파 위에 책상다리를 하고 앉았던 작은애가 벌떡 일어났다. 그애도 마실 걸 가지러 갈 것 같았다. 아우는 뭐든지 형이 하는 대로 따라 하는 버릇이 있었다. 콜라가 마시고 싶지 않아도 캔은 따야 직성이 풀릴 아이였다. 아이는 밑은 안 보고 화면만 보느라 형이 마시다 만 캔을 걷어찼다. 캔에서 콜라가 잔거품을 내면서 흘러나와 신속하게 카펫에 번졌다. 형이 사고단지야, 하면서 약간 비켜 앉았다. 아우 또한 크리넥스로 젖은 카펫을 닦아냈다. 크리넥스통도 화수분은 아닌 모양이었다. 제 부피의 몇 갑절이나 되는 종이를 토해놓고 나서 바닥을 드러냈다. 아이는 부엌 쪽에 붙은 수납장으로 가서 새 휴지통을 꺼내오는 길에 냉장고에서 캔콜라도 한 통 가져오는 걸 잊지 않았다. 아이는 카펫이 부숭부숭해질 때까지 크리넥스를 없애기로 작정을 한 모양이다. 김노인이 보기에는 아무것도 묻어나는 것 같지 않건만 아이의 손은 자꾸자꾸 순백의 종이를 풀어내면서 눈은 여전히 만화영화에 붙박여 있었다.

  김노인은 이 모든 걸 보고도 입 다물고 있기 위해 심호흡을 했다. 그의 죽은 마누라는 죽을 병이 들고 나서 석 달밖에 안 남은 여생을 오로지 영감을 교육시키는 데 전념했다.

나 죽거든 큰애네 가 계셔요. 뭐니뭐니 해도 맏자식이 젤유. 좀 언짢은 일이 생겨도 행여 뿌르르 작은애네나 딸네로 가심 안 돼요. 그럴 양반도 아니지만 그럼 체신 잃게 돼요. 그리구요, 아들 며느리한테 대접받고 구순하게 사시려거든 절대로 잔소리하시면 안 돼요. 그리구요, 걔들이 아무리 헤프게 살아도 못 본 척 참으셔야 돼요. 꼬옥이에요. 전 그게 젤 마음에 걸려요. 당신이 잘 못 해낼 것 같아서요. 제가 편히 잠들기를 바란다면 무엇보도 그 일에 익숙해져야 돼요. 아셨죠? 아, 좀 좋우, 발발 떨고 사는 것보다 헤프게 사는 게. 손자들한테도 마찬가지예요. 우리가 시체 아이들 교육에 뭘 안다고 나서겠수. 그냥 오냐오냐 예뻐만 하지 행여 훈육할 생각은 마슈. 좀 좋우. 손자는 사랑만 하고 책임은 지지 않아도 되니.

마누라가 그런 소리를 간절하게 되풀이할 때만 해도 죽을 날 정해놓은 사람은 별억지를 다 써서 정을 뗀다는데, 그렇게 쉬운 부탁밖에 못 하는 마누라가 안타깝다 못해 화가 났었다. 마누라는 일 년에 두세 차례는 서울의 자식네를 두루 다녀왔고, 그때마다 맏이네서 가장 오래 묵는 것 같았다. 김노인은 마누라의 그런 자식 순방에 거의 동행한 적이 없기 때문에 자식들이 다 잘산다는 것 외엔 시시콜콜한 속사정을 알 리가 없었다. 따라서 마누라의 부탁이 결코 쉬운 부탁이 아니란 걸 미처 깨닫지 못했다.

책임지지 않고 사랑만 하기란 얼마나 어려운지, 참아내기 벅
찬 정신의 중노동이었다. 하루하루 죽어가고 있을 뿐이라는 느
낌 그 자체였다.

  김노인에겐 그런 사랑의 방법이 너무도 낯설었다. 그가 얼마
전까지 살던 지방의 소읍(小邑) 사람들은 남의 자식 잘못에 대
해서도 서로 책임을 느끼면서 살았다. 어느 날부터인가 딸들의
치마 길이가 아슬아슬하게 짧아지고, 아들들의 어깻짓이 시건방
지게 됐을 때도 지각 있는 어른들은 그 대책을 같이 의논했고,
그런 못된 바람이 그 무렵에 새로 생긴 다방과 무관하지 않다는
데 의견을 같이했다. 그 고장에도 다방이라는 게 생긴 지는 오래
됐지만 새로 생긴 다방은 좀 색달랐다. 큰 도시에서 온 돈 많은
외지 사람이 경영한다고 했다. 이름도 젊은 사람 취향에 맞게 커
피숍이라 했고, 널찍한 실내는 돈을 얼마나 처들여서 꾸몄는지
촌티가 거의 느껴지지 않았고, 마담과 아가씨들의 화장술과 화
술은 뛰어났다. 음향기기만도 몇백만원이 든 최고급품이라는 소
문이었다. 읍의 유지들이 주인을 만나 시정을 요구하러 갔을 때
도 서로 언성을 높이지 않으면 못 알아듣게 음악이 쾅쾅 울리고
있었다. 아마 조용했더라도 주인이 말귀를 알아듣기는 쉽지 않
았을 것이다. 처음엔 공손하게 대하던 주인도 영문을 알고 나서
는 기막힌 표정으로 비웃음을 지었다. 덮어놓고 시정을 하라니
당신네가 관할 관청이요 뭐요, 관할 관청이라도 그렇지, 시설이
미비한 걸 시정하라면 모를까 고급스러운 걸 시정하라는 소리는

물장수 삼십 년에 처음 들어보는 소리요, 하면서 숫제 상대를 안 하려고 했다. 얼마 안 가 그 다방은 망하고 말았지만 동네 유지를 못 알아봐서가 아니라 대규모 공단이 들어서리라는 정보가 빗나갔기 때문이었다. 그러나 그냥 사라진 게 아니라 영향을 미치고 사라졌다. 올망졸망한 작은 다방들의 분위기가 촌티를 벗었고, 딸들은 점점 더 야해졌고, 아들들은 어깨를 으스대다 못해 날갯짓을 닮아갔고, 실제로 하나 둘씩 날아가기 시작했다. 그래도 나잇살이나 먹은 지각 있는 사람들의 책임감엔 변함이 없었다. 읍에서 제일 오래된 고등학교에서 처음으로 서울대학에 합격생을 냈을 때는 읍민들이 제 일처럼 자랑스럽게 여겨 그 학교 운동장에서 대대적인 환영 행사를 베풀었다. 그때 붓글씨에 자신이 있는 김 노인은 자청해서 식장에 내걸 플래카드에다 합격생의 장래를 축수하는 말을 썼고, 온 동네가 축제 분위기에 들떴었다. 그러나 척박한 고장답게 그 고장을 빛내는 인물보다 앙심을 품고 사라지거나 욕되게 하는 인물도 쏠쏠하게 생겨났다. 한번은 그 고장 출신이 전국의 신문에 크게 오르내릴 만한 흉악한 범죄를 저지른 적이 있었다. 그때 읍내 사람들은 하나같이 풀이 죽어 몸 둘 바를 몰랐었다.

파출부 아줌마가 아이들에게 학원 갈 시간임을 알렸다. 아이들은 못 들은 것처럼 만화영화를 끝까지 보고 나서 학원 가방을 들고 총알처럼 뛰어나갔다. 김노인은 비로소 안도의 숨을 내쉬었다. 그 동안 한마디도 안 한 게 하도 기특해 아무에게나 칭찬을 받고 싶을 지경이었다. 베란다로 난 유리를 밖에서 닦고 있던 파출부 아줌마와 눈길이 마주쳤다. 유리를 통해 본 아줌마의 얼굴은 그냥 볼 때보다 펑퍼짐하게 퍼져 보였다. 그녀는 노인의 칭찬받고 싶은 미소를 이해하지 못했다. 유리문을 열고 물었다.

"시장하세요? 점심 차려드릴까요?"

그는 아직 귀가 어둡지 않건만도 아줌마는 그에게 말할 때 언성을 높이는 버릇이 있었다. 일종의 배려이리라. 그는 시끄러운 건 질색이었지만 배려는 고마웠다. 따스운 느낌이 들었다. 그는 아니라고 고개를 저어 대답하고는 아줌마가 마음놓고 유리를 닦도록 자리를 피했다. 오줌이 마려워 화장실에 들어간 그는 여자처럼 변기에 주저앉았다. 그리고 타일바닥까지 서리서리 늘어진 화장지를 찬찬히 감아올렸다. 습기를 머금은 끝부분은 말려서 쓸 수 있도록 늘어뜨려놓았다. 이틀 전에 새 두루마리 화장지를 끼워놓은 걸 봤는데 벌써 아이들 팔뚝만하게 가늘어져 있었다. 안방에 붙은 화장실에선 어떤지 알 바 아니지만 그가 두 아이와 같이 쓰는 화장실 형편은 늘 그러했다. 헤픈 걸 참는 게 아무리 죽은 마누라와의 약속이라지만 종이가 헤픈 걸 참아내기는 김노인에겐 여간 어려운 일이 아니었다.

그에게 종이는 물질 이상의 그 무엇이었다. 종이는 글씨를 쓰기 위한 것이 아니면 이미 글씨가 인쇄됐거나 쓰인 것이었다. 글씨란 무엇인가. 곧 학문이요 공부였다. 그는 공책 살 돈도 아까운 집안 형편 때문에 하고 싶은 공부를 중학교까지밖에 못 한 게

오동(梧桐)의 숨은 소리여 317

한이었다. 그래도 어떻든지 글씨 덕으로 먹고살고 자식들을 공부시켰다. 지방의 작은 읍에서 대서방을 해서 삼남매를 대학공부까지 시키기는 쉬운 노릇이 아니었다. 아내가 따로 잡화상을 해서 도와줬건만도 공책 살 돈도 발발 떨어가며 시킨 공부였다. 대서방에서 난 파지나 광고지를 묶어서 연습장으로 쓰도록 했고, 그의 유일한 취미인 먹글씨도 신문지를 묶어서 썼다. 충분한 연습 끝에, 솜씨에 어지간히 자신이 생겼을 때나 화선지를 썼지만 그럴 때는 명절날 호사한 것처럼 기분이 좋았다. 그가 종이를 아끼는 마음은 글씨, 활자 곧 지식에 대한 사랑과 다름없었다.

  방으로 들어온 김노인은 남의 방에 들어온 것처럼 서먹했다. 아들네로 온 지 달포가 넘었건만 아직 정이 붙지 않았다. 아랫목 윗목이 없는 것도 늘 좌정할 자리가 마땅찮은 까닭 중의 하나였다. 실제로 불편한 건 아무것도 없었다. 방엔 깨끗한 이부자리를 넣고도 사철옷을 다 걸어둘 수 있는 큼지막한 붙박이장이 딸렸건만도 따로 서랍장이 있었다. 내복과 양말을 넣고, 나머지 서랍들은 비어 있었다. 텅 빈 서랍을 볼 때마다 버리고 온 손때 묻은 잡동사니 생각이 났다. 그를 모시러 온 아들 며느리는 무작정 다 누굴 주거나 버리자고만 했다. 뭐든지 다 새걸로 마련해놨다는 것이었다. 와보니 정말 부족한 건 아무것도 없었다. 과연 자식에게 공부는 시킬 만한 것이었다. 아들네는 잘살고 있었고 어른을 공경할 줄도 알았다. 그러나 홀아비 된 지 얼마 안 돼서 정든 고장과 이웃을 떠났는데 길들인 물건까지 없고 보니 김노인은 하루도 몇 번씩 나는 누구일까? 하고 자기가 자기를 몰라볼 것 같은 때가 있었다. 그래서 그는 자주 거울을 보았다. 안심을 하기 위해. 그는 거울 속의 자신의 모습이 칠십 년을 살아온 지속성의 유일한 끄나풀인 양 열심히 바라보았다.

"할아버지, 진지 잡수세요."

"벌써요?"

그는 놀라서 버럭 악을 쓰며 돌아다보았다. 아줌마가 웃음을 참는 얼굴로 그를 보고 있었다.

"점심때가 겨웠는걸요."

더운밥, 뭇국, 시금치나물, 생선구이, 창란젓, 김, 그런 것들이 예쁜 그릇에 반듯하게 차려진 식탁은 오늘도 김노인만을 위한 것이었다.

"혼자 먹는 점심에 웬 진수성찬이오?"

"사모님이 얼마나 신경을 쓰신다구요. 구미에 맞으시게 잘해드리라구요. 복도 좋으세요. 요새 그만한 며느리 있는 줄 아세요?"

"한 번도 점심을 같이 먹은 일이 없으니 매일 어딜 그렇게 나간답니까?"

"요새 사모님들 다들 그래요. 그러니까 그 문젠 아주 신경 끊고 사셔야 돼요. 그래야 오래오래 효도받으신다구요."

아줌마가 같지않게 훈계조로 말했다. 나이 들고 나서 그에게 그런 식으로 말할 수 있는 것은 마누라밖에 없었다. 그는 죽은 마누라의 권위가 침해당한 것 같아 기분이 언짢아졌다. 퉁명스럽게 말했다.

"아이들은 또 왜 하필 점심때 뭘 배우러 가누?"

"글쎄, 할아버진 그런 걱정 마시라니까요. 요샌 그래도 방학 때니까 아침 저녁이라도 같이 먹죠, 개학만 해보세요. 저녁도 몇 번을 차려야 한다구요."

"아줌마가 수고가 많구려."

"수고는요, 남의 돈 거저먹나요."

그녀는 데면데면하게 말하고 돌아서서 싱크대 쪽으로 가서 고무장갑을 꼈다. 더는 말상대를 안 할 것처럼 수통스러운 뒷모습이었다. 뭇국은 너무 달았다. 그 집 음식맛은 거의가 다 그렇게 싱겁고 들척지근해서 그의 비위에는 잘 안 맞았다. 간장이나 소금을 조금 달라고 할까 하다가 참았다. 마음은 마누라가 없는, 그 엄청난 변화도 견디는데 혓바닥은 아직도 음식맛의 변화와 타협이 잘 안 되고 있었다. 육체보다는 정신이 더 고급한 무엇이란 생각은 그의 경우에는 맞지 않았다. 그는 자신의 혓바닥의 충직성에 대한 묘한 감동을 느끼며 입맛 없음을 느릿느릿 즐겼.

그가 방으로 돌아온 후 아이들이 우당탕탕 돌아오고, 시끄러운 소리로 아줌마한테 뭔가를 요구하고 떠들고 웃고 싸우고 먹는 소리가 들렸다. 느글느글하고 누릿한 음식 냄새도 풍겨오는 것 같았다. 김노인은 한 번도 아이들끼리만 먹는 식탁을 엿본 적이 없지만 같은 식탁에서 먹을 때 느낀 판이한 식성으로 미루어 그러려니 여기고 있었다. 아이들이 다시 부산하게 밖으로 나가는 소리가 들렸다. 이번에는 놀러 나가는 모양이었다. 형은 혼자 나가려 하고 아우는 따라 나가려 하느라 현관에서 한동안 옥신각신했다. 형은 국민학교 일학년이고 아우는 유치원에 다니고 있었다. 연년생이라 형이 아무리 형 노릇을 하고 싶어해도 아우가 인정하지 않고 꼬박꼬박 맞서려고 했다. 서로 타협하지 못하고 형이 먼저 도망을 가고 아우가 쫓아가는지 현관문을 들입다 밀어 부딪는 소리가 연달아 났다. 그리고 다시 조용해졌다.

김노인의 방은 바로 현관에 붙어 있었다. 식구들이 들고 나는 소리가 너무 잘 들렸다. 처음엔 그것보다는 문간방이라는 것만 섭섭했다. 구식 생각에 연유한 거긴 하지만 천대받고 있다는 느낌이 들었다. 그러나 아파트의 구조에 익숙해지면서 사랑방이라고 생각할 수도 있었다. 알고 보니 작은손자가 혼자 쓰던 방이었다. 그 아이에게 나쁜 방을 주었을 리가 없다. 이 집에선 그 아이가 가장 큰 상전이었다. 그렇지만 국민학교도 안 간 녀석에게 독방이라니. 김노인은 이 집에서의 자신의 위치에 조금이라도 당당해지고 싶어서 아이들을 그렇게 기르는 건 안 좋다고 생각하려 들었다. 김노인의 방하고는 거실로 통하는 복도를 사이에 두고 마주 보는 방을 형제가 같이 쓰고 있었다. 사이좋게 노는 소리는 잘 안 들렸지만 수틀려서 싸우는 소리는 귀 기울이면 알아들을 수가 있었다. 대개 형이 여기가 네 방이냐? 내 방이지, 하고 텃세를 부릴 때 큰 싸움이 되었다. 그러면 아우는 내 컴퓨터 내놓으라고 맞섰다. 형은 이게 어째서 네 컴퓨터냐, 내 방을 너하

오동(梧桐)의 숨은 소리여 321

고 같이 쓰는 조건으로 엄마가 사준 거니까 내 거라고 우기고, 아우는 그건 엄마가 내 방을 빼앗는 대신 사준 거니까 당연히 내 거라고 고래고래 악을 썼다. 세상에, 예닐곱 살밖에 안 된 아이한테 컴퓨터를 사주다니. 김노인에게 컴퓨터는 고가품일 뿐 아니라 고도의 지능만이 다룰 수 있는 정밀하고 전능한 기계였다. 그는 아이들이 그 기계로 게임을 즐기는 걸 본 적이 있었지만 그의 마음속에서 관념화된 컴퓨터와 그런 장난감은 별개의 것이었다. 하여 그의 방이 그런 어마어마한 대가를 치른 방이라는 걸 알고부터는 섭섭하기는커녕 과분하고 송구스러울 따름이었다. 그러나 마음이 편하기는 오히려 섭섭할 때가 나았다. 그가 손자들 앞에서 공연히 쭈뼛쭈뼛해지는 것도 방을 빼앗은 것 같은 자격지심과 무관하지 않았다. 집 안이 괴괴했다.

김노인의 방에선 노인정이 바라다보였다. 빨간 기와의 단층집이었다. 지나다 보면 바로 이웃집이었지만 십삼층에서 바라다보면 아득했다. 저녁때가 된 모양이었다. 노인들이 땅거미처럼 느리고 음울하게 몰려나오고 있었다. 그들은 하나같이 자발적인 의사와는 상관없이 타의에 의해 풀려난 사람들 같았다. 금방 헤어지지 못하고 서너 명씩 모여 어슬렁거리다가 조금씩 조금씩 움직이면서 제각기의 방향을 잡아갔다. 다들 여자 노인네들이었다. 그러니까 노파들이었다. 가끔 엘리베이터 같은 데서 만나는, 젊은이 못지않게 곱게 화장하고 세련된 양장을 한 신식 할머니들하곤 달랐다. 그런 할머니의 어머니뻘은 됨직한 파파 늙은이들이었다. 저런 노파들이 무슨 수로 이 견고한 고층 아파트를 뚫고 무사히 스며들 수 있을 것인가. 김노인은 노파들의 방향감각이 불확실한 걸음걸이를 지켜보면서, 그는 힘 없는 불빛을 향해 귀가해야 하는 참혹함이 남의 일 같지가 않았다. 아줌마한테 들은 얘긴데 아직은 노인정에 여자 노인들 방밖에 없지만, 주민들의 요청에 의해 곧 남자 노인들을 위한 시설이 생길 거라고 했다. 그것만 생기면 할아버지도 사모님도 서로 좀 편해지시련만...... 무슨 말끝엔가 그러면서 아줌마가 한숨을 쉬던 생각이 났다. 그러나 김노인은 그게 생겨도 거기 가고 싶지 않았다. 남자와 여자와 평균수명의 차이로 봐서 저런 노파들처럼 나이를 많이 먹은 남자 노인은 드물 것이다. 김노인은 적나라하게 드러날지도 모를 자신의 희소가치에 굴욕감을 느꼈다. 남은 여생 고독을 견딜 각오는 이미 하고 있지만 굴욕감을 참으면서까지 살고 싶진 않았다. 그래서 노인정에도 안 가고 싶었다. 그러나 그게 생기면 며느리가 편해질 거란 말은 무슨 뜻일까. 이렇게까지 없는 것처럼 살건만 며느리는 불편해하고 있단 소리가 아닐까. 그는 노인정이 그의 발목을 옭아매는 것처럼 진저리를 치며 창가에서 뒷걸음질쳤다.

오늘도 며느리는 늦을 모양이다. 놀러 나간 아이들은 다시 우당탕탕 요란한 소리를 내며 돌아왔다. 이제부터 엄마가 해놓으라는 공부를 할 작정인지 제 방으로 들어가더니 잠잠했다. 일학년과 유치원생이 각각 두 군데의 학원을 다닐 뿐 아니라 그날그날 엄마한테 검사를 맡아야 할 과제도 적지 않은 모양이었다. 김 노인은 방문 밖을 기웃하다가 현관에 아이들이 벗어던진 바퀴 달린 신발을 한켠으로 정리해놓고 나서 거실로 가서 텔레비전을 켰다. 행여 아이들 공부에 방해가 될까봐 볼륨을 줄였다. 뉴스 시간이었다. 사람들이 송곳 하나 꽂을 틈 없이 들어찬 지하철역 구내가 나왔다. 차가 밀려서 꼼짝 못 하는 고속도로도 나왔다. 서로 밀고 밀치고 멱살 잡고 삿대질하는 국회의원도 나왔다. 그리고 딴 나라의 거리 풍경도 나왔다. 소리가 안 나오니까 왜 비춰주는지는 알 수 없었다. 별로 알고 싶지도 않았다. 털모자 쓴 사람들이 오가는 이국의 거리가 나오고 붉은 깃발이 내려지는 그림도 나왔다. 소리가 안 나와도 그 그림이 소비에트 연방이 끝장났다는 걸 알려주는 그림이라는 걸 알 수가 있었다. 같은 그림을 소리와 함께 본 일이 몇 번이나 있고, 신문도 보고 있었으니까. 그래서 조금도 새로운 사실이 아니건만 소리를 죽이고 보니까 전혀 새로운 느낌에 사로잡혔다. 그의 기나긴 생애의 한순간을 스치고 지나간 기억이 선연하게 떠올랐다. 그후의 그의 생애에 아무런 영향을 끼친 바 없는, 따라서 있긴 있었지만 되풀이해서 생각할 까닭이 없었던 기억이 왜 망각 속에 와해돼버리지 않고 떨치고 일어났는지 모를 일이었다.

그가 혼인해서 첫애 낳고 살던 시골집은 텃밭을 끼고 바로 국민학교 운동장이었다. 그해 여름, 그는 골방에서 숨어 지내고 학교 아이들은 방학을 아랑곳하지 않고 허구한 날 운동장에 모여서 인민가요를 불러댔다. 아이들은 노래를 어찌나 기를 쓰고 부르는지 비쩍 마른데다 땟국물까지 흐르는 모가지에서 죽자꾸나 당긴 힘줄이 보이는 듯했다. 그건 찌는 듯한 더위와 한치 앞도 안 보이는 혼미 못지않은 고통이었다. 그러다가 문득 눈물이 고일 듯한 위안이 찾아올 적이 있었다.

    원수와 더불어 싸워서 죽은
    우리의 죽음을 슬퍼 말아라
    깃발을 덮어다오 붉은 깃발을
    그 밑에 전사를 맹세한 깃발

가사는 이렇게 투쟁적이었지만 곡조는 고즈넉하고도 우수에 차 있었다. 때에 따라서는 슬프고도 감미로웠다. 아이들 모가지의 힘줄도 그 노래를 부를 때만은 바이올린의 현처럼 섬세하게 떨고 있을 것 같았다. 그리하여 그 투쟁적인 노랫말까지를 터무니없이 감상적인 것으로 만들어버렸다. 그는 청년 시절에도 심약하고 가정적이어서 이념을 위해 목숨을 던질 생각 같은 것은 한 번도 해본 적이 없었음에도 불구하고 그 곡조를 듣고 있으면 헌신에 대한 떨리는 동경심에 사로잡히곤 했다.

몇십 년에 걸쳐 수많은 목숨이 그 밑에 전사한, 또는 전사를 맹세케 한 그 국경 없는 깃발이 어쩌면 저렇게 피 한 점, 눈물 한 방울의 애도도 없이 순간적으로 영원히 사라진단 말인가. 그가 살던 동네에서 어느 날 갑자기 사라진 동산처럼, 서울에서 그가 서울답다고 믿던 모든 것의 자취 없음처럼. 사람들은 오직 눈에 보이는 것에만 열중해서 사라진 것들을 기억하지도 이야기하지도 않을 것이다. 인생무상이로고. 한 시대의 역사적인 사라짐에 그 말밖에 생각나지 않는 게 그의 마음을 소슬하게 했다.

소리를 죽인 화면에 별 관심 없이, 낮 동안 어지러뜨려놓은 거실을 느릿느릿 정리하고 있던 아줌마가 그 장면에서 문득 일손을 멈추고 뚫어지게 바라보았다고, 김노인은 뒤늦게 생각했다. 그렇게 생각하고 나니까 주인의 귀가시간 임박해서 집 안을 한 번 다시 정리하는 아줌마의 일상적인 행동이 보통때하고 달라 보이기 시작했다. 손 따로 정신 따로인 것처럼 건성건성이었고 침울해 보였다. 부여잡고 위로해주고 싶었다. 붉은 깃발과는 인민가요의 애조를 통한 인연밖에 없건만도 그 사라짐에 대한 감회가 이렇게 착잡한데, 정작 거기 몸 바친 사람이나 그 식구들의 충격은 또 오죽할까 싶은 생각 때문이었다. 그건 안 해도 될 걱정이었건만 그 장면을 같이 본 아줌마에 대한 어쩔 수 없는 배려였다. 공장에 다니던 아줌마의 외아들이 노조 일에 앞장섰다가 구사대한테 폭행당한 게 빌미가 되어 죽었다는 소리를 며느리가 아들한테 하는 걸 들은 일이 있었다.

"일을 시켜보니까 썩 잘한 건 없어도 그만하면 괜찮다 싶고, 수다스럽지 않은 것도 마음에 들고, 무엇보다도 노인네 시중을 문제삼지 않겠다니 잘 걸렸다 싶은데 아들이 빨갱이였다는 게 암만 해도 께름칙해요."

"무식하게 빨갱이 빨갱이 하지 말아요. 요즘 세상에 빨갱이가 어디 있다구."

"빨갱이가 별거유, 잘사는 사람한테 앙심 먹으면 빨갱이지. 나 그런 사람이 내 집에 드나드는 거 싫은데……"

김노인이 아들네로 오고 나서 이내 들은 소리였다. 그때만 해도 아들네하고 잘 지내기 위해선 웬만한 것은 다 초월할 비장한 각오를 하고 있을 때였으므로 아무런 느낌 없이 들어넘겼다. 그러나 잊어버린 건 아니었다. 그때 입력된 정보가 점화되고 다른 회로까지 차례차례로 살려내고 있었다. 아줌마에 대한 연민의 정은 그가 넷을 낳아서 하나를 잃은 어린 딸의 죽음까지를 생생하게 불러일으켰다. 그때의 애통으로 미루어 차마 견디기 어려운 그녀의 참담한 심정을 헤아리고자 했다. 아아, 뭐라고 말해주면 좋을까, 저 불쌍한 여자에게. 사는 건 다 그렇고 그런 거라우, 사람이 하는 짓거리 중 슬프고 허망하지 않은 게 있는 줄 아우. 이렇게 정다운 소리로 말해주고 싶기도 하고, 말없이 다만 부드럽게 엄청난 고뇌를 걸머진 그녀의 어깨를 토닥거려주고 싶기도 했다. 그러나 느닷없이 그럴 수는 없고 그럴 기회를 엿보느라 그날 이후 그의 신경은 늘 그녀에게 향해 있었다. 집에 단둘이만 있는 시간은 여전히 많았지만 그럴싸한 기회는 쉽게 포착되지 않았다. 그렇다고 그의 몸까지 그녀를 졸졸 따라다닌 것은 아니고, 대부분의 시간을 방에 틀어박혀 지내긴 전과 다름이 없었다. 다만 그 시간이 그전처럼 심심하지만은 않았다. 그는 방에서 홀로 그녀의 일하는 소리에 귀 기울이며 그녀의 심기를 헤아렸고, 때로는 쏜살같이 때로는 가만가만히 그녀의 쓰라린 심정에 다가가곤 했다.

어느 날, 그는 엎드려서 방걸레를 치고 있는 아줌마의 엉덩이를 보고 몹시 무안했다. 좁은 바지통에 비해 엉덩이가 너무 크기도 했지만 바지도 낡을 대로 낡은 바지였다. 엉덩이 한가운데 솔기가 터져 내복이 비죽대고 있었다. 윗도리도 넣고 꿰맨 것처럼 꼭 끼는 데다가 남루했다. 마음이 슬픈데다가 가난까지 하다는 것이 얼마나 못할 노릇인지 진작 헤아리지 못한 게 부끄러웠다. 그러나 만약의 경우를 생각해서 꿍쳐갖고 있던 돈을 마침내 조금씩 조금씩 요긴하게 쓸 곳이 생겼다고 생각하니 가슴이 다 울렁거렸다. 왜 그 생각을 진작 못했을까. 마음을 표시하는 데 돈처럼 효과적인 직통은 없다는 게 마치 그가 방금 새로 발견한 진리인 양 기뻤다. 여직껏 마음은 간절한데 표현이 잘 안 됐던 것은 맨손으로 하고자 했기 때문이었다고 크게 깨달았다.

김노인의 점심상은 오늘도 외상이었다. 그녀는 언제나처럼 싱크대 쪽으로 돌아서서 뻘건 고무장갑을 끼고 그릇을 벅벅 문지르고 있었다. 그는 같이 먹지 않겠느냐고 넌지시 말을 시켰다. 그녀가 움찔 돌아다보면서 천부당만부당하다는 표정을 지었다.

"혼자 먹으니까 도무지 밥맛이 없어서 그러는 게니까 어여 숟가락 가지고 와요."

"할아버지도 참, 지 생각도 해주셔야죠. 지도 할아버지하고 겸상하면 밥맛이 안 나겠구먼요."

그렇게 나오니 무안해서 말문이 막혔지만 단념하지 않고 말을 계속했다.

"몇식구나 되우?"

"딸 둘하고 세 식구예요."

"딸애들은 뭘 하구?"

"큰애는 취직해 다니고 작은애는 중학교에 다녀요."

"작은애는 공부를 끝까지 시켜보지 그래요?"

"누군 시키기 싫어 못 시키나요. 돈이 웬수죠."

"공부만 잘하라고 그래요. 나도 힘닿는 데까지 도울 테니."

"네엣?"

아줌마가 놀란 얼굴로 돌아다보았다. 몹시 흔들리는 시선이었다. 이어서 반짝하고 섬광처럼 잽싸게 혐오감을 드러내더니 고개를 돌렸다. 그는 더는 말을 이을 수가 없었다. 그제서야 처음부터 너무 희떱게 굴지 않았나 싶은 생각이 들었다. 그러나 그건 그의 진심이었다. 한동안 그녀의 뒷모습에선 완강한 두려움이 지워지지 않았고, 그는 그녀가 왜 그러는지 이해하지 못했다. 그녀의 자존심의 미로(迷路)에 대한 배려가 부족했단 생각도 들었지만, 모처럼 자유스럽고 착해진 마음이기에 그런 까다로운 절차 없이 통할 수 있길 바랐다. 그는 자신의 연민의 정에 그만큼 자신이 있었다. 식사가 끝날 무렵 그녀가 보리차를 가지고 가까이 왔다. 그는 준비하고 있던 돈봉투를 잽싸게 그녀의 바지 주머니에 쑤셔넣었다. 그때 어쩔 수 없이 만져진 그녀의 뭉클한 살집의 감촉이 당장 털어내고 싶도록 싫었지만 참았다.

"왜 이러세요, 정말. 사람을 어떻게 보고……"

아줌마가 펄쩍 뛰었다. 그러나 봉투를 꺼내 내던지지는 않았다. 갈등 때문에 상기한 아줌마의 얼굴이 처참하게 구겨졌다. 그럴 만한 액수가 못 되어서 김노인이 되레 어쩔 줄을 몰랐다. 그는 거의 비굴한 아부의 웃음을 띠고 더듬거리며 말했다.

"제발 암말 말고 받아줘요. 쬐끔이오. 거저 주는 게 아니라 이 늙은이 시중들어주는 값이라고 생각하구려. 요샛세상에 군식구 좋달 사람 없다는 거 다 알아요. 하물며 늙은일 누가 좋대겠수. 아줌마나 하니까 나를 극진히 대해주는 것 아니겠소. 하도 고마워서, 성의 표시니까, 제발……"

그는 애걸까지 하느라 진땀이 났다. 말하는 사이에 참뜻이 흐려지는 게 안타까웠다. 원은 그게 아닌데. 원은 그게 아닌데……

"할아버지 시중드는 값은 사모님이 따로 얹어주시는데."

아줌마가 비로소 경계심을 누그러뜨리고 안 해도 좋을 소리를 했다. 김노인은 자신을 시중드는 값이 따로 지불돼왔다는 사실을 처음 알았다. 웃돈 얹어서 버려진 신세가 된 것처럼 초라하고 비참해졌다. 자기를 그렇게 취급한 며느리가 괘씸했고, 아줌마한테는 무안했다.

"이 댁 사모님 같은 효부가 어디 흔한 줄 아세요?"

노인의 경직된 표정을 보고 그녀가 줄창 하던 소리를 다시 뇌까렸다. 하긴 생각하기 나름이었다.
"이중으로 받아도 나쁠 건 없지 않소?"
그가 짐짓 명랑하게 말했다.
"그래도, 사모님이 아시면……"
"염려 말아요. 내 며늘아기한테 암말 안 하리다."
그녀의 표정에 얼룩진 갈등이 비로소 사라졌다.

그후 김노인은 아줌마와 점점 친해졌다. 그녀를 측은해하는 마음은 그의 하루하루를 살맛나게 했다. 그는 그녀의 수고를 덜어주고 싶어 그녀가 딴 일을 하고 있는 사이에 얼른 자기가 먹은 밥그릇을 닦거나 걷어놓은 빨래를 차곡차곡 개키는 일 따위를 하려 들었다. 그녀는 못 본 척할 적도 있었지만 며느리 속옷을 개키고 있는 걸 보면 질색을 하면서 그를 구박까지 했다. 어느 틈에 두 사람은 그만큼 친해져 있었다. 아줌마의 딸들 얘기를 이끌어내는 것도 김노인의 즐거움 중의 하나였다. 아줌마의 나날이 아주 보람 없지만은 않을 것 같아 얼마나 다행인지 몰랐다. 그러나 작은딸의 공부가 중간밖에 안 된다니 실망스러웠다. 하마터면 과외공부를 시키자고 할 뻔하다가 말았다. 연민 역시 종이처럼, 헤픈 건 모자람만도 못할 듯싶어서였다.

며느리가 모처럼 집에서 음식 장만을 하고 대청소도 했다. 무슨 날인가 했더니 지방도시에 산다는 며느리의 친정 동생이 아이들을 데리고 왔다. 일곱 살, 다섯 살짜리 남매였다. 무슨 날이어서가 아니라 남편이 외국 출장 간 사이에 그냥 언니가 보고 싶어온 나들이라고 했다. 자매간은 할 말이 많았다. 온종일 밤새도록 수다를 떤 것 같은데 다음날도 미진한 모양이었다. 마음놓고 회포를 풀게 김노인더러 아이들을 좀 데리고 나가달라고 했다.

"아버님 아직 롯데월드 못 가보셨죠? 거긴 한번 가보실 만해요. 진작 못 모시고 가서 죄송하던 차에 마침 잘됐어요. 아이들 데리고 거기 가셔서 실컷 좀 놀리고 구경도 하고 그러세요. 얼마나 좋다구요. 모셔다드리고 저녁때 모시러 갈게요. 그러려고 애 비한테 차 놓고 나가라고 했어요."

이렇게 얼레발을 치면서 서두르니까 아이들도 덩달아서 와아, 신난다 환성을 지르며 따라 나섰다. 며느리는 시아버지한테 두둑한 용돈을 주면서 아이들을 즐겁고 효과적으로 놀리는 방법을 자세하게 일러주었다. 목적지는 롯데월드 어드벤처라는 아이들의 놀이시설이었다. 그 안에선 돈이 물이니 이왕 아이들을 위해 하루 봉사하는 거 너무 돈 아까워 말고 사달라는 대로 사주고 아버님도 사 잡숫고 싶은 것 많이 사 잡수시라는 당부도 했다. 며느리는 주차가 어렵다고 그 앞에 내려만 주고 가버렸다. 롯데월드를 바라보는 데서부터 벌써 차가 밀리기 시작했으니 차 대기도 쉽지는 않을 것이다. 어마어마한 인파였다. 아이들만 많은 게 아니라 어른들도 많았고 단체로 온 시골 사람들도 많았다. 여기저기서 단체사진까지 찍느라고 법석이었다. 차례를 기다리는 명당 자리도 있었다. 원 이까짓 데가 뭐가 좋다고 사진씩이나. 김노인은 그런 광경에 괜히 부아가 났다. 시골 사람을 깔보는 마음이 있어서라기보다는 팔이 안으로 굽는 것과 다름없는 마음에서였다. 사람도 사람이려니와 넓기는 또 얼마나 넓은지 정신이 얼떨떨하고 어디가 어딘지 모르겠는데 다행히 아이들이 똘방똘방해서 우왕좌왕하지 않아도 되었다. 전에도 많이 와본 듯 일학년짜리 큰녀석이 앞장을 서서 길을 인도했다. 며느리는 그 안에 있는 수많은 탈것을 탈 때마다 표를 사는 것은 번거롭기도 하거니와 시간 낭비니까 자유이용권이라는 걸 사가지고 들어가면 편하다고 일러주었지만 매표구에서의 아이들 생각은 달랐다. 타는 요금이 비싼 것은 거의가 다 노인이나 너무 어린 아이는 무서워서 못 타는 거니까, 할아버지하고 다섯 살짜리는 입장권만 사가지고 들어가는 것이 돈을 적게 들이는 방법이라는 것이었다.

안에 들어가보니 과연 아이들 말이 옳았다. 보기만 해도 현기증 나는 것 천지였다. 값싸고 안전한 것은 또 멋쩍어서 타기가 싫었다. 그래도 다섯 살짜리 계집애를 아무것도 안 태울 수가 없어서 안고 회전목마도 타고, 표 안 사고 동전 집어넣고 타는 탈것도 태워야 했다. 그러자니 자유이용권을 산 사내녀석들하곤 따로 놀 수밖에 없었다. 그건 또한 사내녀석들이 원하는 바이기도 했다. 어드벤처 한가운데 광장의 스낵집 앞 벤치에서 몇시에 만나자고 기약을 하고 일행은 두 패로 갈라졌다. 그런 지시는 다 큰녀석이 했다. 몇번이나 와봤는지 그 안의 지리에 훤했다. 광장엔 스낵집이 여러 군데니 꼭 막대기처럼 생긴 과자를 직접 구워서 파는 스낵집 앞이라는 걸 잊어버리면 큰일난다고 몇 번이나

오동(梧桐)의 숨은 소리여

신신당부한 것도 녀석이었다. 보호자의 입장이 완전히 뒤바뀌고 말았다. 녀석은 사이사이에 군것질할 용돈까지 당당하게 요구하더니 동생들을 거느리고 훨훨 사라져버렸다. 김노인은 동생들 잘 건사하라는 말도 잊어버리고 넋이 반은 나가서 녀석이 하라는 대로 움직였다. 어른 체면이 말이 아니었다. 허나 그 안은 어린이의 천국이었다. 오빠들과 헤어진 계집애는 이내 보챘다. 그 안에서 아이를 달랠 수 있는 방법은 뭐든지 태우는 수밖에 없었다. 표 안 사고 타는 탈것이 표 사가지고 타는 탈것보다 훨씬 더 쏠쏠하게 돈을 삼켰다. 생긴 것만 우주선이나 공룡처럼 아이들 호기심을 끌게 생겼다뿐 기껏 제자리에서 오르락내리락하거나 빙빙 돌다 마는 장난감 같은 탈것은 구멍에다 백원짜리 둘만 넣으면 움직여주었지만 그 작동하는 동안이 너무 짧았다. 아이가 싫증이 나서 내려오겠다고 할 때까지 태우려면 줄창 옆에 붙어서서 백원짜리를 연방 집어넣어주어야만 했다. 김노인은 몇 차례나 동전 바꾸는 기계로 달려가서 동전을 한 움큼씩 바꿔왔지만 금방금방 빈손이 되곤 했다. 꼭 도둑을 맞은 것 같았다. 사달라는 장난감도 많고 먹고 싶다는 것도 많았다. 계집애는 낯선 노인과 짝이 된 불평불만을 과소비로 풀려고 작정을 한 모양이었다. 사내라고 단호하게 명령을 하고, 막상 사주면 시들해하곤 했다. 만나기로 한 시간이 임박해서야 아이는 쉬고 싶어했다. 이왕이면 만날 장소에서 쉬기로 했다. 벤치에 앉자마자 계집애는 꼬박꼬박 졸기 시작했다. 제시간에 아이들이 안 돌아와도 좋을 듯했다.

　김노인도 잠깐 눈을 붙이려는데 어디선지 팡파르가 울렸다. 곧 광장에서 어린이들을 위한 퍼레이드가 펼쳐졌다. 갖가지 동물의 탈을 쓰고 나와 꼬리를 흔들며 신나게 춤을 추다가 들어가고 나면, 겹겹의 치마를 입고 노란 가발을 쓴 아가씨들이 나와서 치마를 번쩍번쩍 드는 춤을 추기도 했다. 처음엔 김노인이 앉은 벤치에서도 잘 보였지만 차차 구경꾼이 겹겹으로 에워싸서 보이지가 않았다. 보아하니 그것만은 돈 안 받는 공짜 구경인데 놓치기가 아깝다 싶어 점퍼를 벗어 자는 아이를 둘둘 말아놓고 구경꾼을 뚫고 들어갔다. 캉캉춤 다음으로는 고적대가 나왔다. 금빛 찬란한 관악기와 큰북 작은북이 어우러져 단순하고 즐거운 행진곡을 연주했다. 실로폰을 목에 건 아가씨도 있었다. 소녀들로 구성된 고적대는 엉덩이를 가릴까 말까 한 짧은 원피스에 진달래빛 스타킹을 신고 있었다. 하나같이 다리들이 늘씬했지만 스타킹은 속살이 비치지 않는 공단처럼 윤기 있고 불투명한 천이어서 문란하다는 느낌은 전혀 들지 않았다. 진달래빛 다리들이 음악에 맞춰 행진하는 걸 구경하면서 김노인은 마치 봄동산에 홀린 것처럼 그저 즐겁고 그리웠다. 단순한 원초적인 악기들이 내는 동요조의 행진곡들은 또 얼마나 신나는지. 그 동안 머릿속을 온통 벌집 쑤셔놓은 것처럼 교란시킨 전자음악 때문에 망가진 청각이 소생하는 것 같았다. 전자음악에 비하면 그건 아이들의 웃음소리, 새의 지저귐, 나무들의 소요, 시냇물 흐르는 소리의 어우러짐이었다. 고적대도 한바탕 놀고 나서 동굴 같은 통로 쪽으로 사라져갔다. 진달래빛 다리를 가진 소녀들이 작별을 아쉬워하는 아이들한테 윙크를 하거나 손을 흔들며.

김노인은 아까부터 눈독을 들이고 있던 아가씨하고 눈이 마주쳤다. 특별히 이뻐서가 아니라 실로폰을 메고 있는 모습이 하도 귀여워서 자꾸만 바라본 것이었다. 그와 눈을 맞춘 아가씨는 장난스럽게 윙크를 했다. 따라오라는 신호처럼 대담한 눈짓이었다. 김노인은 뱃속 깊은 곳으로부터 폭죽이 터지는 듯한 환희를 느꼈다. 그는 망설이지 않고 뒤따랐다. 아니 얼굴을 쳐다보기 위해 앞장을 섰다. 같이 사진을 찍고 싶어 무용단이나 고적대를 따라온 아이들도 대개 그렇게 얼굴을 쳐다보느라 앞장을 서서 거치적대며 걸었다. 광장에서 어두운 통로로 들어온 고적대는 자연히 대열이 흩어졌다.

아, 할아버지 머플러, 하면서 실로폰 아가씨가 걸음을 멈추었다. 김노인은 아가씨한테만 정신이 팔려서 머플러가 흘러내려 땅에 떨어지는 것도 모르고 있었다. 아가씨가 냉큼 허리를 굽혀 머플러를 주워올렸다. 며느리가 사준 매끄럽고 가벼운 실크 머플러였다. 뒷사람한테 거치적대지 않으려고 아가씨는 행렬에서 이탈했다. 동굴처럼 어둑시근하고 좁은 통로라 두 사람은 자연스럽게 벽 쪽으로 밀려났다. 아가씨가 벽에 기대선 김노인에게 손수 머플러를 둘러주었다. 그리고 속삭이듯이 말했다. 할아버진 참 멋쟁이야. 머플러 칭찬이련만도 김노인은 얼굴을 붉혔다.

아가씨는 한술 더 떠서 김노인의 목에 팔을 감고 볼에다가 가볍게 입을 맞추었다. 따라다니는 아이들한테 많이 해본 짓인 듯 거리낌없이 익숙했다. 아가씨 가슴께에 매달려 있는 실로폰 때문에 두 사람 사이에 적당한 간격을 둘 수밖에 없어서 더욱 감질나는 포옹이었다. 그러나 뒷맛은 오래도록 짜릿하고 감미롭고 그리고 포근했다. 그런 느낌은 얼마 만인지, 아니 생전 처음 같았다. 그는 소년처럼 가슴이 울렁거렸다. 그리고 자신 속에 그런 감각이 남아 있다는 게 신기했다. 아가씨도 행렬도 가고 없었다. 따라가서 더 무엇을 어째보고 싶단 생각 같은 건 없었다. 더 바랄 게 뭐가 있겠는가. 아가씨의 손길과 입김의 따스함 그 자체가 이미 황홀한 절정감이었다.

"할아버지, 나리는?"

어느 틈에 아이들이 그를 에워싸고 있었다. 녀석들은 아까부터 다 보고 있었다는 듯이 노숙한 얼굴로 그를 쳐다보고 있었다.

"으응, 나리? 걔가 왜 여기 있냐? 우리 만나기로 한 데 있지."

김노인은 꿈에서 깬 것처럼 어눌하게 말하고는 앞장을 섰다. 거기 없던데, 하면서도 아이들이 따라왔다. 스낵가게 옆 벤치에 나리는 정말 없었다. 그가 벗어놓은 점퍼를 밀어놓고 젊은 남녀가 햄버거를 아귀아귀 먹고 있었다. 아찔했다. 이를 어쩐다. 이를 어쩐다. 그는 무턱대고 우왕좌왕했고 미친 것처럼 두리번거렸다. 순식간에 등허리에 식은땀이 쫙 흘렀다. 아이들은 뭐가 그렇게 재미난지 저희끼리 찡긋찡긋 눈을 맞추며 이런 할아버지를

오동(梧桐)의 숨은 소리여

따라다녔다. 동생 걱정보다는 저희 책임이 아니란 걸 더 밝히는 얼굴이었다. 그래도 길 잃은 여자아이를 보호하고 있으니 찾아가라는 방송을 제일 먼저 알아들은 건 큰녀석이었다. 나리는 무사했고 별로 울지도 않은 것 같았다. 그래도 밖에서 데리러 온 이모를 만나자마자 와아 하고 서럽게 울어서 김노인을 무안하게 했다. 아이들이 어련히 고해바칠까 싶었지만 그는 나리를 잃어버렸던 일을 대수롭지 않게 말했다. 그에게 그건 대수롭지 않은 사건이었다. 그가 맛본 그 가슴 설레고 부드러운 느낌에 비하면.

김노인은 며느리의 동생네 식구들이 떠난 후에도 수시로 그 느낌을 즐겼다. 다시 롯데월드에 가서 그 아가씨를 만나보고 싶단 생각 같은 것은 안 했다. 다만 그런 느낌이 그의 내부에서 일어났다는 게 중요했다. 그의 노구(老軀)에 그런 싱그러운 울림이 숨어 있었다는 게 놀랍고 신기했다. 그것 또한 아줌마에 대한 친근한 연민과 마찬가지로 자신의 마음속에서 일어날 수 있으리라고는 예상을 못 했던 것이었다. 그는 혼자 있을 때도 소년처럼 여린 마음으로 소녀의 따뜻한 입김과 부드러운 손길의 감각을 반복해서 즐겼다. 그러나 그 이상을 상상한 적은 없었다. 그 자체가 이미 넉넉한 행복감이었으므로.

어느 날 초저녁잠에서 깨어나 화장실에 간 김노인은 갇힌 것처럼 밖으로 나오질 못했다. 거실에서 아들 며느리가 두런거리는 소리를 엿듣고 말았기 때문이었다.

"그러니 이 노릇을 어째요?"

"난 암만 해도 믿을 수가 없다니까."

아들의 목소리가 사뭇 짜증스럽고 침통했다.

"저도요. 아줌마가 노인네가 치근덕대 못살겠다고 하소연할 때만 해도 처음엔 반신반의했다니까요. 그 엉큼한 여편네가 혹시 재산이나 있는 노인넨 줄 알고 지가 먼저 꼬리를 친 게 아닌가 하구요. 그 여편네도 과부 아뉴. 꿈에 그런 생각 할 수도 있다 싶어 아무것도 없는 노인네라는 걸 알아들을 만큼 얘기했는데도 자꾸만 그러더라구요. 내일부터 안 오겠다고 앙탈은 또 몇 번이나 했다구요. 그럴 때마다 노인네 시중드는 값을 올려주겠다고 달래서 무마를 시켰으니 내 속이 얼마나 상했겠어요?"

"당신이 버릇을 그렇게 들였으니까 그 여편네가 애먼 노인을 잡고 늘어지는 거 아냐?"

"당신이 그렇게 나올 줄 알고 내가 그 동안 아줌마 얘긴 덮어둔 거였어요. 그렇지만 이번엔 아이들이 본 거예요. 자그만치 세 아이가 똑똑히 보았대요. 스무 살도 안 된 쇼걸을 침을 흘리고 따라다니느라 아이까지 잊어버리고, 아이 챙피해. 오죽 놀랐으면 그날 밤에 나리가 경기를 다 했겠어요? 당신도 봤잖아요."

"경긴 무슨. 나쁜 꿈을 좀 꾼 걸 가지고 그 야단을 칠 게 뭐람."

"그래요, 그래. 당신 피붙이 허물은 하나도 눈에 안 보이고 우리 식구 하는 짓만 못마땅하죠."

"중요한 마당에 말 걸고넘어지지 말아요."

"사태가 중요하다는 걸 알긴 아시는구려."

"그래 당신은 꼭 아버지를 새장가를 들여드려야겠단 얘기요?"
"그것밖에 해결책이 없지만 그게 어디 그렇게 쉽겠어요?"
"마땅한 사람이 있으면야 효자 자식 열보다 악처 하나가 낫단 옛말도 있으니 흉될 건 없으련만."
"돈만 있으면 사람이야 없겠어요. 한푼도 없으시면서 무슨 배짱으로 새장가들 궁리를 하시는지, 주책에다 망령이셔. 그리고 불결해서라도 더는 모실 생각이 없어요. 솔직히 말하면."
"나도 한번 솔직히 말해봅시다. 우리 아버지가 왜 빈털터리요. 우리가 이 아파트로 늘려 올 때 반을 보태셨소. 당신의 전재산을 정리해서."
"그래요, 그게 고작 삼천만원밖에 더 돼요. 장차 의탁할 맏자식에게 그만큼도 못 내놔요?"
"삼천만원이 아니라 이 아파트의 반이오."
"이 아파트의 반이면 이억이에요. 당신 뭘 제대로 알고 하는 소리예요? 당신 이억 있으면 내놔봐요. 내가 문제없이 아버님 새장가들여볼 테니까. 삼천만원도 없으면서 큰소리치긴."
"어디 저 먹고살 만치 가진 할머니 없을까?"
아들이 당장 기죽은 소리로 말했다.
"먹고살 만한 할머니가 미쳤다고 영감을 얻어요?"
"아버님이 살기가 어려워 여자 생각 하시는 거 아닌 것과 같은 이치로 남편이 필요한 할머니도 있을 수 있는 거 아니겠소."
"글쎄요, 그런 할머니가 있으면야 천생연분이겠지만, 그렇게 짝을 맞추려면 아버님에게도 그만한 능력이 있어야 할 텐데 과연 그 연세에 그럴 능력이 있으시겠어요."

"이 여자 저 여자 가리지 않고 집적대시는 게 능력이 있단 증거 아니겠소."

"아버님도 참, 오르지 못할 나무만 쳐다보시지 말고 적당한 사람과 연애나 하셨으면 방이나 하나 얻어드리면 될 텐데, 아무튼 주책이시라니까."

그러고 나서 뭐가 그렇게 재미있는지 둘이서 같이 한바탕 킬킬대더니 안방으로 들어갔다. 김노인도 떨리는 가슴과 다리를 간신히 진정하고 방으로 돌아왔다. 창문을 열었다. 아들네로 온 날부터 유심히 봐둔 창이었다. 십삼층 밑에 고인 어둠이 깊고깊은 두레박 우물처럼 고혹적이었다. 만약의 경우, 견딜 수 없는 구박에 대비해서 돌파구가 마련돼 있다는 건 큰 위안이었다. 바로 이런 경우에 대비한 돌파구가 아니었을까.

그가 방금 엿들은 건 어떤 구박보다도 더 심한 치욕이었다. 딴사람도 아닌 아들 내외로부터 칠십 노구의 성적 능력을 이러쿵저러쿵 저울질당해야 하다니. 하긴 딸 팔아먹는 에미도 있는 세상이니 애비 팔아먹고 싶은 아들이 없으란 법 없지. 헤프게 살기 위해 팔 수 있는 건 다 팔려무나. 참으로 정나미떨어지는 세상이었다. 그럼에도 불구하고 몸을 던져 세상을 버릴 생각은 나지 않았다. 죽음이 무섭단 생각보다도 목숨이 아까웠다. 칠십 노구는 삭정이처럼 초라할 뿐 아니라 아들 내외가 궁금해하는 능력이

오동(梧桐)의 숨은 소리여

없어진 지도 오래였다. 마누라가 죽기 훨씬 전부터였다. 그래서 아마 영감의 뒷날을 그렇게 근심한 마누라건만 재혼하라는 소리를 입에 담지 않았을 것이다. 그런 별볼일 없는 늙은 몸이건만 얼마나 신기한가. 꽃이 피면 즐겁고, 잎이 지면 서러운 걸 느낄 능력이 정정하니. 그 밖에도 아직 깨어나지 않은 소리가 또 있을지 누가 아나. 아직도 밝혀내지 못한 비밀이 남아 있는 한 그의 목숨은 그에게 보물단지였다.

티타임의 모녀

　어머니는 스쳐 지나가듯 부엌방으로 사라졌다. 나는 가스불에다 삐삐주전자를 올려놓았다. 삐삐 소리가 나기도 전에 어머니는 옷을 갈아입고 청소기를 끌고 나왔다. 보라색 바탕에 노란 꽃무늬가 있는 어머니의 고무줄바지는 뭉치면 한줌밖에 안 되게 하늘하늘한 천이다. 어머니는 아마 손지갑에다 그걸 숨겨가지고 왔을 것이다. 어머니의 손지갑은 그래서 보통 지갑보다는 크고 핸드백보다는 작다. 간편한 목욕주머니만했다. 파출부 일을 나갈 때는 결코 핸드백 크기의 가방을 들지 않는 어머니였다. 주인한테 의심받을 짓은 안 하는 게 상책이라고 했다. 처음엔 그게 무슨 소린지 몰랐었다. 가방 속에다 깨소금이나 라면봉지 따위를 꿍쳐넣을까봐 노려보는 여우 같은 눈초리와 관계가 있다는 걸 알았을 때, 나는 콩 튀듯 팥 튀듯 분을 못 참았다. 그런 나는 지금 어디 있나. 고작 내 앞에 가로놓인 이 하염없는 슬픔이 그때의 그 순결한 분노의 흔적이란 말인가. 어머니의 바지는 허리뿐 아니라 가랑이 끝에도 고무줄이 끼여 있다. 어머니는 고무줄을 무릎 밑까지 끌어올려 짤막하고 단단한 종아리를 거침없이 드러내고 청소기를 돌린다. 발도 맨발이다. 일하는 어머니의 뒷모습 중 가장 참아내기 힘든 건 발뒤꿈치이다. 한여름 말고는 어머니의 발뒤꿈치는 늘 갈라져 있다. 깊고 굵은 몇 가닥의 균열이 석탄가루로 메운 것처럼 선명하게 새까만 게 가뜩이나 침울한 내 마음을 잦아들게 한다. 친정은 아직도 방방이 연탄을 가는 집이고, 아버지는 그 집 문간과 문간방을 터서 구멍가게와 연탄가게를 겸하고 있다. 길이 안 좋은 산동네라 한두 장씩도 팔고, 열 장이 넘으면 아버지가 손수 지게로 배달도 해주는 터여서 평지보다 연탄값이 비쌌다. 구멍가게 물건 중 연탄 이문만큼 쏠쏠한 것도 없다고 대견해하시는 아버지는 그러나 기운 좋아 미장이 일 나갈 때나, 들어앉아 연탄장사 할 때나, 입에 겨우 풀칠할 만큼밖에 돈을 못 벌었다. 그걸 굉장한 일인 양 자랑스러워하는 아버지의 맨발이 어떠했는지는 잘 생각나지 않는다. 그러나 발뒤꿈치가 어떠했는지까지 잊어버린 건 아니다. 연탄장사 하면서 아버지는 까만 양말밖에 안 신었다. 나일론 양말목의 고무줄이 늘어져 실밥처럼 너덜댈 때까지 신으셨는데, 뒤꿈치에 구멍이 나도 잘 드러나지 않았다. 아버지의 발뒤꿈치는 양말과 같은 빛깔이었으니까.

　단지 숨쉬고 사는 것도 버거워, 잠시 바깥바람을 쐬려고 나갔다가 무심히 동네 성당에 들어가본 적이 있다. 정말로 아무 생각 없이 남들이 가는 대로 휩쓸리다보니 성당 안이었다. 나중에 안 일이지만 마침 부활절을 사흘 앞둔 성목요일 미사시간이어서 성당 골목이 그렇게 붐볐던 것이다. 성당 안이 꽉 차 있어서 되레 앞자리에 앉을 수가 있었다. 서 있으려고 했는데 안내하는 사람이 앞쪽으로 인도하더니 맨 앞에서 두번째 줄에 끼어 앉도록 해주었다. 앞쪽일 뿐 아니라 제대를 정면으로 바라볼 수 있는 가운뎃줄이었다. 제대 앞 꽃장식이 화려했다. 어려서 산동네 천막교회에 다닌 적은 있어도 성당은 처음이라 모든 예절이 신기했다. 그중에도 신부님이 신자들의 발을 씻겨주는 예절은 생전 듣도 보도 못 한 거였다. 그러나 최후의 만찬 때 예수님이 제자들의 발을 씻겨준 일을 기념하기 위한 것일 거라는 정도는 짐작할 수 있었다. 고등학교 영어교과서에서 배운 적이 있는 얘기였다. 애덕이니 겸손이니 하는 영어 단어와 함께 그 페이지에 있던 삽화까지 생각났다. 나는 비록 졸업은 못 했어도 고등학교까지는 다녀본 적이 있었다. 사제가 발을 씻겨줄 신자는 미리 정해져 있었고, 그분들은 바로 내 앞의 맨 앞줄에 나란히 앉아 있었다. 다들 남자 노인들이었다. 신부님이 발을 씻겨주도록 선택받았다는 걸 얼마나 영광스럽고 황공해하는지는 그들의 뒷모습만 봐도 알 수가 있었다. 머리끝부터 발끝까지 정결하고, 풀을 먹인 것처럼 긴장하고 있었다. 품위 있는 은빛 머리카락 한 오라기도 흐트러진 데가 없었다. 순백의 제의를 입은 사제가 첫번째 노인 앞에 꿇어

앉자 뒤따른 부제가 대야에 물을 대령했다. 나는 엉덩이까지 들고 어깨 너머로 차례차례 양말을 벗는 노인들의 발을 넘겨다보았다. 하나같이 땅을 딛고 다닌 적이 있는 것 같지 않게 가냘프고 정결한 발이었다. 특히 발뒤꿈치는 분가루를 발라놓은 것처럼 새하얗고 보송보송해 보였다. 한줌의 물이 사제의 손길을 통해 노인의 흰 발을 적시고 다음 노인한테로 넘어가면 하얀 수건이 그 거룩한 물기를 닦아냈다. 노인들의 발뒤꿈치가 희어도 너무 희어서 나는 더는 거기 앉아 있기가 싫었다. 장내는 숙연했다. 감격의 눈물을 하얀 미사포 끝으로 찍어내는 할머니도 있었다. 그러나 나는 그 모든 하얀 것들 때문에 숨이 막힐 것 같았다. 참지 못하고 자리를 박차고 일어섰다. 앞자리에 앉았다는 건 긴 재앙의 예고였다. 실상 그 너무 하얀 발뒤꿈치만 아니었으면 그 안의 숙연함에는 감히 거역할 수 없는 황홀경 같은 게 있었다. 잘못 찾아든 집을 뛰쳐나오는 것처럼 무안하고 급한 표정으로 걸어나오기에는 그 통로는 길고도 길었다. 홀로 뭔가를 거스르고 있다는 외로움과 걸어도 걸어도 끝날 것 같지 않은 아득한 거리가 꼭 꿈속 같은 게 그나마 다행이었다.

어머니는 거실을 한 바퀴 돌고 나서 청소기 코드를 뺐다. 소음에 묻혔던 삐삐 소리가 별안간 날카로워졌다.

"엄마, 커피 한잔 하고 하세요."

나는 가스불을 끄면서 어머니에게 큰 소리로 외쳤다. 어머니는 달게 탄 커피를 좋아했다. 일 시키기 전에 커피라도 한 잔 권하면서 일의 순서나 식구들의 식성이나 버릇 같은 걸 얘기해주는 주인을 만나면 일하기도 한결 수월하고 정도 붙는다던 어머니 말이 하필 그때 생각났다. 나는 찻잔이랑 커피통을 다탁에다 주섬주섬 꺼내놓다 말고 숨을 크게 들이마셨다. 지훈이 낳기 전에 산부인과 병원에서 배운 복식호흡법은 막상 진통이 시작되자 아무 쓸모가 없었다. 그런데도 난데없이 속이 쓰라려질 때마다 그 짓을 하는 버릇이 생겼다. 아버지도 어머니도 노동일에 따르는 애로나 굴욕에 대해서는 도무지 숨기는 게 없었다. 연탄지게 지고 가다 미끄럼판에 넘어지면서 부서진 연탄 속에 얼굴을 처박고 허우적댈 때, 길을 그 모양으로 만든 아새끼들이 낄낄대며 놀리던 말까지 손주새끼 재롱처럼 흉내내던 아버지였다. 나는 어려서부터 양친의, 이런 노동은 무치(無恥)라는 태도에 익숙해져 있을 터였다. 나의 생급스러운 쓰라림은 한 몸 같았던 그들로부터 떨어져나오기 위한 상처의 아픔일까. 아니다. 그들로부터 떨어져나온 지는 이미 오래다. 아픔은커녕 언제 한 식구인 적이 있었더냐 싶게 훨훨 떨어져나왔었다. 지금 쓰라린 건 다시 돌아가 끌어안아야 할 사람들에 대한 혐오감, 아니 도저히 그게 될 것 같지 않은, 그러나 그럴 수밖에 달리 어쩔 수가 없을 것 같은, 되게 복잡한 열패감 때문이었다.

"이 커피잔 참 예쁘쟈? 아마 영국제 본차이날 거다."

웬 유식? 웬 안목? 어머니의 적나라한 파출부 티에 다시 한번 복식호흡을 해야 할 것 같다. 그러나 참는다. 어머니는 다리까지

꼬고 앉아 꽃무늬와 커피 맛을 함께 즐기려는 듯 한 모금 마실 때마다 잔을 눈높이까지 들고 감상하면서 만족스러운 표정을 지었다.

"엄마, 그건 우리 거가 아녜요. 몇 번 말해야 알아들으시겠어요."

찻잔뿐 아니다. 이 집과 이 집 안에 있는 모든 게 우리와는 상관없는 것들이다. 우리라는 말은 어쩌면 틀린 말인지도 모르겠다. 내가 우리라고 말할 때, 비록 어머니를 앞에 놓고 있을지라도 어머니를 포함시킨 건 아니다. 내가 생각이나 말로 우린 어떻게 될까, 우리도 한번 잘살아봐야지, 우리 이번 공일날 롯데월드 갈까, 우리가 뭘 잘못했다고, 우리집, 우리 저금통장, 우리 강아지, 우리 텔레비전, 우리 냉장고, 우리 전기밥솥 할 때 그 우리 속에는 저절로 나하고 남편과 지훈이가 한 묶음이 되어 있었다. 그리하여 그런 것들이 아무리 보잘것없는 것들이라 해도 우리에겐 특별하고 살뜰한 것들이었다. 그런 뜻으로 이 집 안에 있는 모든 게 우리 거가 아니란 말은 틀린 말이다. 나하고 상관없는 것들일 뿐, 남편이나 지훈이하고 상관없는 것들은 아니다. 이 집과 집 안의 물건들이 우리 사이에 끼어들면서 우리는 우리가 아니게 되었다.

"고지식하긴, 누가 깜서방 딸 아니랄까봐."

어머니는 느닷없이 잘난 척까지 하면서 콧방귀를 뀐다. 기껏 깜서방 마누라인 주제에. 나도 지지 않고 속으로 이렇게 어머니를 경멸한다. 깜서방은 산동네에 파다한 아버지 별명이다. 우린 감씨다. 나는 감일순이고, 살갗이 워낙 까만데다 연탄장수를 하고부터는 눈만 빤작빤작 더욱 새까매진 아버지를 동네 사람들은 어른 아이 할 것 없이 그렇게 불렀다. 조금 대접해준다는 게 고작 깜서방 아저씨 아니면 깜서방 할아버지였다. 아버지는 남들이 자기를 그렇게 부르는 것에 대해 연탄을 연탄이라고, 라면을 라면이라고 부르는 것만치나 당연하게 여겼다. 연탄을 지고 가는 좁은 골목길에서 아이들이 가로걸리면 야아들아, 깜서방 나가신다, 라고 지게작대기를 휘두르며 호통을 칠 때도 있었다. 그러나 어머니가 아버지를 그렇게 부르는 건 처음 들었다. 혹시 내가 잘됐다는 착각이 어머니를 그렇게 우쭐하게 만든 게 아닌가 하는 생각이 들었다.

"꿈 깨, 엄마."

어머니를 구박하고 싶은 마음을 참아내기가 여간 힘들지 않다. 내 목소리가 떨리는 걸 어머니는 어떻게 받아들였는지 서서히 정색을 하면서 나를 찬찬히 뜯어본다.

"너야말로 쓸데없는 걱정으로 마음 졸이지 말고 낯짝 좀 피고 살아, 이것아. 자식한테 줬다 뺏을 부모가 어딨다구, 치마폭에 안겨준 복도 누리질 못하고 조바심을 해쌓냐, 해쌓길. 여자는 뭐니뭐니 해도 그저 받을 복이 있어야 하느니라. 다 네 복이거니 하고 사는가 싶게 살아봐. 꿔다놓은 보릿자루처럼 겉돌지만 말구. 그리구 지훈이가 누구냐? 김씨 집 장손이야. 딸한테꺼정 이런 집 사줄 만한 집이면 장손을 낳아준 아들 며느리한테 이 정도가 뭐 그리 대수라고. 너가 몰라서 그렇지 너만 못한 사람들도 잘들 산다 너. 사십 평 오십 평에 살면서 파출부 부리고 거들먹거리는 여편네라고 눈이 셋 달린 것도, 코가 둘 달린 것도 아니더라 야. 너라고 이런 집에 살란 법이 왜 없냐. 난 그냥 좋고 대견하기만 하더라, 뭐. 이런 아파트는 별세상인 줄만 알았는데 내 딸네라는 게."

어머니는 이 집 세간을 쓸고 닦고 어루만질 때처럼 그윽한 시선으로 나를 바라본다. 무쇠라도 녹일 듯한 눈길이다. 이 집에 대한 어머니의 친화력은 놀랍다. 나는 그게 신기하고, 파출부 티만 같아 싫기도 하다. 집에 들어오자마자 청소하고 빨래하고, 싱크대하고 가스레인지 닦고, 베란다는 물청소하고, 유리창은 마른걸레질하는 순서와 솜씨는 물 흐르는 듯 유연하여 어머니의 십 년여의 파출부 경력을 숨길래야 숨길 수가 없다. 그런 어머니를 속수무책으로 바라봐야 한다는 것은 여간 힘든 일이 아니다. 아니, 오히려 파출부 티하고는 전혀 다른 어머니의 몸짓을 더 힘들어하고 있는지도 모르겠다. 문득문득 나도 모르게 일하는 어머니가 유희를 즐기고 있는 것처럼 보일 적이 있다. 파출부 일을 유희처럼 했을 리가 없다. 이 모든 것들이 내 딸의 것이라는 즐거운 착각이 어머니의 노동을 유희처럼 경쾌하고 신나게 만들었으리라. 어머니의 착각은 한두 가지가 아니었다. 어머니가 집에 드나들기 시작한 것은 우리가 이사할 때부터였다. 이사래야 몸만 오라는 명령이어서 호텔에 들듯이 달랑 들어왔으니 거들고 말고도 없었지만 지훈이가 퇴원한 직후라 비워놓았던 집을 쓸고 닦을 경황도 없으리라는 게 핑계였다. 이제 지훈이는 유치원에 다시 다닐 만큼 건강해졌건만도 어머니는 일 주일이 멀다 하고 들락거리며 우리집을 쓸고 닦고 애무한다. 파출부 일이 없는 날은 진일도 팔잔지 심심하고 삭신이 쑤셔 나오게 된다지만 그런 날은 집에 밀린 일 때문에 더 바쁘다는 걸 내가 왜 모르겠는가. 나한테 일을 가르쳐주러 온다는 투로 말할 적도 있다. 아무것도 못 가르쳐서 보낸데다 셋방만 살아봐서 큰 아파트 간수를 어떻게 하는지 뭘 알아야지, 라고 중얼거릴 때는 영락없이 못사는 집에서 본데없이 자란 딸을 며느리로 데려온 시어머니처럼 권위까지 부리려 든다. 이건 유리창 닦을 때, 요건 화장실 청소할 때, 저건 하수도에서 냄새가 올라올 때, 그건 기름때 묻은 거 지울 때 쓰는 거라고 이 집 도처에 즐비한 세제를 가지고 유창한 설명을 할 때의 어머니는 또 어찌나 의기양양한지, 어머니를 생전 저렇게 잘난 체하며 살게 할 수만 있다면 못 참을 게 뭐가 있을까 싶은 마음까지 동하려고 한다. 이 집을 우리에게 빌려준 사람들과 나 사이에는 아무런 연결고리가 없다. 어머니도 그걸 알고 있을 터이다. 그래서 당신이 그 노릇을 할 수 있다고 착각하고 있는지도 모르겠다. 어머니의 착각은 무식하게스리 범벅 같다. 하도 뒤죽박죽이어서 대책을 세울 수가 없다. 착각이란 워낙 범벅인 것을, 나는 무식의 소치로 돌린다. 유식한 사람의 착각은 산

뜻하다고 믿고 있는 것일까.

"지훈이 고모네 이 년만 있으면 돌아와요. 엄마, 제발 착각하지 말아요. 엄마 그러는 거 참 싫어."

나는 영국제 본차이나 장미무늬 찻잔을 내던지듯이 내려놓으면서 똑바로 어머니를 바라봤다. 울먹이는 소리가 나올까봐 딴 사람처럼 야물딱진 소리를 냈다. 나는 지훈이 고모의 손때 묻은 세간살이에 묻혀살지만 그녀를 본 적은 한 번도 없다. 지훈이 고모부와 아이들에 대해서도 마찬가지다. 어떻게 생긴 사람들인지 궁금해한 적도 없다. 식구가 부부하고 남매하고 네 식구라는 것도 지훈이 아빠한테 들은 것 같고, 이 집 안에 고스란히 놓고 간 세간살이를 보고 짐작한 것도 같다. 거실과 방방의 벽을 품위 있게 장식한 유화 몇 점은 물론, 먹다 남은 참기름병, 중간을 눌러 쓴 치약 튜브, 삼분의 이나 남은 샴푸병, 냄새가 기가 막히게 좋은 화장비누까지 그냥 남겨놓고 갔음에도 불구하고 가족사진이나 앨범 같은, 이 집에 몸담고 살던 사람들은 몇식구였으며 어떻게 생긴 사람들이라는 걸 알아낼 수 있는 단서가 될 만한 것은 아무것도 남아 있지 않았다. 나에게는 그보다 더한 악랄하고 모욕적인 거부가 없었다. 지훈이 고모부가 미국 지사로 발령나고 나서 비게 된 아파트에 어느 날 우리가 돌연 들어와 살고 있는 거였다. 큰 아파트건 작은 오막살이건 자기 집이 그렇게 별안간 생길 리가 없었다. 나는 자다가라도 이 집이 내 집이라는 편안감을 맛본 적이 없다. 오히려 자다 깼을 때의 의식에는 현실감 이상의 것, 영감 같은 게 있다. 낯선 침대방에서 한밤중에 눈을 뜨고 옆에서 자는 그이와 지훈이의 고른 숨소리를 들었을 때 나는 세 식구가 여행을 떠나와 호텔에 묵고 있는 것처럼 느끼곤 했다. 보통 여행이 아니라 마지막 여행, 왜 있지 않은가? 나처럼 눈물 짜내고 싶어하는 사람들이 좋아하는 멜로드라마에 흔하게 나오는, 사랑하면서도 헤어지지 않으면 안 되는 부부나 연인들의 이별의식으로서의 여행, 또는 죽음으로 생을 하직하려고 마음먹은 이들이 이 세상은 아름다웠노라고 말하기 위해 마지막으로 부려보는 사치로서의 여행같이만 여겨져 하염없이 슬퍼지곤 했다. 지훈이 고모에게 이 아파트를 친정에서 사주었으리라는 어머니의 추측은 아마 맞는 말일 것이다. 그렇지 않고서야 전세를 놓아도 억대 가까이 받을 사십오 평짜리 아파트와, 없는 것 없이 갖추고 살던 세간까지 거저로 고스란히 놓고 나가게 할 권한이 친정 부모에게 있었을 리가 없지 않겠는가.

"전화위복이라더니."

어머니는 생각할수록 신기한 듯 그때 일을 되뇔 때마다 얼굴이 환해지지만 그건 끔찍한 일이었다. 이 아파트로 오기 전에 우리 세 식구는 삼층집 옥상에서 살았다. 일이층은 세를 놓으려고 열 평씩 나누어서 여러 개의 단독세대로 꾸미고, 삼층은 주인의 살림집으로 지은 전형적인 다세대주택이었다. 대단위 아파트가 인접해 있어 생활여건이 좋고, 그 다세대주택 단지를 더는 발전을 못 하도록 그린벨트가 가로막고 있어서 서울시면서도 전원주택 기분이 물씬 나는 동네였다. 그러나 집장수가 일제히 지은 동네 사람들이란 남이 하는 것을 자기네만 못 하면 불안한 심리들을 공통적으로 가진 듯했다. 옥상에 집을 들이는 건 위법인데도 한 집 두 집 그 짓을 하자 너도 나도 옥상에다 방 하나에 부엌이 딸린 방을 지어 세를 놓는 게 유행처럼 번졌다. 우리가 살던 옥상집도 그렇게 해서 생긴 방이었다. 우리집 주인은 셋돈 받아먹는 데 그렇게까지 이골이 난 사람도 아니고, 또 자신의 특별난 취미 때문에 맨 나중까지 옥상을 옥상인 채로 남겨놓고 있었다. 주인의 특별한 취미란 야생화를 기르는 거였다. 그런 동호인 모임의 부회장까지 맡고 있는 퇴직한 공무원이었다. 그는 옥상을 동산처럼 꾸미고 거기다 산이나 들에서 나는 풀꽃을 캐다 심고 돌보고 관찰하는 데 한때는 꽤 열중했던 듯하다. 들과 산에서 멋대로 자라던 들풀을 아침저녁 들여다보고, 물을 주었다. 햇볕을 가려주었다. 법석을 떠니까 주눅이 들어 말라비틀어지는 것도 생기고, 야생일 때보다 더 극성스럽게 퍼지는 것도 생겼다. 주인은 차차 야생초를 가꾸는 일을 등한히했지만, 주인의 무관심은 야생의 들풀에게 최상의 가꿈이 되어 옥상을 천연덕스럽게 차지하고 제 세상을 만들었다. 옥상 동산은 마침내 동호인들 사이에 평판이 났고, 그는 욕심 없이 부회장 감투를 사랑하며, 원하는 회원들에게 포기 나누기나 거둔 씨를 나누어주는 걸 낙으로 삼았다. 그러나 부근 땅값이 오르면서 옥상에 방을 들이는 이웃이 늘어나고 사글세값 올려받는 재미도 날로 쏠쏠해진다는 소문은 그토록 욕심 없는 주인에게도 거역할 수 없는 유혹이 되었음직하다. 동네에서 맨 나중이긴 하지만 결국은 옥상에다 증축을 했고, 마침 눅눅한 지하방을 면하고 싶었던 우리하고 연대가 맞거기 세들게 되었다. 우리에겐 꿈같은 행운이었다. 그 동네는 우리가 살던 지하방이 있던 동네하고는 댈 것도 아니게 깨끗하고 고급스러운 동네였지만, 그이가 지훈이 손잡고 그린벨트 지역 내의 논두렁 밭두렁으로 산책 나갈 때마다 지나가는 이웃 동네이기도 했다. 우리도 언제 이런 동네에서 살아보나, 유리창이 깨끗한 삼층집과 넓지는 않아도 집집마다 넝쿨장미와 라일락을 기르는 마당을 눈여겨보면서 얼마나 부러워했던가. 그 잘난 지하방 방값을 또 올려달라는 소리를 들은 날, 뿌르르 홧김에 집을 나와 방 난 거 없냐고 들른 동네도, 그래서 그 동네였다. 마침 오늘 나온 옥상방이 있다길래 방값을 물으니까 올려달라기 전의 지하방값하고 같아서 긴가민가하면서도 가슴이 다 콩당거렸다. 그러나 삼층 주인집을 통과해야만 옥상에 올라갈 수 있다는 걸 알았을 때는 그러면 그렇지 하고는 도로 나오려고 했다. 삼층 문을 따준 주인이 타이르듯이 점잖게 곧 따로 계단을 내줄 테니 걱정 말라고 했다. 옥상에 올라가니까 딴 세상이었다. 공원이나 부잣집 정원처럼 낯설지 않고, 어릴 적에 뛰놀던 그리던 동산에 돌아온 것처럼 기분이 상쾌하고 아늑해졌다. 그러나 그럴 리는 없었다. 나는 비록 변두리이긴 하지만 서울 토박이였다. 그렇담 전생의 기억이었을까. 나를 흔드는 그리움의 끈은 유년 이전에 닿아 있는 것처럼 그윽하고 절절했다. 그이의 소매에 매달려 거기 살고 싶다고 어리광을 부렸다. 지훈이가 다섯 살이 되도록 그이에게 그렇게 마음을 놓아보기는 처음이었다. 나에게 그이는 늘 어려웠다. 스스러운 손님 같았다. 마당에 반해서 정작 살 집은 변변히 들여다보지도 않았다. 마당에 어울리는 집이라는 걸로 만족스러웠다. 들풀들은 저희끼리만 잘 어울리는 게 아니라 나중에 돋아난 무허가 건축까지 저희들 편으로 끌어들여 소박하고도 운치 있는 오두막처럼 만들고 있었다. 그때가 초여름이었던가, 샛노란 마타리와 씀바귀꽃 사이에서 엉겅퀴의 진보라색이 어찌나 도전적이던지, 지금도 생생하게 떠올릴 수가 있다. 실은 그 꽃들의 이름이 그렇다는 건 나중에 그이가 가르쳐줘서 안 거고 그때는 이름도 모를 때였다. 그때까지 내가 자신 있게 이름을 붙일 수 있는 들풀은 민들레, 제비꽃, 할미꽃 정도였다. 그건 그이도 마찬가지였다. 그이도 서울 토박이였으니까. 그이가 우리 마당의 꽃 이름을 다 알아낸 건 기회 있을 때마다 주인한테 열심히 묻고 또 책까지 사서 대조해본 결과고, 그때까지 그이가 확실하게 이름 붙일 수 있는 꽃은 달맞이꽃 단 한 가지였다고 한다. 어떻게 그런 어려운 꽃을 알고 있었을까. 그이가 알고 있었다는 걸로 나는 지금까지도 달맞이꽃이 민들레나 제비꽃보다 격이 높은 꽃이려니 여기고 있다.

　이사 온 날 저녁, 달맞이꽃과 함께 맞은 열나흘 달을 어찌 잊으랴. 살림 난 지하방에서 살 때나, 공단에서 자취할 때나 밤하늘의 달은 나에게 있으나마나였다. 추석이나 대보름날 마음먹고 찾아본 적도 있지만, 대개는 잊고 지냈다. 달이 뭐 볼 거 있다고 달구경이란 말이 다 생겼을까. 이상하게 여길 정도로 달은 수은등보다도 신기하지 않았다. 이사한 날은 지하방보다 작은 평수를 어떻게 효율적으로 쓰나엔 별 관심도 없이, 그저 마당의 경관을 해칠까봐 그 걱정만 하느라 항아리나 쓰레기통까지 좁은 부엌 구석으로 처박기에 바빴다. 그래도 저녁밥을 마당에 차릴 생각을 하니 절로 신이 났다. 동산엔 주인이 동호인들하고 모여서 담소를 나눌 때 썼음직한 원탁도 있고 의자도 있었다. 그걸 써도 좋다는 건 우리가 말하기 전에 주인이 먼저 허락해준 거였다. 주인이 좀 불편하더라도 뒤란에 임시로 지어놓은 재래식 변소를 쓰라고 일러줄 때 그 얘기도 했다. 우리는 그때까지 옥상엔 화장실이 딸려 있지 않다는 것도 모르고 있었다. 다세대주택마다 제각기 수세식 화장실을 갖추고 있어서 그건 우리만을 위해 계단 공사 할 때 신축했다고 했다. 우리보다 먼저 신경을 써준 것은 고마운 일이나, 삼층의 옥상이면 고도로 봐서 사층인데 사층에서 지상까지 일보러 내려가야 한다는 것은 아무리 좋게만 보이는 집일망정 옥의 티였다. 그래서 우리가 이사하면서 제일 먼저 새로 장만한 세간도 달덩이만한 요강이었다. 그러나 하얗게 칠한 철제 원탁에 둘러앉아 들풀이 발목을 간질이는 걸 느끼며 저녁을 먹는 운치에 비하면 그건 아무것도 아니었다. 저녁 먹고 보리차를 마시는데 그린벨트 쪽 숲 위에서 달이 솟아올랐다. 숲에서 달이 뜨는 건 생전 처음 봐. 그러고 싶은 걸 나는 왠지 참았다. 그이가 딴 소리에 귀를 기울이고 있는 것 같아서였다. 아득하고 먼 곳에서 들려오는 소리를 놓치지 않으려는 듯 그이는 잔뜩 긴장하고 있었다. 나도 방금 달을 밀어올린 숲이 웅성대는 걸 어렴풋이 느낄 수가 있었다. 그 웅성거림은 미세한 바람이 되어 우리가 앉은 옥상의 공기를 소곤소곤 흔들고 있는 것 같았다. 이런 것이 행복이라는 거 아닐까, 나는 그 시간이 흘러가는 게 아까웠다.

가만, 가만 저 소리 안 들려?

나는 입도 뻥긋 안 했건만 그이는 한 손으로 내 입을 틀어막는 시늉을 하면서 청각을 곤두세웠다. 나는 아무 소리도 못 들었다. 다만 지훈이의 나스르르한 앞머리가 가볍게 나부끼는 걸 보았다.

아아, 달맞이꽃 터지는 소리였어.

그이가 비로소 긴장에서 해방된 듯 가뿐한 소리를 냈다. 그러나 큰 소리는 아니었다. 그때만 해도 나는 그이가 손가락질하는 방향에서 달맞이꽃을 다른 꽃들 속에서 식별해낼 만한 소양이 없었다. 그후 우리는 그 옥상에서 일 년을 넘어 살았다. 그 동안 주인은 동호인들한테 야생화를 자랑해야 할 일이나 생기면 모를까, 보통때는 동산에 무관심했다. 눈독 들이는 주인이 없으니까 풀들은 길길이 자라며 철 따라 잘도 꽃을 피웠다. 이른 봄부터 늦가을까지 연달아 꽃이 필 때마다 그이는 어떡하든지 꽃 이름을 알아내어 나하고 지훈이에게 가르쳐주었다. 식물도감 같은 책을 사다가 사진과 대조해봐도 긴가민가할 때는 일부러 주인을 찾아가 물어보기도 했다. 지훈이한테는 꽃 이름 복습까지 시켰다. 덕택에 나도 꽃에 대한 눈썰미가 생겼다. 이름 없는 꽃으로만 알아온 꽃 이름에 그렇게 열심인 걸 이상해하면 그이는 말했다.

이름을 알고 보면 꽃이 다르게 보이거든.

이름을 알고 보면 어떻게 달라지는 걸까? 나는 아직 그 경지를 모른다. 그러나 그이가 들풀에 유식한 것만은 싫지가 않았다. 그이는 매사에 나보다 유식했다. 그이가 나한테 유식한 체를 안 하려고 노력하고 있다는 건 나도 인정한다. 그럼에도 불구하고 그가 무심히 쓰는 외래어나 시사용어 중에도 내가 못 알아듣는 게 많다. 그가 보는 책은 더군다나 무슨 소린지 모르겠는 것들뿐이다. 그이는 모르고 있겠지만 나는 줄창 그이의 유식에 주눅들며 살아왔다고 해도 과언이 아니다. 그이가 들꽃에 유식한 걸 내가 좋아하는 것은 그이가 나보다 많이 아는 것 중에서 유일하게 나를 주눅들게 하지 않는 지식이기 때문이다. 뿐만 아니라 그이가 들풀을 좋아한다는 걸 알고부터 나는 그이와 더불어 할 수 있는 미래를 꿈꿀 수 있게 되었다. 그전까지 나는 그이를 죽도록 사랑한다고 생각하면서도 지금 당장 그이와 같이 있을 수 있다는 사실에만 감지덕지했지, 미래를 꿈꿔보지 못했다. 우리 사이엔 꿈이 없었다. 꿈이 없는 사이가 과연 사랑이었을까? 우리는 장차 어떻게 될까? 또는 어떻게 되었으면, 하는 생각만 하려고 하면 앞에 짙은 안개가 낀 것처럼 막막해지곤 했다. 그러나 그이가 옥상의 들풀밭만 바라보면 생기가 돈다는 걸 알고부터 그이

하고 같이 어디 가서 농사를 지을 수만 있다면 모든 것이 잘될 것 같았다. 시골에선 살아본 적도, 친척도 없어서 농사의 구체적인 모습을 떠올릴 재간은 없었다. 검은 흙에 삽을 꽂고 우뚝 선 그이나, 허름한 바지를 무릎까지 걷어올리고 도랑물을 첨벙거리며 발을 씻는 그이를 상상하는 게 고작이었다. 그러나 무엇보다도 중요한 건 농사짓는 그이 곁엔 내가 있어도 어울릴 것 같은 거였다. 시골 가서 농사나 지을까? 보통 사람에겐 이도 저도 안 됐을 때, 자포자기해서 해보는 상투어가 나에겐 참신한 희망이 되고 있었다. 내가 그이와 평등할 수도 있을 것 같은 거의 유일한 가능성이었다.

내 인생에서 그때처럼 환했던 적은 없었다. 어쩌자고 그리 환했던가. 그 일이 일어나자고 그랬었나보다. 지훈이가 옥상에서 발을 헛디뎌 밑으로 떨어지는 사고가 발생했다. 다행히 길바닥이 아니고 이층 창 앞에 돌출한 베란다였다. 마당이 없는 이층에서는 거실 창 앞에다가 베란다를 만들고 잔다란 항아리나 화분 따위를 내놓고 있었다. 그 집에선 마침 아기포대기를 내널고 있었다. 지훈이가 떨어지면서 포대기를 움켜잡았는지, 떨어지는 서슬에 그것도 같이 떨어졌는지, 우리 아이는 포대기에 사뿐히 휩싸여서 울지도 않았다. 마침 이층집 여자가 떨어지는 현장을 보지 않았으면 모르고 있을 뻔했다. 급한 외침에 달려가보니 정신을 잃어서 못 운 거였다. 상처도 없는데 축 늘어져 눈을 뜨지 않으니 꼭 죽은 것 같았다. 그때 생각을 하면 지금도 가슴에서 무거운 추가 아래로 철렁 내려앉는 기분이 들곤 한다. 내 가슴속엔 도대체 추가 몇개쯤 달린 걸까? 내려앉아도 내려앉아도 또 내려앉을 게 남아 있으니. 그 추는 내 안에 있으면서도 내 체온과는 무관하다. 무겁고도 차디차서 배창자를 뚫고 지나가는 통로를 선연히 느낄 수가 있다. 그이가 대학교까지 졸업했다는 걸 처음 알았을 때도 그렇게 가슴이 내려앉았었다. 대학도 보통 대학이 아니라 우리나라 최고의 대학이라니 어찌 아니 놀랄 수가 있으랴. 어쩐지 다른 남자하고는 달라 보이더라니. 그때 내 안에선 이미 지훈이가 자라고 있었다. 그이가 다른 남자하고 달라 보이는 걸 나는 연정인 줄 알았지, 설마 위장취업잔 줄은 몰랐다. 그가 먼저 나를 꼬드겼는지 내가 먼저 꼬리를 쳤는지 그것도 분명하지 않다. 그게 그닥 중요한 건 아닐 것이다. 흔한 말로 자석처럼 이끌렸다. 나는 그가 그렇게 많이 배웠다는 걸 알고는 무서워서 도망치려고 했다. 무엇이 잘못됐으며, 장차 이 일을 어떻게 풀어나가야 한다는 대책 같은 건 없었다. 그는 도망치는 나를 쫓아다니며, 나는 빨갱이가 아냐, 정말이야, 믿어줘, 제발, 이렇게 말한 걸 보면 나의 두려움에 대해 뭔가 크게 오해하고 있었지 않나 싶다. 하긴 공순이들은 대학생에 약했다. 가짜 대학생에게 속아넘어가 신세를 망치는 수도 흔했으니, 대학 나왔다는 게 흠이 되리라고는 생각 못 했을지도 모른다. 그러나 그때도 그이가 나를 무시하고 있었다는 것만은 분명했는데 나는 그걸 왜 그냥 보아넘겼을까. 무시하지 않고서야, 어떻게 자기가 지니고 있는 신념에 대한 해명이 고작 나는 빨갱이가 아니다, 일 수가 있었을까? 그이는 자기 생각을 나에게 이해시킬 마음이 처음부터 없었다.

"평생 무시당하면서 살긴 싫어, 싫어, 싫어."

나는 이렇게 체머리를 흔들며 대들었다.

"그 문제라면 안심해도 돼. 내가 꿈꾸는 세상은 사람들이 서로 무시하거나 억압하지 않는 세상이니까. 가졌거나 못 가졌거나 배웠거나 못 배웠거나에 따라서 사람 대접이 달라지는 세상은 옳지 못한 세상이야."

열 번 찍어 안 넘어가는 나무 없다고, 그 소리는 들을수록 마음에 솔깃하니 와 닿았다. 나는 그이 말을 믿고 싶었고, 그이가 말해주지 않은 사실까지도 다 알아버린 것처럼 넘겨짚게 되었다. 그이가 안 말해준 사실이란, 비록 명문 대학까지 나오긴 했어도 사고무친의 가난뱅이일 거라는 거였다. 타고난 신분에 대한 원한이 사무치지 않고서야, 빨갱이는 아니라 해도 빨갱이라고 의심받아 쌀 위험한 생각을 할 리가 없으리라는 추측은 여간 그럴듯하지가 않았다. 그이가 다른 남자들하고 다르다는 게 그이한테 끌린 시초였다고 해도, 평생을 같이하려는 사람끼리는 역시 공통점이 필요했다. 그이의 설득이 먹혀들었는지, 내가 스스로 다독거린 결과인지, 나는 맥없이 도망치기를 멈추고 다시 그이에게 급속하게 쏠렸다. 장차 어쩌겠다는 대책이 있는 것도 아니면서 무턱대고 숨기려만 들었던 임신 사실까지도 털어놓았으니까. 그이의 반응은 내가 바라던 것에 훨씬 못 미쳤다. 그러나 기뻐하지 않은 건 아니었다. 내가 안 기쁘냐고 다그쳐 물었을 때, 그이는 기쁘다고 말했고, 책임지겠다고 약속했다. 연속극에서 본 것 같은 환상적인 감동과 흥분은 없었지만, 나는 그 정도로 만족했다. 할 일이 많은 그이가 새롭게 책임에 생각이 미쳤을 때, 심각해지는 건 당연했다. 그이는 나하고 처음 자고 나서도 책임지겠다고 말했었다. 그러고 보니 그이한테 사랑한다는 소리는 들어본 것 같지가 않다. 처음 자기 전에도 그 소리는 안 했다. 자기 전에도 못 들은 소리를 언제 다시 듣겠는가. 그 소리도 못 듣고 몸을 연 것은 내가 너무 헤프게 군 거였을까? 몸이 헤픈 년은 팔자 사나워 싸단 소리는 어머니의 단골 성교육이었다. 지훈이 낳고 백일잔치 할 무렵엔 우리가 제일 궁색할 때였다. 그이는 실업중이었다. 종업원이 오십 명밖에 안 되는 영세한 납품업체에 노조까지 생겼으니 안 망하고 배기냐는 소리는 마치 그이로 인해 회사가 망했단 소리로도 들렸지만 그이는 억울했다. 책임감 강한 그이가 밥줄을 그렇게 함부로 했을 리가 없었다. 밥줄이 끊어지고 이리저리 끌려다니기까지 하고 나서도 별로 기가 죽지 않는 것도 고마웠다. 어디서 구해왔는지 백일 차릴 돈도 갖다주었고, 백일날은 그의 친구들이 여럿 와주었다. 다들 대학 동기지만 그들은 이미 버젓한 직업들을 가지고 있었다. 그이가 그들 앞에서 늠름하고, 그들 또한 그이를 조금도 무시하거나 동정하는 투가 아닌 것이 그렇게 보기 좋을 수가 없었다. 그들은 한참 보오얗게 살이 오른 지훈이를 보고 다들 한마디씩 덕담을 했다. 장

군감, 대통령감, 재벌감, 금메달감 등등 많이 배운 사람들이 속물스럽기는 더한 것 같았다. 그이는 잠자코 듣기만 했다. 그러다가 누군가가 녀석, 볼수록 귀티가 나네그려, 라고 감탄을 했다. 순간 그이의 표정이 반짝 빛나는 걸 나는 놓치지 않았다. 내 가슴속에서 또 무겁고도 차가운 게 철렁 내려앉았다. 그건 어쩌면 그후에 내려앉은 어떤 추보다도, 심지어는 옥상에서 떨어진 지훈이가 사경을 헤맬 때 내려앉고 또 내려앉은 추보다 더 무거운 추였을 것이다. 그이에 대한 최초의 배신감이었으니까. 그는 나의 쓰라리고 허전한 가슴속을 아는지 모르는지 손님들이 돌아간 후에도 이애가 정말 귀티가 그렇게 나느냐고 나의 공감을 구하기도 하고, 허어, 그 녀석 귀티가 절절 흐르네 하기도 하고, 아무튼 내가 보기에 그이는 그놈의 귀티를 골백번 반추를 해도 싫지가 않은 눈치였다. 할 때마다 안색은 빛나고 입은 헤벌어졌다. 운동권이 귀티를 그렇게 좋아할 줄을 누가 감히 상상이나 했겠는가?

실업 후에도 그럭저럭 밥은 굶지 않았다. 어디 가서 무슨 짓을 하는지 지훈이에게 비싼 장난감을 사다줄 적도 있었다. 동구권과 소련이 무너졌을 때 나는 자꾸 그이의 눈치가 보였다. 빨갱이는 아니었다고 해도 허탈하고 후회스러울지도 모르겠다 싶어서였다. 그러나 그이가 꿈을 포기하길 바란 건 아니다. 그이의 이상은 아름다웠고, 세상은 아직 그렇게 아름다워지지 않았으므로 그이는 희망을 버려선 안 된다고 생각했다. 나는 무식해서 그런

지 동구권이나 소련이 그이의 이상은 아니었다고 생각했고, 따라서 그이의 운동은 계속되고 있으려니 했다. 그이는 출판사에 취직을 했다. 선배가 하는 조그만 출판사라고 했다. 돈을 벌어 공부를 더 하고 싶단 소리도 했다. 의논이 아니라 독백이었다. 굶어 죽지 않을 만큼의 고정수입이 생겼다. 그래도 나는 그이가 잠시 운동을 쉬고 있을 뿐이려니 했다. 아니 쉬고 있는 게 아니라, 그이 안에서 숨쉬며 그이의 정신을 썩지 않게 하는 원동력이려니 했다. 나는 그이의 운동권적인 속성에 매달려야만 겨우 그이와의 평등을 유지할 수 있는 게 서글펐지만 어쩔 수가 없었다. 굴욕에의 예감 때문이었을 것이다. 시골 가서 농사나 지으면 모든 것이 잘될 것 같은 것도 그런 예감과 무관하지 않았다. 그런 우리에게 갑자기 닥친 재난은 오로지 예감으로만 감지할 수 있었던 짙은 안개를 단숨에 걷어주었다.

지훈아, 지훈아, 정신 차려. 눈 좀 떠봐. 오오 하느님 맙소사, 우리 지훈이를 살려주세요. 그렇게 울부짖으며 병원으로 달리는 내 뒤를 지훈이가 떨어진 이층집 아줌마는 물론 이층에 사는 모든 이들이 쏟아져나와 뒤따르고, 야생화를 자랑하는 게 취미인 주인아저씨도 맨 뒤에서 허둥지둥 뒤따라오면서 어느 병원이 용하다고 숨찬 소리를 냈다. 병원 문을 들어서려는데 지훈이는 거짓말처럼 눈을 떴다. 병원 냄새를 맡았는지 주사 맞기 싫다고 또렷한 소리로 말하며 내 가슴을 밀치고 땅에 우뚝 섰다. 여러 사람들이 놀란 가슴을 쓸어내렸다. 그래도 이왕 병원 문을 들어선

거니 의사한테 보여야 안심을 할 것 같았다. 그럼, 그럼. 마음씨 좋은 주인아저씨가 제일 먼저 동의를 했다. 늙수그레한 의사는 힘차게 반항하는 아이를 옷 벗기고 구석구석 만져보고 나서 기어코 놀란 데 맞는 주사를 한 대 놔주고서야 우리를 돌려보내주었다. 나 보기엔 과잉 진료였지만 얼마나 다행이냐 말이다. 새로 얻은 자식 같았다. 다들 한마디씩 기적이라고들 했고, 이층집 아줌마는 포대기를 내말린 덕인 줄 알라고 생색을 냈다. 무슨 소리도 다 듣기 좋았다. 주사 기운인지 아이는 그이가 들어오기 전에 깊이 잠들었다. 저녁에 자초지종을 다 듣고 난 그이는 믿어지지 않는다는 얼굴로 아이를 들여다보았다. 마침 그때 아이가 신음소리를 냈다. 그이가 아이의 이마를 짚었다. 불덩이잖아! 그러면서 아이를 황급히 안아올렸다. 왜 그래요? 그이의 심상치 않은 기색에 나도 따라 일어서면서 의사가 걱정 말랬다고 그를 안심시키려고 했다. 무식하게스리, 그가 그 한마디를 씹어뱉고는 아이를 안고 집을 뛰쳐나가 길고긴 계단을 곤두박질쳐 내렸다. 아이는 내가 낮에 안고 갈 때처럼 다시 축 늘어져 있었다. 나는 가까스로 그이가 붙잡은 택시가 떠나기 전에 탈 수가 있었다. 그는 나 같은 건 안중에도 없었다. 큰 병원이었고 당직의사가 지훈이를 진찰하는 동안 그이는 어디다 전화를 걸었다. 그러고 나서 믿을 수 없는 일이 계속됐다. 지훈이가 뇌수술을 받아야 할 정도의 중상이라는 것도 충격이었지만, 그이의 연락을 받고 달려온 이들의 면모는 완전히 나를 까무러치게 했다. 지훈이는 그 으리으리한 병원에서 뇌수술의 최고 권위자한테 수술을 받았고, 간호사가 체크해도 될 용태까지 젊은 의사가 이십사 시간 지켜보아주었고, 특실에 입원을 했다. 모든 것이 특별 대우였다. 그이의 집안 내에서 경영하는 병원이라고 했다. 뇌수술의 권위자는 그이의 백부였다. 그이의 어머니도 수시로 지훈이 용태를 물어왔고, 안심해도 될 만큼 회복이 된 후에는 보러 오기도 했다. 그 품위 있는 노부인은 신속한 특별 대우가 어린 목숨을 건졌다고 생색을 내면서도, 그 정도로는 흡족하지 않은 듯 간호사와 젊은 의사들한테 이것저것 불만을 표시했다. 그러나 병원 구성원이건 가족들이건 약속이나 한 듯이 그들의 특별 대우에서 나를 철저히 소외시켰다. 나의 소외감은 참담했다. 그들은 나를 없는 것처럼 대했다. 그들 사이에 나는 존재하지 않는 거나 마찬가지였다. 나 혼자 병실을 지키고 있을 때 문병객이 나타날 적도 있었다. 그럴 때 그들은 나를 빤히 바라다보면서도, 어머, 아무도 없네, 하면서 돌아서곤 했다. 사람이 생각할 수 있는 가장 완벽한 천대였다. 그이도 그걸 아는지 거의 병실을 뜨지 않았다. 아마 아이가 수시로 나를 찾지만 않았다면 그이 역시 있는 사람을 안 볼 순 없을 테니 숫제 없애버리려 들었을 것이다. 그이의 친구들이 문병을 올 적도 있었다. 그들 중엔 백일잔치에 낯이 익은 이도 있어서 나를 아주 몰라라 하진 않았다. 그러나 그들 또한 나에게 구원이 돼주진 않았다. 전화위복이지 뭐냐고 그이의 어깨를 치면서 하는 말은 지훈이의 회복만을 의미하지는 않았을 것이다.

그들 또한 그이의 귀가를 다행스러워하고 있었다. 수인사가 끝나면 그이 또한 지훈이가 받은 귀빈 대우를 은근슬쩍 자랑하곤 했다. 지훈이 또한 귀티에 맞는 귀가를 한 셈이었다. 나만 돌아갈 집이 없었다. 지훈이가 퇴원하면서 우리는 곧바로 지훈이 고모네 아파트로 들어왔다. 양말짝도 제대로 꿰신지 못하고 황황히 뛰쳐나온 옥상집을 그후 다시는 가보지 못했다. 책까지 사보며 익힌 풀꽃 이름을 그이는 아직도 기억할까? 지훈이는 새 동네 유치원에 적응하느라 정신이 없어서 그런지 한 번도 그 옥상집 얘기를 하는 걸 듣지 못했다. 적응이란 곧 망각이라고 생각하건만 나는 그게 못내 서글펐다. 아직도 달맞이꽃은 달 뜰 무렵에만 필까? 그믐밤에 달맞이꽃이 피는지 안 피는지 못 봐둔 게 대단한 실수처럼 뉘우쳐진다. 그이한테 그걸 물어보고 싶지만 그이는 요새 말 붙이기도 어려울 만큼 무엇엔가 골똘히 팔려 있다. 나는 그런 그가 어디선가 부르는 소리에 귀를 기울이고 있는 것처럼 보인다. 그가 못 들은 척해도 나는 그가 그걸 듣고 있다는 걸 알고 있다. 달맞이꽃이 터지는 소리도 들을 수 있는 그의 귀에 그 소리가 안 들릴 리 없다.

아직 대낮인데 초인종 소리가 났다.

"그이가 벌써 들어오나봐, 엄마, 어서!"

나는 자지러지게 놀라면서 어머니에게 덮어놓고 손짓부터 했다. 내가 어머니에게 어서 하라는 것은 발에다 아무거나 신었으면 하는 거였다. 나는 귀티를 좋아하는 그이에게 어머니의 시커

멓게 튼 발뒤꿈치를 보이기가 싫었다. 어머니는 엉겁결에 부엌방으로 들어가는 것 같았다. 현관문을 따보니 수금 온 요구르트 장수였다.

"나오세요. 누가 엄마더러 숨으랬수."

나는 지갑을 찾으며 부엌방에다 대고 악을 썼다.

"나도 안다. 친정 식구 자주 드나들면 괜히 시집 식구한테 얕보이는 거."

"그런 거 없어요, 이 집은. 누가 와야 말이지."

"차차 드나들게 될 거다. 지훈이가 누군데."

단순한 어머니는 곧 자신감을 회복하고 청소기를 끌고 안방으로 들어가려고 했다.

"과일 깎을게 좀더 앉아 계셔요."

"싫다. 과일은 무슨. 김서방 오기 전에 휘딱 치우고 가련다."

"이젠 그만 오셔도 돼요. 제가 다 할게요."

"그러믄 오죽이나 좋겠냐? 얼굴이 영 못쓰게 됐어, 이것아. 너도 놀란 가슴에 약 몇 첩 써야 하는 건데 이놈의 집구석은 제 핏줄 귀한 줄만 알았지, 남의 자식 귀한 줄은 통 모르니 내가 신역이라도 덜어주려고 오잖냐."

과일도 내오기 전에 어머니는 근심스러운 얼굴로 다시 다탁에 앉았다.

"매사가 예전 같지 않고 좀 어렵더라도 꾹 참아, 알았쟈?"

"어려울 게 뭐 있어요. 우리 참견할 사람 아무도 없다니까요."

티타임의 모녀

"남편 대접 말이다. 김서방만 못한 남자도 사내 코빼기는 여편네를 어렵게 해야 직성이 풀리는 법이다."

"아버지도 그랬수?"

"소싯적엔 야아, 말도 마라 너, 성남이 큰집에 보냈을 때 생각 나지, 너도?"

모녀간엔 통하는 게 있나보다. 나도 그 얘기를 듣고 싶던 참이었다. 내 밑으로는 동생이 다섯이나 된다. 연년생으로 막내를 낳았을 적엔 집이 극도로 어려울 때였다. 아버지가 기와일 나갔다가 지붕에서 떨어져 꼼짝 못 하고 누워 있을 때, 큰집에서 와서 들여다보더니 기껏 한다는 소리가 갓난 것을 자식 없는 부잣집에 양자로 보내자는 것이었다. 보낼 자리까지 대충 정해놓고 묻는 것 같았다. 악에 받친 어머니는 좋도록 하라고 갓난 것을 내주었고, 나중에 그걸 안 아버지가 길길이 뛰며 난동을 부리다가 깁스한 다리로 어머니를 냅다 걷어차 갈비뼈를 부러뜨린 일은 동네가 다 아는 사건이었다.

"그때 아버지 말씀대로 도로 뺏어오길 얼마나 잘했냐? 가안 어디로 보나 개천에서 난 용이야. 남 주어버렸으면 어쩔 뻔했냐."

지금 고등학교 다니는 성남이는 공부를 잘해 그애만은 대학공부 시키는 게 아버지 어머니의 꿈이었다.

"그래도 그애 기르기 좀 어려웠수? 괜히 데려왔다 후회한 적도 있었을걸."

"후회를 하다니, 얘가 큰일날 소릴 하네. 그애 찾아오고 나서 이날 이때까지 큰집 있는 쪽 하늘은 쳐다보지도 않는 내다. 내줄 때야 산후에 잘 먹질 못했으니 허한 김에 뭐가 씌었드랬나보지만서두."

"그렇지만 엄마, 성남이 마음도 그럴까? 부잣집에 태어났으면 얼마나 좋을까, 라는 생각을 하고 있다면 그애를 위해선 그때 주어버린 게 낫지 않을까? 엄만 정말 그런 생각 안 들우?"

"에끼 이년, 어디 가서 그런 싸가지 없는 주둥아리 또 놀렸단 봐라. 에미 애비한테 버림받고 아무리 호의호식해도 그게 살로 가는 줄 아냐? 그건 다 헛거야, 헛거."

어머니는 터무니없이 당당해져서 발까지 구르고 나서 뿌르르 청소기를 끌고 안방으로 들어갔다. 청소기 소리가 아무리 들들 대도 어디선가 나직하고 그윽하게 그이와 지훈이를 불러내는 소리가 있다는 걸 지우진 못한다.

나의 가장 나중 지니인 것

 전화 바꿨습니다. 어쩐 일이세요? 형님이 전화를 다 주시구. 거는 건 언제나 제 쪽에서였잖아요. 말도 저만 하고 형님은 듣기만 하셨죠. 여북해야 혼자서 마냥 지껄이다가 문득 형님은 시방 수화기를 살짝 문갑 위에 올려놓고 딴 일 보고 계실 거다 싶은 생각이 들 적이 다 있었겠어요. 그러면 저도 입 다물고 전화기를 귀에다 바싹 대고 기다렸죠. 숨도 크게 안 쉬시는 고상한 우리 형님이시니 무슨 소리가 들릴 리 없죠. 형님은 나빠요. 어쩜 그렇게 인기척이라곤 없이 남의 말을 들을 수가 있어요. 연결된 전화통에서 아무 소리도 안 들리는 느낌이 어떤 건지 아마 형님은 모르실 거예요. 절벽 같아요. 내가 뛰어내리지 않으면 누가 떠다밀기라도 할 것 같은 절벽 말예요. 그래요. 형님은 제 수다가 정 듣기 싫으면 이제 그만 해두게, 말로 하시지 그러실 분이 아니라는 건 저도 알아요. 마음이 꼬이면 별생각을 다 하나봐요.

그렇지만 절벽 같은 적막 끝에 들려오는 소리도 뭐 그렇게 정붙는 소리는 아니더라구요.

듣고 있네, 계속하게나.

사극에 나오는 대비마마처럼 이렇게 감정이 섞이지 않은 형님의 목소리를 들을 때마다 창석이 처가 참 안됐단 생각이 들어요. 형님은 맏며느리를 직장에 그냥 다니게 한 것만 큰 선심 쓴 것처럼 말씀하시지만 형님 같은 시어머니 모시기가 얼마나 힘들겠어요. 알아요. 형님 생각으로야 모시게 한 적도, 잔소리 한 적도 없으시겠죠. 그렇지만 절벽 같은 침묵과 잔뜩 꾸민 목소리는 안 힘든 줄 아슈, 뭐. 형님 화나셨어요? 네에. 참 하실 말씀이 있으셔서 거셨을 텐데 제 소리만 했네요. 그저께가 증조모님 제사였다구요? 이를 어쩌나. 그만 깜박했어요. 형님도 잊어버리셨다구요? 우리 둘 다 잊어버렸으니 제사를 못 지냈겠네요. 못 지낸 건가, 안 지낸 건가. 창석이 처가 기억해냈을 리는 만무하구. 형님이 그런 일에서 며느리를 제쳐놔 버릇하기가 잘못이에요. 너 아니면 안 되는 일이다, 라고 못 박아준 책임도 질까 말까 한 게 요즘 아이들인데 처음부터 신경 쓸 것 없다는 식으로 길들여놓고 뭘 그러세요. 형님도 아시죠. 창석이 처가 즈이 방 달력에는 친정집 대소사를 조카들 생일까지 동그라미 쳐놓은 거. 모양으로 쳐놓은 동그라미는 아닐 테니 일일이 챙겼을 거 아녜요. 형님, 미안해요. 내가 왜 안 하던 짓을 했을까. 조카며느리 흉을 다 보구. 형님도 흉보고 싶을 땐 좀 보세요. 남만 무안하게 만들지 말구.

그나저나 형님, 잘됐지 뭐예요. 이 참에 아주 이대봉사로 줄이세요. 우리한텐 증조지만 이젠 창석이가 제준데, 그애로 치면 고조 아녜요. 요새 누가 사대봉사씩이나 해요. 가정의례준칙에도 이대까지만 하라고 돼 있답디다. 기억나는 조상까지만 지내자는 게 얼마나 합리적이에요. 하긴 형님은 증조할머니 뒤까지 받아내셨으니 기억나는 정도가 아니겠네요. 단 석 달이라도 그게 어디예요. 증손부한테 아랫도리까지 내보이시다가 돌아가셔선 또 해마다 그 손으로 지극정성 차린 제사 받아잡숫고 그만하면 호강하셨죠. 안 그래요? 그나저나 형님, 혼령이 정말 있을라나. 계시다면 조금은 섭섭하셨겠지만 그러려니 했을 거예요. 사대봉사까지 받아잡숫는 혼령이 요즈음 세상에 어디 그리 흔할라구요. 혼령도 호강이 지나치면 딴 혼령들한테 미움받을지도 모르잖아요. 굶고 가셔서 안되었단 생각일랑 마세요. 혼령이 먹은 자리 난 건 여적지 못 봤으니까. 자리도 안 나게 먹을 거면 아무 데선 못 얻어먹겠어요. 형님네 동네엔 서울서도 이름난 먹자골목까지 있겠다 형님네 아파트까지 찾아오시는 동안 시장기만 면하셨을라구요. 속세음식에 질려서 절레절레 머리를 흔들고 가셨을 텐데요, 뭐. 알아요, 저도. 운감이란 제사음식에 한한다는 것쯤. 돌아가신 조상이 운감을 못 해 큰일났단 생각보담은 저를 나무라고 싶으셔서 전화 거셨으리라는 것도요. 그래요, 해마다 형님한테 제삿날을 일깨워드린 건 저였죠. 그렇지만 제가 안 알려드리면 잊어버릴 형님인 줄은 정말 몰랐다구요. 저는 다만 제삿날을 사흘이나 이틀쯤 앞두고 나박김치 담그러 갈 날을 의논드린다는 게 자연히 제삿날을 아는 척하는 구실을 했을 뿐인데 저를 그렇게 믿고 계셨다니, 형님 이제부터 저 믿지 마세요.

 뭐 외는 건 질색이에요. 특히 숫자는 안 돼요. 요전에 밖에서 집에다 전화 걸 일이 있었는데 전화카드를 집어넣고 나서 숫자판을 누르려는데 집 전화번호가 생각나지 않지 뭐예요. 황당하더군요. 어둑어둑할 무렵이었어요. 차들은 헤드라이트를 켜고 질주하고, 길 건너 상가엔 네온이 켜지기 시작하더군요. 수화기를 들고 망연히 서 있었죠. 뒤에서 기다리던 청년이 빨리 걸라고 재촉을 하더군요. 성질이 급하거나 버릇없는 젊은이 같진 않았어요. 참을 만큼 참다가 나온 소리였을 거예요. 나한테 시간이 정지돼 있었다고 해서 남들까지 그러했을 리는 없으니까요. 저는 청년을 돌아다보면서 말했죠. 우리집 전화번호 좀 가르쳐줘요. 청년이 비실비실 뒷걸음질을 치더니 몸을 돌려 줄행랑을 치더군요. 머리로 아무것도 생각해낼 수가 없으니까 온몸이 꺼풀만 남은 것처럼 무력해지던데 그런 늙은이를 청년이 뭣 하러 두려워했을까요? 형님, 참 묘한 기분이었어요. 내가 살아 있다는 게 믿어지지 않았으니까요. 기억이 지워졌는데 어떻게 살아 있다고 할 수 있겠어요. 거리를 오고가는 사람들이나 요상하게 춤추는 불빛들이나 다들 실재하는 것들이 아니라 내 눈에만 그렇게 보이는 환상이다 싶었어요. 건물이고 차들이고 형체는 지워지고 거기서 내뿜는 불빛만이 서로 얽히고설키는 게 마치 물체들의 혼령이 너울너울 자유롭게 교감하는 것 같더라구요. 마음이 편안하고도 슬펐어요. 세상을 하직하면서 한평생의 헛되고 헛됨을 돌아다보는 기분이 그런 거 아닐까요. 편안한데도 이상하게 위로받고 싶었어요. 형님, 그날 제가 스스로를 위로할 실마리를 어디서 찾았는 줄 아세요? 느닷없이 얼마 전에 텔레비전을 통해서 본 어떤 성우 생각을 해냈어요. 형님도 누구라고 이름만 대면 알 만한 아주 유명한 성우였어요. 성우 경력이 이십 년이 넘는다니 우리보다 젊어봤댔자 십 년 안짝일 텐데 가꾸고 살아서 그런지 사십대도 안 돼 보입디다. 그런데도 좀처럼 모습을 드러내지 않아 목소리하고 이름으로만 알려진 인기인이죠. 그가 성우생활에 얽힌 이런저런 에피소드를 들려주다가 어느 날 갑자기 자기 이름이 생각나지 않더라는 얘기를 하지 뭐예요. 웃기려고가 아니라 아주 심각했어요. 이십여 년을 차분한 목소리로 주로 음악 프로를 진행해오면서 처음과 마지막에는 꼭 자기 이름을 멘트해왔으니까 자기처럼 제 입으로 제 이름을 여러 번 말한 사람도 대한민국에 흔치 않을 거라면서, 그러나 어느 날 생방송을 끝내고 진행에 누구누구였노라고 말을 하려는데 이름이 생각나지 않더래요. 그래도 노련한 방송인답게 당황하지 않고 이름은 내일 말씀드리겠습니다라고 했다나요. 그때 그 생각을 하니까 내 집 전화번호가 생각나지 않는 것이 좀 덜 불안하더라구요. 별것도 아닌 걸 다 꿔다가 위안을 삼으려는 걸 보면 정신을 놓칠까봐 겁이 나긴 났었나봐요. 제 마음은 저도 잘 모르겠어요. 정신이 나간 상태를 즐기는 줄 알았는데 실은 두려웠나봐요. 얼마나 그러구 있었는지 모르겠네요. 전화는 못 걸었지만 그날 밤에 집에 찾아들어가긴 했으니까요. 우리집 동 호수는 안 잊어버렸냐구요? 제 집을 누가 동 호수로 찾수? 다리가 저절로 집까지 데려다주니까 가는 거죠. 정신으로 기억하는 것과 몸으로 기억하는 게 어떻게 다른지 모르겠어요. 그나저나 혼령이 정말 있을라나.

아이들이 전화도 안 걸고 늦었다고 야단치더라구요. 우리집은 거꾸로예요. 걔들이 어른이고 나는 물가에 내놓은 어린애라니까요. 그날도 친구 회갑을 호텔 뷔페로 먹고 나서 차 마시고 수다 떨고 하다보니 좀 늦었길래 그거 고하려고 전화 걸려다가 그만 그리 된 거였어요. 그애들이 날 그렇게 길들였다니까요. 내가 무슨 여고생인 줄 아는지, 어디 갈 때는 가는 장소와 돌아올 시간을 분명히 하고 나가라, 나가서도 제시간에 못 돌아올 일이 생기면 반드시 전화 걸어라, 이런 식이에요. 걱정하기 싫다 이거겠죠. 전화번호 잊어버렸단 얘기는 하기 싫어서 딸년들 호령을 잠자코 듣기만 하다가 내 방으로 들어와버렸는데 평소하고 달라 보였나봐요. 그애들이 안 하던 짓을 하더라구요. 창희년이 내 방까지 따라 들어와 따지는 거예요. 창희가 제 언니에 비해 성미가 좀 파르르하잖아요.

엄마, 해도 너무해. 이제 그만 해. 오빠 죽은 지 벌써 칠 년째야, 오빠만 자식이야? 딸은 자식 아냐? 언니가 왜 여태 시집도 못 가고 있는 줄 알아? 엄마 모실 신랑 고르느라고 좋은 사람 다

놓친 거라구. 엄만 그것도 모르구 있지? 알 리가 없지, 관심도 없으니까. 난 엄마 입에서 딸 혼기 놓쳐 큰일이라고 걱정하는 소리 한마디만 들어도 원이 없겠어. 세상에 그런 엄마가 어딨어. 언니 나이나 알아? 것도 모르겠지. 오빠가 나이를 안 먹으니까 우리도 생전 스물셋, 스물하나인 줄 알죠? 하긴 세월도 엄마 같은 바윗덩이한테 부딪치면 딱 멎어야지 별수 있겠어. 난 언니 같은 효녀 될 자신은 없지만 그래도 엄마한테 잘하려고 애써왔어. 이젠 지쳤어. 언니도 곧 지칠 거야. 엄마한테 잘하는 건 밑 빠진 가마솥에 물 붓기야. 엄마가 우리한테 어쩌다 보이는 관심이 뭔 줄 알아? 저 계집애들 중 하나를 잃었으면 내가 이렇게 원통하진 않았으련만, 하는 표정으로 우리를 볼 때야. 그런 표정 정말 소름 끼쳐. 엄만 우리가 살아 있는 걸 미안해하게 만들어. 우리도 우리에겐 한 번뿐인 인생인데 그래야 돼? 엄만 정말 해도 너무해.

글쎄 이렇게 퍼붓더라구요. 형님도 잘 들어두슈. 창숙이년이 에미 때문에 여태 시집을 못 갔답니다. 그만하면 천하에 광고칠 만한 효녀 아니겠수. 내가 딸년들 나이 먹는 거 일일이 신경 쓰고 살지 않는다는 건 사실이지만서두 즈이들한테 얹혀살 생각 같은 건 꿈에도 해본 적 없건만, 기가 막혀서. 이제 와서 이런 소리 해도 아무 소용이 없게 됐지만, 저 실은 창환이도 결혼하는 즉시 내보내려고 했지 데리고 살 생각 안 했어요. 왜는 왜예요? 형님 때문이지. 형님이 좀 오래 시집살이 하셨수. 시집살이 면한 지 겨우 삼 년 만에 과부 되시고 며느리 보셨으니 두 내외만의 오붓한 재미도, 혼자 사는 자유 맛도 모르시잖아요. 그 세대는 그렇게 살 수밖에 없는 시대이기도 했지만 형님 시집살이는 그래도 어진 시어른 때문에 보기 좋았더랬어요. 저는 애를 들쳐업고 시장도 가고 밥도 해먹을 때, 형님네 애들은 할머니 할아버지 손바닥에서 금이야 옥이야 방바닥에 등 붙일 겨를이 없는 걸 제가 얼마나 부러워했는지 형님도 아시죠? 제가 샘내는 소리를 비치면 형님은 난 애 들쳐업고 밥 해먹기가 소원이라네, 라고 한숨 섞인 소리로 말씀하시곤 했죠. 그건 저를 위로하려고 꾸민 소리가 아니라 은밀하고 애틋한 형님의 속마음이라는 걸 여자끼리의 직감으로 느낄 수가 있었죠. 형님뿐 아니라 아주버님도 같은 생각일 거라는 것까지도요. 부부끼리 고통의 나눔이 없이 어떻게 형님처럼 완벽하게 좋은 며느리 노릇을 할 수가 있겠어요. 형님은 또 우리집에 들르실 때마다 아이들하고 지지고 볶으면서 사는 걸 보시고는 부러운 듯이, 자네네 사는 것에 비하면 나 사는 건 반세상이라네, 라고도 하셨죠. 나는 우리 창환이가 장가들어 반세상 살게 하고 싶지가 않았어요. 온세상을 주고 싶었답니다. 암, 온세상을 주어야 하구말구요. 아들도 같이 살 생각을 안 했는데 딸하고 같이 살 생각을 꿈에라도 했겠어요. 먹고살 게 없다면야 또 모르죠. 사람 목숨은 모진 거니까, 나는 절대로 자식 신세 안 진다는 입바른 소리를 어떻게 하겠어요. 그이가 다행히 연금을 남겨줬으니 이런 흰소리라도 할 수 있는 거죠. 그래도 자식들이 말이라도 그렇게 하는 걸 고마운 줄 알라고요? 네에, 형님

나의 가장 나종 지니인 것　379

고마울 것까지는 없어도 탓할 생각까지는 안 했는데 그 다음 소리가 맹랑하잖아요. 세상에 에미 가슴에 비수를 꽂아도 분수가 있지, 감히 그런 소리를 어떻게 입 밖에 낼 수가 있을까요? 형님, 전 한 번도 창환이 목숨을 제까짓 것들과 비교하거나 바꿔치기 해서 생각한 적 없어요, 맹세코. 아들딸을 층하하지 않겠다는 지어먹은 마음 따위하곤 달라요. 창환인 전무후무한 하나뿐인 창환이고 아무하고도 비교할 수 없이 잘났기 때문이에요.

하긴 내 딸 나무랜 무엇 하겠어요. 내가 창환일 잃고 나서 친척이고 친구고 멀쩡하게 아들 잘 기른 사람들이 나한테 괜히 미안해하는 거, 나 알아요. 아들 자랑 하다가도 내 앞에선 입을 다물고, 장가보낼 때 나한테 청첩장을 보낼까 말까 망설이고, 내가 행여 즈이들이 부러워 마음 상할까봐 그런다는 거 알아요. 명애라고, 형님도 아시죠? 우리가 성북동 살 때 아래윗집 살면서 부추전만 부쳐도 담 너머로 나눠먹던 제 여고동창 말예요. 걔 아들하고 창환이하고도 국민학교에서 중학교까지 동창이었다구요. 서로 사는 내막 속속들이 알고 마음이 통해 숨기는 거 없기는 형님보다 훨씬 가까웠더랬죠. 형님도 물론 그러시겠지만 시집 쪽 친척은 아무리 촌수가 가까워도 어느 정도 이상은 친해질 수 없는 껍질 같은 걸 가지고 대하게 되더라구요. 창환이가 그 지경 당하고 나서도 어느 친척도 명애만큼 놀라고 슬퍼하지 못했을 거예요. 내가 통곡하면 같이 통곡하고, 펄쩍펄쩍 뛰면 같이 펄쩍펄쩍 뛰고, 내가 몸져누웠을 때는 하루도 거르지 않고 온

갓 죽을 다 쑤어서 날랐죠. 형님도 죽 쒀온 적 있으시다구요? 꼭 안 듣는 척하시다가도 틀린 말은 한마디도 못 참으신다니까, 글쎄. 그런 명애도 즈이 아들 장가들일 때는 나한테 쉬쉬하더라니까요. 혼인날 딴 동창한테 듣고 알았어요. 식장이 찾기 어려운 변두리 동네 교회라 나한테 길을 물어온 동창도 내가 그때까지 모르고 있다는 걸 알고는 처음에는 안 믿다가 나중에는 자기 생각이 명애에 못 미쳤노라고 사과를 하면서 제발 모르는 걸로 해달라네요.

 형님 제가 뭘 잘못했다구 이렇게 손도를 맞습니까? 제가 손도를 맞는다는 건 창환이의 죽음을 부끄럽게 여기는 게 되거든요. 그럴 수는 없었어요. 저는 떨치고 일어나 즉시 준비를 하고 환하게 웃으며 결혼식장으로 달려갔죠. 명애가 어쩔 줄을 몰라했지만 저는 늠름하게 굴었어요. 마음으로부터 축하도 했구요. 명애 아들이 장가드는 거 저 정말로 안 부러웠어요. 걔 아들하고 창환이하곤 댈 것도 아니니까요. 껄렁한 대학도 삼수까지 해서 들어갔고 젊은 애가 야망이 있나 이상이 있나 오로지 말초신경만 발달해가지고 달고 다니는 여자가 맨날 바뀐다더니 아마 그중에 하나가 배라도 불러왔나봅니다. 부자도 아닌 집에서 졸업도 하기 전에 서둘러 식을 올린 걸 보면. 그런 녀석이 어떻게 창환이하고 비교가 됩니까? 말도 안 되지. 그렇다고 형님, 제가 남의 잘난 아들을 보면 마음이 아린 줄 아시진 마슈. 우리 친정 조카 얘긴 형님도 종종 들으셨죠. 친정에 번듯하게 출세한 사람 없기는

나의 가장 나종 지니인 것 381

형님네나 우리 친정이나 마찬가지지만 그래도 전 친정으로 해서 으스대고 싶을 때는 늘 그 장조카 자랑을 하곤 했으니까 형님도 생각나실 거예요. 재학중에 고시 패스한 애 말예요. 참, 우리집에서 보신 적도 몇 번 있죠. 머리만 좋은 게 아니라 인물도 자알났죠. 그애가 장가갈 때는 창환이 잃은 지 일 년 안이기도 했지만 글쎄 친정 식구들이 하나같이 이 하나밖에 없는 고모가 오지 말았으면 하는 눈치더라구요. 내 참 아니꼽고 더러워서. 누가 그까짓 판검사를 대수롭게 알 줄 알구. 그 동안 나도 민가협 엄마들 덕에 의식화된 것도 있고 해서 죽은 우리 창환이가 산 법관보다 골백번은 더 잘나 보이더라구요. 그러니 내가 걔 결혼하는 것 보고 꿀리거나 부러울 게 뭐 있겠어요. 더군다나 그 며칠 전엔 민가협 엄마들 따라 민주투사 공판하는 거 방청하러 가서 말도 안 되는 죄목을 나열하는 법관을 실컷 야유하고 퉤퉤 침까지 뱉고 온 끝인데 그 새파란 법관이 부럽기는커녕 한심해 보입디다. 민가협 엄마들 덕에 언짢은 기색 하나도 안 하고 그날도 고모 노릇을 얼마나 씩씩하게 잘해냈다구요.

형님, 밍개헵이 아니라 민가협이라니까요. 딴 발음은 똑똑하게 잘하시면서 그 소리는 왜 그렇게 어눌하게 얼버무리시나 몰라. 형님 일부러 그러시는 거 아녜요? 저하고 그 사람들을 한 묶음으로 능멸하려구요. 아이구 깜짝이야. 그 소리에 뭘 그렇게 화를 내세요? 암만 해도 찔리는 데가 있는갑다. 형님 미국 딸네 집에 한 달도 못 있다 오셔가지고도 밧데리를 꼬박꼬박 배러리라고 하셨잖아요? 그렇게 잘 따라 하시는 형님 혀가 민가협 소리를 못 할 리가 없을 것 같아서요. 능멸까지는 안 하신다고 해도 못마땅해서 일부러 그러실 거예요. 아무튼 전 듣기 싫어요. 요다음부터는 그러지 마세요. 별걸 다 갖고 시집살이시킨다구요? 그러믄요, 동서도 시집은 시집이죠. 형님은 뭐 저한테 시집살이시킨 적 없는 줄 아시우.

형님, 제가 어디까지 말씀드렸죠? 아, 네에, 아들 장가들일 때 다들 절 따돌리는 것 같다는 얘기였죠. 자격지심이라구요? 그럴지도 모르죠. 따돌리는 것만 아니꼬운 줄 아세요. 너무 잘해주는 것도 싫어요. 그게 다 한통속이거든요. 형님만 해도 창석이 장가들일 때 저한테 얼마나 신경을 썼어요. 그 바람에 창석이 처가만 혼났죠. 저한테까지 시어머니하고 똑같은 예단을 해왔으니 속으로 얼마나 욕을 했겠어요. 시아버지 예단을 안 해도 되니까 작은어머니한테 대신 했을 거라고 형님이 아무리 그러셔도 저는 그게 그 집에서 자발적으로 그렇게 한 게 아니라는 거 알아요. 창석이 장가들 땐 창환이 죽은 지 오 년도 넘었을 텐데도 제가 그렇게 신경이 쓰이던가요? 폐백 받을 때도 형님은 저를 영감님처럼 곁에 앉히셨죠. 처음에는 쌍과부가 나란히 폐백 받기가 민망해서 사양하다가 좌중의 분위기가 어째 이상하게 가라앉는 것 같아 제가 졌죠. 창환이 생각이 나서 언짢아하고 있는 것처럼 보이기가 싫었어요. 그건 사실이 아니니까요. 저 창석이 장가갈 때도 조금도 안 부러웠어요. 창환이를 창석이하고 비교하는 마음이 없었으니까요. 그때 형님은 아주버님 안 계신 핑계로 절 부득부득 끌어다 앉히셨지만 아주버님이 계셨더라도 마찬가지였을 거예요. 남들이 처첩을 거느리고 폐백을 받는 줄 알건 말건 상관 안 하고 새 며느리한테 저를 시부모와 똑같이 인식시키려 드셨을 테죠. 우리 그이도 아주버님 돌아가신 후 조카들한테 잘하려고 우리 아이들은 뒷전이었던 건 형님도 인정하시죠. 그래 봤댔자 겨우 형제간의 나이 차이만큼밖에 더 못 살았지만서두요. 남의 집 남자들보다 좀 단명한 거 하나가 흠이지 형님이나 저나 중매로 혼인했어도 남편은 잘 만났었다 싶어요. 우리 그이가 회갑도 못 넘기고 세상 뜬 데 대해서도 여한 없어요. 창환이를 앞세우지 않고 자기가 휘딱 앞서갔으니 참 복도 많다 싶어 부럽다 못해 얄밉기까지 한걸요. 제가 부러운 건 오직 그이뿐이에요. 자다가도 그이가 부러워 가슴이 저리기 시작한 밤을 홀딱 새우고 말죠. 그러나 그건 남의 산 자식을 부러워하는 것하곤 달라요. 창석이가 나무랄 데 없는 아이라는 건 저도 인정해요. 그러나 우리 창환이하곤 그릇이 다른 걸 비교가 되나요. 부모 속 안 썩이고 명문 대학 척척 들어가고, 졸업도 하기 전에 대기업에서 모셔가고, 윗사람 눈에 얼마나 들었으면 중매까지 서줘서 좋은 집 규수한테 장가들고, 형님이 아들 잘 기른 거야 세상이 다 아는 일이죠. 그렇지만 형님, 창석이가 대학 들어간 해가 언제예요? 바로 80년 아녜요. 80년에 대학 들어간 애가 세상이야 어찌 돌아가든 알 바 아니라는 듯이 공부만 팠다는 건, 제 보기에는 인간성이 의심스러워요. 어떻게 그럴 수가 있었을까? 사람이 그러면 못쓴다구요. 우리 창환이도 창석이보다 삼 년 뒤에 같은 대학에 들어갈 때만 해도 창석이처럼 공부밖에 모르는 아이였죠. 그러나 우리 창환이는 캠퍼스의 최루탄 냄새를 괴로워했어요. 그건 창석이도 마찬가지였다구요? 그야 그렇겠죠. 지나가던 사람도 눈물 콧물을 짜면서 펄쩍펄쩍 뛰었으니까요. 창석이는 몸으로 괴로워했을 뿐이지만 우리 창환이는 마음으로 더 많이 괴로워했다구요. 그래요, 우리 창환이가 운동권이 아니었다는 건 형님 말이 맞는지도 몰라요. 에미도 눈치를 못 챘으니까요. 그러나 그걸 누가 단정을 하겠어요. 자식을 겉을 낳지 속까지 낳는 건 아니란 말도 그래서 생겨난 거 아니겠어요. 그런데 그게 왜 그렇게 중요하죠? 말끝마다 형님은 꼭 그 소리를 하시더라, 마치 오금을 박듯이. 이럴 때는 전화로 얘기하고 있다는 게 얼마나 다행인지 몰라요. 아녜요, 전화로 말하면서도 전 형님의 시선을 느껴요. 대단한 비밀을 알고 있는 사람이 그걸 모르는 사람을 바라볼 때의 기분 나쁜 눈길 말예요. 그래봤댔자 우리 창환이가 단순 가담자에 불과할 거라는 것밖에 형님이 저보다 더 알고 있는 게 뭐가 있겠어요. 그게 왜 그렇게 중요하죠? 처음에야 저도 그게 미치게 억울했죠. 그놈의 쇠파이프가 눈이 멀어도 분수가 있지 앞장선 열렬한 투사들 다 제쳐놓고 하필 우리 창환이었을까, 하구요. 그러나 죽음은 어차피 돌이킬 수 없는 운명인 거 아닌가요? 게다가 철저하게 개개의 것이구. 그게 너무 무서워서 우선 피하고 싶었어요. 우선 개별적인 것에서 피하는 방법은 휩쓸리는 일이었죠. 집단적인 열정 속으로. 형님도 기억하시죠. 우리 창환이의 장엄한 장례식을요. 백만학도가 창환이를 열사로 떠받들었죠. 형님, 제발 그렇게 말씀하시지 마세요. 젊은이들이 제 몸에다 불을 붙여 시대의 횃불을 삼으려 든 세상이었잖아요? 죽은 목숨을 횃불 삼으려 든 것쯤 아무것도 아니었죠. 형님이나 저나 하도 궁핍한 어린 시절을 보내서 그랬던가, 먹을 것 흔하고 흥청망청 물건 아쉬운 것 모르는 세상만 꿈인가 생신가 좋기만 하던데, 젊은이들 눈엔 세상이 얼마나 깜깜했으면 제 몸으로 불을 밝히려 들었을까요? 중요한 건 창환이가 운동권이었나 아니었나가 아니라 죽음까지 횃불로 삼지 않을 수 없을 만큼 시대가 깜깜했다는 거 아닐까요.

형님, 우리가 참 모진 세상도 살아냈다 싶어요. 어찌 그리 모진 세상이 다 있었을까요? 형님, 그나저나 그 모진 세상을 다 살아내기나 한 걸까요? 형님은 당연히 비웃으시겠지만 세상이 정말 달라졌다면 그 달라지게 한 힘 중엔 우리 창환이 몫도 있다고 생각해요. 그래요, 허튼 소리 같지만 저는 수도 없이 창환이의 부활을 경험했죠. 민가협 엄마들한테 세뇌받아서 그렇게 됐다는 식으로 말씀하시지 마세요. 누가 누굴 세뇌해요. 그 지경을 당하고도 하루하루를 죽은 목숨처럼 살지 않을 수 있는 유일한 방법이었을 뿐이에요. 6·10항쟁 때도 형님이 저한테 얼마나 깊은 상처를 입혔는지 모르고 계시죠? 그땐 창환이 죽은 지 얼마 안 돼서이기도 하지만 뭔가 심상치 않은 일이 생길 것 같아 정신을 번쩍 차리고 일어났더니 형님이 뭐랬는 줄 아세요? 자식을 잡아먹고도 데모가 그렇게 좋으냐고 악을 쓰셨죠. 언제는 언제예요. 6·10 때라니까요. 형님 제발 6·10하구 6·29하고 헷갈리는 거, 4·13하고 4·19도 분간 못 하는 거, 5·16하고 5·18이 왔다갔다 하는 거, 정말 참을 수가 없어요. 어떤 때는 내 앞에서 일부러 그렇게 시침을 떼는 게 아닐까 싶어지면 형님하고 다시는 상종도 하기가 싫어져요. 그런 날짜는 그렇게 잘 외면서 증조모님 제삿날은 어떻게 그렇게 감쪽같이 까먹었느냐고요? 형님이 그렇게 나오실 줄 알았어요. 오금을 박는 데는 선수시니까요. 좋아요, 솔직히 말씀드리죠. 증조모님 제사가 저한텐 하나도 안 중요하니까 잊어버릴 수도 있는 거죠, 뭐. 창환이 잃고 나서 저에게 일어난 가장 큰 변화가 뭔 줄 아세요. 그때까지 중요하게 생각해온 것이 하나도 안 중요해지고 하나도 안 중요하게 여겨온 것이 중요해진 거예요. 증조모님 제사도 안 중요해진 것 중의 하나일 뿐이지, 다는 아녜요. 그런 변화엔 저 스스로도 놀랄 수밖에 없었어요. 처음엔 내가 남이 된 것처럼 낯설기까지 했죠. 내가 돈 게 아닌가 싶기도 했구요. 그래서 될 수 있는 대로 남들한테는 예전처럼 굴려고 애썼죠. 창환이 잃고도 여전히 제삿날을 형님보다 먼저 아는 척할 수 있었던 것도 아마 그런 노력의 일환이었을 거예요. 아니면 타성이든지. 형님도 그런 타성은 있잖아요. 제수 차리는 데는 지극정성이면서 날짜 돌아오는 건 저만 믿고 내 몰라라 하는 습관 말예요.

　제삿날 말고 또 안 중요해진 게 뭐가 있느냐고요? 많지요. 이루 말할 수 없이 많지만 과연 형님이 이해하실 수 있으실라나 몰라. 형님을 무시해서가 아니라 제삿날처럼 그렇게 꼭 집어서 말할 수 있는 게 아니기 때문이에요. 이를테면 전엔 남이 나를 어떻게 볼까가 중요했는데 이젠 내가 보고 느끼는 내가 더 중요해요. 남을 위해서 나를 속이기가 싫어요. 무엇보다도 피곤하니까요. 가장 쓰잘데없는 걸로 진 빼기 싫어요. 또 있구말구요. 그전엔 장만하는 게 중요했는데 이젠 버리는 게 더 중요해요. 형님보담은 좀 덜했지만 저도 물건 욕심이 꽤 있었잖아요. 누구네 집에 가서 예쁜 접시나 찻잔만 봐도 어디 쩨인가 물어보고, 역시 다르다고 감탄하고, 눈독 들인 건 기어코 장만하고, 그게 사는 재미였죠. 육십년대든가, 형님이나 저나 아직 새댁 티가 남아 있을 적 말예요. 그때는 모든 물자가 귀할 때이기도 했지만 우린 사재기 선수였잖아요? 화학솜이 처음 나왔을 땐데 그까짓 화학솜 이불이 뭐가 그렇게 신기했는지 이불계를 모아서 두 집이 한 채씩 그걸 장만했었죠. 그러고 보니 제가 지금 쓰고 있는 자개장롱도 곗돈 타서 장만한 거네요. 갖고 싶은 걸 애써 장만하고 나면 그리 기쁘더니만 지금은 그 모든 것들이 다 짐스러워요. 왜 그게 거기 있을까, 몇십 년 손때 묻은 것들이 뜨악하고 낯설어지기도 하죠. 잠 안 오는 밤이면 주로 하는 짓이 뭔 줄 아세요? 장롱이나 찬장 속을 들들들 뒤져서 버릴 것을 찾는 거예요. 버릴 것 천지지요, 뭐. 남들은 쓰자니 마땅찮고 버리자니 아까운 거 천지라고 하더니만 전 아까운 게 하나도 없어요. 딸들 눈이 무서워서 한꺼번에 못 버릴 뿐이지요. 또 장롱 같은 거야 무슨 수로 버리겠어요. 누굴 주든지 고물상을 부르든지 해야 할 텐데, 그것도 번거롭고 고물상이나 남의 집에 그게 있다는 것도 신경 쓰일 것 같아요. 그게 혹시 손때가 묻은 것들에 대한 책임감이라면 그것도 소유욕의 일종인지도 모르겠네요. 아무튼 세상에 귀한 거라곤 없으면서 버리기도 쉽지 않은 건, 내 눈앞에서만 없어지는 게 아니라 아주 없어지길 바라기 때문이에요. 가끔 아궁이가 있는 집이라면 패 땔 수도 있을 텐데 하는 생각도 해보죠. 그것도 생각뿐이지 요즈음 물건들은 그렇게 쉽게 재도 안 되는 것들이잖아요. 생때 같은 목숨도 하루아침에 간데없는 세상에 물건들의 목숨은 왜 그렇게 질긴지, 물건들이 미운 건 아마 그 질김 때문일 거예요. 생각만 해도 타지도 썩지도 않을 물건들한테 치여죽을 것처럼 숨이 답답해지네요. 죽는 건 하나도 안 무서운데 죽을 것 같은 느낌은 왜 그렇게 싫은지 모르겠어요.

내가 물건이 싫으니까 남에게도 물건을 선물한 적이 없어요. 물론 창환이 잃고 난 후에 생긴 새 버릇이지만서두요. 그전에야 형님도 아시다시피, 친정이나 시댁 어른들 생신이나, 조카들 손주뻘 되는 아이들의 혼사나 돌잔치 등 무슨 날이 돌아올 때마다 뭘 선물할까가 즐거운 고민이었죠. 돈을 절약하기 위해서이기도 하지만 두고두고 지니게 하고 싶은 욕심으로 저는 친척이나 친구들의 기념할 만한 날 돈으로 부조를 한 적이 거의 없었죠. 마땅한 물건이 잘 떠오르지 않을 때는 손수 재봉틀을 돌려 옷가지나 소품을 만들어서 선물을 장만하기도 해서 형님한테 알뜰이 지나치다는 눈총도 꽤 맞았을걸요. 그러면서도 형님은 그런 제 손재주를 은근히 부러워하셨죠. 실상 그건 손재주만 갖고 되는 노릇이 아니라 눈썰미와 상대방에 대한 관심이 있어야 되거들랑요. 요샌 그런 짓 안 해요. 거의 다 돈으로 해결하죠. 꼭 뭘 사가지고 가야 할 데는 먹을 걸 사가요. 외식으로 때우든지. 물건으로 나를 생각나게 만들고 싶지 않아요. 물건으로 남을 짓누르는 것 같아 안 하고 싶어요. 그렇다고 뭘 주고 싶은 사람이 아주 없는 건 아니죠. 오랫동안 예쁘게 연애하다가 결혼한 신혼부부가 인사를 왔다든지, 친구가 미국 사는 자식을 따라 아주 이민을 떠난다든지 할 때는 뭔가 주고 싶어져요. 그래도 물건은 아녜요. 호화로운 식사를 한 끼 사죠. 즐거웠던 기억이 물건보다는 속절없으니까요.

 그런 특별한 경우가 아니더라도 전에는 어떡하면 같은 돈이라도 낯나게 쓰나가 중요했었는데 지금은 안 그래요. 흐지부지 쓰는 게 훨씬 더 중요해요. 낯나게 쓴다는 게 뭔가요? 남에게 잊혀지지 않을 만한 부담감을 주는 거 아닌가요? 그러기 싫어요. 같이 차 마시고 나서 찻값을 내는 거, 몇이서 택시를 같이 탔을 때 택시값을 혼자서 내는 것 따위가 흐지부지 쓰는 건데 바보같이 보이기 십상이지 누구 하나 고마워하지 않는 씀씀이죠. 그렇지만 차 한 잔씩 마시고 나서 서로 눈치 보는 그 짧은 동안이 싫어요. 일상의 바퀴가 삐그덕 소리를 내면서 잘 안 구르는 것 같은 느낌이 들거든요. 흐지부지 쓴다는 건 바퀴에 기름을 치는 행위에 다름아니죠. 그러잖아도 하루하루 살기가 힘이 들어 죽겠어요. 조금이라도 덜 힘들 수 있는 방법이 있는데도 힘들일 거 뭐 있어요. 일상의 바퀴에 기름을 치는 일은 하나도 표가 안 나서 남들은 낭비라고 생각하지만 나에겐 여간 중요한 씀씀이가 아니고, 물론 안 아까워요. 창숙이 창희는 그런 나를 여간 못마땅해하지 않아요. 낭비벽이 있다고 생각하나봐요. 그냥 놔뒀다가는 살림 다 들어먹을 것 같은지 즈이들 버는 돈도 나를 안 갖다주고 즈이끼리 적금도 붓고 해서 아마 상당히 모았을 거예요. 밥값은 내죠, 밥값도 안 내놓고 제 낭탁만 할 아이들도 아니구요. 스크립터, 디자이너, 이런 직업을 형님은 좀 우습게 보시는 것 같지만 얼마나 고소득이라구요. 걔네들 내는 밥값만 가지고도 나 하나 얹혀살 만해요. 연금은 흐지부지 쓰기에 부족함이 없구요.

형님이 무슨 권리로 혀까지 차시면서 못마땅해하세요? 하긴 하루하루를 살기가 무거운 수레를 끄는 것처럼 힘들다는 걸 형님이 아실 리가 없죠. 저도 창환이를 잃기 전까지는 저절로 살아졌어요. 세월이 유수 같았죠. 한참 자라는 아이나 달력을 보지 않고서는 세월이 빠르다는 걸 느낄 겨를이나 어디 있었나요. 너무 빨라 거스르고 싶었나봐요. 젊어 보인다는 소리 듣는 게 제일 기분이 좋았으니까요. 지금은 아녜요. 젊어졌다는 소리도, 좋아졌다는 소리도 꼭 욕같이 들려요. 그렇다고 늙어 보인다거나 야위었다는 소리를 듣고 싶은 것도 아녜요. 그런 소리 들으면 내가 하루하루를 얼마나 힘들게 보내고 있다는 걸 들킨 것 같아서 기분이 안 좋아요. 왜 우리나라 사람들은 만나면 젊어졌다 좋아졌다, 아니면 어디 아팠느냐, 못쓰게 됐다는 식으로 남의 신체를 가지고 들먹이는 인사를 그렇게 좋아하는지 모르겠어요.

전에는 중요하던 게 지금은 하나도 안 중요해진 게 또 뭐가 있냐구요? 형님이야말로 왜 안 하던 짓을 하실까? 전혀 귀담아들으실 것 같지 않은 얘기에 관심을 보이시니 말예요. 전에는 형체가 있어 눈에 보이는 것만 중요한 줄 알았는데 그후엔 아니었어요. 눈에 안 보이는 걸 온종일 쫓을 적도 있어요. 아녜요, 육체와 영혼의 문제가 아니라구요. 그건 나한테는 너무 거창해요. 장미꽃과 향기의 문제예요. 장미꽃은 저기 있는데 향기는 온 방 안에 있다. 향기는 도대체 어떤 모양으로 존재하는 걸까? 고작 그 정도예요. 우리집 행운목이 올해 꽃을 피웠잖아요. 꽃 모양이나 빛깔이 볼품없어서 핀 줄도 몰랐어요. 어느 날 집에 들어서니까 온 집 안이 향기로 가득 차 있더군요. 현기증이 날 정도였어요. 꽃향기 때문에 질식도 할 수 있다는 게 실감이 되더군요. 그 향기가 좋았단 얘기는 아녜요. 물건은 분명히 하난데 두 가지 방법으로 존재할 수도 있다는 문제에 며칠 동안 몰입할 수가 있었죠. 알아요, 꽃이 지면 향기도 없어진다는 거, 근데 그 소릴 왜 그렇게 야멸차게 하시죠? 접때는 창숙이가 쇠꼬리를 하나 통째로 사왔습디다. 몇 번에 나눠서 과먹으라는 거예요. 나 누린 음식 싫어하는 거 번연히 알면서 무슨 심산지, 에미 꼴이 꼭 바스러질 것처럼 기름기가 없이 남부끄럽다고 창희년까지 옆에서 거들고 나서더군요. 싸가지가 없어도 분수가 있지, 에미더러 제년들 체면 세워주도록 피둥피둥하란 소린지 뭔지. 탄하기도 싫어서 하라는 대로 큰 스텐 통에다 넣고 고기 시작했죠. 물도 넉넉히 부었고, 바닥이 이중이라나 삼중이라나, 아무튼 두껍게 특수처리한 스텐 통이라기에 믿거라 하고 온종일 고아댔더니 그만 바싹 태워버렸지 뭐예요. 성의가 없어서라고요? 맞는 말씀이에요. 제 몸 보자자고 성의가 날 에미가 어딨겠어요. 고약한 냄새가 진동을 할 때서야 겨우 불 위에 뭘 올려놓았다는 걸 깨달았으니까요. 그놈의 꼬린지 뭔지 숯뎅이가 되니까 바싹 오그라붙어 얼마 되지도 않던데 냄새는 왜 그렇게 지독한지, 온 집 안에 가득 차서 아이들한테 안 태운 척 속여먹을 수도 없이 만들지 뭐예요. 꼬리는 오그라붙은 게 아니라 팽창을 한 거였어요. 숯뎅이는 즉시 없앴지만 고약한 냄새는 달포도 넘어 가더라구요. 구석구석 그 냄새가 안 스민 데가 없어요. 요새도 돌아누우려면 그 냄새가 훅 끼칠 때가 있는 걸 보면 베갯잇 사이에도 끼어 있나 봐요. 꼬리 제까짓 게 뭐라고 숯뎅이 아닌 다른 무엇이 되어 남아 있는 걸까요? 형님, 꼬리를 태워먹은 건 하나도 안 아까우면서 다른 무엇이 되었길래 이렇게 오래 남아 있는 것일까, 가 궁금한 정도가 아니라 마냥 집착하게 돼요.

형님, 그렇다고 제가 그까짓 꽃이나 꼬리 따위에서 사람의 정신과 유사한 걸 찾고 있다고 생각하진 마세요. 일종의 습관일 뿐이에요. 밖에 나갔다가 집에 들어왔을 때 열쇠로 문을 따고 들어가야 할 때와 안에서 창숙이나 창희가 열어줄 때가 있잖아요? 안에서 맞아줄 사람이 있을 때가 없을 때보다 좋은 게 인지상정이련만 전 그 반대예요. 그들의 마중을 받으면 창환이의 빈자리가 왜 그렇게 크게 느껴지는지, 나도 모르게 무너져내리듯이 밖에서 꾸민 나를 포기해버리죠. 그러나 열쇠로 문을 따고 빈집에 들어섰을 때는 딴판이에요. 창환아, 에미 왔다. 그렇게 활기 넘치는 소리로 말을 걸며 들어가는 거예요. 핸드백을 내던지면서 옷을 벗으면서도 냉장고에서 찬물을 꺼내 벌컥벌컥 들이마시면서도 연방 말을 시키죠. 그럴 때는 집 구석구석이 창환이로 가득 차는 거예요. 내가 그애 안에 있다는 걸 실감하죠. 어느 쪽이 진짜 나인지 모르겠어요. 걔가, 생때 같은 내 아들이 어느 날 갑자기 없어졌다는 걸 어떻게 믿을 수가 있겠어요. 형님, 우리가 참 모진 세상도 살아냈다 싶어요. 어찌 그리 모진 세상이 다 있었을까요? 형님, 그나저나 그 모진 세상을 다 살아내기나 한 걸까요?

여직껏 꿋꿋하게 잘 버티기에 그냥저냥 극복한 줄 알았더니 이제 와서 웬 약한 소리냐구요? 형님 보시기에도 제가 그렇게 아무렇지도 않아 보입디까? 아무렇지 않지 않은 사람이 아무렇지도 않아 보였다면 그게 얼마나 눈물겨운 노력의 결과였는지는 한 번도 생각해본 적 없으시죠. 형님도 아마 은하계란 말은 들어

보셨을 거예요. 그렇지만 그 크기나, 우주엔 우리 태양계가 속한 은하계 말고도 얼마나 많은 은하가 있고, 앞으로도 자꾸 발견될 거라는 건 저만큼 모르실걸요. 그렇게 단정을 하면 혹시 일제시대에 여고 입학한 걸 요새 서울대학 들어간 것보다 더 높이 평가하시고 자랑스러워하시는 형님한테는 모욕적일지도 모르지만서두요. 느닷없이 웬 은하계냐구요? 제가 너무 견딜 수 없을 때 외는 주문이 바로 은하계로부터 시작하기 때문이죠.

은하계는 태양계를 포함한 무수한 항성과 별의 무리. 태양계의 초점인 태양과 지구 사이의 거리는 빛으로 약 오백 초, 태양계의 가장 바깥쪽을 도는 명왕성은 태양에서 빛으로 약 다섯 시간 반. 그러나 은하계의 지름은 약 십만 광년, 태양은 은하계의 중심에서 삼만 광년이나 떨어진 변두리의 항성에 불과함. 광년은 초속 삼십만 킬로미터의 빛이 일 년 동안 쉬지 않고 갈 수 있는 거리의 단위. 그러나 은하계가 곧 무한은 아님. 우주에는 우리 은하계 말고도 다른 은하가 허다하게 존재하니까. 우리 은하계에서 가장 가까운 은하의 거리가 이백만 광년. 십억 광년인 은하도 있는데 초속 몇만 킬로의 속도로 계속 멀어져가고 있으니 우주라는 무한은 무한히 팽창하고 있는 중. 광년은 빛이 일 년 동안 쉬지 않고 갈 수 있는 거리의 단위, 구조사천육백칠십 킬로미터.

대강 이 정도가 제 주문의 요지예요. 그걸 다 어디서 주위들었느냐고요? 집에 굴러다니는 『소년우주과학』인가 하는 책에서 본 거예요. 아이들이 어려서 보던 꽤 낡은 책이니까 정확하지 않을 수도 있어요. 제가 틀리게 외고 있는 부분이 있을 수도 있구요. 틀려봤댔자죠, 뭐. 백만 광년이나 십억 광년이나 어차피 제 상상력이 미칠 수 있는 한계 밖의 수치니까요. 정확도가 문제가 아니라, 그런 천문학적 단위는 우리가 사는 지구를 망망한 바닷가의 모래알만도 못하게 극소화시키는 효과는 그만이에요. 그 모래알에 붙어 사는 인간의 운명이나 수명 따위도 덩달아서 아무것도 아닌 게 되죠. 이제 아시겠어요? 그 소리가 왜 저한테 주문이 되는지. 잠시 동안이라도 제 태산 같은 설움이 안개의 입자처럼 미소하고 하염없어져요. 이젠 뜻 같은 건 생각할 필요도 없어요. 정확도 같은 건 더구나 문제도 안 되고요. 그 소리만 일단 달달달 외고 나면 조건반사처럼 나른하고도 감미로운 허무감에 잠기게 되거든요. 형님, 그 동안 제가 그렇게 살았다우. 주문이 계속해서 효과가 있었더라면 형님한테 가르쳐드리지도 않았을 거예요. 글쎄 그 주문 가지고도 도저히 안 될 때가 있더라구요. 안 듣는 주문이 돼버렸으니까 가르쳐드린 거예요.

한 열흘 됐나. 명애가요, 아까도 얘기한 제 제일 친한 동창 명애 말예요. 명애가 저더러 같이 문병 갈 데가 있다는 거예요. 얘기를 들어보니 내가 꼭 가봐야 할 데가 아닌 것 같아 내키지가 않았어요. 같은 동창이지만 나하고는 전혀 안 친했고 졸업하고 나서도 우연히 만난 적도 없는 친구고, 아픈 사람도 그 친구가 아니라 그의 아들이라는데 제가 불쑥 뭣 하러 가겠어요. 싫다고 했더니 명애가 꼬드기는 말이 창환이 장례 때 와준 친구라는 거였어요. 저는 속으로 우리 창환이야 온 국민의 애도 속에 보낸 아인데 그 친구도 온 국민 중의 한 사람이었을 테지 뭐 특별한가 싶으면서도 마음이 움직이더라구요. 그래서 그 아들이 어디가 어떻게 아픈지 자세한 건 묻지도 않고 그냥 따라나섰어요. 참 생명이 위독한 병이냐고는 물어봤군요. 명애 대답이 어째 이상했어요. 그러면 오죽이나 좋겠니? 글쎄 이러지 뭐예요. 그때 자세한 걸 캐물었어야 하는 건데 남의 자식 목숨에 대해 어떻게 저렇게 말할 수가 있을까, 울컥 치미는 명애에 대한 불쾌감 때문에 암말도 안 하고 말았어요. 명애는 오지랖도 넓지 어떻게 이렇게 멀리 사는 친구 집 우환까지 찾아다니며 챙겼을까 싶게 그 집은 같은 서울이면서 하룻길이었어요. 저희 집은 강남의 동쪽 끝이고 그 집은 강북의 서쪽 끝이었으니까요. 아직도 이런 동네가 남아 있었구나 싶게 골목이 좁고 꼬불탕한 허름한 동네였죠. 와본 적이 있다는 명애도 몇 번씩이나 길을 잘못 들어 헤맨 끝에 겨우 당도했으니까요. 친구는 병든 아들과 단둘이 살고 있었어요. 병든 아들이 막내고 형과 누나는 다들 혼인해서 번듯이 살고 있다고 해요. 병이 보통 병이 아니었어요. 몇 년 전에 차 사고로 뇌와 척추를 다치고 나서 하반신 마비에다 치매까지 된 거었어요. 뺑소니 운전사한테 치여서 오랫동안 방치됐었는데도 숨은 안 넘어갔었나봐요. 가족한테 알려지고 난 후에야 최선의 치료를 다 했겠지요. 가산도 그때 탕진했다니까요. 오랜 병구완 끝이라 그러하겠지만 이 친구가 정말 우리 동창일까? 믿어지지 않을 만큼 파파 할머니가 돼 있더라구요. 더군다나 한 번도 안 친했던 동창의 모습을 그 노파한테서 떠올리는 건 불가능했어요. 역시 오는 게 아니었다는 생각 먼저 들더군요. 친구는 우리를 보고 반기지도 놀라지도 않고, 늘상 드나드는 동네 사람 대하듯 했어요. 그의 아들도 나이를 짐작할 수가 없었어요. 누워 있는 뼈대로 봐서는 기골이 장대한 청년이었음직한데 살이 푸석푸석하게 찌고, 또 표정도 근육이 씰룩거리고 있다는 것밖에는 상식적인 희노애락하고는 동떨어진 거여서 마주 보기가 민망했어요.

아이구 이 웬수, 저놈의 대천지 웬수, 친구는 아들을 이름 대신 그렇게 부르더군요. 그 밖에도 말끝마다 욕이 주줄이 달렸어요. 오죽 악에 받치면 저럴까, 지옥이 따로 없다는 생각이 들었어요. 우리가 사간 깡통 파인애플을 아들의 입에 처넣어주면서도 이 웬수야, 어서 처먹고 뒈져라, 이런 식이었으니까요. 저한테도 내처 늘 보던 이웃사람 대하듯 하다가 문득 알은체를 하면서 한다는 소리가, 흥 죽는 것보다 더 못한 꼴 보러 왔구나, 였어요. 저는 울컥 모욕감을 느꼈지만 그 친구한테는 아무 소리도 못했어요. 게서 더한 소리를 할 권리라도 있는 것처럼 겁나게 황폐해 보였으니까요. 그 친구보다는 명애한테 더 유감이 있어서이기도 했구요. 그 집에 들어설 때부터 어렴풋이 짐작이 된 거긴 하지만 명애가 날 왜 거기까지 데리고 왔는지가 마침내 분명해지더군요. 즈네들 아들 경사가 있을 때마다 내가 부러워할 것 같아 쉬쉬 초대하기를 꺼리던 것과 정반대의 이유로 그 집 모자의 비참한 꼴을 보여주고자 한 거였어요. 죽는 것보다 못한 경우를 보고 위로받아라, 이거겠죠. 인간성 중 가장 천박한 급소죠. 그 급소만은 드러내 보이고 싶지 않았기 때문에 남의 아무리 잘나고 건강한 아들을 보고도 부러워하지 않는 것으로 미리 보호막을 친 거였는데, 딴 친구도 아닌 명애가 나를 그렇게 취급하다니, 정말 견딜 수 없는 기분이었어요. 그래도 그쯤해서 그 집을 물러났더라면 또 모르죠. 은하계 주문 대신 그 집 아들을 떠올리는 것으로 위로받을 수 있었을지도요.

아들에게 파인애플을 세 조각이나 먹이고 난 친구는 우리가 보는 앞에서 아들이 깔고 있는 널찍한 요 위에서 아들을 공기를 굴리듯이 굴리기 시작했어요. 정말이지 믿을 수 없을 만큼 신기한 묘기였어요. 욕창이 생길까봐 하루에도 몇 번씩 그 짓을 한다나봐요. 엎어 뉘었다가, 바로 뉘었다가, 모로 뉘었다가, 그 장대한 아들을 자유자재로 굴리면서 바닥에 닿았던 부분을 마사지하는데, 그 동안도 잠시도 쉬지 않고 입을 놀리는 거였어요.

아이고 이 웬수덩어리는 무겁기도 해라. 천근이야, 천근. 근심이 있나 걱정이 있나, 주는 대로 처먹고, 잘 삭이고 잘 싸니 무거울 수밖에. 내가 이 웬수덩어리 때문에 제 명에 못 죽지 못 죽어, 이 웬수야. 니가 내 앞에서 뒈져야지 내가 널 두고 뒈져봐라, 나도 눈을 못 감겠지만 니 신세가 뭐가 되니. 사지나 멀쩡해야 빌어먹기라도 하지, 아이고, 하느님, 전생에 무슨 죄가 많아 이 꼴을 보게 하십니까?

 이러면서 병자를 요리조리 굴리고 주무르는데 그 말라빠진 노파가 어디서 그런 기운이 나는지, 거짓말 안 보태고 꼭 공깃돌 갖고 놀듯 하더라니까요. 아이들 말짝으로 환상적이었어요. 우리는 그저 넋을 잃고 바라보기만 하다가 명애가 먼저 아이 참, 하면서 손을 내밀어 거들려고 했죠. 나도 덩달아 환자를 뒤집는 일을 도우려고 손을 내밀었구요. 그러나 웬걸요. 우리의 손이 몸에 닿자마자 환자가 이상한 괴성을 질렀어요. 여직껏 흐리멍덩 공허하게 열려 있던 환자의 눈이 성난 짐승처럼 난폭해지더군요. 얼마나 놀랐는지요. 손끝이 오그라붙는 것 같았어요. 그의 흐리멍덩한 눈은 신뢰와 평안감의 극치였던 거였죠. 그때 비로소 악담밖에 안 남은 것 같은 친구 얼굴에서 씩씩하고도 부드러운 자애를 읽었죠. 아이구 이 웬수덩어리가 또 효도하네, 하는 친구의 말로 미루어 어머니 외에 아무도 그를 못 만지게 한 게 한두 번이 아닌가봐요.

 저는 별안간 그 친구가 부러워서 어쩔 줄을 몰랐어요. 남의 아들이 아무리 잘나고 출세했어도 부러워한 적이 없는 제가 말예요. 인물이나 출세나 건강이나 그런 것 말고 다만 볼 수 있고, 만질 수 있고, 느낄 수 있는 생명의 실체가 그렇게 부럽더라구요. 세상에 어쩌면 그렇게 견딜 수 없는 질투가 다 있을까요? 형님, 날카로운 삼지창 같은 게 가슴 한가운데를 깊이 훑어내리는 것 같았어요. 너무 아프고 쓰라려 울음이 복받치더군요. 여기서

울면 안 돼. 나는 황급히 은하계 주문을 외려고 했죠. 소용이 없었어요. 은하계 그까짓 거 아무것도 아니더라구요. 저는 드디어 울음이 복받치는 대로 저를 내맡겼죠. 제가 그렇게 많은 눈물을 참고 있었을 줄은 저도 미처 몰랐어요. 대성통곡, 방성대곡보다 더 큰 울음이었으니까요. 제 막혔던 울음이 터지자 그까짓 은하계쯤 검부락지처럼 떠내려가더라구요. 은하계가 무한대건 검부락지건 다 인간의 인식 안에서의 일이지, 제까짓 게 인간 없이는 있으나 마나 한 거 아니겠어요. 그 집에서 그렇게 울어버리니까 명애도 그 친구도 기가 막힐밖에요. 동정이 지나치다고 생각했나봐요. 친구는 자기를 그렇게까지 불쌍해할 것 없다고 화를 내더군요. 명애는 아니었어요. 명애는 제 속을 어느 만큼은 읽어낸 것 같았어요. 우리 사이엔 우정이라는 게 있었으니까요. 잘못했다고 사과를 하더군요. 그날 말고 며칠이나 그랬어요. 잘못한 거 하나도 없는데.

 전 그 울음을 통해 기를 쓰고 꾸민 자신으로부터 비로소 놓여난 것 같은 해방감을 느꼈어요. 그러고 나서 요 며칠 동안은 울고 싶을 때 우는 낙으로 살고 있죠. 그러느라고 증조모님 제삿날도 깜박했을 거예요. 은하계도 떠내려가는 판에 한 번 뵙지도 못한 시댁 조상 제삿날이 남아났겠어요. 이제부터 울고 싶을 때 울면서 살 거예요. 떠내려갈 거 있으면 다 떠내려가라죠, 뭐. 아무렇지도 않은 것처럼 꾸미는 짓도 안 할 거구요. 생때같은 아들이 어느 날 갑자기 이 세상에서 소멸했어요. 그 바람에 전 졸지에

장한 어머니가 됐구요. 그게 어떻게 아무렇지도 않은 일이 될 수가 있답니까. 어찌 그리 독한 세상이 다 있었을까요, 네, 형님? 그나저나 그 독한 세상을 우리가 다 살아내기나 한 걸까요? 혹시 그놈의 것의 꼬리라도 어디 한 토막 남아 숨어 있으면 어쩌나 의심해본 적, 형님은 없죠? 형님, 뭐라고 말씀 좀 해보세요. 아니, 형님 지금 울고 계신 거 아뉴? 형님, 절더러는 어찌 살라고 세상에, 형님이 우신대요? 형님은 어디까지나 절벽 같아야 해요. 형님은 언제나 저에게 통곡의 벽이었으니까요. 울음을 참고 살 때도 통곡의 벽은 있어야만 했어요. 통곡의 벽이 우는 법이 세상에 어디 있대요.

가는 비, 이슬비

수자가 느닷없이 수치심에 사로잡힌 것은 김밥이 너무 색스러워서였다. 빠알간 칠기찬합 속에 시금치, 당근, 우엉, 계란말이, 단무지가 가운데 박힌 김밥을 단면이 보이도록 담아놓고 보니 마치 작은 꽃밭처럼 아기자기했다. 처음부터 맛보다는 색깔의 조화를 더 염두에 두고 장만했을 터인데도 이제 와서 속 들여다뵈는 짓을 한 것만 같아 역겨웠다. 속 들여다뵈는 짓은, 점심은 제가 준비할게요, 라고 얌전을 떨 때 이미 시작된 거나 마찬가지였다. 처음 만난 사람 중에도 어쩐지 통할 것 같은 사람이 있다. 그런 느낌은 아직도 이 세상이 살 만한 몇 안 되는 까닭 중의 하나이다. 반면 자신이 자신도 이해할 수 없는 짓을 할 때가 있다. 남도 아니고 자기 자신과 소통이 안 될 때의 낯설음이 얼마나 견디기 어려운지는 겪어보지 않으면 모를 거라고, 수자는 힘주어 생각한다. 그 생각에 힘이 주어지는 것은 억울하기 때문이다. 고독감에는 그래도 한 가닥의 감미로움이라도 있어 자기도 취하는 숨구멍이 돼주게 마련이지만 이건 그것도 아니다. 아무리 그래봤댔자 남들처럼 살 수는 없으리라는 운명의 계고처럼 순전하게 고약하다.

수자는 보는 사람 없이도 들여다보인 것 같은 속을 당장 뒤집어 보이기라도 할 것처럼 부랴부랴 찬장 속을 뒤져 간편한 일회용 도시락통을 찾아낸다. 값진 빨간 칠기찬합은 그녀의 묵은 세간 중의 하나이다. 수자는 아직도 묵은 세간이 많다. 평소에는 아무렇지도 않게 묵은 세간과 새 세간을 섞어 쓰다가도 어느 날 문득 그것들이 선명하게 편을 가른 것처럼 보일 적이 있다. 묵은 세간은 거의 어머니가 정성을 다해 장만해준 혼수였다. 김밥을 천박하게 번들대는 은박지 찬합에 옮겨 담으면서 화려한 단면이 보이지 않도록 뉘어 담는다. 뉘어 담은 김밥은 파충류의 등처럼 흉물스럽다. 이게 무슨 꼴이람. 중얼대며 흘긋 시계를 본다. 아직 시간이 많이 남아 있는 것도 자존심이 상한다. 일요일날 별일 없으면 교외로 바람이나 쐬러 나가자는 소리를 김전무로부터 들었을 때 나잇값도 못하고 가슴이 울렁거린 것은 김전무가 홀아비라는 것을 며칠 전에 알아버렸기 때문일까.

진짜 홀아비예요. 그만한 조건에 상처한 지 삼 년이 넘도록 아직 새장가를 안 든 걸 보면 진짜진짜 괜찮은 홀아비 아녜요?

말끝마다 진짜를 붙이기 좋아하는 미스 김의 말버릇은 경박하다는 느낌이 들어 몇 번 고쳐준 적도 있었건만 그때는 듣기 싫지가 않았다. 김전무하고 미스 김은 먼 친척 사이라고 했다. 수자는 이런 객쩍은 생각을 떨쳐버리려고 가볍게 진저리를 치다 말고 문득 창 밖에 눈길이 머문다. 통유리로 된 베란다 창 밖엔 왠지 아직도 어둑시근한 새벽빛이 고여 있고, 노인정 처마에 닿을 듯 가지를 풀어헤친 버드나무는 며칠 사이에 몰라보게 파릇하고 토실해져 있다. 겨우내 철사처럼 단단해 보이던 가지가 미풍만 스쳐도 살랑일 준비가 돼 있다는 듯 부드러워진 지 불과 며칠 만이었다. 노인정 모퉁이를 돌아 그녀의 시야 안으로 나타난 낯익은 노부부의 옷차림도 한결 밝고 가벼워져 있다. 못 말리게 조급한 계절의 속도감 속으로 한껏 느린 걸음으로 나타난 노부부를 그녀는 홀린 듯이 바라본다. 부부 중 마나님이 중풍에 걸려 걸음걸이가 그렇게 지지부진한 것이다. 영감님은 그런 마나님한테 지팡이처럼 붙어다니면서 걸음마를 시키기를 하루도 빠진 날이 없다. 비 오는 날은 우산을 받쳐줘가며, 기온이 급강하한 날은 두루뭉술하도록 껴입히고도 혹시라도 바람이 새들어갈 만한 틈서리가 있을까봐, 소맷부리와 장갑 사이를, 털목도리와 옷깃 사이를 자주자주 점검해가며 하루도 아침 산책을 거르지 않는다. 일요일이나 토요일 오후에도 그들의 산책을 본 적이 있는 걸로 미루어 그들의 걸음 연습은 하루 한두 번 정도가 아닌지도 모르겠다. 그렇다고 마나님의 한쪽 마비에 차도가 있어 보이는 것도 아니다. 수자가 보기엔 그날이 그날 같다. 차도가 없기 때문에 오히려 그들의 걸음마는 극성맞아 보이지 않고 단지 평화스러워

가는 비, 이슬비

보인다. 수자는 슬며시 안도의 미소를 짓는다. 언제부터인지 수자에게 노부부의 산책은 싫증 안 나는 풍경의 일부가 돼버렸다. 수자는 그녀의 아파트를, 빌어보는 경치가 그만이라고 자랑시키길 좋아하는데 듣는 사람은 곧바로 바라뵈는 북한산의 수려한 연봉을 연상하고 쉽사리 찬동을 하지만, 그녀가 빌어보는 경치를 사랑하는 까닭은 원경에 북한산이 있기 때문이기도 하지만 근경에 노부부가 있기 때문이다.

언제부터 마나님의 몸이 그렇게 불편하게 되었는지는 모르지만 그들을 처음 본 건 삼 년 전 이사하던 날이었다. 단독주택을 청산하고 아파트로 이사 오던 날 허공에 매달린 이삿짐을 쳐다보느라 아슬아슬하게 긴장해 있다가 그들의 산책이 눈에 띄자 마음이 편안하게 누그러지면서 저절로 웃음이 났었다. 어디나 사람 사는 동네구나 하는 일종의 친화감이었을 것이다. 그후 반상회에서 영감님한테 효부(孝夫)라는 별명이 붙어 있다는 걸 알게 되었으니, 그 노인들은 수자가 알아주기 훨씬 전부터 거기 살았을 테고, 마나님이 그렇게 된 건 그전부터였을 것이다. 하필이면 왜 살 날이 얼마 안 남은 노인네들을 통해서 사람 사는 동네의 온기와 위안을 얻고자 했을까. 아니다. 그게 아닐 것이다. 수자는 자다가도 문득 노추(老醜)의 공포에 치를 떨 때가 있다. 그 노부부를 볼 때마다 위로받는 건 그들 특유의 아름다움 때문이라고, 추하지 않은 노후도 있을 수 있다는 희망 때문이라고 그녀는 애써 생각한다.

그렇담 더더욱 오늘의 야유회는 김전무가 홀아비라는 것과 상관이 있게 된다. 수자는 아득하게 들리는 기적 소리를 식별하려고 청각을 곤두세우듯이 그녀 안에서 웅성이는 불안한 소요를 감지하려고 신경을 모은다. 그리고 괜히 단호해진다. 아니야, 그럴 리가 없어. 그건 그가 홀아비라는 것과는 아무 상관이 없이 생긴 일이었어. 그건 단지 지금쯤 왕성하게 움트고 있을 숲에 대한 그리움이었을 뿐이야. 수자는 마치 마음에 드는 그림엽서를 마땅한 벽면을 찾아 붙여놓듯이 싱숭생숭해지려는 마음의 갈피를 이렇게 고정시켜버린다. 창 밖의 봄은 이미 예감이 아니라 현실이었다. 아아, 예감은 지겨워, 라고 그녀는 소리를 내어 말한다. 그러고는 자신의 목소리의 공허한 느낌에 놀라 허둥거린다. 예감이 지겨운 게 아니라 예감에 진 경험이, 다시 불길한 예감을 불러일으키는 게 지겨웠다. 그럴 때는 그저 몸을 움직여 뭐든지 하는 게 수라고 수자는 아까보다 더 자신 있게 스스로를 북돋았다. 허구한 날 예감에 만신창이가 되도록 쪼아먹히면서도 행주를 삶고, 와이셔츠를 다리고, 유리창을 닦고, 원목 장롱을 닦고 또 닦아 반들반들 윤을 내고, 종종걸음으로 시장을 다녀와서 솜씨를 다해 저녁상을 차렸던 것처럼.

벼엉신. 수자는 힘찬 목소리로 묵은 세간 속에서 헛된 노력을 되풀이하던 지난날의 자신을 비웃으며 재빠른 솜씨로 뒷설거지를 시작했다. 한편 도마에 뒹구는 김밥 끄트머리를 연방 입에다 꾸역꾸역 처넣는 것도 잊지 않았다. 김밥의 간도 볼 겸 아침식사도 겸해서였다. 목이 메어 보리차를 들이켜고 나니 배는 즉시 불렀지만 김밥 맛이 어떠했는지는 생각나지 않았다. 그녀는 괜히 급하게 굴면서 도시락 뚜껑을 닫다가 그만 손을 베고 말았다. 은박지로 된 뚜껑의 날카로운 모서리가 슬쩍 손끝을 스쳤을 뿐인데도 꽤 깊이 벤 것 같았다. 단박 붉은 피가 뚝뚝 떨어졌다. 피를 보자 그녀는 날카로운 소리로 외마디 비명을 질렀다. 그리고 피를 닦아낸 휴지를 함부로 바닥에다 흩뿌리며 도망치듯이 거실 구석으로 가서 벽에 등을 대고 붙어섰다. 등에 식은땀이 흐르는 게 벌레가 기어가는 것처럼 선명하게 느껴졌다. 수자는 다량의 출혈 후의 빈혈증세처럼 아득한 느낌으로 벽 속으로 잦아들 듯이 납작하게 붙어서서 울기 시작했다. 점점 격렬하게 복받치는 울음이 키질하듯이 그녀를 들까불었다.

수자는 음식을 만들거나 과일을 깎기 위해 정식으로 칼질을 하다가 손을 벤 적은 거의 없었다. 그러나 새옷에 붙은 라벨이나, 직업상 많이 들춰보게 되는 사보(社報) 나부랭이한테 툭하면 손을 베이길 잘했다. 아무리 그런 것들이 터무니없이 좋은 종이로 돼 있다 하더라도 아무도 안 당하는 일을 혼자만 자주 당한다는 것은 어딘지 비정상적이었다. 한번은 회사에서 미스 김이 보는 앞에서 새로 부쳐온 사보 책장을 넘기다가 손을 벤 적이 있었다. 미스 김은 종이에도 베일 수가 있다는 게 암만 해도 믿어지지가 않는지 일부러 화보가 실린 제일 빳빳한 책장으로 자기 손에 상처를 내려 했지만 안 되자, 과장님 피부는 아직도 어린애

같으셔, 하면서 부러워했다. 젊음의 치기는 별걸 다 부러워하는 법이다. 그러나 그녀는 자신의 몸뚱이가 괜히 피를 흘릴 때처럼 혐오스러운 적은 없었다. 울음을 그친 그녀는 부엌과 거실 사이, 엎드러지면 코 닿을 거리에 낭자하게 흩어진 핏자국을 우울한 시선으로 바라보았다. 그리고 왜 울었을까, 마치 남의 일처럼 좀 전에 몸을 내맡긴 격렬한 오열에 대해 이상하게 생각했다. 단지 혐오감 때문에 울기까지 한 적은 없었다. 그렇담 희망 때문이었을까. 희망에 대한 공포감, 아니면 낯가림?

수자는 대학을 졸업하자마자 찬우와 약혼했고 삼 년 후에 결혼했다. 첫 미팅에서 만난 찬우를 한눈 한번 안 팔고 일편단심 좋아하다가, 졸업하자 남자가 군대에 가게 되니까 그 동안에 남자가 불안해하는 일이 없도록 수자 쪽에서 자청해서 약혼식까지 치르고 나서 보냈다. 그녀는 유복한 집의 사남매 중 막내에다 외동딸이었다. 사남매가 다들 남들이 부러워하는 일류 대학으로만 척척 들어가 부모들은 기고만장했으나 어떻게 된 게 아들들이 하나같이 부모 욕심에 차지 않는, 별볼일 없는 집 딸과 연애결혼을 해서 기를 꺾어놓곤 했다. 특히 어머니는 손자 손녀를 몇씩이나 본 후에도 현재의 며느리와 과거에 중매 들어왔던 규수를 사사건건 비교하며 아쉬워하고 경멸하는 게 취미였다. 그러나 아들들은 귓등으로도 안 들었고, 며느리들도 그럴수록 잘살아 보이는 것만이 시어머니를 약올릴 수 있는 방법이라는 걸 알고 있었기 때문에 다들 깨가 쏟아지게 잘살았다. 자연히 어머니는 히스테리기가 좀 있었고, 너만은 연애결혼은 안 된다고 수자가 고등학교 적부터 미리 제동을 걸곤 했다. 가만히만 있으면 좋은 데 시집보내줄 테니 그런 줄 알라고 벼를 때는 마치 앙심을 먹고 쌓은 실력을 발휘할 기회를 전전긍긍 엿보는 재수생처럼 불쌍해 보이기조차 했다. 수자는 성격이 조신했고, 오빠들보다 어머니에게 의존적이었으므로 어머니의 소원대로 되려니 생각했다. 대학에 들어가 첫 미팅에서 숫보기답게 어릿어릿 매력 없이 굴었음에도 불구하고 애프터 신청을 받았다. 수자는 그게 신기했을 뿐 아니라, 남자에 대한 막연한 신뢰감의 근거가 되었다. 조금도 잘 보이려고 노력하거나 꾸미지 않았건만 알아줬다는 게 얼마나 기뻤는지 그녀는 처음으로 거울 앞에서 엷은 화장을 하며 자신의 매력에 대해 자신감을 가졌다. 어머니는 수자가 미팅을 하는 것까지는 매우 호의적이었다. 점잖지 못한 호기심도 감추지 않았다. 자기가 못 해본 것에 대한 궁금증과 시샘으로 어머니가 더 적극적일 적도 있었다. 수자가 미팅을 하는 족족 애프터 신청을 받는다는 것도 매우 만족스러워했고 남자를 보는 눈을 기르기 위해서는 미팅 상대를 자주 바꿀수록 좋다고 부추기기도 했다.

딸이 한 남자하고만 만나고 있다는 걸 어머니가 안 건, 딸을 통해서가 아니라 찬우와 같은 대학에 아들을 보내고 있는 친척을 통해서였다. 세상에, 이런 맹추가 있나. 어머니는 낙담했지만 도대체 어떤 녀석이 내 딸을 꼬드겼을까 궁금하기도 하고 한편 괜찮은 상대이기를 바라는 기대감도 없지 않았다. 그렇지만 말로는 어디까지나 친구로 지내라고 누누이 타일렀고, 그 바람에 찬우는 통성명하고 전화도 걸고 수자네도 터놓고 드나들게 되었다. 가까이서 뜯어볼수록 생긴 것이나 마음 씀씀이는 별로 흠잡을 데가 없었지만 뭐 하나 내세울 거 없이 그저 겨우겨우 사는 집안 자식이라는 게 어머니 마음엔 도무지 차지 않았다. 그래도 기회는 남았다고 생각했다. 아무리 열렬하게 연애하던 사이라도 대개는 남자가 군대 가 있는 동안에 금이 가게 돼 있다는 걸 들어서 알고 있었다. 군대 간 사이에 변심을 안 하는 게 바보지 그게 부도덕하다는 생각은 환갑을 바라보는 어머니조차 안 갖고 있었건만, 수자는 자기만은 절대로 그럴 리가 없으리라는 걸 공개적으로 확실하게 해두고 싶어했다. 어머니는, 아이고, 우리 집안에 열녀 춘향이 났네, 라고 기가 차 하면서도 결국은 딸한테 지고 만 것은 아들이 연해결혼 할 때 물심양면으로 손해본 것처럼 억울했던 경험을 딸을 통해 만회해보려는 보상심리도 있었을 것이다. 무엇보다도 아들 내외 금슬이 좋은 것은 심술이 났지만 딸이 그 정도로 남편 사랑을 받을 것을 생각하면 더 바랄 게 없었다. 허락받고 수시로 드나드는 사이에, 먹던 밥상에 숟가락만 하나 더 놔줘도 될 만큼 흉허물이 없어진 것도 백년손을 맞는 부담감을 덜어주기에 충분했다.

하나도 사위 보는 것 같지 않아. 딸 시집보내는 것 같지도 않고. 꼭 아들 하나 더 생긴 것 같다니까. 내 딸이 좋아서 죽고 못

사는 데로다 보내니까 그렇게 편할 수가 없어. 배짱이지 뭐. 사위가 아들보다 오히려 더 만만하고 귀염성스럽더라고.

마침내 어머니는 이렇게 사위 자랑을 떠벌려서 대단한 집으로 시집보낸다는 것보다 훨씬 더 주위의 부러움을 샀다. 수자도 그만하면 부모한테 효도한 셈 칠 수도 있었는데 인륜대사가 너무 쉬워도 섭섭한지 어머니는 일을 야금야금 크게 만들기 시작했다. 하나밖에 없는 딸이자 마지막 혼사가 돼놓고 보니 허전한 마음도 유별났겠지만 혼수를 아무리 많이 장만해도 성에 차지 않아했다. 하나밖에 없는 시누이 시집보내는데 이렇게 모르는 척할 거냐고 며느리들을 닦달질해서 혼수의 양을 자꾸자꾸 늘렸다. 찬우네가 애써 장만한 전세방이 그 많은 세간을 다 들여놓을 만하지 않다는 걸 나중에서야 안 어머니는 아이구 남부끄러워, 아이구 우세스러워, 하면서도 세간에 맞춰 집을 늘리도록 아무도 모르게 뒷구멍으로 쉬쉬 거액을 대주기까지 했다. 수자도 찬우도 원하지 않는 일이 연달아 일어나는 가운데 결혼식을 치르게 되니 오랜 연애 끝에 마침내 결혼한다는 감동은 퇴색하고 어쩔 수 없는 대세에 떠밀려 결혼할 수밖에 없이 되어버린 한 쌍처럼 지칠 대로 지쳐서 식장에 서게 되었다.

그렇게 오래 연애하고 그 동안 한 번도 신의를 저버린 일이 없는 그들이 첫날밤부터 어긋나기 시작한 것은, 이렇게 서서히 준비된 것이지 꼭 그것 때문만은 아니었을 거라고 수자는 거실 바닥에 낙화처럼 분분히 흩어진, 휴지에 찍힌 핏자국을 바라보면서 되짚어 생각한다. 지금 와서 어머니를 원망할래서도 찬우를 변호할래서도 아니다. 그것이 무엇인지, 도대체 무엇이 찬우와 자신을 그렇게 당장 어긋나게 했는지 수자는 아직도 확실하게 안다고 할 수가 없었다. 한 몸이 되어야 할 첫날밤에 생긴 까닭 모를 어긋남은 둘 사이에 깊이 모를 구멍을 만들었고 수자는 끝내 그 구멍을 메울 수도 뛰어넘을 수도 없었다. 그들의 결혼 한 가운데 뚫린 이런 함정은 그녀의 모든 노력과 생기를 함몰시켰고 마침내 박제처럼 꺼풀만 남아서 물러났다. 내쫓기기라도 했으면 좋았을 것을, 벌레 먹은 열매가 떨어지듯 어느 날부터인지 붙어 있을 기력이 다해버린 것이었다.

결혼 초야를 생각하면 수자는 언제나 라이터 불에 일렁이던 찬우의 아득한 프로필과 담뱃불을 깊이 빨아들일 때마다 음울하게 나타나던 날이 선 콧대를 떠올리게 된다. 찬우는 말없이 몇 개의 줄담배를 피웠고 그때마다 조금씩 딴사람이 돼가는 것 같았다. 수자는, 내가 결혼한 남자가 찬우인 게 맞는 걸까? 이것이 신혼여행이라는 걸까? 알 수 없는 마음으로 울음을 참고 있었다. 여자가 처음으로 남자를 받아들일 때 상당히 고통스럽다는 것쯤은 수자도 상식으로 알고 있었다. 찬우가 자기 몸으로 인하여 기뻐하고 있으리라는 보람이 없었다면 견디기 어려운 일방적인 고통이었다. 그녀는 일이 끝난 후 당연히 위로받을 줄 알고 기다렸다. 그러나 수색을 하듯이 꼼꼼하고도 샅샅이 뒤처리를 끝낸 찬우는 다시 불을 끄고 그렇게 줄담배만 피우는 것이었다.

친구한테서 들은 가장 멋없는 첫날밤 생각이 났다. 뚝 따먹듯이 무드 없이 일을 끝내자마자 돌아누워서 코를 고는 신랑 옆에서 억울하고 허망해서 훌쩍거렸다는 얘기였다. 수자는 신랑의 영문 모를 줄담배와 완강한 침묵에 숨이 막히는 것 같아 차라리 돌아누워서 코를 골아주기를 얼마나 바랐는지 모른다. 찬우의 담배 실력은 하루 반 갑도 교제상 어쩔 수 없이 피운다고 할 정도밖에 안 된다는 건 수자도 알고 있었다. 그 정도를 가지고 잔소리를 할 수자도 아닌데 그는 자진해서 결혼하면 끊겠다고 벼르고 있었다. 여자에게 끽연이 임신과 태아에 해로운 게 확실하고, 담배 연기를 마시는 게 직접 피우는 것과 별로 다르지 않은 해를 인체에 끼친다는 걸 안 이상 어떻게 집 안에서 담배를 피우겠느냐는 거였다. 서글서글하고 대범한 생김새와는 또다른 면이었다. 그런 그가 신방을 굴뚝으로 만드는 데는 필히 곡절이 있을 터였다.

내가 무엇을 잘못한 것일까? 첫날밤에 신랑한테 순종한 것도 죄가 되나, 설사 그게 그에게 만족스러운 게 아니었다고 해도 두 사람에겐 장차 많은 시간이 있는데 저렇게 당장 성을 낼 게 뭐람. 수자는 일을 치르기 전에 찬우의 손길이 얼마나 조심스럽고도 섬세한 떨림을 전해왔던가를 안타까운 환상처럼 떠올리다가 그만 잠이 들고 말았다. 신부 노릇이란 하루니까 하지 이틀만 돼도 해낼 수 있을 것 같지 않은 중노동이었다. 불안한 가운데도 잠을 억제할 수가 없었다.

얕은 잠인 줄 알았는데 벌써 아침이었다. 창가에 신랑의 뒷모습이 보였다. 어제 결혼을 했구나, 그 실감은 석연치 못한 어제의 불안과 이어지면서 가슴부터 내려앉았다. 찬우는 수자가 깨기를 기다리느라 오래 그러고 있었던 듯 섬뜩한 눈길로 돌아다보았다. 저 남자는 혹시 밤새도록 안 잔 게 아닐까. 수자는 어찌할 바를 몰랐다. 꿈자리도 무슨 꿈을 꾸었는지 생각나지 않은 채 다만 뒤숭숭했다. 그녀는 극진한 사랑을 받은 자신감과 구박받은 모멸감이 뒤죽박죽이 되어 그 어느 쪽으로도 자신의 감정처리를 못한 채 어눌하게 웃으며 그의 시선을 받았다. 그는 웃지 않았다. 그는 철통 같고 자신은 무방비상태라는 게 수자를 참담하게 했다. 우리는 대결을 하고 있는 게 아니라 결혼을 한 거라고 자신을 타일렀다. 새벽빛을 등지고 선 그의 표정에도 마침내 억제된 연민 같은 게 일렁이는 걸 보자 수자는 와락 서러움이 복받쳤다. 그녀는 자신의 흐트러진 모습을 의식할 겨를도 없이 그의 가슴으로 뛰어들었다. 위로받고 싶었다. 그는 그녀의 등을 두어 번 토닥거려주었다. 그리고 밀어냈다. 그는 여전히 섬뜩한 눈길과 쓰디쓴 얼굴을 하고 있었다.

할 얘기가 있는 모양인데 나가서 할까?

찬우가 창 밖으로 어두운 시선을 보내며 말했다. 바다가 보였다. 한눈에 신혼부부인 듯싶은 남녀가 서로의 허리에 팔을 감고 해변에 발자국을 찍으며 걷고 있었다. 모래펄에서 신발을 벗고 밀려오는 파도와 장난치고 있는 한 쌍은 환성이 들릴 듯이 가까이 보였다. 수자는 찬우가 입고 있는 것과 세트로 장만한 점퍼를 입고 그를 따라나섰다. 사월의 바닷바람은 상쾌하고 비릿하면서도 꽃의 향기 같은 게 한숨처럼 서려 있었다. 좋은 아침이었다. 수자는 슬며시 찬우의 허리에 팔을 감았다. 찬우의 몸은 반응 없이 데면데면했다. 이내 무안해진 수자는 팔을 풀었다. 그들은 한 사람이 가운데 낀 것만큼의 사이를 두고 해변을 걸었다. 젖은 모래펄에 남긴 쌍쌍의 발자국을 파도가 지우는 걸 바라보면서 그들은 발이 푹푹 빠지는 마른 모래밭 쪽으로만 걸었다. 행복하지 않으면 유희도 할 수 없다는 생각이 경구처럼 수자를 짓눌렀다.

 파도와 장난치다 무릎 위까지 적신 신부가 호텔 쪽으로 올라가는 계단에 걸터앉아 젖은 발을 신랑에게 내맡기고 있었다. 신랑은 손수건으로 발의 물기와 발가락 사이에 낀 모래까지 일일이 닦아주느라 오래도록 신부의 발을 조물락거리고 있었다. 신발도 적신 듯, 발을 다 닦아주고 난 신랑은 신부에게 등을 들이댔다. 신부는 망설이지 않고 신랑의 넓은 등에 업혔다. 신부의 엉덩이 밑에서 맞잡은 신랑의 손에서 한 켤레의 빨간 신발이 대롱거리고 있었다. 그들이 비워놓고 간 계단에 찬우가 먼저 자리를 잡았다. 수자도 한 사람이 앉을 만큼의 공간을 비워놓고 그의 곁에 앉았다.

 할 말이 있다고 하지 않았어?

 출렁인다기보다는 햇빛에 산산이 부서지고 있는 봄바다를 늙은이처럼 감동 없이 바라보고 있는 수자에게 찬우가 재촉하듯이 말했다. 밖에 나와서 처음 들어보는 목소리이기 때문일까, 칠 년 동안이나 연애하던 사람의 목소리답지 않게 생소하게 들려서 수자는 화들짝 놀랐다. 그런 수자를 그는 차근차근 지켜보면서 왜 그렇게 놀라느냐고 책망하듯이 물었다. 할 말이 있을 거라고, 자기가 넘겨짚어놓고는 이제 와서 그 말을 수자가 한 것처럼 바꿔 말하고 있었다. 도대체 나에게서 뭘 알아내고 싶은 걸까? 그가 원하는 거라면 없는 거라도 만들어 보이고 싶은 갈망으로 수자는 입이 탔다. 그런 수자를 차갑게 노려보며 찬우가 말했다.

할 말이 있을 텐데.

자백을 요구하는 형사처럼 자신 있고 냉정한 시선을 수자는 얼른 피했다. 무서웠기 때문에 그의 본래의 사람 좋아 뵈는 표정을 생각해내려 했지만 생각나지 않았다. 수자는 남자가 그녀의 말을 기다리고 있다는 건 알았지만 무슨 말을 원하고 있는지 알 수가 없어서 아무 말도 못했다. 시간이 지남에 따라 남자가 그녀의 대답을 기다리는 동안의 무게가 숨통을 짓누르는 것 같아 그녀는 혼신의 힘을 다해 울부짖듯이 말했다.

내가 뭘 잘못했는지 말해줘요, 제발.

그걸 정말 내가 말해야겠어?

무슨 각오를 그렇게 단단히 했는지 그는 담배도 안 피우고 까칠하게 튼 입술을 혀로 핥았다. 그러고 나서 선심 쓰듯이 말했다.

그럼 좋아, 내가 먼저 말할게. 나도 고백할 게 있어.

그리고 빠른 어조로 군대 가 있는 동안 서너 번 여자를 돈 주고 산 일이 있다는 얘기를 했다. 조금도 겸연쩍어하거나 잘못했다는 빛 없이, 본적이나 학벌이나 학번을 말하듯이 사무적인 어조였다. 수자 또한 그의 고백에 충격을 받지 않았다. 그런 소리를 듣고 어떤 반응을 보여야 그의 마음에 들지, 오로지 그것만을 생각하게 되는 자신에 대해 화가 치밀었지만 어쩔 수가 없었다. 찬우가 그녀의 순결을 의심하고 있다는 게 거의 확실했지만 그녀는 그런 의심을 받을 만한 까닭이 없었기 때문에 현재 당하고 있는 억울한 혐의를 자신이 눈치챘다는 것조차 자존심이 상했다. 입에 담기도 싫었다. 변명할 가치는 더군다나 없었다.

홍, 묵비권인가?

찬우가 그녀의 대답 없음을 비웃었다. 물증(物證) 앞에 이토록 진실이 무력한 경우 무슨 말을 할 수가 있을 것인가.

산책을 즐기던 신혼부부들이 한 쌍 두 쌍 돌아오고 있었다. 대개는 캐주얼한 차림이었지만 아침부터 한복으로 곱게 차려입어 신혼여행 티를 한껏 낸 신부도 있었다. 그들의 소곤거림과 웃음소리가 점점 가까워졌다. 아마 그들이 걸터앉은 계단을 거치지 않고는 호텔로 돌아가지 못할 것이다. 화창한 봄날이었다. 어디선가 꽃을 따서 머리를 장식한 신부도 있었다. 호텔 쪽으로 반달 모양으로 완만하게 휘어들어온 해안선이 그들이 다녀오는 쪽에서 갑(岬)처럼 돌출돼 있고 그곳은 숲으로 덮여 있었다. 그곳을 다녀오는 쌍쌍은 모두모두 행복해 보였다. 수자는 막연히 그곳엔 온갖 꽃들이 만발해 있을 것처럼 느껴졌고, 그들은 생전 그곳에 이르지 못할 것처럼 느껴졌다. 민망하도록 찰싹 붙어서 돌아오는 쌍쌍에게 길을 비켜주기 위해 찬우가 먼저 일어섰고 수자도 따라 일어섰다. 그리고 그들의 신혼여행이 아직도 이박 삼일이나 더 남아 있다는 데 공포감을 느꼈다. 나갈 때는 못 보았는데 들어오면서 보니 호텔 정원에서는 동백꽃이 지고 있었다. 동백꽃의 낙화는 특이했다. 꽃잎이 떨어지는 게 아니라, 조금도 시들지 않은 핏빛 꽃이 송이째 폭신한 금잔디 위에 점점이 떨어진 걸 보면서 수자는 몰래 몸서리를 쳤다.

예약해놓은 운전기사가 와서 관광을 나가고 사진을 찍고 하는 동안 찬우는 딴 신혼부부들처럼 기사 하라는 대로 신부를 안으라면 안고 뽀뽀를 하라면 뽀뽀도 했다. 익살스럽고도 노련한 기사 덕분에 수자도 그러면 그렇지 하고 석연치 않은 불안을 희석시키고자 했다. 밤엔 나이트클럽에서 춤도 추었다. 그리고 침대에선 애무 없이 곧장 그녀를 탐했다. 그의 섹스는 어젯밤과는 딴판으로 거칠고 망설임 없고 가학적이었다. 그 동안 수자는 줄곧 여자를 산 일이 있다는 그의 고백에 대해 생각했다. 그 일에 어떤 의미 부여를 할 의도나 그를 비난할 속셈이 있어서가 아니었다. 함부로 취급당하고 있다는 치욕스러움 때문이었다. 헤어나고 싶은 불결감조차도 그에 대해서가 아니라 자신에 대해서였다. 내가 무엇을 잘못했기에 이런 꼴을 당해야 하나, 찬우의 일거수 일투족은 끊임없이 그녀로 하여금 뭔가 큰 잘못을 저지른 것처럼 전전긍긍하게 만드는 힘이랄까, 암시가 들어 있었다. 신혼여행 동안 기껏 운전기사가 시키는 대로, 딴 신혼부부들이 하는 대로, 시시덕대기도 하고 행동을 하고 나서도 공치사를 하는 걸 빼먹지 않는 찬우였다.

남들처럼 굴기가 얼마나 힘들었는지 알기나 알아? 남들은 자연스럽게 되는 걸 나는 죽자꾸나 노력해서 흉내를 내다니, 내 더러워서.

이렇게 점점 더 억장이 무너지는 소리를 했다. 수자 또한 죽자꾸나 애쓰지 않고는 참아낼 수 없는 소리였다. 그녀는 자신이 얼마나 더러운 모독을 당하고 있는지 드러내고 싶지가 않았다. 끝장을 각오하지 않고는 차마 입에 담기 싫은 게 그녀의 최소한의 자존심이었다. 결정적인 파국만은 면해보고 싶은 거였다. 마치 깨진 그릇을 엉구듯이 아슬아슬한 신혼여행이었다.

여행에서 돌아와 그들을 기다리고 있는 넘치는 신접살림을 보고도 찬우는 하나도 기뻐하거나 고마워하지 않았다. 그렇다고 아무것도 필요 없습니다, 따님만 주십시오, 하던 때의 순진성이 조금이라도 남아 있는 건 아니었다. 어느 한 군데 부족함이 없이 화사하고도 오밀조밀하게 꾸며놓은 보금자리를 그는 손해난 흥정을 하고 난 뒤처럼 찜찜하고도 시큰둥한 시선으로 바라보았다. 누가 보기에도 과람한 혼수도 그에게는 신부의 흠을 메우기에는 어림도 없이 부족해 보였던 것이다. 겨우 이까짓 것들을 가지고 감히 나한테 눈가림을 하려 들어? 하는 태도는 터무니없이 물욕적일 뿐이어서 수자는 차라리 연민을 느꼈다. 그렇게 칠 년을 살았다. 살았다기보다는 순전히 눈가림으로 살아냈다는 것이

맞을 것이다. 신혼여행에서 비록 노력해서지만 남들처럼 굴었듯이, 그들도 명절이면 남들처럼 귀향길에도 오르고, 친정집 대소사에 부부동반으로 나타나 칙사 대접을 받기도 했다. 모처럼 남들 보기에 그럴듯하게 꾸며 보인 날이면 찬우는 으레 그게 얼마나 참고 노력한 결과였는지를 까발리고야 말았다. 노력하다보면 수월해질 날도 있으려니, 꾸미다보면 몸에 익을 날도 있으려니, 하는 게 수자의 가냘픈 희망이었다. 그러나 찬우의 해도해도 다하지 않는 진짜 노력은 수자로부터 고백을 얻어내고야 말겠다는 집념이었다.

수자, 중요한 건 몸이 아니라 마음이야. 내가 참을 수가 없는 건 마음으로 정직하지 못한 거지 몸이 아냐. 정말이야, 믿어줘. 난 네가 창녀였을지라도 그만큼 사랑했으면 결혼했을 거야. 난 그렇게 순진한 남자야. 그런 내가 이런 꼴을 당해야 옳겠어?

칠 년 동안 찬우는 이렇게 따지거나 애걸하기를 수도 없이 반복했다. 그러나 이렇게 대놓고 따지는 건 그래도 약과였다. 견딜 준비라도 하고 있을 수가 있었으니까. 무방비상태에서 허를 찔리는 데다 대면 아무것도 아니었다. 한번은 부부동반으로 모인 자리에서 이런 일이 있었다. 술이 거나하게 취한 남자들이 소문난 술집 여자들의 품평회 같은 걸 하는데 수자가 생전 못 들어본 긴짜꾸라는 말이 자주 나왔다. 수자는 그게 무슨 말인지 못 알아듣겠는데 좌중의 눈치를 보니 그걸 못 알아들은 건 자기밖에 없는 것 같았다. 어머머, 쟤인 그것도 모르나봐? 어떤 여자가 그걸 신기해하자 찬우도 그 자리에선 우리 집사람은 그렇게 순진하답니다, 라고 넘어갔다. 그러나 집에 와서는, 너 그렇게 순진한 척 내숭을 떠는 건 정말 못 봐주겠더라고 밤새도록 모욕적인 고문을 해댔다. 성적인 것과 관계된 것은 대체로 이런 식이어서 모르는 것을 모르는 척할 수도, 아는 것을 아는 척할 수도 없었다. 모른다고 하면 순진한 척 내숭을 떠는 게 되고 안다고 하면 못 말리게 밝히는 여자가 되고 말기 때문이었다. 이럴 수도 저럴 수도 없는 제약은 잠자리에서라도 달라지지 않았다. 섣불리 그를 거절하거나 아무것도 못 느끼는 것처럼 굴면 순진한 척 내숭을 떠는 게 되고, 기쁨을 나타내면 못 말리게 음탕한 여자가 되었다.

그녀는 그래서 한 번도 자신의 욕망에 정직해본 적이 없었다. 오로지 남자의 욕망에 비위 맞추기 위해 전전긍긍한 나날을 보내는 사이에 두 사람이 공유하게 된 것은 오로지 석연치 않은 혐의밖에 안 남게 되었다. 수자는 자신도 모르는 사이에 찬우가 의심하는 것과 똑같은 혐의를 자신에게 거는 적이 자주 생겼다. 어쩌면 찬우가 처음 남자가 아닐지도 모른다고, 찬우가 처음 남자라면 그럴 수는 없는 일이라고까지 자신에게 최면을 걸기에 이르렀다. 인체란 너무 끔찍한 기억은 지우게 돼 있다니 어릴 적에 겁탈당한 적이 없으란 법도 없지 않을까. 그녀는 점점 자주 겁탈당하는 꿈을 꾸었고 그게 마치 무의식 속에 잠재된 과거의 잔상인 양 그럴듯한 해몽을 하곤 했다. 자신을 그 지경으로까지 만들지 않으려고 노력을 안 한 건 아니었다. 몸으로 증명 못 한 걸 마음으로 증명하려고 정성을 다해봤자 내숭만 떤 게 되자, 다시 솜씨로 뭔가 보여주려고 살림에 전력을 다해보기도 했다. 김치를 맛있게 담그려고 장거리 전화로 시어머니한테 비결을 묻기도 하고, 세간의 위치를 혼자 힘으로 요리조리 옮겨도 보고, 팔을 걷어붙이고 때묻지 않은 마룻바닥에 비누거품을 하나 가득 풀고 팔 힘이 다하도록 문질러도 보고, 베란다에다 온갖 신기한 화분을 들여놓고 꽃을 피워보기도 했다. 온종일 바쁘게 움직여봤댔자 두 사람 사이의 균열을 뛰어넘기에는 역부족이었으나, 혼자만의 시간을 구원받은 것 같은 착각에 빠질 수는 있었다. 그러나 언제나 허점은 안에서보다 밖에서 더 잘 보이는 법이다. 가끔 딸이 사는 걸 보러 오는 어머니는 구석구석 깔끔한 것보다 구석구석에 서린 썰렁함, 무의미함을 놓치지 않았다. 어머니는 노인네답게 그 탓을 둘 사이에 아이가 없는 것으로 돌리곤 했다. 이것아, 그까짓 화분 아무리 잘 가꾸면 뭘 하냐? 정작 인(人)화초가 빠진걸, 그러면서 달여온 보약을 냉장고 속에 가지런히 넣어주고 갈 적도 있었다. 그러나 그녀는 아이를 바라지 않았다. 그건 아마 찬우도 마찬가지였을 것이다. 트집 잡는 게 취미처럼 돼버린 찬우가 만일 아이를 바라는 마음이 조금이라도 있었다면 여직껏 가만히 있었을 리가 없다. 트집을 잡기 위해서라도 한마디 함직한데 그 문제만은 한 번도 건드리지 않았다. 아이는 미래였다. 두 사람 다 과거에 급급해서 미래 같은 건 안중에 없었다.

  앞날에 대한 어떤 가능성이 얼핏 비친 건 전혀 예기치 않은 방향으로부터였다. 어느 날 신문을 뒤적이던 수자는 대기업에서 주부사원을 공개 채용한다는 광고를 보게 되었다. 이렇게 살지 않아도 될 것 같은, 이렇게 사는 걸 끝낼 수도 있다는 가능성이 전류처럼 짜릿하게 전신을 관통하는 걸 느꼈다. 실로 오랜만에 느껴보는 살아 있다는 실감이었다. 그녀는 아무에게도 의논 안 하고 응시해서 1차 시험에 합격을 하고 2차로 면접을 보게 되었다. 면접에서 수자가 제일 먼저 받은 질문은 뒤늦게 직업전선에 뛰어들게 된 동기였다. 그녀는 신문에서 광고를 보았기 때문이라고 대답했다. 질문하지 않은 옆의 사람까지 웃었다. 번듯하고 중후하게 생긴 중역답게 남을 은근히 능멸하는 듯한 웃음을 짓는 걸 보면서 그녀는 남편한테 당할 때처럼 저들이 원하는 답을 알아맞히기는 틀렸다는 무력감에 빠졌다. 그로부터 될 대로 되라는 식으로 나갔다. 폼을 있는 대로 잡고 나란히 앉은 중역들이 차례로 취미, 특기, 외국어 실력, 일하고 싶은 부서 등 상투적인 질문을 했다. 그녀가 국문과 출신인데다 원하는 부서를 선전기획이나 문화홍보로 말했기 때문인지, 그중 젊어 뵈는 중역이 능글거리는 투로 좋아하는 작가나 작품을 말해보라고 했다. 예기치 않은 질문에 망설이는 그녀를 보고 사족이니까 대답을 안 해도 된다고 봐주었음에도 불구하고 그녀는 이윽고 자신도 예기치 못한 대답을 했다.

버지니아 울프.

울프의 '울'에다가 폭발적인 힘을 주면서, 그녀는 온몸의 솜털이 낱낱이 곤두서는 듯한 환희를 느꼈다. 합격통지를 받고 느낀 기쁨도 그때에다 대면 아무것도 아니었다. 그녀에게 예기치 않은 기쁨을 준 이는 나중에 알고 보니 홍보담당 이사였고 그녀는 그 밑에서 일하게 되었다. 그는 그후 수자에게 버지니안지, 버진인지 하는 소설은 누가 쓴 소설이냐고 물어오기도 했다. 보수는 괜찮았고, 그녀는 마침내 찬우와 정식으로 헤어져, 그 동안 혼자가 된 어머니하고 합쳤다. 그러기를 어언 십여 년, 그녀는 마흔을 넘겼고 주부사원 공채로 입사한 동기들은 다들 이런저런 까닭으로 그만두고 그녀 혼자 남아서 과장까지 오른 것이었다. 이런저런 까닭이란 임신 출산 아니면 남편의 해외 근무나 지방 전근 등이었다. 퇴직률이 높은 걸 빌미로 회사에선 더이상 주부사원 공채를 하지 않았다. 그녀는 사보를 만드는 것 외에 사장의 연설문 작성 따위를 도왔다. 경영인다운 경륜이나 지식을 요하는 연설문을 쓰는 비서는 따로 있고 그녀는 주로 공장 순시 때 할 즉석연설처럼 꾸민 가벼운 스피치나, 여직원 연수 등 까마득한 하급자를 거느린 자리에서 마음껏 떠벌릴, 알맹이는 없어도 그럴듯하게 들리기만 하면 되는 연설물을 작성했다. 사장은 마이크를 잡으면 놓고 싶어하지 않는 만연체형이면서도 머리에 든 것은 없어서 대신 수자가 머릿속에 온갖 잡식을 챙겨가지고 다녀야 했다. 이런 수자를 사장은 '나의 브레인'이라고 추켜세웠으며, 적당히 재미있고 다방면에 유식하고 당면한 정치, 경제, 문화, 예술에도 일가견이 있는 티를 내고 싶어하는 사장이 만족할 만한 연설문을 작성하기 위해 그녀는 주로 신문 잡지를 이용했다. 그녀는 어디서나 인쇄물의 가십거리를 속독해서 머리에 챙겼지만 마치 직업병인 양 오독도 잘했다. 연설문에 인용까지 한 오독으로는, 요즘 연극무대에서 셰익스피어 극이 연달아 공연되고 있다는 걸 섹스파티 극으로 잘못 읽고 개탄조로 인용한 적이 있는가 하면, 추적중인 흉악범들 은거지가 발견됐다는 기사를 흉악범들은 거지가 돼서 발견됐다고 써먹기도 했다. 사장이 근로자들에게 독서를 권하는 말을 하고 싶다고 요구하면 서평을 이용했다. 어떤 소설이 시처럼 읽힌다는 평을, 실처럼 얽힌다로 잘못 읽고 마치 줄거리가 파란만장한 소설인 양 소개하기도 했다. 그러나 그런 오독으로 낭패를 본 적은 한 번도 없었다. 오히려 아무리 말이 안 되는 말을 해도 아무런 문제가 안 생긴다는 사실이 낭패스러웠지만, 차차 사장의 말인데 누가 뭐랄 거냐는 야릇한 쾌감이 생겨났다. 오독이나 정독이나 불확실하긴 마찬가지였다. 확실하고 불확실하고는 말하는 사람에 달린 것이지 사건 그 자체에 있는 건 아니라고 생각했다. 근사한 문구를 보면 즉시 메모를 했다가 적당한 곳에 요긴하게 써먹는 것도 그녀가 사장 대신 하는 일이었다. '그의 눈동자에는 카리브 해의 연초록 물결과 자유가 넘실거린다' 따위 공허한 미사여구를 사장은 좋아했다.

혼자 사는 여자는 넘보는 남자가 따르게 마련이다. 다른 남자는 어떨까? 단지 다른 남자에 대한 호기심에서 그중 적당한 남자를 골라 섹스 상대로 삼아본 적도 몇 번 있었다. 유부남이건 총각이건 별로 가리지 않았지만 사장이나 회사 내의 남자만은 피했다. 다른 남자는 어떨까 하는 호기심은 실은 한 번도 남자로 인한 기쁨을 못 느껴본 자신에 대한 탐색일 수도 있었다. 근육질의 남자만 봐도 야릇한 상상력이 동할 정도로 혼자 사는 여자다운 정상적인 욕망의 기복이 있었음에도 불구하고 막상 남자하고 자보면 남자의 욕망에 봉사하고 비위 맞춰야 할 것 같은 조바심 때문에 번번이 아무것도 못 느끼고 말았다. 재혼을 권하며 중매 들려는 친구도 여럿 있었고, 노쇠한 어머니는 재혼해서 여봐란 듯이 사는 걸 봐야 눈을 감을 것 같다고 성화를 했다. 친척이나 어머니한테 그런 말을 한 적은 없지만 친구한테는, 이제 와서 남자 밑에 깔려서 헉헉댈 마음은 손톱만큼도 없다는 식의 막말로 딱 부러지게 거절을 해온 것도 아마 그런 까닭에서였을 것이다.

뻐꾸기시계가 열 번 우는 소리를 듣고 수자는 허둥대며 도시락과 보온병을 챙기고 청바지와 점퍼로 갈아입었다. 아직은 괜찮은 몸매였다. 전혀 군살이 붙지 않은 늘씬한 하체의 선이 잘 드러났다. 김전무로부터 야외로 바람이나 쐬러 가자는 유혹을 당한 건, 그의 차 앞자리에 편승해서 다리를 꼬고 앉았다가 문득 치마가 너무 걷어올라간 걸 느끼고 내리려고 하체를 뒤틀 적이었다는 데 생각이 미쳤다. 그녀가 그걸 느꼈을 때 김전무의 시선도 거기 머물러 있었던 게 아니었을까. 그때는 그게 중요한 줄 몰랐는데 지금 와서는 꼭 짚고 넘어가야 할 일처럼 여겨졌다. 그녀는 흔적도 없이 사라진 한순간의 느낌을 돌이켜세우기라도 할 듯 골똘한 시선을 창 밖으로 보냈다. 아직도 이상하도록 고즈넉한 새벽빛이 머물러 있는 창 밖에 노부부의 모습은 보이지 않았다. 그녀는 현관까지 내려가서야, 걷히지 않는 새벽빛이 안개처럼 자욱하게 서린 이슬비 때문이라는 걸 알게 되었다. 내린다기보다는 잘디잔 입자가 떠도는 것 같은 비여서 우산을 받칠 것도 없을 것 같았다. 그래도 이것을 비로 쳐야 되는지, 무시해버려야 되는지 결정하지 않을 수 없는 게, 야외로 나가자는 약속을 하고 나서 만일 비가 오면 저절로 약속이 없었던 걸로 하자고 누가 먼저랄 것도 없이 말해버렸기 때문이다. 그녀는 어느 쪽으로도 마음을 정하지 못하고 우두커니 서서 어려서 들은 옛날얘기 생각을 하고 있었다.

옛날 옛날에, 어느 가난한 집에 달갑지 않은 손님이 왔더란다. 식량은 빤한데 군식구가 생겼으니 어서 갈 날만 기다려질 수밖에. 손님 역시 가난한 처지인지라 끼니 걱정 안 하는 맛에 마냥 머물고 싶어도 염치가 있는지라, 언제 언제 떠나겠다고 날짜를 멀찌감치 받아놨더란다. 주인은 일각이 여삼추로 그날만을 기다리다 마침내 그날이 와 손님이 떠날 채비를 하는데 문 밖에서 부슬부슬 비가 오더란다. 문 밖까지 나온 손님은 희색이 만면해서 허어 이슬(있을)비가 오네, 하자 주인은 펄쩍 뛰면서, 아닙니다, 가는 비가 옵니다, 라고 했더란다.

어릴 적, 어머니한테 그 얘기를 들을 적에도 밖에선 이런 비가 내리고 있었을까. 지금 이 비는 있을 비일까, 가는 비일까. 어머니한테 옛날얘기를 조르던 어린 시절이 선연하게 떠올랐다. 마침 저만치서 깡충거리며 뛰어오는 대여섯 살이나 됐음직한 소녀를 수자는 마치 자신의 어린 날의 환영을 보듯, 현실감 없는 몽롱한 시선으로 바라보았다. 소녀의 나폴대는 머리카락에 비의 미세한 입자가 송알송알 맺혀 있는 게 소녀를 천사처럼 돋보이게 했다. 보오얀 볼하며, 꽃잎 같은 입술하며, 겁 없이 맑은 눈동자하며, 소녀는 가슴이 저리도록 티없이 예뻤다. 하도 정결하고 고와서 도무지 현실 같지 않고 아무도 더럽힐 수 없는 천진무구의 상징처럼 보였다. 하필 그때 수자는 연일 신문지상에 떠들썩하게 오르내리는 여아 강간범 생각이 났다. 만일 저 소녀를 더럽히는 폭력이 있다면, 상상만 해도 당장 쏘아 죽일 것 같은 살의가 치뻗치는 걸 느꼈다. 모든 것이 안개비 속에 몽롱한 가운데 살의만이 너무도 격렬하고 확실해서 그녀는 전율했다. '버지니아 울프'라고 대답할 때와도 닮은 쾌감까지 동반한 숨가쁜 살의의 절정에서 뛰어내리듯이 현실로 돌아온 수자는 기진한 눈길로 소녀가 사라질 때까지 지켜보았다.

  그리고 조금도 아쉽지 않은 마음으로 이슬비가 오는구나, 중얼대며 발길을 안으로 돌렸다.

| 해설 |

스스로 넓어지고 깊어지는 문학

정호웅(문학평론가)

1. 순진무구의 단순성

박완서 문학은 같은 자리에 머물지 않고 새로운 세계를 찾아 끊임없이 새로워진다. 그 새로움은 읽는 이의 호흡을 장악하는 탁월한 이야기 솜씨에 들려 줄거리만을 따라 좇는 독서로는 찾아내기 어렵다. 칠순을 눈앞에 두고도 여전히 젊은 문학정신으로 살아 창조적인 박완서 문학의 안쪽을 들여다보기로 한다.

여기 실린 작품들은 1987년에서 1994년까지 발표된 것들이다. 모두 열세 편인데 이 가운데 네 편이 가족의 죽음과 관계되어 있다. 연보(『박완서 문학 앨범』, 웅진, 1992)에 의하면 작가는 1988년 남편과 외아들을 이어 잃었다 한다. 「여덟 개의 모자로 남은 당신」은 남편의 죽음에, 「나의 가장 나중 지니인 것」은 아마도 아들의 죽음에 직접 관련된 작품으로 보인다(호원숙 「행복한 예술가의 초상」, 『박완서 문학 앨범』, 위의 책 및 박완서 『한 말씀만 하소서』, 솔, 1994 참조). 「저문 날의 삽화(挿話) 3」 「저문 날의 삽화(挿話) 5」는 그들의 죽음과 직접 관계된 작품은 아니지만 가족의 죽음을 다룬 것이라는 점에서는 하나로 묶일 수 있다.

남편 또는 자식의 죽음을 다룬 작품들이니 이들 작품의 한복판에 놓인 것은 인간으로서는 감당하기 어려운 깊은 상실감, 큰 슬픔이다. 「나의 가장 나종 지니인 것」은 그 상실감과 슬픔이 그대로 형식으로 전화된 작품이다.

참척의 상실감, 슬픔에 휘둘린 주인공은 묵묵히 들어주는 손윗동서를 '통곡의 벽' 삼아 말을 쏟아놓는다. 그 말은 의미를 축조하는 통상의 말이 아니라 많아질수록 더 깊고 넓은 상실감과 슬픔의 구덩이를 파며, 그 스스로 상실감과 슬픔의 구덩이를 이루어 깊어지고 넓어지는 것이다. 말을 하면 할수록 주인공은 더욱더 그 구덩이 속으로 아득히 빠져든다. '통곡의 벽'도 하느님도, "지구를 망망한 바닷가의 모래알만도 못하게 극소화"시키고 "인간의 운명이나 수명 따위도 덩달아서 아무것도 아닌" 것으로 만드는 '은하계 주문'도 그를 구할 수 없다. 그 슬픔과 상실감은 절대의 것이다. 절대의 슬픔과 상실감을 형식 차원으로 전화시킴으로써 이 작품은 김소월의 「초혼」과 나란히 서게 되었다.

절대의 상실감과 슬픔을 견디는 방법은 무엇일까. 절대의 것을 앞에 놓고 방법이 있을 수 없다. 김현승의 시 「눈물」의 한 구절을 따 제목으로 삼은 「나의 가장 나중 지니인 것」의 주인공은 「눈물」의 화자가 그러하듯 우주의 주재자 앞에 겸허하게 섬으로써 그 상실감과 슬픔 앞에 정직해진다. 그같은 겸허함과 정직함은 진실을 가리거나 뒤트는 허위의식을 벗어던지고 실제를 적자(赤子)의 마음으로 정시함을 뜻한다. 박완서 문학의 핵심 특성인, 우리네 삶을 채우고 있는 허위의식에 대한 비판적 탐구가 죽음을 매개로 이처럼 깊어졌다.

「나의 가장 나중 지니인 것」이 도달한 그 겸허함과 정직함은 언어와 언어의 집인 의식과 우리 삶을 지배하는 문화적 질서를 넘어 순진무구의 단순성으로 박완서 문학을 이끌어간다. 「저문 날의 삽화(揷話) 4」 한복판에 빛나는 아름다운 풍경 하나를 길지만 인용하겠다.

    산지기네는 명절날답지 않게 고즈넉했다. 그러나 쓸쓸하진 않았다. 산지기 내외가 마루 끝에 노모를 모시고 앉아서 도란도란 얘기를 하고 있었다. 노파가 먼저 우리를 보고 웃었다. (……) 불그러진 무릎뼈보다 작고 동그란 두상에 짧게 커트한 흰머리칼이 작은 입김에도 살짝 나부낄 듯이 부드럽게 곤두선 게 꼭 민들레 씨앗 같았다. 이십 년 전에 이미 노파는 더 늙을 수 없이 늙어버려 그후 쭈욱 세월로부터 자유롭게 살 수 있었던 것이다. 노파는 자신의 나이뿐 아니라 자신의 속에서 낳은 자식과 자식의 자식들의 수효도 잊어버린 지 오래라고 했다. (……) 집 안으로 한 자는 넘게 들이비춘 가을 햇살이 검게 찌든 마룻장을 뚜렷한 명암으로 양분하고 마루 끝에 앉기도 하고 걸터앉기도 한 세 사람이 도란거리는 대로 미묘하게 일렁이고 있었다. 세 사람은 볕을 쬐고 있는 게 아니라 충만한 빛 속에 몸을 담그고 있는 것처럼 보였다.
—「저문 날의 삽화 4」, 110~111쪽

노인은 "벌써 몇 년째 하나밖에 모르"는 '옛날이야기'를 즐기며 흐르지 않는, 그러나 볕살처럼 일렁이는 시간 속에 자유롭고 행복하다. 그녀의 긴 평생을 채웠을 슬픔도 두려움도 고통도 한도 모두 흩어져 무화되고 다만 옛이야기 하나만 오롯이 남았다. 아마도 밝은 내용의 이야기일 것이다. 그녀의 그 밝고 환한 순진무구의 단순성은 욕망 충족을 좇아 사람의 도리도 돌아보지 않고 앞을 향해 내달리는 이 세상의 근본을 무찌르고, 나아가 언어와 의식, 문화조차 넘어 고즈넉이 빛난다. 그 순진무구의 단순성 속에 생명의 진실을 드러내고 실천하고자 하는 근본주의 정신이 깃들여 있음은 물론이다. 만해의 시「찬송」의 한 구절 "님이여, 사랑이여, 옛 오동(梧桐)의 숨은 소리여"에서 제목을 얻은「오동(梧桐)의 숨은 소리여」가 열어 보인 생명의 약동에 대한 가슴 벅찬 확인도 이와 관련된 것이다.

박완서 소설 속에는 지난 역사의 본질을 담아내는 상징 기호로서 죽음이 자주 등장한다.「저문 날의 삽화 3」에 보이는 죽음은 앞의 죽음들과는 달리 전쟁의 폭력성을 반영하는 역사적 차원에 속한다. 파편에 맞아 남편이 죽자 무거운 짐을 지고 고달픈 평생을 걸어야만 했던 한 여인이 있다. 생활고와 절대의 상실감이 그녀의 생애를 지배했다. 그녀와 같은 처지에 놓여 불행한 평생을 보낸 많은 사람들의 현실을 다음 진술처럼 적실하게 담아낸 문장을 엄청나게 쌓여 있는 우리의 분단 전쟁 소설 어디에서도 찾을 수 없다. 만수네의 부러움은 전쟁의 비극성을 그 어떤 말보다도 더 깊이 반영하는 것이다.

> 만수네가 제일 부러워하는 건 남편이 국군으로 전사한 미망인이었다. 얼마나 좋을까, 나라에서 다달이 월급이 나온다니. 그 다음으로 만수네가 부러워하는 게 남편이 의용군으로 끌려가서 생사를 모르고 사는 생과부였다. 얼마나 좋을까, 기다릴 사람이 있으니.
>
> ―「저문 날의 삽화 3」, 86쪽

2. 기억의 힘

「저문 날의 삽화 5」는 「나의 가장 나종 지니인 것」과 짝이 되는 작품이다. 자식의 죽음과 같은 치명적인 불행은 때로 '복병'처럼 숨어 있다 느닷없이 뛰어올라 앞을 가로막는다는 것, 마치 운명과도 같아 피해갈 방도는 어디에도 없다는 것 등이 이 작품의 주된 전언이다. 불길한 느낌으로 '예감' 할 수는 있지만 미리 알 수는 없으며 피할 수도 없는 것이니 그것은 절대적인 것이다. 그 다가옴의 절대적 성격에 대한 부각은 곧 그 불행의 절대성을 드러낸다. "우리 식구가 순서껏 죽게 해달라"는 간절한 희구는 역리(逆理)의 죽음이 얼마나 무서운 것인가를 섬뜩하게 증언한다.

「여덟 개의 모자로 남은 당신」은 폐암, 그중에서도 가장 무서운 소세포성 폐암에 걸려 죽어간 한 사내의 마지막 몇 년을 다룬 작품이다. 마치 자연스러운 삶의 연속이듯 고통의 몇 해를 의연하게 견디는 그의 태도는 감동적이다. 새삼 인간 존재의 존엄함을 확인하는 기쁨을 맛보게 된다. 아마도 우리 문학에서는 가장 의연한 죽음맞이일 것이다. 이 작품으로 한국문학은 문득 깊어졌다.

이 작품의 안쪽에는 오래된 기억 하나가 반짝이며 빛나고 있다. 남편과의 영결을 앞둔 아내의 머릿속에 떠오른 그 기억은 두 부부의 삼십오 년 함께 살아온 세월을 환한 빛살로 가득 채운다.

신혼생활의 이런저런 추억 중 가장 아늑하고 따스운 추억은 역시 모자와 관계가 있다. (……) 넥타이를 매주고 나면 모자를 건네줄 차례였다. 그 동안 잠깐 모자를 매만졌다. 고가품답게 잘빠진 모양은 늘 일정했지만 나는 괜히 가운데 누르는 부분과 둥근 테의 곡선을 조금씩 손보면서 그 부드럽고 따스운 감촉을 즐겼다. 소탈한 그에게 사치스러운 모자가 잘 어울리는 것도 묘한 즐거움이 되었다. 그가 지닌 유일한 사치품이 주는 낙은 약혼 시절 그가 부자일지도 모른다고 꿈꾸던 낙과도 비슷하니 철없는 것이었지만, 생각보다 재미없고 어쩔 줄 모를 것 투성이인 시집살이를 그래도 견딜 만하게 해주는 정서적 돌파구였다.

—「여덟 개의 모자로 남은 당신」, 297쪽

투병의 몇 년간은 물론이고 부부살이 반평생을 환하게 밝히는 그 기억의 힘은 놀랍다. 그들은 기억의 힘으로 힘겨운 현재를 견딘다. 그러나 그 기억의 보다 중요한 역할은 그것으로써 그들의 삼십오 년 동행의 삶과 그것을 다룬 이 소설이 아름답게 완성된다는 사실이다. 암이라는 불치병의 무서움도 암 투병의 고통도, 곧 닥쳐올 죽음과 영원한 이별에 대한 두려움도 그리고 마침내 해일처럼 덮쳐오는 깊은 상실감도 어쩌지 못하는 그 기억의 힘.

인간이란 생의 한순간 빛났던 무엇인가에 대한 기억에 힘입어 시간을 견디는 존재라는 작가의 통찰이 이 속에는 들어 있는 것으로 읽힌다. "그 옛날, 그 곤궁하고 씩씩하던 날"의 기억을 불러올려 힘을 얻는 「저문 날의 삽화 4」의 부부, 앞에서 살핀 대로 그녀가 기억하고 있는 유일한 옛이야기만을 되풀이 반추하며 행복한 동일 작품의 노인 등을 통해 작가는 거듭 이 문제를 다루었다. 특히 한 생애를 이야기 하나로 치환한 그 노인의 경우는 흥미롭다. 그 치환은 힘겨운 삶을 견디기 위해 무의식이 만들어낸 안타까운 방법인 것이니 생의 한순간 빛났던 무엇인가를 기억함으로써 힘을 얻는다는 것 아래에는 외줄에 매달려 안간힘으로 견디는 일그러진 얼굴이 놓여 있다. 생로병사 일체가 고(苦)라 했던가. 그 노인의 삽화는 인생의 진실 하나를 깊이 꿰뚫고 있다.

3. 끝이 열린 소설

 박완서 소설의 서술자는 권위적이다. 일인칭 또는 삼인칭, 시점이 어떠하든 그 서술자는 자신은 물론이고 그와 관계 맺고 있는 모든 것들에 대해 속속들이 알고 있으며 알고 있는 것에 대해 거침없이 말한다. 박완서 소설의 서술자는 거의 언제나 단정적이며 자신만만하다. 그래서 그 목소리는 낮지만 또렷하다. 그 또렷한 목소리가 박완서 문학의 문체적 특성의 하나로 말해지는 '천의무봉의 문체'를 구축한다. 나는 십 년 전 이 점과 관련하여 다음과 같이 말한 바 있다.

　　천의무봉의 문체는 작가의 이야기꾼으로서의 탁월함을 보여주는 것이지만, 그러나 다른 한편으로는 시각의 폭 좁음과 밀접하게 관련된 작가 박완서의 문제점이기도 하다. 폭 좁은 시각 안에 들어오는 대상은 한정될 수밖에 없으며 대상의 성격 또한 총체적으로 살펴지기 어렵다. 제한된 시각으로 대상을 바라보고 그 성격을 진단하는 데서 천의무봉한 문체가 가능할 수 있었던 것이다. 박완서 문학의 인물들은 하나의 예외 없이 '나'(그 뒤에 놓인 작가)의 시야를 벗어나지 않는다. 큰 작품에서 빈번하게 만나게 되는, 작가의 시야 바깥에서 살아 움직이는 인물을 발견할 수 없는 것은 바로 이 때문이 아닐까.
— 「상처의 두 가지 치유방식」, 『반영과 지향』, 세계사, 1995, 263쪽

거친 진단이다. 그러나 전혀 빗나간 진단은 아니다. 여기 실린 작품들은 대체로 '예감—예감의 실현'이란 기본 구조 위에 서 있다. 느낌을 통해 대상의 안쪽을 꿰뚫어보는 작가의 투시력은 남달라 수많은 평범한 작가들과 구별짓는 한 요인이 된다. 그러나 '예감—예감의 실현'이란 틀이 반복되고 있으니 문제이다. 그 반복은 자신의 느낌, 시각에 대한 서술자(작가)의 확고한 믿음의 외화(外化)인 것이다.

박완서 소설은 많은 경우, 그 지배적인 내용소가 무엇인지 쉽게 드러내지 않는다. 작품 중반, 심지어는 작품 마지막에 이르러서야 비로소 드러나는 경우도 있다. 예컨대 「우황청심환」. 주인공은 남궁씨이다. 직장에서 물러나기 전 포상여행 명목으로 유럽을 다녀왔다. 한 달하고 삼 주일. 중국산 우황청심환 열기가 한창 드높을 때였다. 그런데 놀라워라, 그사이에 우황청심환 열

기는 차갑게 식고 말았다. 때마침 연변 사는 육촌 가족이 우황청심환 보따리를 메고 찾아왔다가 팔지 못하고 여관잠을 자며 그가 귀국하기만을 기다리고 있었다. 그가 나서서 우황청심환 보따리는 물론이고 녹용 무더기까지 처리해주었다. 이제는 그들이 감사한 마음으로 돌아가야 할 차례, 그런데 그들은 꿈쩍도 하지 않는다. 갖고 온 약재를 모두 팔아야만 돌아갈 기세다. 폐를 끼치는 것을 미안해하는 기색도 없다. 뻔뻔스럽다. 무엇이 그들을 그렇게 만들었는가.

　성님도 자식 길러봤으니 부모 맘이 어드렇다는 걸 알죠. 북조선도 가보고 여기도 와보니까 꼭 부모 맘을 닮아갑디다. 자식 중에 못사는 자식이 있으믄 그저 개져다 보태주고 싶구, 잘사는 자식한테는 조금이라도 덕을 보고 싶은 리기심이 생기구. 성님이 리해하시라우요.
　　　　　　　　　　　　　　　　　　　　─「우황청심환」, 275쪽

화자는 그들의 뻔뻔함을 '부모의식의 당당함'이라 이해한다. 여기서 끝나도 좋을 것이다. 그랬다면 이 작품은 남북을 함께 감싸안는, 어느 한쪽으로 치우치지 않는 동포애를 그린 작품으로 완성되었을 것이다. 그러나 핵심은 지금까지의 이야기 밖에 놓여 있다. 인용문의 '부모 맘'에 이끌려 나온, 마치 곁가지와도 같은, 그러나 이 작품을 지배하는 내용소는 작품 마지막에 비로소 그 모습을 드러내는 것이다. 대학 일학년 때부터 운동권에 속해 부모와 갈등하다가 학교도 중도작파하고 집을 나가 노동 현장에 뛰어든 아들, 이제는 소식조차 끊어진 그 아들을 향한 애끓는 부모 마음이 그것이다. 아들을 '망종'이라 욕하며 "올 겨울엔 어떻게 된 게 옷도 안 가지러 오고 전화도 없구, 엉 엉 엉, 어디 가서 죽었는지, 살았는지," 울부짖는 어머니의 깊은 상실감이 그것이다. 그 애끓는 마음, 깊은 상실감 앞에 굶주리는 북녘 동포를 향한 동포애란 한갓 추상일 뿐이다.

이처럼 지배적인 내용소를 감추고 있다가 작품의 중간 또는 마지막에 느닷없이 드러내는 것은 단편소설의 오랜 구성 방법으로 널리 만날 수 있는 것이지만 박완서의 그것은 워낙 교묘하여 지배적인 내용소가 제시되기 전까지는 짐작조차 하기 어려우니 평범한 작품의 그것과는 같은 자리에 놓일 수 없다. 이같은 남다름은 그러나 다른 한편 작품 전체를 하나의 시각 속에 철저하게 가둠으로써 작가의 시야 밖에 생동하는 세계를 허용하지 않는 문제점의 다른 모습일 수도 있다.

우리의 이런 의구는 그러나 수정되어야만 한다. 몇 가지 이유가 있다. 하나는, 권위적 서술자를 통해 모든 것을 빠짐없이 밝히고 빈틈없는 구성 속에 작가의 의도를 명료하게 담아내는 박완서 소설의 일반적 특성을 벗어난 작품 몇 개가 여기 이르러 나타났기 때문이다.

「여덟 개의 모자로 남은 당신」의 마지막에는 흥미로운 삽화

하나가 툭 던져져 있다. 폐암 투병중인 '당신'이 이런저런 일로 곤두서 안절부절인 아내에게 '피식 웃'으며 '탄식하듯' "생전 틈바구니에 끼여봤어야지"라고 한마디 했다. 그리고 그는 순명하듯 죽었다. "생전 틈바구니에 끼여봤어야지"란 도대체 무엇을 뜻하는가. 화자인 아내에게 그 말은 남편이 죽고 난 뒤에도 '한없이 추구해야 할 화두(話頭)'로 남았다. 그것이 무엇을 뜻하는지 작품이 설명하지 않으니 독자 또한 알지 못하는 것은 당연하다. 아내가 그러하듯 독자 또한 그 의미 해독을 향해 씨름해야만 한다. 구축의 독서가 필요한 것이다.

  그 삽화는 작품의 중심 서사와 동떨어진 자리에 놓여 박완서 소설 일반의 빈틈없는 구성에서도 벗어나 있다. 물론 다르게 읽을 수도 있다. "생전 틈바구니에 끼여봤어야지"라는 남편의 말이 틈바구니에 끼여 전전긍긍 힘겨운 길을 걸어온 그의 평생을, 그럼에도 묵묵히 가장의 책무에 충실하며 성실하게 살아온 한 조선 사내의 의연함을 드러내는 것으로 이해한다면 중심 서사에서 벗어난 것이라 할 수는 없다. 그러나 화자에게 남편의 그 말은 이해할 수 없는 화두로 남았으니 이런 독해는 설득력이 부족하다. 이 작품에 이르러 작가는 모든 것을 작가의 시각 아래 장악하고 설명하고자 하는 집착에서 벗어났다고 보는 것이 온당할 것이다.

  한 여인의 집에 대한 집념을 추적한 「가家」의 마지막 부분도 이같은 벗어남의 측면에서 살필 수 있다. 주인공은 화자의 외할머니, 택호는 교하댁이다. 시집가 삼 년 안에 첫아들까지 낳고 한껏 행복했다. 그러나 행복한 생활은 그뿐 곧이어 혹독한 세월이 닥쳤다. 방이 부족해 여러 해 동안 부부가 각방살이를 해야만 했기 때문이다. 두 부부의 은밀한 만남은 보리밭에서 몇 번 있었다. 보리밭 농사로 자식 둘을 더 얻었으나 외설스러운 소문의 주인공이 되어 온 동네의 놀림감이 되고 말았다. 이후 그녀의 삶을 지배한 것은 '방(집)'을 향한 욕망이었다. '집에 대한 집념, 집 가진 세도'가 삶의 전부가 되었다. 그리고 세월이 흘렀다. 그런데 난데없이 그 노인의 눈앞에 '보리밭'이 떠올랐다.

> 늙은이가 새벽잠이 없어설라문에 공연히 내 새끼를 놀래켰구나. 이 늙은이가 글쎄 주책이여. 장독대에 나갔다가 아래를 보니 천야만야한데 글쎄 난데없이 보리밭이 보이지 뭐냐. 꿈인가 생신가 정말인가 헛건가 하도 신기해서 자꾸 내려다보다가 그만 금비녀를 떨어뜨렸지 뭐냐. 산발을 한 채 주우러 나갔다가 한참 걸렸는가부다.
>
> ―「가家」, 241~242쪽

그 보리밭은 무엇일까? 몇십 년 세월을 넘어 느닷없이 왜 떠올랐을까? 아무런 설명이 없다. 독자의 구축적 독서를 요구하며 끝이 열려 있는 것이다.

그녀에게 그 보리밭은 다시 떠올리기 무서운 대상일 것이다.

새댁 시절의 그 끔찍한 몇 년과 그 때문에 집에 대한 집착에 갇혀 살아야 했던 원통한 평생이 그것에 관련되어 있기 때문이다. 그러나 다만 그것뿐일까. 그 보리밭은 젊은 부부가 간절한 사랑을 꽃피우던 장소였으니 한편으로는 머릿속을 환하게 밝히고 온몸을 따뜻하게 데우는 추억의 대상이기도 한 것은 아닐까.

우리의 독해가 타당한지 그렇지 않은지 확언할 수는 없다. 중요한 것은 이처럼 소설의 끝을 열어두었다는 것, 이렇게 박완서 소설이 변화하고 있다는 사실이다. 모든 것을 설명하고자 하는 적극적인 의욕으로 팽팽했던 박완서 문학의 이같은 변화는 단순히 소설 미학의 변화가 아니라 인간과 인간 삶의 복잡함과 오묘함에 대한 새로운 인식의 소산일지도 모른다. 박완서는 최근작인 「길고 재미없는 영화가 끝나갈 때」에서 "길고 재미없는 영화는 아무도 또 보고 싶어하지 않는다. 그러나 난해한 영화를 보고 나면 혹시라도 이번엔 조금이라도 더 이해할 수 있을까 해서 한두 번 더 보게 되는 수가 있다"라 하여 그같은 인식을 직접적으로 드러낸 바 있다.

이 장의 서두에서 든 거친 진단을 수정해야만 하는 또하나의 이유는 박완서 소설의 곳곳에 은밀히 빛나는 복합 심리에 대한 섬세한 통찰이다. 한 예만 들어보자.

봄이 끝나갈 무렵 계곡을 감미롭고 환상적인 향기로 가득 채우는 은방울꽃에 대해선 그만이 알고 있었다. 밋밋하게 웅덩이가 진

골짜기는 은방울꽃의 군생지였다. 넓고 건강해 보이는 잎 사이에 숨다시피 고개를 숙이고 피는 잔다란 흰꽃 어디에 그런 요요하고 강렬한 향기의 꿀샘이 있는지, 그 골짜기는 눈 감고도 찾을 수가 있었고 그 한가운데 들면 생전 못 빠져나가지 싶은 공포와 절망에 가까운 황홀경에 빠지곤 했다.
―「저문 날의 삽화 5」, 139쪽

'공포와 절망에 가까운 황홀경'이라니, 공포와 절망이 그것들과 정반대편에 놓여 있어야 할(또는 대부분 그렇게 생각하는) 황홀경과 결합되었다. 이를 시인들이 즐기는 상반된 것들의 폭력적 결합을 통한 낯설고 새로운 의미 창출이라 이해하는 것은 옳지 않다. 자세히 들여다보면 그같은 결합 아래에는 복합적인 심리에 대한 섬세한 통찰의 눈이 반짝이고 있다.

혼자만이 아는 은방울꽃 군생지의 아름다움에 깊이 빠져 그 황홀의 빛 속에 갇히고 싶은 강렬한 욕망과, 그 욕망에 이끌려 아내와 자식들이 기다리는 생활세계와 절연될지도 모른다는 커다란 두려움의 소용돌이 속에 서 있는 '그'의 복합 심리를 깊이 담아내고 있는 것이다.

복합 심리에 대한 작가의 섬세한 통찰력이 어떤 측면만을 부각시킴으로써 대상을 단순화하는 우리 소설 일반의 경향에 대비되어 특히 귀중한 것으로 평가되어야만 함은 물론이다. 우리의 논지와 관련하여 그것은 또한 박완서 문학의 안으로 넓고 깊게 열려 있음에 대한 증거로 주목되어야 한다.

4. 복원의 정신

「복원되지 못한 것들을 위하여」는 1989년에 발표되었다. 한국 사회의 전반적인 민주화 진전을 따라, 1987년 10월 17일에 있었던 납월북 예술인 대(大)해금조치를 계기로 터져나온 문인을 중심으로 한 납월북 예술인에 대한 조명 작업을 비롯, 모든 영역에 걸쳐 과거를 복원하려는 열기가 한창 고조되었던 때다. 폭력적인 역사 전개에 억압당해 캄캄한 어둠 속에 묻혀 잊혀졌던 과거를 어느 정도 복원함으로써 비로소 우리는 지난 역사의 전체 윤곽을, 비록 불충분하긴 하지만, 실감할 수 있게 되었다.

지금 와 돌아보면 그 복원 열풍이 한때의 유행성 바람으로 우리 옆을 스쳐 지나가고 말았다는 느낌을 지울 수 없다. 우리는 그렇게 엉성했던 것이다. 이 점에서 「복원되지 못한 것들을 위하여」를 새롭게 읽을 수 있다.

어떤 잡지사의 수기 공모에 응모한 「복원」이란 제목의 작품과 관련된 이야기와 한국전쟁중 감옥에서 짐승처럼 죽어간 한 소설가의 삶을 복원하는 일과 관련된 이야기 두 개를 얽어놓은 이 작품의 주제는 '꼼꼼한 기록'의 가치이다.

그가 수기의 제목을 「복원」이라고 붙인 건 참으로 적절했다. 깨진 간장종지 하나를 복원시키려도 더도 말고 그 파편들을 잃지도 보태지도 말고 고스란히 주워모아야 하듯이 섬세한 부분도 잊어버리지 않고 있다가 제자리를 찾아 맞춘 그의 기억력은 감탄할 만했다. 십수 년의 세월과 그의 연령으로 미루어 기록해두지 않으면 그럴 수도 없는 일이었다. 권력과 힘없는 평범한 사람들의 이해관계가 찰떡같이 맞물리면서 부정을 모의하게 된 경위뿐 아니라, 부정 자체가 지닌 인력 때문에 한번 발을 들여놓자마자 정신없이 빨려들게 되는 모습이 여실하면서도 그 꼼꼼한 기록성 때문에 그 동안도 그가 깨어 있다는 걸 짐작하게 하는 거야말로 그 수기의 마지막 진가였다.

—「복원되지 못한 것들을 위하여」, 173쪽

주인공은 수기 작가의 이 놀라울 정도의 '꼼꼼한 기록성'을 기리며 죽은 소설가의 최후를 정확하게 복원해야 한다는 내부의 목소리에 충실하고자 한다. 앞길을 가로막는 현실의 여러 장애 요소에 부딪혀 머뭇거리면서도 조금씩 앞을 향해 나아가고자 하는 그런 의지는, 비록 실현되지는 못하지만, 아니 오히려 그렇기 때문에 더욱 복원의 소중함을 새삼스럽게 깨우친다.

"소설은 기억이다"라는 말이 있고 "소설은 탐구이다"라는 말이 있다. 소설의 본질은 우리가 지나쳐온 과거에 대한 탐구이며 그 진실의 드러냄이라는 뜻을 담고 있는 말일 것이다. 그렇다면 이렇게 고쳐 말할 수 있겠다. "소설은 복원이다." 박완서 문학이야말로 이런 복원 정신에 충실한 대표적인 경우가 아닌가. 화자와 노인의 복원 정신이야말로 작가 박완서의 정신이며 박완서 문학의 근본인 것이다.

| 작가 연보 |

1931년　　10월 20일 경기도 개풍군 청교면 묵송리 박적골에서 출생. 아버지 박영노(朴泳魯), 어머니 홍기숙(洪己宿). 열 살 위인 오빠 있음.

1934년　　아버지 별세. 어머니는 오빠만 데리고 서울로 떠남. 조부모와 숙부모 밑에서 어린 시절을 보냄.

1938년　　서울로 와서 살게 됨. 매동국민학교 입학.

1944년　　숙명여고 입학.

1945년　　소개령(疎開令)이 내려져 개성으로 이사, 호수돈여고로 전학. 고향에서 해방을 맞음. 서울로 와 학교를 계속 다님. 여중 5학년 때 담임을 맡은 소설가 박노갑 선생에게서 많은 영향을 받음.

1950년　　서울대학교 문리대 국문과 입학. 6월 초순에 입학식이 있어서 학교를 다닌 기간은 며칠 되지 않음. 전쟁으로 오빠와 숙부가 죽고 대가족의 생계를 책임지게 됨. 미군 부대에 취직, 미8군 PX(동화백화점, 곧 지금의 신세계백화점 자리)의 초상화부에 근무. 거기서 박수근 화백을 알게 됨.

1953년　　호영진(扈榮鎭)과 결혼, 이후 1남 4녀의 자녀를 둠(1954년 원숙, 1955년 원순, 1958년 원경, 1960년 원균, 1963년 원태).

1970년　　『나목』으로 『여성동아』 여류장편소설 공모에 당선.

1975년　　『도시의 흉년』을 『문학사상』에 연재.

1976년　　첫 소설집 『부끄러움을 가르칩니다』(일지사) 출간. 『휘청거리는 오후』를 동아일보에 연재.

1977년　　『휘청거리는 오후』(창작과비평사, 전2권), 중편집 『창 밖은 봄』(열화당), 산문집 『꼴찌에게 보내는 갈채』(평민사), 『혼자 부르는 합창』(진문출판사) 출간.

1978년　　소설집 『배반의 여름』(창작과비평사), 장편소설 『목마른 계절』(원제 『한발기』, 수문서관), 산문집 『여자와 남자가 있는 풍경』(한길사) 출간.

1979년　　『도시의 흉년』(문학사상사, 전3권), 『욕망의 응달』(수문서관, 이 책은 1985년 같은 출판사에서 『인간의 꽃』으로, 1989년 원제대로 우리문학사에서 재출간), 창작동화 『달걀은 달걀로 갚으렴』(샘터, 『마지막 임금님』으로 재출간) 출간.

1980년　　「그 가을의 사흘 동안」으로 한국문학작가상 수상. 전해부터 동아일보에 연재했던 『살아 있는 날의 시작』(전예원) 출간. 「오만과 몽상」을 『한국문학』에 연재.

1981년　　「엄마의 말뚝 2」로 제5회 이상문학상 수상. 제5회 이상문학상 수상작품집 『엄마의 말뚝 2』, 소설집 『도둑맞은 가난』(민음사, 「나목」이 재수록되어 있음), 콩트집 『이민가는 맷돌』(심설당) 출간. 20년간 살던 보문동 한옥을 떠나 강남의 아파트로 이사.

1982년　　10월, 11월 문공부 주최 문인해외연수에 참가하여 유럽과 인도를 다녀옴. 소설집 『엄마의 말뚝』(일월서각), 장편소설

　　　　　『오만과 몽상』(한국문학사, 1985년 고려원에서 재출간), 산문
　　　　　집 『살아 있는 날의 소망』(학원사) 출간. 『그해 겨울은 따뜻
　　　　　했네』를 한국일보에 연재.
1984년　　7월 1일 영세 받음. 풍자소설집 『서울 사람들』(글수레) 출간.
1985년　　11월에 '일본 국제기금재단'의 초청으로 일본을 여행함. 장
　　　　　편소설 『서 있는 여자』(학원사, 『떠도는 결혼』과 동일 작품),
　　　　　작품선집 『그 가을의 사흘 동안』(나남) 출간.
1986년　　산문집 『서 있는 여자의 갈등』(나남), 소설집 『꽃을 찾아서』
　　　　　(창작사, 1982년에서 1986년 사이에 창작한 중·단편을 수록)
　　　　　출간.
1988년　　남편과 아들을 연이어 잃음. 서울을 떠나는 일이 많아짐.
　　　　　미국 여행을 다녀옴. 『문학사상』에 연재하던 『미망』을 10월
　　　　　부터 다음해 6월까지 쉼.
1989년　　『그대 아직도 꿈꾸고 있는가』를 여성신문에 연재. 장편소
　　　　　설 『그대 아직도 꿈꾸고 있는가』(삼진기획) 출간.
1990년　　『미망』(문학사상사, 전3권) 출간. 이 작품으로 대한민국문학
　　　　　상 우수상을 수상. 산문집 『나는 왜 작은 일에만 분개하는
　　　　　가』(햇빛출판사) 출간. 『그대 아직도 꿈꾸고 있는가』의 성
　　　　　공으로 출판사 주최 성지순례 해외여행을 다녀옴.
1991년　　회갑 기념 소설집 『저문 날의 삽화』(문학과지성사), 콩트집
　　　　　『나의 아름다운 이웃』(작가정신) 출간. 장편 『미망』으로 제
　　　　　3회 이산문학상 수상.
1992년　　『그 많던 싱아는 누가 다 먹었을까』 『박완서 문학앨범』(웅

진출판사) 출간.

1993년 「꿈꾸는 인큐베이터」(『현대문학』 1월호)로 제38회 현대문학상 수상. 제38회 현대문학상 수상작품집 『꿈꾸는 인큐베이터』(현대문학) 출간. 제19회 중앙문화대상(예술 부문) 수상. 장편소설 『휘청거리는 오후』를 제1권으로 『박완서 소설전집』(세계사) 출간 시작. 소설전집 제2·3·4·5권으로 장편소설 『도시의 흉년』(상·하), 『살아 있는 날의 시작』 『욕망의 응달』 출간.

1994년 「나의 가장 나종 지니인 것」(『상상』 창간호, 1993)으로 제25회 동인문학상 수상. 제25회 동인문학상 수상작품집 『나의 가장 나종 지니인 것』(조선일보사), 소설집 『한 말씀만 하소서』(솔), 창작동화 『부숭이의 땅힘』(한양출판사), 소설전집 제6·7·8·9권으로 장편소설 『목마른 계절』, 소설집 『엄마의 말뚝』, 장편소설 『오만과 몽상』 『그해 겨울은 따뜻했네』 출간.

1995년 장편소설 『그 산이 정말 거기 있었을까』(웅진출판사), 산문집 『한 길 사람 속』(작가정신) 출간. 「환각의 나비」(『문학동네』 봄호)로 제1회 한무숙문학상 수상. 소설전집 제10·11권으로 장편 『나목』 『서 있는 여자』 출간.

1996년 소설전집 제12·13권으로 장편 『미망』(상·하) 출간.

1997년 티베트, 네팔 여행기 『모독(冒瀆)』(학고재), 동화집 『속삭임』(샘터) 출간. 장편소설 『그 산이 정말 거기 있었을까』로 제5회 대산문학상 수상.

1998년	산문집 『어른 노릇 사람 노릇』(작가정신) 출간. 보관문화훈장(문화관광부) 받음. 소설집 『너무도 쓸쓸한 당신』(창작과비평사) 출간.
1999년	묵상집 『님이여, 그 숲을 떠나지 마오』(여백) 출간. 『너무도 쓸쓸한 당신』으로 제14회 만해문학상 수상. 『박완서 단편소설 전집』(문학동네, 전5권) 출간.
2000년	장편소설 『아주 오래된 농담』(실천문학사) 출간. 제14회 인촌상 수상.
2001년	단편소설 「그리움을 위하여」(『현대문학』 2월호)로 제1회 황순원문학상 수상.
2005년	기행산문집 『잃어버린 여행가방』(실천문학사) 출간.
2006년	『박완서 단편소설 전집』 개정판(문학동네, 전6권) 출간. 서울대학교 명예문학박사학위 수여. 제16회 호암상 예술상 수상.
2007년	산문집 『호미』(열림원), 소설집 『친절한 복희씨』(문학과지성사) 출간.
2009년	동화집 『세 가지 소원』(마음산책), 장편동화 『이 세상에 태어나길 참 잘했다』(어린이작가정신) 출간. 『문학동네』 가을호에 단편소설 「빨갱이 바이러스」 발표.
2010년	산문집 『못 가본 길이 더 아름답다』(현대문학) 출간.
2011년	1월 22일, 담낭암 투병중 향년 81세를 일기로 별세. 1월 24일, 정부로부터 금관문화훈장을 추서받음.
2012년	산문집 『세상에 예쁜 것』(마음산책), 마지막 소설집 『기나

긴 하루』(문학동네) 출간.

2013년 『박완서 단편소설 전집』 개정판(문학동네, 전7권), 짧은 소설집 『노란집』(열림원) 출간.

2014년 티베트, 네팔 여행기 『모독』, 산문집 『호미』 개정판(열림원), 그림동화 『엄마 아빠 기다리신다』(어린이작가정신) 출간.

2015년 『박완서 산문집』(문학동네, 1~7권), 그림동화 『이 세상에서 제일 예쁜 못난이』 『7년 동안의 잠』(어린이작가정신) 출간.

2016년 대담집 『우리가 참 아끼던 사람』(달) 출간.

2017년 소설집 『꿈을 찍는 사진사』(문학판), 그림동화 『노인과 소년』(어린이작가정신) 출간.

2018년 『박완서 산문집』 제8·9권 『한 길 사람 속』 『나를 닮은 목소리로』(문학동네), 대담집 『박완서의 말』(마음산책) 출간.

2020년 『프롤로그 에필로그 박완서의 모든 책』(작가정신), 소설집 『복원되지 못한 것들을 위하여』(문학과지성사), 산문집 『모래알만 한 진실이라도』(세계사) 출간.

2021년 소설집 『지렁이 울음소리』(민음사), 장편소설 『그 많던 싱아는 누가 다 먹었을까』 『그 산이 정말 거기 있었을까』 개정판(웅진지식하우스), 장편소설 『그 남자네 집』 개정판(현대문학) 출간.

2024년 산문집 『사랑을 무게로 안 느끼게』 『한 말씀만 하소서』(세계사), 장편소설 『미망』(민음사, 전3권) 개정판 출간.

2025년 『박완서 산문집』 제10권 『다만 여행자가 될 수 있다면』(문학동네) 출간.

| **단편 소설 연보**(1987.1~1994.4) |

「저문 날의 삽화(揷話) 1」, 전예원 『분노의 메아리』, 1987. 1
「저문 날의 삽화(揷話) 2」, 『또하나의 문화』, 1987. 4
「저문 날의 삽화(揷話) 3」, 『현대문학』, 1987. 6
「저문 날의 삽화(揷話) 4」, 『창작과비평』, 1987. 7
「저문 날의 삽화(揷話) 5」, 『소설문학』, 1988. 1
「복원되지 못한 것들을 위하여」, 『창작과비평』, 1989. 6
「가(家)」, 『현대문학』, 1989. 11
「우황청심환」, 『창작과비평』, 1990. 6
「여덟 개의 모자로 남은 당신」, 『여성동아문집』, 1991. 봄
「오동(梧桐)의 숨은 소리여」, 『현대소설』, 1992. 봄
「티타임의 모녀」, 『창작과비평』, 1993. 여름
「나의 가장 나종 지니인 것」, 『상상』, 1993. 가을
「가는 비, 이슬비」, 『한국문학』, 1994. 3~4

박완서(1931~2011)
1931년 경기도 개풍 출생. 서울대 문리대 국문과 재학중 육이오전쟁을 겪고 학업을 중단했다. 1970년 불혹의 나이에 『나목(裸木)』으로 『여성동아』 장편소설 공모에 당선되어 작품활동을 시작한 이래 2011년 향년 81세를 일기로 영면에 들기까지 사십여 년간 수많은 걸작들을 선보였다.
『부끄러움을 가르칩니다』 『배반의 여름』 『엄마의 말뚝』 『그해 겨울은 따뜻했네』 『꽃을 찾아서』 『미망』 『친절한 복희씨』 『기나긴 하루』 등 다수의 작품이 있고, 한국문학작가상(1980) 이상문학상(1981) 대한민국문학상(1990) 이산문학상(1991) 중앙문화대상(1993) 현대문학상(1993) 동인문학상(1994) 한무숙문학상(1995) 대산문학상(1997) 만해문학상(1999) 인촌상(2000) 황순원문학상(2001) 등을 수상했다. 2006년 호암상, 서울대 명예문학박사학위를 받았다. 타계 후 금관문화훈장을 추서받았다.

박완서 단편소설 전집 5
나의 가장 나종 지니인 것
ⓒ 박완서 2013

1판 1쇄 1999년 11월 20일
2판 1쇄 2006년 8월 25일
2판 5쇄 2012년 10월 10일
3판 1쇄 2013년 6월 4일
3판 12쇄 2025년 10월 17일

지은이 박완서

펴낸곳 (주)문학동네 | 펴낸이 김소영
출판등록 1993년 10월 22일 제2003-000045호
주소 10881 경기도 파주시 회동길 210
전자우편 editor@munhak.com | 대표전화 031) 955-8888 | 팩스 031) 955-8855
문학동네카페 http://cafe.naver.com/mhdn
인스타그램 @munhakdongne | 트위터 @munhakdongne
북클럽문학동네 http://bookclubmunhak.com

ISBN 89-546-0197-0 04810
     89-546-0192-8 04810 (세트)
* 이 책의 판권은 지은이와 문학동네에 있습니다.
  이 책 내용의 전부 또는 일부를 재사용하려면 반드시 양측의 서면 동의를 받아야 합니다.

www.munhak.com